城南往事

高文修◎著

一个故事之所以被人们经常谈起，是因为它饱含着永不泯灭的人性；一段经历之所以念念不忘，是因为其蕴含着不朽的诗情画意；一段感情之所以牢记心间，是因为它时时奏响真与美的旋律。

远方出版社

图书在版编目（CIP）数据

城南往事 / 高文修著 . -- 呼和浩特 : 远方出版社，2019.10
ISBN 978-7-5555-1384-1

Ⅰ . ①城… Ⅱ . ①高… Ⅲ . ①长篇小说－中国－当代
Ⅳ . ① I247.5

中国版本图书馆 CIP 数据核字（2019）第 218212 号

城南往事
CHENGNAN WANGSHI

著　　者　高文修
责任编辑　刘洪洋
责任校对　刘洪洋　王　冉
装帧设计　王改英
出版发行　远方出版社
社　　址　呼和浩特市乌兰察布东路666号　邮编010010
电　　话　（0471）2236473总编室　2236460发行部
经　　销　新华书店
印　　刷　内蒙古爱信达教育印务有限责任公司
开　　本　170mm × 240mm　1/16
字　　数　300千
印　　张　21
版　　次　2019年10月第1版
印　　次　2019年12月第1次印刷
标准书号　ISBN 978-7-5555-1384-1
定　　价　56.00元

如发现印装质量问题，请与出版社联系调换。

第一章 /参加工作/

你今天给了我一块大大的牛奶糖，有朝一日，我一定还你一匹小小的蒙古马。

宝塔村，坐落在青山市以东一百多里的地方，站在村里向东望去，绵延起伏的达尔罕山若隐若现。从达尔罕山北麓发源的哈伦河弯弯曲曲，一路奔来，从宝塔村南向西流去。多少年来，这条河伴随着人世间的沧桑巨变，忠实地为哺育敕勒川大地奉献着自己的一切。对于这条河的历史、文化、生态，人们有过多次的文化审美和艺术感受。如今，再用探寻的心态审视这条河时，它的长度已难以用里数度量，依稀中，它在人们心灵深处无限延伸……

白华文就出生在这个村里一个雇农家庭，全家四口人，除了父母亲，还有个姐姐。他从小就与村前的哈伦河相依为伴，河水中留下了他童年无数的欢乐和幸福，河的两岸也留下了他深深浅浅的脚印。

宝塔村村名的来历，大抵和建在村北的那座辽塔有关。那座塔经历了悠悠千载的风雨，虽遍体伤痕，但仍灵光闪耀，紫气盘旋。每逢晴初霜旦，辽塔便玉清冰晶，华彩凛然。难怪村里的老人们常说："我们这宝塔村是风水宝地，后辈儿孙可要兴旺啦！"

白华文十五岁那年，由于家中穷困，他给本村一个有钱人家当了小长工。他每天骑着一匹马放牛，常常驱赶着牛来到辽塔周围的草地上。当年，也许他虽不完全理解到辽塔是当地情感精灵的化身，是一方水土无可替代的人文创造，是宝塔村家家户户生生息息的纪念碑，但他喜欢呆呆地望着那座塔，小小的年纪，也有过无限的遐想。

新中国成立后，由于白华文苦大仇深，他当上了村民兵大队大队长，并光荣地入了党。

第二年春天，旗委巴书记来到宝塔村检查工作，驻村工作组组长向巴书记汇报工作时提到了白华文，说他立场坚定，工作认真。特别提到在扫盲班学习时，白华文非常用功，不到半年时间就能读报看材料了。顺便也提到了他从小在马背上长大，骑马技术特别高超……

吃过晚饭后，巴书记见到了白华文。站在书记面前的这位小伙子，长着一张微黑的国字形脸，眼睛如同两泓深潭，特别有神，个子有一米八多。巴书记心里嘀咕着："这个年轻人长得挺威风。"驻村工作组组长看到白华文很拘谨，笑着对巴书记说："这个同志平素不苟言笑，但有时候冒出几句话，还常能引得大家开怀大笑。"

巴书记问了白华文家庭成员的情况后，从公文包里取出个笔记本，在上边写了点什么，又问白华文："你当了几年长工？在人家家里干活有些什么感受？"

白华文想了想说："我前后当了五年小长工，就是放牛，那个营生累倒不累，就是天阴下雨受点儿罪，冬天受点儿冷冻，每天零星活也不少，打水啦，饮牲口啦，秋天还得帮着割地碾场。我岁数不大，没有歇工的时候。至于有什么感受，以前在人家家时，觉得自己有饭吃，每年还能给我爸妈挣回几斗莜麦、谷子，心里还觉得不错，感到人家对自己还可以。至于别人吃香的喝辣的，长工短汉十几个，那是人家的命好。正像那个财主常说的一句话：‘我们家日子这么厚沉，这是祖先的福分和个人的勤奋。’自从我当了民兵，通过学习、参加会议、听报告，我才逐渐明白了，他们的好生活是剥削我们穷人得来的。我们也不是命苦，只有起来干革命，打倒剥削阶级，我们才能翻身解放。我算过一笔账，我一年四季，风里来雨里去，从两眼一睁忙到吹灯，一年才给不多点儿粮食，这不是剥削是什么！”他越说越激动。巴书记也没有打断他说话的意思，听得津津有味。这位民兵队长在他的脑海里留下了很深的印象。

此时，通讯员凑到巴书记耳旁说了几句话，巴书记站起来说：“今天，我们就谈到这儿吧！”巴书记走到白华文面前和他握了一下手，认真地注视着白华文。

出门后，巴书记让通讯员告诉农会主任，明天中午的派饭可安排在白华文家。

白华文从小和马为伴，对马情有独钟。自看到巴书记的坐骑后，他就喜欢上了那匹马。巴书记骑的那匹白马长着明星般的双眼，宽阔的胸脯，银白色的鬃毛，坚实的四蹄。一有空白华文就走到那匹马跟前，左瞅瞅，右瞧瞧。和巴书记谈完话的第二天上午，白华文知道巴书记中午在他们家吃饭，而且要吃莜面。他和通讯员到河畔蹓马，不大一会儿，巴书记向他们这里走来了，一看见白华文就说：“小伙子，听说你骑马技术特别棒，给我们露一手吧！我这匹马在战场上冲锋陷阵，它喜欢好骑手，从来不认生，你放心骑它好了！”

白华文看了一眼巴书记，微微地笑了笑，就从通讯员手中拿过了马的缰绳，随即跨上了马背。他用右手狠劲地拍打了一下马的屁股，马就飞跑了起来。大约跑了三百米，他勒住马缰子，让马掉回了头。 他把马缰子系在马的脖子上，当马奔跑的时候，他把双手高高地举起，不大一会儿，他又肚皮贴在马背上，直挺的身子和马背呈“十”字形。当他跳下马来到巴书记面前时，巴书记往他跟前凑了凑，笑着拍了一下他的肩膀，以羡慕的口气说：“你可真有两下子，我们这里要有一位诗人的话，当看见你在马背上双手高举的时候，肯定会写出这样的诗句：‘仿佛看到了一只雄鹰展开了双翅。你横爬马背，双腿直立，那造型分明是力和美优雅的统一，让人赞叹不已。’”

白华文听着巴书记夸奖他的骑术，心里美滋滋的，他也为自己刚才的表现而自豪。

那天中午，巴书记和通讯员、驻村工作组组长一齐说笑着来到白文华家里。大家上炕后，巴书记环顾了一下屋内陈设，笑着问华文妈：“现在生活比过去好些了吧？”

华文妈边给大家沏茶边回答：“现在政策好，政府就为穷人着想，我们真的翻身了。”

巴书记喝了一口茶又问：“你们家去年分了些什么东西？”

华文妈听到问这个问题，满脸是喜悦幸福的神情，她看了一眼炕上坐着的华文爸，不紧不慢地说：“我们家分了一亩水地、二亩多旱地，还分了一头乳牛，地下摆的这个大红柜也是分来的，还有一些农具。就是华文想分到他当小长工时常骑的那匹马，这个愿望没有实现，他心里好长时间不痛快。”

巴书记听到这里，问正在地下烧火的华文：“你是不是现在还想这个事呢？”

华文抬起头，先看了一眼他妈，后扭头对巴书记说：“那匹马已经不在我们村了，我早就不想这事了。”

此时，华文姐跟她妈说：“莜面已经和好了，您捏吧。”只见华文妈拿出一块平滑如镜的青石板，一伸手就在石板上推出一个又薄又圆的小面片，手指一绕薄面片变成一个筒形，稳稳地摆在蒸笼里。不大一会儿，两个笼里放满了一般般高、一样样齐的莜面窝窝。

巴书记边看华文妈捏窝窝，边跟驻村工作组组长说："你是南方人，这个饭你不熟悉。莜面是个好东西，我们这里有句话，叫'三十里莜面四十里糕，十里的荞面饿塌腰。'这莜面不但味道好，而且特别抗饿。但不能吃太饱，它不好消化，'莜面吃个半饱饱，喝一口开水正好好。'，说得就是这个道理。"

华文爸接着巴书记的话说："你们可能不清楚，这莜面有三个熟：先把生莜麦籽淘净炒熟，和面时用的又是开水，最后再上笼蒸熟。城里那些挣钱的人讲究食品的营养和安全，你看这莜面经过这么三次消毒，谁吃也应该放心了吧。"他的话把大家都逗乐了。

不大一会儿，羊肉汤、山药尖尖、红辣椒、自家酿下的醋，还有油炝的扎蒙蒙花、冒着热气的莜面窝窝，都摆放在了炕桌上。这一顿饭，大家吃得余香满口，意味无穷。临走的时候，驻村工作组组长还不停地说："我是第一次吃莜面，莜面那催人食欲的香味，恐怕我这一辈子是不会忘记的！"

第二天上午，巴书记离开宝塔村返回旗里，他跟旗人事科长说："咱们现在人手不够，特别是基层，干部缺口较大，你们要注意物色有培养前途的干部，近期把这项工作当个重点。我这次到宝塔村搞调研，认识了那里的民兵大队长，他叫白华文。我初步了解了一下，这个小伙子是个好苗子。你们考察一下，如果合适，可以给他办理有关手续，让他到旗里工作。"

一个月后，白华文接到了到旗里报到的通知。

白华文生在宝塔村，长在宝塔村，要离开这里，可真有点儿不舍，甚至每每想起，心里还酸酸的。再过几天，他就要告别家乡的父老乡亲和这里的一草一木，就要远离高耸的古辽塔和奔腾的哈伦河，一想到这儿他就像丢了魂似的。

自古道："水往低处流，人往高处走。"离开农村，到城里找份工作，是很多人追求的目标，虽然故土难离，但到旗里工作，还是很荣耀的。村里的人们知道这个消息后，都很羡慕，都夸白家烧了高香了。

离开家乡的前一天清晨，当一缕霞光从东方喷薄欲出时，白华文早已静静地伫立在哈伦河岸边，沿河远望，万道霞光随着哈伦河滚滚而来，挥洒在河的两岸，水面上晨风徐徐，浮云倒映，远处朝霞满天，那份辉煌，炫目惊心，那份壮美，摄魂夺魄。

哈伦河一年一年涌动着温馨的波浪，把田园、炊烟、五谷……一次又一次地装进自己的心房，用甘甜的乳汁哺育着两岸的儿女。华文蹲下身子，轻轻地抚摸着河水，感到很亲切。他不顾水中有泥沙，双手掬起河水大大地喝了一口。

人间，总有一种情绪包含理解，总有一种挚爱守望眷恋。当华文离开河边往村里走的时候，他真切地感到，那河水已流淌在自己的血液里，在心海深处，它已是永生的精灵，是一脉永不消退的潮流。

白华文到旗里报到后，被分配到巴书记身边工作，做通讯员。他腿勤手快，沉默寡言，对领导的言行守口如瓶，深得巴书记赏识。他眼里有活，自己分内的事情，从来不用人提示，总是安排得井井有条。分外的事情，只要有空，他也抢着干。特别是巴书记下乡骑的那匹马，他像爱护自己的眼睛一样精心照料，养得膘肥体壮，全身油光发亮，跑在路上蹄下生风。一看见这马，巴书记就喜上眉梢，赞不绝口，自然会联想到其中有白华文的辛劳。一年多以后，为了提高白华文的文化水平，巴书记决定让他到青山市干部培训班学习一年。

白华文从干部培训班结业后，根据巴书记的指示，他被调到沟门乡任党委秘书。离开旗里时，巴书记找他谈了很长时间的话，临别时，巴书记站起来握着他的手说："你要到新的岗位工作了，任何时候都要高高兴兴的。我送你一本书，你喜欢的《三国演义》。再送你一套钓鱼的工具，节假日可以出去散散心，也要学会休息。还送你一句话：'低调做人，你会一天比一天稳健；高调做事，你会一次比一次优秀'。"

苦寒中度过的人最知暖热，被欺凌过长大的人最珍视感情，听着巴书记的话。华文的眼睛早已湿润了。这一本书、一副渔具、一句话几乎伴随了华文的一生。

大约过了半年时间，李静从青山市农业学校毕业后也分到了这个旗。报到的那一天，她来到人事科，巴书记那天正好在这个科坐着。李静进来后，科内的同志们都不约而同地抬头看看这位姑娘。她的脸略呈椭圆，脸色白净，透一点儿红，一双眼睛黑黝黝、水灵灵的，仿佛是深井里晃动着的一汪清泉，海蓝色的半袖衫领子围着雪白的脖子，浑身散发着晶晶莹莹的青春朝气。巴书记见到这位中专毕业生后，见她伶牙俐齿，长相也挺好，心里自言自语："这个同志留在办公室工作很合适。"他离开人事科后，回到了自己办公室，忽然想到了在沟门乡工作的白华文眼下还是单身，还不如把她分配到沟门乡工作，让这两个年轻人在工作中多接触一些，说不定还能撞出点儿火花。

不大一会儿，人事科长来请示关于李静的分配去向。巴书记很干脆地说："这是个新毕业的学生，把她分配在沟门乡吧，让她在基层锻炼锻炼。"

李静到达沟门乡时，正赶上中午吃饭的时候，乡长特意安咐白华文："李静同志刚来，待会儿吃饭的时候，你招呼她一下。"

李静把随身带的东西和一个大皮箱放在给她安排的房间里。她洗了一把脸，听到有人喊她去吃饭。她用手将头发向后拢了拢，就走出了房间，叫她去吃饭的是白华文，他们一起向食堂走去。

中午饭是面片，李静还没来得及买饭票，是白华文付的。吃完饭后，李静回到自己的宿舍，白华文又来帮她收拾了一会儿屋子。李静送他走的时候，他又回头看了一下站在门口的李静。李静笑了。他看着她端庄的面容、高挑的身材、秀美的短发，心里想：她的妈可真会生呀，生下这么个袭人的姑娘。

李静第一天上班，当晚，她在日记中写道："今天的天气很好，风和日丽。我走出校门已有一月有余，今天正式上班了，开始去叩响人生这扇奥秘奇幻的大门，心中充满了对未来的憧憬和追求。要追求什么呢？这当然包括对事业的追求、对友谊的追求、对生活情趣的追求，还有对爱情的追求。我清楚地知道，只有追求，才是年轻人勃勃生机的源泉，也是不断前进的动力。

“今天，还认识了白华文同志，这位党委秘书看上去不像个干部，倒像农村里的一位大哥哥，不知道他们家里有几口人？”

白华文的工作虽不算太忙，但他是个闲不住的人。食堂喂了三头猪，由于在食堂吃饭的人不多，剩饭和泔水也没多少，加上炊事员喂猪也不是很尽心，饥一顿饱一顿，猪只见长毛不见长膘。白华文看到这个情况后，主动到野外拔猪草，用自行车驮回来喂猪。夏秋两季，这个分外的工作，除了天阴下雨，他几乎一天也没有中断。国庆节的时候，食堂杀了一头猪，一称二百多斤，炊事员逢人就说，猪喂得这么好，有白华文的辛苦和汗水。乡政府烧开水的工作由下夜人员负责。白华文每天起得很早，常到锅炉边帮助加煤捅火，水一开，他总是从乡领导办公室拿上暖瓶，打好开水后又一一送到领导的办公桌上。一次两次也许谁也能办到，天天如此，可不是件容易的事情，难怪乡长在几次会议上都表扬了他。

有一次，白华文正蹲在锅炉旁接开水，他不知道李静就站在他身后，而且离得很近。他拧上暖瓶盖往后一倒退，正好把李静撞了一下。他人高马大，俩人又都没有防备，李静手中拿的暖瓶掉在了地上，瓶胆碎了一地，她也打了个趔趄。白华文愣了一下，有点儿不好意思，连忙说：“真对不起，我不知道你站得离我那么近……我给你买个新暖瓶吧？”

李静听后说：“哎呀，你原来是个小气鬼！暖瓶碎了能赔，你把我撞得这么疼，这个怎么赔呀？”

“这个……这个……这个怎么办才好呀！”白华文知道李静在开玩笑，但也装着束手无策的样子自言自语着。

李静回头看身后没有打水的人，低低地说了一声：“好办，你心上老想着我就行了。”说后觉得脸有点儿红，她紧盯着白华文的反应。

白华文假装自己没听见，忙又问：“你说什么呀？”

“没听见吗，那就算了。”李静眨了眨眼看着白华文说。

其实白华文听得清清楚楚，只是不知道怎么回答才明知故问。他把手里提的自己办公室的那个暖瓶递给李静，李静没有伸手接，只是用手指着白华文说：“你呀你呀，快回你的办公室去吧！”

中午吃饭的时候，白华文又谈起了这件事，李静斜视了他一下说：“我们的大秘书，你有完没完了，该说的你不说，不该说的你反复说。”

白华文听后，心里想：“什么是我该说的呀……”

那年初秋，有一天电闪雷鸣，下起了大雨，乡政府院内就地起水。白华文看见雨水越积越多，知道出水道堵了，他拿了把铁锹到院中疏通水道。李静透过窗户看到他挖水道的时候连雨衣也没有穿，她拿了一把雨伞急忙跑到了院中。她一边撑起伞给白华文遮雨一边说：“这么大的雨，你淋感冒怎么办？”

白华文一边疏理着出水道一边说：“用不了多大工夫就弄好了。你回去吧，我也不是纸糊的人。”

李静没有听他的话，继续给他打着伞。下水道通畅后，她打着伞把白华文送到他办公室门前，本想进去坐一会儿，唠一唠，可白华文在进门时，扭头对她说：“你回去吧！”李静噘了一下嘴，扭身回到了自己的屋里。可她进屋后，站也不是，坐也不是，心里就像水斗子打水——七上八下的，她有点儿怪怨自己：他让走就走，也太听话了，今天我偏要进他的办公室。

她从皮箱里拿出那件早已织好的玫瑰色毛背心。她原想在冬季送给白华文，现在想马上给他拿去。她回想起从市里买回毛线后，曾找到白华文，让他给架一下毛线，绕成团球后挑起来方便。记得他那粗壮的胳膊上缠着细密的毛线，笨拙得一摆一摆，努力配合着自己的动作，偶尔毛线打结了，他就停下来，耐心地解开。当时自己感到，这多像一根红绳拴着两颗火热的心啊！她想到这里，感到全身有点儿不大自然，她拿起毛背心捂在自己的胸口上，她也说不清楚，这种感觉是怎么来的，又要牵着自己走向哪里。

当然，李静心里是有数的，她知道友谊和由异性引起的感情冲动与爱情有关，但不是爱情。目前，自己和华文的相处，大抵就处在这样一个阶段。她拿了一张旧报纸包住了那件毛背心，打着伞走到了院中。

白华文听见敲门声，开门一看是李静，有点儿惊讶，随即就问："是不是有事？"

"没事就不能来吗？"李静气冲冲地顶了他一句。

白华文感到刚才自己的问话有点儿生硬，赶忙又说："我这个人嘴笨，你千万不要多心。"

李静没搭理他说的话，坐在一张椅子上对白华文说："我给你织了件毛背心，今天送给你吧。"她看见他没有过来取的意思，就随手放在她右前方的办公桌上，以商量的口气说："有空你试一试，看长短肥瘦合适不合适。不过，我对你的观察是仔细的、准确的，估计用不着改动了。"

白华文走到办公桌前，拿起毛背心看了看，很认真地说："这毛线是多少钱买的，我把本钱给你，至于你付出的辛苦，我就心领了。"

李静似乎有点儿生气的样子，拧了一下眉说："你一张嘴就是钱呀钱呀的，不觉得没意思吗？"

白华文看见李静不太高兴，想开个玩笑逗她乐一下："好，既然你不让我提"钱"这个字，我就不问了，毛背心我收下啦！你今天给了我一块大大的牛奶糖，有朝一日，我一定还你一匹小小的蒙古马。"

李静听了这话笑了好大一阵子，郑重其事地说："你说话要算数，我可要等着了。"随后又眉开眼笑地说，"前一阵子，咱们一起看的那场晋剧叫〈双蝴蝶〉吧，你看梁山泊那个傻样。"

白华文平常不爱多讲话，此时听李静说到的剧情，也顺着开了口："我看那个祝英台也不怎么样，你既然有那个意思，为什么不明来明去呢？其实梁山泊是个诚实的好人。"

李静好像是第一次听到白华文说出这么有滋味的话，笑得前仆后仰。

外面的雨还在下着。

第二章 /来到喇嘛湾公社/

要时刻保持着清醒的头脑，脚踏实地地工作，干干净净地做人。

李静走后，白华文试穿了一下那件毛背心，很合身，他心里暖暖的。他把毛背心叠好，小心翼翼地放在了衣箱中。他又拿起李静临走时给他抄写的一首唐诗，耳边回响着她说的话：“你读过这首唐诗吗？你可以把它背会。这前两句‘君问归期未有期，巴山夜雨涨秋池’，说的是一对情人两地同心，魂牵一线。后两句‘何当共剪西窗烛，却话巴山夜雨时’，是讲他们盼望着有一天窗前并坐，剪烛夜谈。”

白华文一边看着那首诗，一边品味着“剪烛夜谈”的含义。其实，他对李静的心思是有一些了解的。他感到李静是个很不错的姑娘，长得漂亮，又有文化，工作中任劳任怨，为人处事大大方方。他只是觉得自己要走的路还很长，在事业上的目标还八字未见一撇，过早地谈情说爱会影响自己的进步，更何况时时处处关照自己的巴书记从来没提过这个问题，说明还不到时候，只能听着李静的旁敲侧击去装聋作哑。

有一天，全乡的干部到一个村里参加义务劳动，干的活是割高粱。白华文从小在农村长大，各种农活拿得起放得下。他割得和村里的后生们一样快，留的茬子也很低，割下的高粱秆也放得有头有尾。村里的老农夸他是个文武双全的好干部。在地头休息的时候，人们知道他还没有成家，一位大婶指了指李静对他说："听说乡里头那个年轻的女干部也没对象，你们俩不是挺合适的一对吗？"

白华文似乎没动脑子，马上回敬了一句："兔子还不吃窝边草呢！"说得大家都笑了起来。李静也听见了他说的这句话。

白华文站起来准备又干活的时候，裤子后边上沾了不少土，那位大婶让他拍打拍打。他说："土是最有灵气的，土中有宝，土一点儿也不脏。"华文说出这些话，没有一点虚假的成分，人不亲土亲，他对土是有感情的。

中午吃完饭后，白华文坐在一块大石头上喝着开水，李静见就他一个人，走到他跟前说："你上午在地头说得那句话，我以前也听过。"

白华文把碗放在石头上，慢腾腾地说："我那是凑热闹瞎说呢！"

"管它是不是玩笑话，我想说的是兔子不吃窝边草，是因为其他地方有嫩草，有好草。假如其他地方没有可吃的东西，它还是会吃窝边草的，要不就饿死了。"说完这句话后，李静扭头离开了白华文。

有一天，李静问白华文："你是党委秘书，我经常看见你拔猪草呀帮助烧锅炉呀，分内的工作见你干得不多。"

"这你是不是有点儿错怪我了？你知道，咱们这一级政府是个基层政权，多数情况是执行上级决定，乡政府行文不多，我的工作就是收收发发，偶尔写个简单通知，用不了多少时间就干完了，空余时间干点儿这干点儿那，我心里踏实，也高兴。"

听了这话，李静又问："你这是不是韬晦之计。"

白华文喝了一口水说："你想错了，我没有那么高深。我这个人不爱出风头，也没有野心。我经常想起在干校学习期间，一位老师曾语重心长地告诉我们：“咱们中国的名画多用‘留白’，画幅中最能引人遐思的地方，往往就是那个‘留白’之处。所以，生活中多一点儿空白，低调一些，干什么事也不要做满，要留有余地。当然空白不是空缺，更不是苍白，它以静滋养着动，以无提携者有，它能给人的精气神充电，给人的底气打气，帮助人们更好地前行，又不引人注意。”

李静听得津津有味，几次说：“这话多有哲理，有时间你再给我说说，我要记一下。我觉得核心是进可以攻，退可以守，有充分回转的空间。”

时间过得真快，很快“三秋”工作就结束了，按照乡党委的工作安排，白华文、李静在一名副乡长带领下，提着红油漆筒，在本乡各个村刷写大标语。标语的内容是旗委宣传部统一拟定的。

完成这一任务没几天，白华文听到巴书记要调往青山市工作的消息，心里感到很不安。从参加工作到干训班学习，又到沟门乡当党委秘书，他的事都是巴书记亲自过问安排的。他内心里不仅把巴书记看成是自己的一位可敬的首长，还早已当成自己一位贴心的亲人。巴书记真的离开这个旗，自己以后的路怎么走，谁来指点？他想来想去，决定专程到旗里一趟，打听一下此事是真是假。

白华文见到巴书记后，直截了当地就问：“巴书记，听说你要到市里工作了，走时把我也带上吧，再让我当通讯员我也愿意。”他说到这里，以恳求的眼光望着巴书记。

“你不要听那些小道消息，要安心工作。”巴书记说完这句话后又问了一些乡干部的情况。接着他对白华文说：“在我们这个革命队伍中，不管是谁，一个时期在这里工作，另一个时期又到了别的地方，这都是正常的现象。但有个原则，不管到什么地方或是干什么工作，那都是组织上考虑决定的事情，个人只能无条件服从，不能跑，不能要，这是规矩。一事当前，先替自己打算，那就要吃大亏，甚至还要栽跟头。”

听着巴书记的话，白华文频频地点着头。

送走了白华文，巴书记独自在室内踱着步，他也听到省里有人提议让自己到青山市任职的消息。他倒没有过多地想自己是否被提拔使用，但他认为并非空穴来风。他心里盘算着，在旗里还有不少想办还没来得及办的事情，特别是对一些干部的使用问题。他想到这里，取出一份全旗各单位各部门党政干部的花名册，认真地看起来。

巴书记边看边想，他想对那些不放心的部门和单位采取“掺沙子”的办法，对那些碍手碍脚不称职的干部运用“搬石头”的手段。多少年来，他想好要办的事情，推进的速度是惊人的，没有多长时间，白华文同志被任命为喇嘛湾公社党委副书记。

听到白华文要调走的消息后，李静着急了，她找到了白华文，一见面就说：“听说你高升了，第一是祝贺；第二提个要求，我也要走，也到喇嘛湾公社工作去。”

白华文听到她的话，迟疑了一下说：“关于你的情况，我这几天也一直在想，当然到一块工作那是最理想的。但我说了不算，这个事只有找巴书记，如他点了头，就好办了。”

李静也清楚华文说得是对的，她反应很快，马上又说：“巴书记对你那么信任，你快点儿给我找找巴书记吧，就说我也申请调动。不然的话，你走了，把我丢在这里，让狼吃了也没人知道。”

白华文看见李静有点儿激动，赶忙说：“我后天就去找巴书记。”

沟门公社（刚从乡改称人民公社）的干部们和白华文照了分别留影，并开了欢送会。李静看到自己调动的事情没一点儿动静，准备找白华文催问一下。正巧，巴书记来到沟门公社检查工作，她找了个机会向巴书记谈了自己想调动的事情。

巴书记看见李静很恳切的样子，以为她要求调离沟门公社是和白华文商量好的，随便问了一句：“你和小白现在处得怎么样了？”

李静说："我们在工作中还配合得不错，能互相关心、互相支持。"

巴书记又问："如果不介意的话，我想知道一下你们个人问题谈到什么程度了？"

李静叹了一口气，似乎有点儿怨气，但也坦率地说："他是一个很不错的年轻干部，对自己要求很严格。不瞒您说，我倒是有那个意思，等待他先开口。可他好像是根木头，似乎从来没往这方面想，或者想了，也不露声色。当然，这也可能是我的错觉。"

巴书记没有太认真地考虑李静谈话的含义，心里想，将来俩人真成了家，两地分居，还会找麻烦，不如现在就给他们一个碗大汤宽。临离开沟门公社时，巴书记告诉李静："你跟我谈的调动工作的事，我已和旗人事科打了招呼，你过几天去办理调动手续吧。"

白华文到喇嘛湾公社工作还不到一个月，李静也调到这里工作。经白华文副书记提议，李静当了公社妇联主任。

有一次，白华文到旗里开会。他在干训班学习时的一位同学在旗里临时组建的审干办公室工作，他悄悄告诉华文，在"审干"中，有人揭发李静在入党时隐瞒了重要的社会关系，她没有向组织上说明自己有个舅舅在一九四九年跑到了海外，这是对组织不忠诚的表现，是个政治错误。对此，目前正在内查外调，如要落实，李静很可能因此受到处分。

从旗里参加完会议回到公社后，白华文没有把自己知道的这个消息告诉任何人，见了李静，仍和过去一样，但他心里已有了新的盘算：自己家几代清白，根红苗正，如果和李静的关系再往前发展，将来势必背上有海外关系的黑锅，这会严重影响自己的前途和进步，甚至可能断送自己的政治生命。一想到这点， 他甚感胆寒。过去几年，他也知道李静的心思，原想等她正式挑明的时候，来个顺水推舟。可现在，面对突然出现的这么一个严肃的政治问题，再也不能有丝毫的犹豫了。这退堂鼓怎么打，他确实有点儿犯难。

在一个周末的下午，李静来到白华文办公室，没等坐下来就说："今天，我想跟你打开窗子说亮话，这么多年了，你看对我有什么意见，可以提提。”

听到李静咄咄逼人的问话，白华文一时不知如何回答。他想了一下笑着说：“你今天怎么了，气呼呼地，问了这么个问题？我们也不是开党小组会，需要开展批评和自我批评，如非要提意见，你先做个自我检查，我看你检查得是否深刻。”讲到这里，他看见李静脸上有了笑容，又拐弯抹角地说，“这几年我看到一个奇怪的现象，城里的女孩子一见下雨，怕湿了衣服脏了鞋，总盼望着快点儿雨过天晴。而农村的姑娘们，碰到雨天，即使被雨水浇湿了，心里也是乐滋滋的。”

李静听了这东一榔头西一斧子的话，有点儿丈二的和尚摸不着头脑，她不解地问：“你说的话，我似懂非懂，不知道你想表达什么意思？”

白华文以商量的口气说：“咱们说点儿轻松的吧，你提出的那个话题比较沉重。当然，我必须声明，我对你真的没意见，我看见的李静同志全身都是闪光点，是个人见人爱、花见花开的好闺女。我这话你满意了吧？”

“不满意！”李静假装不高兴地说。虽然她没有得到称心如意的答案，但听到华文对自己的夸奖，心里还是美美的。

“秀才在一起谈书，屠夫在一起谈猪，和你这知识分子在一起，不谈点儿诗书，恐怕有负你光临我寒舍的辛苦。”

“啊呀，你越来越会说了！‘谈书’呀，‘谈猪’呀，这话我是第一次听到，很有意思。”李静边说边站起来走到华文面前，知道他刚才在看《三国演义》，她拿起那本书边翻边问，“这是巴书记送你的吧？你看了几遍了？”

“这本书百看不厌，我也不知道看了几遍了，越看越想看，一有空我就想翻翻。”华文说到这里又问李静，“你最近看什么书？”

“我还是看《中国历代诗词鉴赏辞典》，我对这本书也爱不释手。”

“你把《三国演义》这本书快翻烂了。你喜欢书中那个人物呢？”

白华文听到李静又问自己，他笑着说："这个问题问得好。我也曾问过自己几次，书中哪个人物让我们难忘，让我们尊敬。我有时喜欢孔明，有时又觉得曹操有吸引力。咱们先说孔明。他从三顾茅庐、火烧赤壁、七擒孟获到计谋司马………谁曾看见他眉头紧锁、羽扇轻摇的无奈？谁曾听到他遥望蜀道寒云那心酸的叹息？在五丈原飒飒秋风吹落枯叶之际，他走了。他鞠躬尽瘁，殚精竭虑，在历史的长河中，有谁不为他唱起赞歌？至于曹操，有人说他多疑奸诈，我觉得他临江把酒，横槊赋诗，即使岁月柒白了他的头发，他依旧高歌：'老骥伏枥，志在千里；烈士暮年，壮心不已。'戏剧中把他弄成个白脸，说是奸臣，我看有失公平。"

李静认真地听着，感到华文讲得引人入胜，她以佩服的语气对华文说："你的文化素质提高得这么快，又有这么好的口才，当个副书记，是绰绰有余的。"

"你过奖了。你会背那么多唐诗宋词，这方面我就差远了。以后，你有时间好好教教我。"华文讲到这里忽然又想起了什么，马上急着说，"我差点儿忘了问你了，你喜欢古代哪个写诗词的人？"

"我还是欣赏李清照。她纵然帘卷西风，人比黄花，但她的词溅落在历史的长河里，仍能激荡起遥远的绝响。"

"今天，咱俩的谈话多好啊，第一次以书为题，以充满文学味道的语言交流，彼此都有启发，彼此也很难忘。"华文以领导者的口气做了总结。

近一个时期，巴书记正在马不停蹄地察看各公社和一些生产大队的工作情况。他来到了喇嘛湾公社。当晚，他来到白华文办公室，见他正看着一本厚书，巴书记走到桌边看了一下那本书的封面，是《钢铁是怎样炼成的》。他边翻看着那本书边对白华文说："这本书很有教育意义，前一阶段我也看了一部分。书中有个叫保尔的吧，还有个冬妮亚。"白华文点了点头。

巴书记说到书中人物的时候，好像又想起了什么似的，又问白华文："下午我见到了李静同志，她主动向我谈了一些情况。到目前为止，她还不了解‘审干’期间牵连到她的事情。当然，这个正在甄别，还没有做结论。在这种情况下，你对她不冷不热的态度，我是理解的。不过你也到了找对象的年龄了，组织家庭的事该提到议事日程上了，你想找个什么样的人呀，能不能告诉我。”

白华文对巴书记说：“我考虑来考虑去，还是找一个农村出身的为好。”

第二天，巴书记被派到二兰家吃饭。二兰全家都很重视，二兰妈早早地就准备好了饺子馅，还把两个儿媳妇叫来一起包饺子。

中午吃饭的时候，巴书记见到了二兰，这位姑娘给人一种喜盈盈的感觉。他问了二兰一些情况，知道她高考落榜了，也不准备再补习了，眼下正等待机会想找个工作。从二兰的言谈举止中，巴书记感到她既有农村姑娘的持重腼腆，又有城市女孩的热情大方。特别是一笑，嘴角儿立即映出两个浅浅的酒窝，像两池碧波荡漾的湖水，既清澈纯净，又有点深不可测。吃饭期间，巴书记还不时地瞅一下二兰，在他端详姑娘的那一刹那，脑中总是闪着白华文的影子。

下午，巴书记还专门找了这个大队的支书，详细地了解了二兰家的情况。晚饭后，二兰很有礼貌地说：“巴书记，您坐着喝茶，我去南院我二嫂家了。”

二兰走后，巴书记问二兰妈：“你们的姑娘有没有对象？”

“没有，她一直在念书。”二兰妈边收拾碗筷边回答。

“那我给她介绍一个吧。”

听了巴书记的话，二兰妈很高兴，她用毛巾擦了一下手，也盘坐在炕沿边问巴书记：“你介绍的是哪儿的人呀？”

巴书记很干脆地告诉二兰妈：“就是你们公社的白副书记。”

二兰妈一听，扑哧笑了，眼珠子滴溜溜转了两转，她对巴书记说：“最近人们议论他的事可多了。”

巴书记心里想，他来这里工作时间不长，是做了什么事惹起了社员们的议论。他问了二兰妈："你听到一些什么议论呀？"

二兰妈清了清嗓子说："那天，我去供销社，门前聚着不少人，有说有笑的。我站在那里一听，正说着白书记。说他有一天到一个大队了解情况，中午吃饭的时候，大队支书把他领到了一个生产队的队房，他还没进门，就闻到了炖肉的香味。一进门，炕上坐着大小队干部八个人。大队支书请白书记快上炕，并说：'马上咱们吃手扒羊肉、喝烧酒，这也是我们大队的一点儿心意。'白副书记一看这个架套，一个人吃饭九个陪，炕上坐的几个人像是一个个饿狼，他心生厌恶，什么话也没有说，气冲冲地扭头离开了那个队房。当天晚上，他就召集该大队两级干部开了一个会，对他们大吃二喝的行为进行了严厉批评，骂他们是败家子，是给党的脸上抹黑，是破坏干群关系的行为。他还就这个事情给公社广播站写了一篇稿子，点名道姓地批评了那个大队和有关干部。听说那个大队的支书听到广播后气狠狠地说：'这个人不识抬举，一来就给放了个黑头脸，咱们是为了他了，他还以为是拿开水煺他了。他再来了，给他喝高粱面糊糊。'也有的社员悄悄地说：'莫非公社来了个真八路？'"

"噢，原来是这些议论。"巴书记听后长出了一口气，又跟二兰妈说，"明天，我就离开你们这里了，你跟二兰谈一下我提到的事，尽快让他们两人见见面，对了当然好，看不对就拉倒。一家女百家求，谁也多不了什么，少不了什么。至于二兰的工作问题，我给联系一下，有了消息，我告诉你们。"

巴书记回到公社后，又把前前后后的情况跟白华文讲了，白华文好像没听见似的，什么话也没说。

巴书记临离开这里的时候，又反复叮嘱白华文："你现在工作刚打开局面，今后的路还很长，要时刻保持清醒的头脑，脚踏实地地工作，干干净净地做人。有了成绩，要想到组织的培养；有了挫折，要检查自己的责任。另外，要注意多栽花少栽刺，不要轻易得罪人，人言可畏。”

第二天上午，二兰妈把巴书记提亲的事和二兰讲了。二兰一听就火冒三丈：“什么年代了，你们还想包办！”

“妈说的不是包办，是让你们见个面。人家巴书记那么大的官儿给咱们提亲，这是看得起咱们家，咱们也得识抬举、知好歹，总得给人家一个回话吧。”二兰妈心平气和地给女儿解释着。

“我不见，谁愿意见谁见去！”二兰很生硬地说。

二兰妈一听有点儿恼火，她知道二兰和本村奇小明从小是同学，关系不一般。在气头上，她也不顾二兰能不能接受，捡起什么就说什么：“你是不是还惦记村里你那个同学呢？他们家穷得叮当响，耗子进了他们凉房都流着泪往外跑，这些，你不是不清楚，你怎么那么死心眼呢？另外妈跟你说，他那个妈不干净，明里暗里勾引着一个人，你们要是真成了家，我们这两家结成亲家，那村里的人会笑话死我们家了。”

“反正我不见，我谁也不找，我要到五台山当尼姑去！”二兰说着上气不接下气地哭了起来。

看见女儿哭得很伤心，二兰妈也没有再说什么，有点儿拿不定主意，扭头走出了家门，想到南院和二儿媳妇商量商量，看有什么良策能让二兰和白华文见见面。

晚上，二兰妈把白天和二兰的唇枪舌剑和老头子粗略地说了说，二兰爸听后冒出一句粗话：“明天告诉二兰，天底下男人多得是，难道就他小明是个叫嘎子[1]。”

“你说的话真恶心！”二兰妈说这句话的时候，忽然想起老头子串门子的事，气不打一处来，咬着牙对二兰爸说：“这天底下什么人都有，还有把不要脸当本事的人。你还有脸说别人，你也不是个好东西，没脸没皮的，天底下女人多得是，你怎么就喜欢闻她那个骚味呢？”

[1] 叫嘎子：方言，“公驴”的意思。

“你怎么一说话就抬杠呢？”

“这不是抬杠，说到病上拼了命，看你那个熊样。”

老两口你一言我一句，骂来骂去，谁也不服谁。

这一夜，二兰妈躺在坑上，翻来覆去睡不着，不知道胡思乱想了些什么。

第三章 / 想起了高二那年 /

看见他笑得干干净净，那一刻，二兰清楚地看到了彼此之间名叫爱情的东西。

二兰妈把二兰说的话告诉了二儿媳，长长地舒了一口气，嘴唇还有点儿哆嗦，接着又说："人们常说：'女大不中留，留来留去留成仇。'这话一点儿都不假。我好言好语，让他们见个面，她就动了那么大的气，也不是让她上刀山火海，就哭得死去活来。这成与不成先放在一边不说，不见面，咱们怎么向人家巴书记交代呀！另外，妈也不是没头脑，想来想去，找这个小白，对二兰和咱们家，都是个不赖的选择。可这个死闺女好歹不识，好话不听，我看她将来有吃不完的后悔药。"

二兰二嫂听后，心平气和地说："妈，您千万不要生气。二兰岁数还不大，发点儿脾气也是您惯的。咱们慢慢跟她说，细水长流，要顺着毛毛扑拉，给她讲清利害关系。我看这事您暂时别管了，我去试一试。有什么结果，我随时告诉您。"

二兰的心刚刚平复了一点儿，见了二嫂，又哭了起来，好像受了多大的委屈，露出了一副可怜无助的样子。二嫂看见小姑子秀美的脸上挂着的泪珠，眼睛肿得像个胡桃，心里也很难受。她拿了一块毛巾，在温水中泡了一下，双手拧了拧，边给二兰擦脸上的泪花边说："我听妈说，是和你商量，也没逼你非去看不行，何必哭成这个样子。"

二兰低着头说："二嫂，你心里知道，我去相了人家或他来咱们家见了面，这纸里包不住火，让小明知道了，我怎么给人家解释呀！"

"你这话说在根子上了。找对象是关系一个人一辈子的大事，不能不慎重。'男怕选错行，女怕嫁错郎。'女的找不下一个合适的对象，到时后悔也来不及了。都说找对象是前世姻缘，命中注定，我看不完全是，作为女人更应该把握好自己，别遇到了合适的，让他从身边溜走，等醒悟过来了，打着灯笼也找不到人家了。当然，我说的这些没有特定目标，也不涉及特定个人。但我们心里必须明白，现在年轻人挂在嘴上的爱情，那不能当饭吃，它也不是味精。找对象，人样子是要看的，但人样子的首要标准应该是健康，脸蛋好看与否并不是最重要的，三天看人，四天后就看心了。其次，两人要过日子，经济条件不能不讲吧。至于性格，有些男人婚前婚后显露的不完全一样。我是一个过来人，说了这么多，你听也好，不听也好，但作为一个念了那么多年书的人，你的脖子上应该长着自己的脑袋。"

二兰很认真地听着二嫂的话，少了些刚才的没精打采，多了一些理解的眼神。她对二嫂说："你刚才不在，妈的样子可凶呢，什么话都说，还骂了人家奇小明家，我也不顾三七二十一，顶呛了她几句。我知道妈不可能把我往火坑里推。"

二嫂是这个家最了解二兰和小明来往情况的人，好几次小明和二兰就是在二嫂家约会的。她早已看出小姑子和小明已经谈对象了。但她还是希望二兰和白华文见个面，见个面不是非要订婚的，这样，起码婆婆有个台阶可下。她对二兰说："你方才说得很对，老人说什么都还不是为了咱们？既然不是往火坑里推，那见个面又有什么了不起的呢？”

二兰略微平静了一下，伸了伸腰对二嫂说：“这个事不能听，听了的话还不如往我心上扎一刀子。”

二嫂听见二兰把话说得这么绝，也没有再劝。

二嫂走后，二兰边揉着眼睛边回想着，小明的影子不时出现在自己脑际。他那饱满聪慧的天庭，神采奕奕的眸子，特别是挺直的腰板和那精神抖擞的神情，还有白生生的一嘴牙……想着想着，她心上好像开了一朵花，情不自禁地想起了高中二年级那年两人一起回乡的情景。

开学快一个月了，转眼又到了国庆节，学校放假两天，正赶上中秋节，小明和二兰向班主任又请了一天假，准备回故乡和家人过节。

第二天一早，东方刚显出了鱼肚白，二兰和小明一前一后走出了南校门。由于走得早，没有赶上学校的早饭，走到城南门跟前，二兰看见一个焙子铺，她走到跟前买了三个焙子，随后给了小明两个。他们边走边吃，很快来到从东奔腾而来的哈伦河北岸。小明看见水流湍急，想下去试试深浅。二兰忙拦住他说：“你不要下去，水火无情，咱们等一会儿，看有没有过河的马车。如果有，到时跟赶车的求一下，搭个顺车就过去了。”

等了好大一会儿，也没有一个车影子，小明有点儿着急，又要下河去。二兰硬拽住他的胳膊，死活不让他下水里去。正在此时，从北面走来两男一女，可能是当地人，了解这里的水性，在离他们不远的一个地方脱鞋挽裤下了水。小明和二兰赶紧来到那几个人下水的地方，看着那三个人手拉手在水中行进，也看到靠南岸那边的水比较深，但也没到大腿根处。那三个人顺利到了南岸后，小明就脱鞋挽起了裤子准备下水。他看见二兰也张罗着脱鞋时忙说：“你不用脱鞋了，我背上你过去。水凉，我怕你受不了。”

二兰听后，一股暖流流进了心田，她踌躇了一下说：“那多不好意思呀！”

小明也没等她同意不同意，背起二兰就下了水。他们俩顺利地到达了南岸。小明坐在沙地上穿鞋的时候，瞅见二兰的脸红扑扑的，他笑了。看见他笑得干干净净，那一刻，二兰清楚地看到了彼此之间名叫爱情的东西。

他俩在岸边稍微休息了一会儿，就沿着一条土路向东南方向走去。

时间过得真快啊！青春就像旋风似的飞来了。说实话，二兰早就注意小明了。他们俩同生在喇嘛湾村（现在公社所在地），从小学起就在一块儿，同时考进了青山市中学，初高中又都在一个班。小明身材修长，五官端正，坐有坐相，站有站姿，有一股使人倾心的男子气。特别是他学习努力，成绩优秀，更使二兰朝思暮想。当然，小明也注意二兰了，尤其是她那一笑，真够倾城的。俩人心照不宣，心里都有希望，都有期待。那两双眼睛像两颗火燧石，已经碰出了谁也没有察觉的火花。

俩人一路上有说有笑，不知不觉就到了中午。可能都有点儿饿了，二兰想起了学校每天吃的窝窝头，扭头对小明说："你们男生经常唱的那首《窝窝头歌》挺有意思的，你给唱一遍吧。"

小明笑了一下说："看来你的肠子和胃打架了，又想起了窝窝头，也想望梅止渴，那我就给你'画饼'了，能不能'充饥'，就看你的感受了。'窝窝头呀窝窝头，从前见了你直发愁。医生说你有营养呀，我说他是瞎吹牛，瞎吹牛……'"二兰听着，咯咯地笑个不停。小明忽然叹了一口气说："可惜，就这窝窝头一顿饭才给分一个，那饿肚的滋味真是不好受呀！"

小明的这句话让二兰想起，由于自己饭量小，每顿饭把分到的窝窝头掰下一小半用纸包起，趁同学们不注意的时候送给小明。有一次，二兰曾对小明说："人家说做贼心虚，我没有做贼，但每次给你送窝窝头时就感到心虚。"

小明听后很感激地说："你经常给我的那半块窝窝头，让我这一辈子都忘不了你。"

此时日头已偏西，二兰脚上已起了泡，她走得速度明显慢了，她对小明说："咱们休息休息吧。"她边说边看了看左右，在一块向日葵地边的圪楞上坐了下来。那块地里，还有不少葵花仍开着花，一眼望去，黄澄澄，亮闪闪，在风中摇曳起伏，荡荡漾漾，像惊涛澎湃的滚滚洪流，激起二兰许多动情的遐想。置身在这如画的风光中，她的肚子好像也不太饿了，腿脚也不怎么疼了。小明见二兰望着葵花地出神，他把书包放在了她跟前，钻进了那块葵花地。二兰打开他的书包，见里面有两包火柴、一斤多块盐，还有一小包干姜面。眨眼工夫，小明掰回一个快成熟的葵花头。他递给二兰，高兴地说："这可是雪中送炭，你快吃吧。"

二兰看了一眼那个向日葵头，又看了一下四周围，低声对小明说："你不怕人家看见说你？"

小明不知听见这话没有，又向一块山药地走去。他自己的腿也像灌了铅似的，也是咬着牙向前走的。他心里想，现在累是肯定的，但关键是肚里太空了，人是铁饭是钢，一顿不吃饿得慌。早晨走得急，又没有经验，要是准备点儿干粮就好了。

小明刨回了二十几颗土豆，来到二兰休息的地方。他找来一些干树枝和枯草，很熟练地用树棍子刨了个小土窑，烧起了土豆。

两个人吃了一气烧好的土豆后，走起路来又有了些精神。（多少年来，每年冬天取暖时，二兰总爱在火炉下边放几个山药蛋烧烤，吃起来津津有味，那很可能是一种精神寄托，也可能是对那段难忘岁月的怀念。）

二兰对小明说："刚才我看你书包了，你给谁买的那些东西呀？"

小明有点儿不好意思地说："我身上也没几个钱，只能给我妈买了这些便宜的东西。"

"看来你还挺会过日子的。"二兰边笑边说。

此时，太阳已快落山了，二兰对小明说："很久以来，我都有种感觉，同是那个太阳，落日总比朝阳更富爱心，你能说清楚是什么原因吗？"

"你问得这么突然，我也没有认真考虑过这个问题。原因这可能是眼睁睁又看着它带走一段岁月。"小明边说边问，"我的答案行不行？"

二兰没有回答小明的问话，高兴地喊道："你看，我们终于快到家了！"一种无法抑制的激动浸透了全身。

他们看见了故乡农舍房顶上袅袅的炊烟，看见了村后一大片柳林在风中摇曳，看见了小溪的波光在爽爽的晚风中迷人的闪烁。一湾情歌从两个年轻人心中优美地飘过。

第二天下午，小明来到二兰二嫂家。看见他进了院，二兰二嫂心里感到特别高兴，她上下打量了一下小明问道："今天见二兰了吗？"

"昨天我们走得太累了，她脚上还起了泡，我估计她睡懒觉了，我没有找她。"

二兰二嫂听了小明的话后说："她上午还来南院了，你去找他吧。"

小明听后低下了头，说话的声音不太高："我也不知道什么原因，竟然没有勇气去后院他们家去找她。"

二兰二嫂听出了他的话外之音，笑着说："噢，原来是这样，那么我去告诉她一声。"说完看了一眼小明，转身就向大门走去。正巧，二兰要来南院，知道小明正在二嫂家里，她急急忙忙进了屋。二兰二嫂在大门口站了一会儿，扭头到了东邻居家。

二兰坐在二嫂家大红柜前那条长木凳子上，小明很关切地问答："脚上的泡还疼吗？"

"昨天晚上我用热水洗完脚后，把泡挑破了，刚挑破时生疼生疼的，现在好些了。"

小明听后说："什么时间咱们挣上钱，头一件事就买一辆自行车，回老家时再也不用受这个罪了。"

二兰说："你学习成绩那么好，明年肯定能考上大学，等挣上钱买车子看来是五年以后的事情了，这个任务很可能落到我的身上。"

小明看见二兰说这几句话时舒眉展眼，含情脉脉，她那娇羞的神情，使自己也涌上了抑制不住的兴奋，他从炕沿边下了地，站在了二兰面前，傻傻地伸开了两臂。二兰慌忙地站了起来，推开了小明的手，边望着院中边说："你好大的胆子，让我二嫂看见多不好呀！"说完这句话，她感到言犹未尽，又补充道："明天就是中秋节，等月亮升起的时候，我在佛庙东敖包前等你。"

中秋节傍晚，暮色柔美得令人心动。西下的夕阳和点点晚霞退到了幕后，恬静安详的明月出来了。小明吃过晚饭，就拿了一颗西瓜和几个月饼向敖包方向走去。在敖包东侧，他见到了二兰。两人一见面，都把手中拿的东西放在地上，紧紧地相拥在一起。对于有着单纯而洁净情怀的二兰来说，小明伸开双臂的那个简单的动作，蕴涵了怎样的惊心动魄。二兰有点儿不敢直面对他，把脸稍微侧过去一些，刹那间，有一股陌生却又十分热络迷人的暖流漾过身心，感到内心世界的羞涩与真诚的渴望像两排巨浪相互冲击着。面对窈窕而不失丰满的二兰，小明的激情已压倒了一切，他紧紧地抱着她，忘情地吻着她……

"爱情"这门学问，原本也是师傅引进门，修行在个人的。可是，当爱神敲开了门窗，很多方面是无师自通的。当爱的火焰熊熊燃烧起的时候，是很难扑灭的……

激情过后，小明显得精神焕发，他很开心地说："我终于张开了爱情的翅膀，把你搂在了我怀中！"

二兰说："爱情，对于我们来说，是一个多么甜蜜的字眼。古往今来，曾有多少人赋予她美的色彩和诗的意境，在那优美感人的爱情故事里，我们常常能感受到高尚的爱情格调。"

听了二兰的话，小明又说："你说得真好。从此以后，我们的相处富有了血肉丰满的内涵，也富有了珍贵的价值。"

二兰一边听着小明真心倾诉，一边看着天上不断升高的月亮，她拍了一下小明的胳膊说："你快看，那月亮里真有玉兔和桂花树哩！"

小明顺着她手指的方向望着月亮，忽然说："我怎么没看见嫦娥呢？"

二兰开着玩笑说："你真有眼不识泰山，'嫦娥'不是早来到你身边了？"

小明听后哈哈大笑地说："你可不要偷吃长生不老的仙药，从我身边飞走啊！"

二兰笑着说："你把我抱得那么紧，那有机会飞走啊！"说到这里，她从书包中拿出一个月饼对小明说："中秋赏月不能不吃月饼。来，你一半，我一半。"她把掰开的一半月饼递给了小明。

小明边吃边问："你那么爱好文学，看了那么多小说，你能不能给我解释一下，为什么说'月是故乡明'呢？"

二兰略微思考了一下，胸有成竹地说："我认为，归根结底这表述的是一种心情，也是一种感悟，是对故乡的一种深深的眷恋。另外，故乡月最明，也说明故乡广袤的原野上，视线开阔，参照物不大，所以就有那种感觉了。"

小明边点头边说："言之有理啊，我奖励你颗西瓜吧。"

二兰看着小明从书包里往出拿西瓜，赶紧说："天这么凉，咱们别吃西瓜了。你要有兴趣的话，咱们再到小溪边走走吧。"

故乡村后的那条小溪，从东山蜿蜒而来，穿过荒野草滩，从喇嘛湾村后向西北方向流去，汇入哈伦河。这条小溪没有一点儿争宠的样子，一年又一年，涌动着温馨的浪花，缠缠绵绵地陪伴着岸边的欢声笑语。

二兰在小溪边蹲下，她多么想掰开小溪中一滴滴小小的水珠，倾听它经历的悲喜，抚慰它有过的忧伤。明月遥望着小溪缓缓流淌，寻找归宿的风儿也披着轻纱，在月光的陪伴下行进。小溪岸边的月夜是这样宁静。二兰拎起一根柳树枝，轻轻撩拨着溪水，一种久违的感动又涌上了心头。

二兰站起来，和小明手牵着手，在溪边漫步。晚风虽不大，但她感到有了一些凉意。这凉意又使她想起了古人歌咏中秋的诗句。她停住脚步对小明说："不知你注意了没有，古人的咏月诗很多，也很有意蕴，但我感到总有一些伤感，像‘此生此夜不长好，明月何年何处看’‘海上生明月，天涯共此时，情人怨遥夜，见夕起相思’等，这些怆然的诗句，总会给人平添些许伤感。”

小明接着说：“也有不伤感的，比如‘但愿人长久，千里共婵娟’。”他还想说一些，但看见二兰打了个寒战，赶紧说，“天不早了，又这么冷，咱们回去吧。”

二兰没有作声，无声胜有声，她那带有侵略性的眼光，使小明久久难忘。这中秋之夜小明的一言一行也使她知道，唯有爱才会让自己能够透过分享，而探寻到小明心灵深处的秘密。

那中秋月夜，两人分别的时候，小明又郑重地对二兰说：“你不要一开口就说自己考不上大学，那样就给自己解除武装了。离高考还有一年多时间，现在努力也不晚，千万不能自暴自弃。我看你不像一些女孩子会轻易地产生自卑感，我总觉得，你的娴静低调中其实隐含着你自己或许都没有察觉到的自信和要强。”

一年前经历的事情，仿佛就发生在昨天。二兰越想越激动，越想越喜欢小明，越想越坚定了不能和白华文见面的决心。她感到刚才母亲的威逼和自己的抗拒，好似娘母俩在井底吵架，自己对往日久久的回想，又像是从井里跳了出来，终于看到了浩瀚的天空。要不是看见母亲进了院子，二兰可能还要想下去，还有很多很多场景难以忘却。

此时，二兰心里有点儿忐忑不安，和白华文见面这个事还在那里悬着，妈肯定还要谈及这个事情，怎么给妈一个满意的答复，她左思右想，也没有一个拿定的主意。她心里很憋闷，怕她妈又来找麻烦，匆匆忙忙地洗了一把脸，准备去南院二嫂家，打听一下小明有没有接到大学的录取通知书。

第四章 /小明考上了大学/

咱们俩哪有高低输赢呀，“梅输雪三分白，雪输梅一段香”，你有你的优势。

小明家靠村子的东面，院子不算小，可房舍不太多。正房是五间的地皮，除了后墙早已垒好，靠东盖了两间正房，西边还空着，堆放着一些乱七八糟的东西。东墙靠北有一间凉房，向南依次是羊圈和牛圈。牛早已入社了，目前里边养着猪。

小明父母曾商量过，等小明长大了，快成家的时候，再把那三间正房盖起。由于一直供小明念书，家里收入也不多，盖房的事一直拖着。

他们家正房后有一棵很粗的榆树，树长得不高，刚过了房顶，就长出两个分枝，树头很大，每年谷雨后，那颗树上结着很繁的榆钱，小明上了房顶，就能够着榆树枝。二兰和许多小学同学，都多次吃过小明掰下的榆树枝上的榆钱，二兰一直记着那味道，清甜清甜的。

小明高考完了后，他妈几次跟他爸说：“儿子已到了娶妻生子的年龄了，咱们抽空先把坯子脱好，今年秋收后，看分红怎么样，争取明年开春后，把那三间正房搭挂起来，到时不会遮东顾不了西了。”

小明知道他爸在干完队里的活后，准备起早贪黑地脱一些坯子。他跟他爸说：“这个活我也干过，只是慢一点儿。我的意思是，爸和我把土起上来，洇上水，再用三爪子和锹把泥和好，脱的工序由我完成吧。”

他爸看了他一眼笑着说：“今天咱们父子俩一起把好土起出来，晚上担水洇上，明天一早我把泥和好，白天你试试看。不要贪多嚼不烂，脱时一定要把坯模子四角用力按实，中间要有点浅洼，这样起墙时能抓牢。”

小明家有个好坯模子，是他爷爷留下来的。那个坯模子非常光滑，没有一点儿毛刺，榫咬合得也非常结实。一早，他爸告诉他：“泥和好了，你吃了早饭就去吧。”

那天上午，小明一个人又是端泥又是压模，站起来又蹲下，衣服上溅满了泥点子。初秋还带着盛夏的余威，他虽汗流满面，但看见湿乎乎的坯子一排排整齐地排列在那里，他心里感到很惬意。

一连干了四五天，虽然腰酸腿疼，但小明一直咬着牙干，掩泥下水，农家子弟从来不怕苦和累。由于脱下的坯子干得慢，不能起放，他有时间喘一下气。

小明自估了一下自己的高考分数，心里还是有底的，但没有接住录取通知书，心里一直感到不踏实。他仍每天看一会儿书，心想：假如考不上，明年还得进一次考场。

晨风掀开了故乡黎明的雾纱，轻轻撩拨着那颗大榆树的树枝。小明又在院中转悠着背俄语单词。听见他妈喊他吃饭，上炕刚喝了一碗山药稀粥，听见大门外有人喊自己的名字。他赶紧跑到门口，一看是位邮递员，忙问：“你找谁？”

“我找奇小明家。”

小明听了邮递员的话后急匆匆地说：“我就是奇小明。”

邮递员抬头看了一下小明，从邮包中取出一封信说："这是你的信。"

小明当即拆开了信封，跑回家里就说："爸妈，我考上大学了！这是录取通知书！"

他爸看见他喜笑颜开的样子，马上问："这通知书上写了些什么？你给爸念一下。"

小明眉飞色舞，好像有一种做梦的感觉，他激动地说："我考取的学校叫医学院！"

他妈听到这儿打断他的话问："这医学院是学什么的？"

小明告诉妈妈："医学院是培养医生的学校，在这里学习四年，毕业了，就是大夫。"

他爸一听，噢了一声说："是这么个学校，那是不是四年一念完就能挣上钱了？"

小明笑着说："毕业了，工作了，自然就有工资了。"

提到了"钱"字，他妈顿时皱起了眉，忙问小明："这念大学还得准备学费吧，得准备多少钱？"

小明看见妈妈愁眉不展的样子，不慌不忙地说："这里有学校给家长的一封信，除了祝贺的内容，信中也清楚地讲到需要用钱的地方，每月伙食费是12元，开学的学费是6元，课本和资料费稍微多点儿，是22元。"

他妈算了一下说："要这么多钱呢。"

小明知道家里没钱，怕爸妈为此操心，以安慰的口气说："爸妈不要愁，钱是人挣的，车到山前必有路。前几天我到公社邮递所打听有没有我的信，看见墙上贴着一个公告，说供销社开始大量收购甘草。咱们村四周围到处长着那种药材，咱们这里的人把这种药材叫甜草苗。明天我和我爸就去挖。另外，咱们家还有五只母鸡，把攒下的鸡蛋卖给供销社，凑够那几个钱用不了多少时间。至于每月的伙食费，学校肯定有助学金，可以评定。我估计，根据咱们家收入情况，我评不了甲等，也能评个乙等。开学时，我让大队给开个证明。”

小明说到这里，看见妈脸上的愁云散了一些，他爸仍抽着旱烟，不声不响，脸色既高兴又凝重。

中午吃饭前，小明洗了一下头发，换了一件白衬衣，他想把这个好消息尽快告诉二兰。他来到二兰二嫂家，一进门就说："二嫂，告诉你个好消息，今天接到了录取通知书，我考上了大学啦！"

"二兰知道了吗？"二嫂问小明。

"我还没告诉她呢。"

听了小明的话，二嫂又说："那我给你招呼她一下，你等着。"

二兰很快来到了二嫂家，小明赶紧把通知书递给了二兰。二兰看后，并不像小明预料的那样显得格外激动，而是不冷不热，若有所思，接着冷冰冰地说："应该祝贺你，你是咱们村的第一位大学生。"

小明看见二兰闷闷不乐的样子，猜不透她心里想着什么，以试探性的口气说道："再等一等，看看有没有你被录取的消息。"

"我考得怎么样我还不清楚，我已经跟你说过了，我肯定没戏。"

小明听后马上说："有戏也好，没戏也罢 ，总得有两手准备吧。真出现了你说的那种情况，咱们得重整锣鼓，横下一条心，你再补习一年。苍天不负苦心人，有了这种决心，再加上勤奋，成功的把握还是很大的。这方面的例子很多，像曾和你住在一个寝室的那位姓苏的同学，去年没考上，补习了一年，我听说今年考上了农牧学院。"

"唉，人比人比死了，鸡比鸭子淹死了，怎么都是一辈子。条条大路通罗马，为什么非要走那独木桥？人是活的，不能在一棵树上吊死。"

小明听到二兰的话有点儿消沉，还有点儿自暴自弃的味道，本想鼓励她一番，又感到不是时候，委婉地把话题岔开说："按理说，我考上大学你应该高兴，有一个考住总比两个都名落孙山好一些吧。"

没等小明把话说完，二兰就似真似假地说："有什么好的呢？你上了大学了，是有文凭的人了，城市里灯红酒绿，到时你早已把我这个乡下人忘记了。咱们差距大了，距离远了，感情势必就淡了，慢慢就散了，这好像是一条规律。”

“啊呀，二兰，你太敏感了，你忘记了‘距离产生美’这句话了？何况我是个穷学生，即使将来有点儿出息，我怎么能忘你呢？咱俩青梅竹马，我这一辈子离不开你，一定会和你相伴终生，比翼双飞。”

二兰一听，心里暗暗高兴，她刚才那些尖酸的语言正是想让小明说出这样的话。可她不知怎么想的，又冒出一句让小明难以理解的话：“舌头是软的，怎么说都由你。”

小明终于忍不住了，对二兰发动了小小的反击：“你这么一大气不知道说了些什么话。人总是不愿意检查一下自己，我倒是担心你朝秦暮楚呢！听说有人正给你介绍对象，还是公社的一个头目。”他边说边瞅着二兰，看她怎么回答这句话。

二兰丝毫也没有考虑，接着小明的话就说：“介绍归介绍，看不看、找不找那得我说了算吧。”她略微停顿了一下，朝小明深情地看了一眼，低着头说道，“前几天，在柳林间，人家把姑娘最珍贵的东西都给了你，你还不放心，还怕别人把我抢走了。”

听到这话，小明慌忙地低下了头，也没敢接这个话茬。

二兰看见小明有点儿不好意思，想调节一下气氛，又说：“你劝我的那些话都有道理，但茫茫宇宙，没有蓝天的深邃，还可以有白云的飘逸；没有大海的壮阔，还可以有小溪的优雅；没有原野的芬芳，还可以有小草的翠绿。我坚信，在人生的征程中，我不是旁观者，我能找到自己的位置，也能有自己的光源和声音。”

小明终于抬起头，笑着说：“老天爷要是有眼的话，你将来的位置就是作家协会的会员。但是，我还想说，如果真的出现你预料的情况，你什么也不要想，一个心眼要抓紧时间补习，不要气馁，明年一定会有好消息。当然，努力了，奋斗了，如果还没有‘会当凌绝顶’的自豪，也不要后悔，总有一天会有‘一览众山小’的欣慰吧。”

两人分手后的第二天一早，小明就和他父亲拿着锹和镐头来到村西边一大片草地里挖起了甘草根。

吃过午饭，二兰看见她爸妈都午休了，她悄悄地跑到小明家。小明妈正准备洗被子护里和褥单，二兰二话没说，坐在一个小板凳上就要洗，小明妈执意不肯，二兰也没听。小明妈看着她穿的粉红色的半袖衫子，齐耳短发，两只白白净净的手在搓板上洗着被子护里，心里乐得像开了花似的，好像二兰已是过了门的儿媳妇。她不时地走到二兰面前说：“歇一会儿吧，回家喝点儿水再洗。”

二兰抬起头笑嘻嘻地说：“您别管我，洗的东西也不多，很快就完了。”快起晌的时候，二兰把洗好的被子护里和褥单挂在了院中的一根铁丝上，和小明妈打了一声招呼，就回到她二嫂家了。

这一天，小明和他爸费了九牛二虎之力，挖了一小捆甘草根。父子俩相跟着到了供销社收购站，由于甘草根子比较细，被评为三等，卖得一元七角钱。拿着这一元七角钱，父子俩都很高兴，决定第二天早起，趁天凉爽的时候多挖些。次日凌晨，父子俩又来到了村西边。经过前一天的实践，他们已有了一些经验，专找那些甘草苗多且苗杆壮的地方挖。果然，挖到了一根上头有锹把粗的甘草根，父子俩一直掏了一丈多深才砍断了那根甘草。这一天挖的甘草被评为了一等，收入了三元一角钱。就这样，父子俩靠挖甘草根加上卖的鸡蛋，凑够了小明开学所需的钱。

小明考上大学的消息，从他接到通知书的那天起，就成了这个村子议论的中心话题。

有的说：“七岁看大，八岁看老，那娃娃从小就勤快，指大识小，一看就是个有出息的人。”

有的说：“那老奇家也是有德行的，养了这么个争气的儿子，将来老俩口吃香的喝辣的就不在话下了。”

女人们也围坐在一起，你一言我一语。

“这小明考上了大学，二兰妈老子可能就不反对他们闺女找小明了吧？”

“那不一定，那两个老人死脑筋，是个属猪的，咬住就不放。”

“不过二兰也不是省油的灯盏，还能听她妈老子的话？”

“你们知道不知道，有个大官给二兰介绍了公社里的一个副书记。我看呀，不管是副呀正呀，二兰心里头恐怕只有小明。”

“咱们这才是咸吃萝卜淡操心呢！人家二兰命好，这两个找了哪一个都不错。”一个中年妇女以肯定的口气下了个结论。

时间一晃又过去了十几天，小明告诉二兰，他九月一日开学，准备八月三十日到校。二十九日中午，二兰又来到小明家。小明妈给切了一颗西瓜，二兰啃了一牙子。看见后炕上放着一小口袋炒面，她问小明：“这是你妈给你准备的吧，是不是大学里吃不饱？”

小明看了一眼那袋子炒面，对二兰说：“这个我还不知道。不过，接到了通知书后，我妈给我准备的第一个上学用品就是这袋子炒面。”

“儿走千里母担忧嘛！不过这么重，路又那么远，怎么背呀？”二兰像是自言自语，又像是对小明说着。

“明天四小队的马车进城卖西瓜去，我已经跟人家讲好了，到时把行李和炒面让马车拉上，我就轻装上阵了。”

二兰听了小明的话，以商量的口气说：“我想到柳林那边送送你。”

“我看不用了，人多嘴杂，省得他们瞎说八道。”

二兰听了后想了一下说：“我也死猪不怕开水烫了，任他们胡嚼去吧！我去送你。”

小明听后对此也没说什么，只是很遗憾地跟二兰说：“以前开学放假，咱们都能结伴而行。明天，我只好单枪匹马上路了。一想到这，我不但感到孤单，而且感到还有点儿凄凉。古人有‘劝君更进一杯酒，西出阳关无故人’的诗句，我呢：上学路上无二兰，孤苦伶仃心意乱。袋中少钱难买酒，请你再吃一牙瓜。”说着又拿起一牙西瓜递给了二兰。

小明看着二兰吃着西瓜，又说：“今年五一节那天，我们到公园的假山前，你抚摸着抽出鲜嫩新叶的柳枝，端详着含苞欲放的桃花。我走到你面前，彼此对视的一刹那，你笑了，那灿烂的微笑，成了我心中一朵静美的兰花。你那双闪烁光华的眼睛久久地注视着我，我们一同畅游羞涩的爱河。多少次，我们带着绿叶和红花的幻梦绘制未来的彩虹；多少次，我们用春风和雨丝交融的心灵去体味爱的神韵。我有时看见从你深湖似的眼睛里升起一面绯红的帆，有时又听见你以姑娘的纯情唱起甜美的歌，我渴望你的微笑常在我身边升起，渴望你的温情成为我攀登的云梯。”

二兰听着，忽然啊呀了一声，笑呵呵地说：“你今天怎么了，抒不完的情，浪不完的漫，哪有这种临别赠言呀！不过你其中有一句不错的话，让我成为你攀登的云梯，如今你可攀上去了，可我这‘云梯’惨了。这都怪早恋吧，这早恋真是青春的坟墓。高一那阵子，我也曾暗暗下定决心，要在学习上和你比个高低，争个输赢，可后来，心里脑中都让你占据了，再也没地方装数理化了，那成绩不掉下来才怪呢！”

小明想给二兰解释一下两人并不是早恋，但他很快放弃了这个念头。他慢慢地对二兰说：“刚才我陷入了对往日的回忆，目的就是不忘过去；忘记了，那就意味着背叛。另外，咱们俩哪有高低输赢呀，‘梅输雪三分白，雪输梅一段香’，你也有你的优势。”

第二天一早，二兰从院中摘了十几个西红柿来到柳林边。不大一会儿，她看见了小明，小明也看见了她。小明小跑着来到二兰身边，二兰从衣兜中掏出了一张纸给了小明。小明一看，是二兰的临别寄语。

小明：

你已经有了金榜题名的骄傲了。四年后，我和你共同点燃洞房的花烛。尔后，春天有你也有我，共享一样的温馨；雨天有你也有我，共踩一样的泥泞；秋天有你也有我，共有一样的憧憬；雪天有你也有我，共有一样的清纯。

四年一晃就过去了，我等着你。

你的二兰

九月二十九日夜

小明看后装在自己上衣兜中，对二兰说："你这四季歌好感人呀！这是我接住的第一封情书，写得真好！"

二兰又把西红柿递给了小明，并说："实在寒酸，你就拿上吧，万一饿了，比吃烧山药方便些。"

小明说："千里送君终须一别，你看马车已经走远了，我得赶紧追去。"

二兰听见这话哭了。

小明又来安慰她："快别哭了，我也不是'走西口'，你当那个玉莲干什么？"

这话挺起作用，二兰听后一下子笑了，忙说："你快去吧。"她心里一直惦记着小明在路上是否吃了那几个西红柿。（人这个动物真有意思，二兰对烧山药一直有情有义，但对西红柿却冷若冰霜，想起它就伤感，就想到了分离。）

蓝天苍苍，岁月悠悠，古往今来，多少爱和恨，多少悲和怨，多少次生离死别，留下了多少感人肺腑的故事。爱情是甜蜜的，但在它的甜蜜里又往往会夹杂一些难言的苦涩。二兰万万没有想到，她和小明在柳林间的一时冲动和忘情，竟给她带来了无穷的烦恼和沉重的压力。

第五章 / 白华文和二兰见面后 /

要想成为将军的妻子，先要嫁给一个好中尉。

这几天，二兰妈发现二兰一吃完饭就想吐，而且不管吃什么，总要放不少醋。她也观察到女儿这一阶段面容憔悴，神色慌张。她怀疑女儿是不是得了什么病了。二兰也感到自己过去很准时的那事已超了半个多月还没来，她学过生理课，几次心里自问自，是不是柳林间干的那没底子事惹的祸。她不敢往下想了，从早到晚坐卧不安，心境像掉进了枯井那样幽暗与惆怅，心也是咚咚地跳个不停。

二兰彻夜难眠，越想越怕，她来到二嫂家，始终是低着头。她向二嫂讲了前前后后的一些情况，尽管她说得断断续续、含含糊糊，但二嫂是过来人，一听就知道二兰摊上事了。

面对这突然出现的情况，姑嫂俩一时都没了主意。二嫂心里想，广播里经常宣传“人多干劲高，热气大，好写最新最美的文字，好画最新最美的图画”，当下明令不允许打胎，显然做人工流产这条路是走不通的。如何摆脱二兰面临的困境，还有什么可行的办法，她苦苦地思考着。

二嫂先想到要给小姑子减轻压力，否则出现个三长两短，那就鸡也飞了蛋也打了，更没意思了。她一本正经地对二兰说：“一个人的命运有时很难由自己掌握，常常会由一个偶然性的因素所摆布。像目前你出现的情况，不能说你一点儿责任也没有，但主要的过失不是你应该承担的，实际上你也是一个受害方。另外，人不可能一辈子都生活在一尘不染的玻璃罩里边，哪家的锅底都有点儿黑，关键是遇到这么一个麻烦事，就要有灵活的头脑去应对，找出一个最好的解决办法：一要做到绝对保密，就我们家这几个人知道，再不能扩散；二要保证你和肚里小东西的安全，这样被当作命根子的声誉就不会有太大的损伤。”

二兰仔细听着二嫂的话，两眼泪汪汪的，像一只无助的羔羊呆呆地坐在那里。尽管她的举止和以前没有多大变化，显得还是那么娴静，但她的心里愁云密布，思想中背着沉重的包袱，二嫂宽慰她的话，也一时难以治愈她的创伤，她感情的伤口一直渗着血。都说“生年不满百，常怀千年忧”，二兰年轻轻的，却碰上了这么个棘手的问题。她想到在可知与未知中，那些过往的情景何时才能成为灰烬，前面的道路千条万条，哪一条才能让她顺利前行。

二嫂想了想又说：“二兰，这么大的事，不能瞒着妈，我待会儿到后院先和妈谈谈，看妈是什么态度。”

二兰也没有阻拦的意思，只是说：“你们千万别拿我的心当足球踢，那样我会受不了的。我也真倒霉，就那么一次，惹下了这么大麻烦，捅下个大娄子。有句话叫‘船过无水痕’，看看我的倒霉相，这话有没有例外，看来还得探讨，真正对的是‘一失足成千古恨’。”

二嫂又说：“有那么严重吗，还要千古悔恨？我看没那个必要。自古以来，男女之间的故事举不胜举，唱戏的、写书的、村里男男女女坐在一起闲唠的，都离不开这方面的内容，有爱美人弃江山的，有爱江山也爱美人的，世界上男男女女之间的事情，数不清，看不尽，你也别把自己的这个事当成天大的问题。说得不好听点儿，那是人的本能，是水到渠成的事情。我说这话不是说你做得多么对，只是希望你驱散心中愁云，不要把那事老挂在心上，二嫂保证不笑话你，会觉得你是不小心跌了一跤。”

见到婆婆后，二嫂向婆婆讲了二兰的近况。还没有讲完，二兰妈就暴跳如雷，大声骂道：“哪辈子损了德啦，养下这么个不要脸的东西！这人活脸面树活皮，墙头活得一把圪渣泥，她做出这么丢人的事情，还有什么脸见人呢？”

二嫂看见婆婆脸红脖子粗的样子，心平气和地说：“您也不要生气了，气也不顶用，咱们得赶紧想个办法不让外人知道出了这个事。对二兰您也没必要再动气了，万一她想不开，那咱们到时后悔也迟了。我已经数落她很长时间了，当然也讲了不少让她宽心的话。”

二兰妈马上问：“你说有什么办法呢？”

“刚才，我在路上就想好了，咱们让二兰赶快和白华文见面，只要人家看对了，咱们就趁热打铁，快点准备，把她聘出去。”

“唉，你不知道，这个死闺女，我曾跟她好说歹说，她一口咬定，就是不见。真是‘黑老鸹死了三年了——就剩下一个硬嘴了’。”

“妈，昨天的皇历今天用不上了。我们对她晓之以理，动之以情，讲清后果，还得抓紧时间，时不待人。目前，我看二兰顾不上别人了，她先顾个人的面子吧。”

二兰妈跟二儿媳说：“我不要出面，你去跟她商量一下，把利害关系说明白，看她怎么回话，咱们再商量。”

二嫂到后院找婆婆的时候，二兰独自一人坐在炕沿边思谋：爱情的幻影使自己陷入了盲目，出现了越轨的事情，踩了红线，假如没有什么后果，倒也情有可原，可如今，事与愿违，真是后悔莫及。天有不测风云，人有旦夕祸福，她心里的感觉是一半天堂，一半地狱。

不一会儿，二嫂回来了。她其实心里一直责怪自己的小姑子，但她脸色和语言没有丝毫表露，她怕起反作用。她对二兰说："这一碗水洒在了地上，收是收不起来了。这种事，男人们拍拍屁股就走了，吃亏倒霉的还是咱们女人。不过，你还日子浅，还不到露馅的时候，真要到了没看头的时候，全村的人会笑掉大牙了。"

二嫂又一本正经地说："这人算不如天算，和谁找对象都是命里注定的。妈那天让你和白华文见面，那也是做母亲的良苦用心，也是为了你将来好。这找对象总得考虑物质条件吧？当然，人品、形象、地位等因素也不能忽视。你有文化，又聪明，你比较比较，看找了谁，将来的家庭能够稳定？"

二兰一听没有马上回答，她深思熟虑了一会儿，慢慢地说，"事到如今，见见面，看一下也无妨。"

当天晚上，二兰妈知道了二兰已愿意和白华文见面，心里轻松了不少。她跟二儿媳说："巴书记这个媒人也不在，咱们找谁去告诉一下白华文呀？"

二嫂说："我看别惊动别人了，我明天一早去公社告诉白华文，请他中午来咱们家吃饭，到时和二兰也见了面，看人家说些什么。"

"好，那你明早去吧！看人家有没有时间。"二嫂听了婆婆的话后，转身回到南院自己的家。

第二天一早，二嫂照着镜子梳了头，换了一身洗干净的衣服和一双新买的大绒面鞋来到了公社院中。她和白华文讲了中午请他去家里吃饭，还编造了二兰早就盼望和他见面的话。白华文听到后很高兴，一口答应下了班就去。

快到中午的时候，白华文按照巴书记临走时的嘱咐，到供销社买了一块砖茶、两瓶白酒、一盒点心来到了二兰家。进门后，他把买的礼品放在柜顶上，就势坐在了炕沿边。

二兰二嫂用开水冲了一下玻璃杯，给白华文沏了一杯茶放在他面前的炕桌上。二兰妈不知怎么先开口，很不自然地问了一句："白书记来我们这里多长时间了？"

白华文轻轻地笑了一下说："您别这样叫我，以后叫我小白就行了，或者叫华文。"他边说边瞟着二兰，他发现二兰也时不时地看着他。

二兰妈此时心踏实了许多，她定了定神又问道："你们家里有几口人？"

"我父母亲老两口在村里务农。还有个姐姐也聘在了本村，姐夫是个木匠，没有营生时也在地里劳动。和你们家一样，都是扛锄头的。"

二兰二嫂听到这儿插了一句话："你可是个拿笔杆的呀！"

白华文看了一下二兰说："你们或许不知道，我手里拿的是笔杆，心里老想着锄头。"一句话说得大家都笑了起来。

二兰趁家人们不太注意的时候，好几次仔细地看着白华文，他魁梧挺拔的身躯、气宇轩昂的神态以及透着刚毅性格的目光，给她留下了很深的印象。

在白华文的眼中，二兰确实是个漂亮的姑娘，她那对水灵灵的大花眼早已勾住了他的魂。

二兰看着眼前的白华文，心里总是不由地想起小明白生生的牙和笑眯眯的脸，和他不在一起的时候，是朝思暮想；到了一块，彼此都有那种如痴如醉的柔情。可眼前的这位副书记，看上去也是一位不错的男人，初次见面的言谈举止，在她心海中没有泛起汹涌的浪花。但自己眼下有难言的苦衷，她强迫自己的视线迎候白华文的目光。找对象需要有理性，千万不能任性，她也努力开导着自己，既然巴书记给介绍，起码说明对他印象不错，肯定他在书记心目中也有一定的位置。她想着二嫂最近常在她耳边说的话，什么"亲"呀"爱"呀，那都是些虚无缥缈的东西，还是现实一些为好。二嫂还多次提醒，一个女人碰见一个好男人也是不容易的，一经遇见了，千万不要玩丢了。

找对象是人生中的一件大事，对二兰来说，能否改变自己的眼光，重新调整选择的标准，进而懂得换个角度欣赏新接触的人，不再固执于昔日自我单一的追求，这是个很不好解决的大问题。她的心中矛盾着、斗争着，她陷入一时找不准答案的思考中。

吃过饭后，其他人都有意离开了，屋里只剩下华文和二兰。

二兰把茶杯中的水倒在院中，给白华文重沏了一杯热茶，满面笑容地问：“你们最近的工作忙吧？”

白华文喝了一口茶，对二兰说：“我来的时间不长，近一阶段主要是到各个大队走了走，熟悉一下情况，搞点儿调查研究。”

“调查到什么了？”

听了二兰这么一问，白华文打开了话匣子：“收获可不小。我给你说几件我亲眼见到的事情，让你哭笑不得。有一天中午，我在一个大队正吃饭的时候，听见小喇叭里正广播这个大队的会计写的一篇通讯稿子，描述了他们大队社员出大力、流大汗、战天斗地、多快好省地建设社会主义的喜人景象。广播中特别提到，这里的社员们黑黢黢时下地，看不见时才收工，两头不见太阳，在地里‘比学赶帮超’，使全大队的面貌发生了翻天覆地的变化。听了广播后，我想感受一下那种令人鼓舞的场面。下午，我跟大队支书和一个生产队长到了一片高粱地头，我一看，顿时惊呆了：二三十号人，男的、女的都在圪塄上横七竖八躺着睡觉。大队支书看到这个情况，很尴尬；那个小队长很生气，一边用吆喝牲口的腔调喊叫着，一边用脚踢着社员们的身子。那些社员们揉着惶恐的眼睛，胆怯怯地望着我们三个人，一个也没有吱声的，没有一点儿反抗的意识。我的心一直剧烈地抖动着，我只在地头跟社员们说了一句话：‘这人哄地皮，地皮就要哄你肚皮。’返回的路上，我跟大队支书和那位小队长说：‘你们何苦呢，图个虚名，尽吹牛，害人也不利己，干事情应该实事求是，另外也得注意劳逸结合，要关心社员们的生活’。还有一次，我到另一个大队，一进村，就看到一个女社员边敲锣边哭喊着：‘大家不要学我，我偷了队里的萝卜，这是破坏集体经济的行为。’到了大队部一打听，是这个女社员昨天晚上收工时拔了生产队五个胡萝卜，她别在裤腰带里进村时，被巡查的人发现了，今天让她沿街悔过。我听后很生气，狠狠地批评了大队的领导，她拔了队里的萝卜是不对的，但不能像耍猴一样去对待一个人。”他说到这里唉了一声又说，“你问了我一句，我说了这么多，忘了我们今天的正题了，你看行不行？”

二兰有点儿明知故问：“什么行不行？”

白华文很郑重地说：“我说咱们能不能处下去？”

二兰多了个心眼反问道：“你说呢？”

白华文又说：“明人不做暗事，我是看对了，就看你吧。”

二兰没有直接回答他的问话，只说了一句：“那你就常来我们家玩吧。”

这天之后，华文一有空就来二兰家。来了，一点儿副书记架子也没有，不是扫院，就是担水，二兰父亲母亲非常高兴。人们也知道二兰和白书记正在搞对象，不少人见了二兰，有意无意地总要夸奖白华文一顿。二兰也知道他群众威信很高，平时不爱多说话，但谈起工作上的事也滔滔不绝，特别是有实干精神，也有人情味，上级领导也经常表扬他，她看到他身上的闪光点一天比一天多了。

来往的次数多了，彼此间谈话也随便了，两人很快就接触到组建家庭这个主题。白华文对二兰说：“结婚建立家庭是需要慎重对待的事情，它不像用铅笔写字，写错了可以用橡皮擦，一抹了之。”

二兰边点着头边说：“你说得有道理。在大千世界中，家庭虽然只是个小小的细胞，但只有这些细胞跳动起生命的火花，才能激活社会伟岸的身躯，所以家庭的稳定也是很重要的。”

华文以欣赏的目光听着二兰的话，他说："前一时间，我一听到你这些酸文加醋的话，就感到别扭，甚至还想劝你少用点儿文词儿，但听惯了，慢慢地品味，才想到你说的话有思想、有深度。也正因为这样，为了拉近和你在这方面的距离，彼此有共同的语言，我最近看了不少书，摘录了一些自己喜欢的句子。"他边说边从衣兜里拿出个小笔记本给二兰念了一段："要想成为将军的妻子，先要嫁给一个好中尉。"

二兰眨了眨眼睛说："看来我们的白书记还野心不小呢！不过我想告诉你，不是我不相信这位'中尉'的努力和前途，而是认为在和平的环境中，相当多的'中尉'都要脱下军服，到地方上施展才华，又有几个'中尉'能跻身在'将军'的行列里呢？到头来很可能出现的结果是'天生一个当官相，人稠地窄轮不上'。"

华文皱了皱眉说："不能说你说的没一点儿道理，我这里强调的是人的自信和向上攀登的勇气。"

原来，寻找爱情的人，就像在河边捡石头的小孩子，放下手中的那一个石子时会对自己说："我是否还会捡到更大更好看的石子呢！"二兰感到和白华文相处，虽然少了些诗意，少了些抒情，但他身上的优点那么多，很可能就是那个又大又好看的石子。

每个人都不是完美无缺的，自己也应该有自知之明，再不能在冲动的游戏中追求感官的刺激。二兰和华文处了这么长一个阶段，彼此间日益增加的信任正在相处中不断地升华。

她几次走到玻璃窗户前，遥望着夜空，想着以前的同学，想着在公社任职的华文，心中的无奈和期待很难用语言来表达。她总是自言自语："听天由命吧！"

巴书记知道了他们俩正处于热恋中，而且已在谈婚论嫁，他很高兴。他找了和自己一同住过窑洞、一同开过荒的战友，给二兰安排了工作。

二兰得知自己马上到青山市农牧业机械管理站上班的消息后，十分高兴，但一想到自己肚里的情况，又愁云满面。她找到了二嫂，谈到了自己下一步究竟该怎么办。

二嫂跟她说："活人还能让尿憋死？反正你们快结婚了，迟一天早一天都是两口子，是一家人了。我看迟不如早。"她怕二兰没听懂，又笑着说："二嫂不是让你学坏，你也这么大了，加点柴火，把生米做成熟饭，到时谁能说清呢？"

二兰无奈地苦笑了一下。但听了二嫂的提示，她往公社华文宿舍跑得次数明显多了。她几次试图用缠绵的语言和多情的眼神来激活他的欲望，但他总是规规矩矩，一副君子的面孔，真有点儿坐怀不乱的样子。男追女隔重山，女追男隔层纱。有一天晚上，她和华文你一言我一语，不知不觉快到十一点钟了，华文说："时候不早了，我送你回去吧。"

二兰壮着胆子说了一句："不回去不行吗？非要赶我走。"

华文一听笑了一下说："我不是赶你，你想坐就坐吧，坐到天明，我也能陪到你天明。"

二兰看了一眼那张单人床，又用别有深意的眼神看了一下华文，红着脸说："我累了，我在床上躺一会儿。"

白华文走到他面前，有点惊讶地说："你真的不回去了，不怕你妈来找你？"

二兰什么话也没说，两只眼睛直勾勾地盯着华文，目光里充满了恳求和热望。

白华文看见二兰躺在了床上，心底迸发出一种异乎寻常的热情，心脏急速地跳动起来，全身像触了电似的，他拉灭了室内的灯。

华文脱了衣服上床后，二兰一下子抱住他的脖子亲了一口，她的手似乎成了他欲望之船的领航员，让他忘情地驶入了爱的港湾……

当床上的风浪平静下来后，二兰有了一种如释重负的感觉，她把思念和包袱一起揉碎在了那张床上。

第二天早晨，华文一直回味着二兰身上洋溢着的清新和淳朴，二兰也体会着华文从骨子里散发出的强悍和活力。她临离开公社的时候，回头望着站在办公室门口的华文，心仍还狂跳着，两抹红晕怎么也不肯从两腮上消逝。

第六章 / 看望小明 /

感情的两岸猿声啼不住，无缘的轻舟已过万重山。

二兰到农机管理站上班的第一天，站长感到这位年轻人是个有背景的人。站长找二兰谈了话，他亲切地说："你今天第一天上班，咱们站又增加了新鲜血液，大家都欢迎你！从今天起，你将开始自己人生新的征程。我们相信你，在未来的工作中一定会牢记为人民服务的宗旨，树立远大的理想，在工作中做出成绩。另外，你要多向老同志学习，谦虚谨慎，不断进步。像唐诗说得那样要'更上一层楼'。我想，这'更上'就是说不能待在楼梯上原地踏步，当然'更下'那就更差劲了。二兰同志，你说我说的有没有道理？"

二兰聚精会神地听着站长的话，听见问自己，她往前欠了一下身子，以感激的口气说："谢谢站长的关心！您刚才语重心长的话，我会记在心里，您看我今后的行动吧！"

站长连连说了几声好，站起来对二兰说："经领导们决定，你去政工科工作。我可以告诉你，那个科的几位同志都是党员，你去后要靠近组织，积极要求进步，可以搞搞宣传工作。关于这方面的事情，我已跟你们科长打过招呼了。今后有什么困难或要求，你可以直接找我反映。"说完后，站长把她领到了政工科。站长还让办公室把大门左侧一间不到二十平方米的房子腾空，给二兰同志临时居住。

上班的第一天，二兰感到既新鲜又兴奋，晚上躺在床上左思右想。事业上，自己已有了立足的岗位，在未来漫漫的征途中，自己究竟要展示怎样一种形象，是一团向上的火焰，还是一溪向下的流水，还是一叶蹉跎的浮萍，这都需要自己认真规划和实践。她暗暗下定决心，绝不在夕阳西下时幻想什么，而要在旭日东升时投入工作，朝着"未来"，奋斗"现在"，不达目的，誓不罢休。

二兰上班没有几天，就给白华文写了一封信：

华文：

我已经正式上班了，站领导对我很关心，把我分在政工科，让我搞搞宣传工作。更使我喜出望外的是还给我分了一间小平房，我已经把这间屋子收拾得很干净了，我和这间小屋子等着你的到来。

那天，你跟我讲到你在调查研究中的见闻，你的正义感令我感动。当干部，千万不能骑在农民的头上指手画脚，再就是不痛心农村的凋敝，却醉心于田园的风光。我不明白的是不少大小队干部，他们当年或许都是带头人，在旧社会也都受苦受难，为什么现在却称王称霸呢？我临离开村里的时候，我们那个大队四小队的两位下乡知识青年曾找过我，她们和我是同一个学校毕业的，是校友，我见了她们，有一种自然的亲近感。她们哭着跟我讲，初中毕业时，她们响应号召来到了农村。在学校欢送她们的大会上，校长讲到，农村是个广阔的天地，在那里大有可为。她俩带着学校赠送的草帽，手握着镰刀，迎着早晨八九点钟的太阳来到了村里，决心脚踏黄土地，心怀全世界。开始她俩干得还挺欢，可天天背负蓝天面朝地，越来越感到天地倒是‘广阔’，但‘大有可为’遥遥无期。那个生产队队长总是把最重最脏的活分配给她俩干，什么淘厕所、起粪堆等，总少不了她们二人。有一次累得实在干不动了，俩人半躺在粪堆旁，被生产队队长看见了，他过来就骂。她们顶了他几句，生产队队长拽起一个姑娘，照脸打了一个耳光子。我告诉你这些不是多管闲事，我听后心里一直很难受，这两个姑娘岁数都不大，在她们父母面前还是个孩子，那个队长怎么不把她们当人对待呢？你要是方便的话，我说得又属实，看看那个小队长是否称职。

你的工作一定很忙，我不想占用你过多的时间。还有一个事想让你知道，我们科长让我写入党申请书，我已经写好送到党办了。你有事可来信。

祝你工作顺利，身体健康。

二兰

×月×日

二兰把信寄出去后，回到那间小屋，呆呆地坐在床上，华文和小明的影子交替着在她的脑际盘旋，一会儿是干净的书生之脸、文雅的书生之躯，一会儿是似如木刻的五官和面带秋寒的神态。人得到的喜事都是自己争来的，苦果也是自己酿成的，她已没有太多的精力和太多的时间去点燃那浪漫的火花了。

她没有脱衣服，拉了一块毛巾被盖在自己身上，囫囵身子，迷迷糊糊地睡着了。

她和小明在无边无际的草原上流连忘返，望着蓝天白云，听着百灵鸟的歌声，感到自己是世界上最幸福的人。她不知道自己是从哪里来到了草原，也不知道要和小明奔向何方。小明在前面小跑着，她在后面紧紧追随。她只有一个目标，那就是追上小明和他并肩而行。她细长的手臂摆动着，秀美的头发跳跃着，眼看要超过小明了，后边突然奔来一匹狼，她害怕了，大声喊着小明的名字。小明回头拉她的工夫，狼已经咬住了她的脚后跟，鲜血顿时洒在了绿草中。她哭喊着："小明，你快跑！"小明也扯着嗓子叫喊："我不能丢下你不管呀！我要和那匹狼拼了！"两人哭着喊着……她醒了，原来是一场噩梦。她全身吓得汗津津的，眼睛泪汪汪的，枕巾也打湿了一片。

二兰起床洗完脸后，仍感到头昏胸闷，心想这大概就是魂不守舍吧。明天正好是星期日，不妨到学院看望一下小明，她也真有点儿想他。

在她迅速做出这个决定的一刹那，蓦然发现过往岁月的每一个绳结中，其实都有一个秘密的记号，本来朦胧的事情又会出现在眼前。本想和小明一直在一起，走那美丽的山路，也许崎岖不平、坑坑洼洼，也许荆棘丛生、路况不明，但她相信，那路上一定会有柔风，有白云，有小明的搀扶，有自己快乐的歌声。虽然这期望值一点儿也不高，可如今却成了痴心妄想。两人中间似乎已有了一道深沟，将两颗心慢慢隔开。人间没有卖后悔药的，死灰复燃也只是说说而已，她想忘记他，就像当年努力记着他一样，很费心力，越想忘记越忘不了。虽然曾有过的彼此的互相关心鼓励，曾说过写过的甜言蜜语，如今早已灰飞烟灭，可她心海上的航船，一直沉浮在旧情波涛的起落之间。

往事可以画上句号，但真情却无法消除，二兰虽想撕碎往昔的那一页去了却梦中的遗憾，但事与愿违，她的悔恨像一粒埋在土中的种子，又悄悄在发芽。

见了他该说些什么呢？她心里思考着，把和白华文交往的原因告诉他吧，也许能得到一些谅解，而且这也是个真实的很自然的理由，可封建了两千年的大环境，使她感到羞于启口，觉得说出去自己的脸面无处放。不说这个吧，再跟他重叙旧情，缠缠绵绵，也有点儿自欺欺人。思来想去，也不知道怎么办。她把前几天买下的一个笔记本和一支钢笔装进了书包，慌里慌张地来到了医学院。

小明开学不久后，曾给二兰写过一封信，二兰当时还在村里待业。二兰上班后，小明听到一些情况，就再也没有和她联系了。

这个星期天是个大阴天，天色灰蒙蒙的，二兰的心情也是沉甸甸的。她按照小明信里告诉她的学生宿舍楼号找到了三〇三房间，她正准备敲门，小明光着膀子拿着脸盆牙具从洗脸室走了出来。一见二兰，他的眼睛亮了，没头没脑地问："是哪股风把你刮来的？"还没等二兰回话，他又说，"宿舍里还有几位男生睡懒觉，你到南门等一会儿，我很快就去了。"

二兰来到南校门不久，小明就跑过来了，头发还是湿漉漉的。

二兰看见小明高兴的样子，心里不知道是什么滋味，她感到了小明的不舍，自己也有同样的依恋。

小明看见二兰，一开始心里还美滋滋的，但他很快给自己敲起了警钟：人家已准备结婚了，自己何必还自作多情呢？刚听到这个消息时，他心里特别难过，没有多长时间，变化却这么大，他百思不得其解。他失眠过多次，也痛苦了好长时间。他有时也安慰自己："天涯处处有芳草，只要真心找，何愁找不着？"但二兰的影子在他心里总是挥之不去。她今天来了，也能知道个究竟，看能不能卸掉压在自己心上的那块石头。

两人相跟着沿着学院南墙向东走去，彼此心中都装着很多话要问要说，但仿佛谁也不知道该从何处谈起。

还是二兰先开了口："你们学习忙吧？"

"还好，不算太紧张。"

"现在开了一些什么课呀？"

"全是基础课，据说大二时才学专业课。"

“吃得怎么样？”

“这个比咱们中学时代好多了，细粮是百分之三十的比例，粗粮可随便吃，起码不受饿肚的罪了。”

“每月得多少钱呀？”

“每月的伙食费是十二元。我评了助学金，每月给十四元，除交伙食费， 每月还能挣两元呢。”说到这儿，小明得意地笑了笑又说，“咱们生在新社会，长在红旗下，多幸福呀！要不像我家怎能供孩子上大学呢？”

二兰边点头边说：“是，现在制度好，只要自己努力，虽然道路可能有曲折，但前途肯定是光明的。”

小明又问：“你那里的工作还顺心吧？”

二兰说：“我上班时间不长，业务也不熟悉，但感到上边对农机工作抓得很紧，国家还专门成立了一个部，专抓农业机械化工作。中央领导还说，农业的根本出路在于机械化。至于我们这个单位，就是按照市里的分配计划，把拖拉机等大型农牧机具分配到各地，再组织批发些中小农具、半机械化产品以及维修用的零配件，起个‘桥梁’和‘纽带’的作用。”

他俩边说边走，走进了学院东边新栽的一片松树林中，俩人坐在一块大石头上。可能有点儿热，小明解开了上衣的纽扣，二兰也从书包中拿出一本杂志扇了几下。

突然，小明不知想起了什么，扭头看着二兰，又很快地低下了头，心里默默思谋：这朵鲜花不知要插到哪里，真是可惜了，这么一张漂亮的脸将由谁人抚摸。他的眼光有点儿生硬，又看了一下二兰，很严肃地说：“听说你快结婚了，要当书记太太了，这是真的吗？”

二兰听到这问话，心里很慌张，她抬起头仰望了好长一段时间，心情很沉重地说：“你是盼我好呢，还是盼我坏呢？”她很想说出柳林间那次事后的无奈，但话到嘴边又咽了下去。她很认真地告诉小明：“不管我将来到哪里，你说我能忘了你吗？”

小明听了这话，一点儿冲动也没有。如果说记忆中的往事曾上了浓墨重彩，经过风吹日晒后，如今已面目全非。当下自己是白马还是骡子都不重要了，再怀恋旧情也没有什么意义了。他强压住心头的郁闷，勉强地说："忘了忘不了都无所谓了，我已经熬过了那个心乱如麻的阶段，我现在明白了，痛苦也是需要锤炼的。"

二兰有意避开这个话题，她从书包中拿出笔记本和钢笔，又从上衣兜中掏出五元人民币，对小明说："这个送你留念吧。这五元钱是我第一次拿到的工资，虽然少得可怜，但也是我的一个心意，你拿去看买点儿什么。"

"笔记本和钢笔我收下，这钱我不能要。"

二兰见小明把钱又递给自己，也没有再坚持硬给，只是看着小明说："你看一下笔记本扉页。"

小明一看，画着一株兰花，正含苞欲放，花的右侧画着一颗红心。他稍稍定了定神，撇了撇嘴，沉默了一会儿说："画得不错。我除了看这兰花，望梅止渴，这笔记本还有写的内容吗？"

听了这话，二兰顿时觉得唇干舌燥，连说话都有些结巴了，她仍深情地看着小明，喘了一口气，和颜悦色地说："我记得高三上学期，你写的一篇作文，语文老师作为范文给全班念了一下。我至今记得你在作文中引用了一位前辈的话：'无限的过去都是以今天为归宿，无限的明天又以今天为渊源。'我看就写'过去—今天—明天'吧。"

"我们还有明天吗？"

二兰听到他的话，心里咯噔了一下，有点儿不大高兴——这话不大中听。她用力挥动了一下手说："我又不是跳河了，怎么就没有明天呢？"

小明也感到自己刚才的话有点儿过火，他感到二兰有点儿生气，此时他还不忍心让二兰心里难受，笑眯眯地对她说："你刚才说的那次老师评点我的作文，当天晚自习前，你递给我一个字条，你肯定还记得，上面抄录了苏联作家叶赛宁的《我记得》。"

二兰一听，眉开眼笑，见面后一直压抑的心情轻松了许多，她马上吟诵起那首诗："当时的我是何等的温柔/我把花瓣洒在你的发间/当你离开/我的心不会变凉/想起你/就如同读到最心爱的文字/那般欢畅。"那时小明看到这首诗时格外激动，今日又听二兰面对面朗诵，却味同嚼蜡。时过境迁，自己的感受已今非昔比了。

二兰想让他对自己亲热些，有意向他身边靠了靠，还把手放在自己腿上，以为他还会像过去一样，紧紧地握着自己的手，放在他的胸前。

小明却纹丝未动。二兰心底浮起了凉意，头发也像是风中忧伤摆动的黄叶。她和小明还是有感情的，她盯着小明的脸问了一句："这么多天了，你想不想我？"

小明反问了一句："你呢？"

"我不想你能这么远来找你。"

"我如果想也是空想，与其那样，还不如不想。"

二兰一听，脸色也变了，她不顾自己内心的愧疚，反而故意敲打起小明："你是不是在大学里有了女朋友？"

小明也不满地说："这才叫盗贼不依失主。明明是你甩了我，还想给我错扣一顶帽子。"

二兰一听哭了，哭声不大，但很伤心，边哭边喊："我好后悔呀！"

小明不明白她后悔什么，心想："我们同学多年，相爱数载，后悔都是你自寻的。"他压根儿不知道二兰后悔的正是柳林间留下的脚印。

小明虽然有点儿茫然，但他不忍心二兰哭个没完，他心软了，对二兰说："你忘不了我，我怎么能忘了你呢？"

二兰听见这句话时，心里好受了些，也不哭了，对着小明说："我不想骗你，我真是黔驴技穷了，迫不得已才迈出了这一步。你能理解吗？"

小明很不客气地说："这个还要让我理解，你不感到你的要求太过分了吗？"他站起来和二兰说了声"再见"，连手也没有握，气呼呼地走了。

感情的两岸猿声啼不住，无缘的轻舟已过万重山。

红尘中痴男怨女泅泳在情海间，有相聚的欢愉，有分离的苦痛，文人们编造了很多震撼人类心灵的爱情故事，感人肺腑的爱情不会没有，但能否恒久不变，始终如一？对此，小明是彻底怀疑了。他很欣赏清代的蒲松龄，这位作者真的是看透了人间，在他的笔下只有和非人类一起才能迸发出没有杂质的爱，你看书中的狐狸精，个个都有真情实意，个个都为爱情勇于献身。《聊斋志异》这本书啊，它诠释的情爱，多么值得人类去反思啊！

二兰回到自己的房间，心上像猫抓似的，几乎一夜没有合眼。

第七章　/结婚/

上天让我过早地遇见了最爱的人，但阴差阳错，我最爱的和最爱我的都从生命中呼啸而过，留在这身边的却是他。

二兰到医学院看过小明后，了却了她心中常念叨的一件事，心上的那块石头终于落了地。那天，小明的不冷不热，过去少有的高傲架势，几次尖酸的言辞，冲淡了她对他过分的思念，化解了她心中不少烦恼。情感的天平似乎更向华文这边倾斜了。

人们常说，要想让一个人忘掉旧情人，不必绞尽脑汁想办法，也不需要用多大的力气去阻隔，只要尽快给他（她）再找一个新情人，让他们迅速有了如漆似胶的感情，当事人就会很快忘掉旧的恋人。这话，二兰也听到过，有没有道理，她没有认真考虑，但愈来愈感到当断不断，反受其乱。不能丢了荆州，再失街亭。自己的过往岁月，华文没有参加，但未来的日子不能没有华文。和他的相处，应该加大点儿力度。

国庆快到了，二兰正负责出一期国庆专刊的墙报，她写了一首小诗，准备在这期墙报上刊出，她把那首诗改了几处，轻声念道：

花好正含苞
色胜鲜桃，
一遇东风传喜报，
江山多娇。

神州红旗飘，
人比舜尧，
革命巨浪比天高，
扬帆听涛。

此时，站收发员给她送来一封信，她随即拆开，是华文来的信：

二兰：

首先告诉你个好消息，巴书记已调到青山市任市委副书记兼市长。我想你知道这个消息后，一定会和我一样，心里是非常高兴的。另外，喇嘛湾公社的行政区划也发生了变更，正式归市向阳区管辖。

你的信，我前几天就收到了，知道了你的近况，希望你积极靠近组织，严格要求自己，争取早日入党。

我们都是年轻人，青春是用来奋斗的。社会主义给我们开辟了到达理想境界的道路，而理想境界的实现还得靠我们的双手。我愿意和你风雨同舟，为了人类美好的明天而奋斗！

我们都是平凡之人，在征程中，要珍惜享受这种平凡。我最近又看了几本书，其中一本书谈到一个人必须要培养自己有高尚的人格，这点对我启发很大。书中说的人格结构主要是个性倾向性与个性心理特征，前者包含需要、兴趣、理想、信念、世界观，后者主要含能力、气质、性格，这本书不厚，建议你也看一下，这方面我们需要加强的地方很多。有了坚定的立场，又有高尚的人格魅力，行进在社会主义的康庄大道上就会有担当、有建树。

就写这么多吧，和你握手。

白华文

x月x日

二兰又看了一遍，把这封信塞进了抽屉里，又看起了自己写的诗，看还有没有需要改动的地方。

白华文前几天把二兰来信的内容告诉了二兰妈。二兰妈跟他说："二兰现在也有了工作，你们岁数都不小了，安顿一下，早点儿办了喜事，我们做老人的也就放心了。"

华文听后什么话也没说，但他心里是同意的，他想进城后见了二兰，看她是什么意见。

二兰妈看见华文没有表示什么意见，心有点儿着急。当晚，她找到二儿媳，让她明天就进城，催促二兰快点儿准备结婚，再不能拖了。

二兰见了二嫂，俩人在那间小平房里谈了不少知心话。她告诉二嫂，她去看望了小明。

二嫂有点儿惊讶，看了一眼二兰，问道："他对你还好吗？"

二兰紧紧地咬着嘴唇，眉头上挽了大疙瘩，有点儿失望地说："二嫂，这人真奇怪，变化得太快了。刚见到面，似乎还好些，后来越来越冷淡了。不过这也好，本想追逐过去点点滴滴的来往，唤醒自己的记忆，却促使自己快点儿抖落过去时光中的风尘，为了忘却，再不能自作多情。"

"你这就只知其一，不知其二了。小明是个不错的后生，你都快结婚了，还想让人家对你好，那不是痴人说瞎话吗？如果那样，那才是口是心非，是典型的欺骗，是不正常的。”

听了二嫂的话，二兰也觉得有理，但她还是甩下了一句让二嫂听起来并不舒服的话：“死了张屠夫，我也不吃带毛的猪。”

二嫂笑着说：“咱们还是书归正传吧。妈让你们快点儿结婚，越早越好。”

二兰下意识地摸了摸自己的小肚子，笑着说：“反正豆腐掉在灰坑里了，什么时间结婚都行。”

二嫂把进城找二兰的情况告诉了婆婆。正好第二天是星期日，华文又来了。二兰妈又跟他说：“上次我跟你讲过了，你们俩相处得时间不短了。巴书记算你们的媒人吧，人家不在，不能在两家穿插做工作，很多事，你后生家自己跑吧。我的意思是你下午回你们家一趟，跟你父母亲大人商量一下，定个日子，把婚结了，大人们的心愿也就了结了。”说到这，她又补充了一句，“二兰也是这个意思，反正迟早总有这么一回。告诉你爸妈，也不需要什么过多的准备。”

吃过午饭，华文离开了公社，回到老家向父母谈了女方家的意见。他妈一听，心上乐得像开了花似的，很爽快地跟华文说：“你就放心地上你的班，妈和你爸用不了几天就给你准备好了。”

华文把自己攒的钱给了妈妈，让找上他姐姐缝几床被褥，让他姐夫给打几件家具。他原打算在公社礼堂举办典礼仪式，他爸执意不肯，坚持要在村里办。

华文离开家后，他父母起早贪黑，把那间小平房收拾得干干净净，还把早已准备好的一块满炕毡子铺在了炕上，上边又铺了一块大花塑料布。不到半个月，一对米黄色的板箱、碗橱和铺盖都准备好了。这期间华文回家的次数多了些，他看到这些情况，心里很满意，高兴地说：“你们的手脚真快呀！”姐夫看了一眼岳父母，对华文说：“你不知道，爸和妈早就想抱孙子啦！”说得一家人都大笑了起来。

结婚，无疑对一个姑娘的心灵有着无可比拟的特殊震动，可此时的二兰，她的意识中仿佛出现了真空，一切思想好像都凝滞不动。她甚至感到，筹备结婚像是和自己无关的事情，在婚礼的前两天，她才回到了家。回来的当天晚上，她对二嫂说：“我心乱如麻，除了你，谁能知道我的心在流泪……”

二嫂对过去的事一个字也没提，不时地跟她开开玩笑，说些宽心的话。

娶亲的那一天，白华文和伴女婿骑着两匹大红马，前面是三套马车，车上坐着放炮的和“压轿”的两个人，大家喜气洋洋地向喇嘛湾村奔来。

不到上午十点钟，二兰家里就听到了村口响起了鞭炮声。不大一会儿，大家把娶亲的人们迎进了屋里。华文没有上炕，只是站在炕沿边，给人们散发着糖和烟。

此时，二兰正和她二嫂在另一间房中穿戴打扮，二兰妈过来问了一句：“准备得怎么样了？”

二兰勉强地抬起眼睛，嘴角的肌肉不由自主地抽动着，嗓音有点颤抖地说：“妈，您不要催我们。”

二兰妈看见女儿怏怏不乐的样子，也没有再讲什么，转身离开了那间房子。

快晌午的时候，伴女婿说：“时候不早了，二兰要是准备好的话，我们就准备出发了。”

二兰在二嫂的搀扶下，缓步离开了家门，当她回头看见自己的母亲时，再也控制不住了，放声哭了起来。她的哭声使大家心里都不好受。

她二嫂不停地劝道：“兰子，今天是大喜的日子，不要哭了。”

在二嫂的反复劝说下，二兰不流泪了，心却有点儿麻木。

出村不久，二兰一眼就看见了那片熟悉的柳树林，她百感交集：一个人一生中可能要遇到这么三个人，第一个是你最爱的人，第二个是最爱你的人，第三个是和你共度一生的人。在现实生活中，这三个人大都不是同一个人，往往那个在一起最长久的偏偏不是你最爱的，也不是最爱你的人，只是在一个合适的时间出现了这个人。想到这里，她抬头看了看蓝天，这大概就是命运的安排吧。

不到两小时，娶亲的人们回到了华文家门口。二兰在迎亲人的搀扶下下了马车，她一眼看到了大门墙上贴的那两个大“囍”字，她正准备进大门，华文喜笑颜开地走过来，一下子把她背起，双双进入了喜房。

典礼仪式在正房前举行，窗户上挂了一块红线毯子，中间挂着一幅领袖像。华文和二兰站在一块条毡上。二兰看见了新房门两边贴的一副对联，上联是“候鸟比翼海阔天空任翱翔”，下联是“知音携手心雄志壮写春秋”，横批是“花好月圆”。二兰心中想，这个村子还有这等文人，这对子写得有点儿水平。

司仪是宝塔村的一位小学老师。看热闹的人们听到司仪说：“现在典礼开始！先拜父母亲，感谢父母养育恩！”华文和二兰给坐在前面的父母点了头，父母各拿出一个红包，给了二兰，这是改口钱。司仪又喊道：“下面再拜各位来宾，感谢大家的光临，感谢大家的关心！”华文一下子看见了站在人群后面的李静，他身子不由地抖动了一下，赶紧转了一下头，不敢让两个人的目光再碰到一起。在夫妻对拜时，二兰也落落大方，按照司仪的要求，和华文紧紧地热吻在一起。

喇嘛湾公社的干部们在公社陈书记的带领下，全部来到宝塔村，参加了这次婚礼。大家这个两元，那个三元，最多是陈书记和李静的五元，凑了份子钱，买了两个暖瓶，还有铝锅、洗脸盆等作为贺礼，送给了新婚夫妇。

李静原本不想面对这一场面，只是听到陈书记“咱们公社的干部全体出动”的话后，她才硬着头皮来了。她一直站在一个不易被人注意的地方看着。说起来也奇怪，自己和华文面对面时，谁也没提过找对象的事，彼此心里对对方都有好感，但从来没有超越同志关系的言行。那时，她也隐隐约约感到，几天不见华文的面，总是有想念的味道，一见了，激动的心情油然而生。有人说，这就是爱。有爱没有表示，别人就不能知道，看来这不能全怪某一个人。

如果说，爱情是一生的功课，那么，无疑地，暗恋是最苦最美的章节。怕自己受伤，怕对方不予接受，怕感情的投资没有回报。采取暗恋的方式可以有个时间差。李静这几年算不算暗恋，很难说清楚。不过，在爱情的账户里，李静认为自己预支过青春与心力，本想让华文来背书。可人算不如天算，今天和华文举行结婚典礼的却是别人。

李静站在院中，神情带着茫然和脆弱，她一动未动，心里想："这么多年，走了很远很远才发现，我爱过了，又错过了，往日的相处已经氤氲成一幅静静温存的版画，早已搁置在了我的心头。假如时光倒流，假如没有那个给我编造的'海外关系'，吓走了白华文，我也许不会站在这里。今后，我对自己曾暗暗追求的这个人该如何对待呢？是缄默，是怪怨，是祈求，还是让他看到我酸涩的笑容……"

她抬头望了一下天，刺目的阳光晃得她睁不开眼。她想起了爸爸跟她曾说过的一句话："在现实生活中，越是让人知道你饥饿，就越得不到面包。"

她看见了白华文神采奕奕的样子，告诫自己又何必这样呢，应该有点儿温度，有点儿分寸感。她眼神中不再有当年来往的纠结，虽然心中的难言彻骨地体会到了，但姑娘的自尊还是让她昂起头，她没有坐席，瞅了个没人注意的机会，独自一人溜出了宝塔村。

天色渐渐黑了起来，华文来到新房，轻轻把窗帘挂上。他看见二兰红润润的脸上好像飘着晚霞，他走到她面前，一手搂着她纤巧的肩，一手抚摸着她那柔软的黑发，问道："你爱不爱我？"二兰点了点头。但她心里却想着："上天让我过早地遇见了最爱的人，但阴差阳错，我最爱的和最爱我的都从生命中呼啸而过，留在这身边的却是他。"

华文吻着二兰，二兰感到他的嘴唇很硬，有点儿啃的味道，不像小明那么柔软。她也忽然闪过一个念头：这世上男人和女人的互相爱慕，是不是都是这样？她早已不是头顶小花的嫩黄瓜了，看见华文如饥似渴的样子，她推开门看了一下门外有没有听房的人，随手拉灭了灯。华文像一位勇猛的武士，骑着马驰骋在辽阔的疆场，他挥舞着闪光的战刀，一个劲地向前冲锋，没有畏缩的胸襟，也没有回头的路程；他终于冲到了九霄云天，领略到了无限的风光。二兰也像烈火遇到了干柴，在熊熊燃烧的火焰中，她畅饮着上天赐给自己的美酒，陶醉在燕尔新婚的甜蜜中。

天快亮的时候，二兰先醒了，她看着旁边酣睡的华文，心里想："这位就是要和我白头偕老的爱人，其实，不准确点讲，他就是我身边的一个男人。"

华文醒来，显得很得意，也很喜色，他跟二兰说："昨天太累了，黑夜又腾云驾雾，今天主要是休息。明天，咱们到宝塔东北边，那里有个大水滩，常年有水。我和巴书记分别时，他送了我一套渔具。我在旗里工作时，多次跟随巴书记去钓鱼，这里边的门头夹道我都知道，我也会钓。咱们平时都很忙，又不在一起，趁现在有婚假，咱们也潇洒走它一回。"

下午，二兰到供销社买了几个面包、两筒牛肉罐头，准备好第二天钓鱼的干粮。华文也到村西边的菜地里挖回不少细小的红蚯蚓，放在一个透气的铁盆子里。

吃过晚饭，华父跟他父母说："听说村东北那个大水滩有鱼呢，我和二兰明天去钓一下，看能不能钓到鱼。"

他爸抽了一口旱烟，慢慢地说："那个地方挺远的，过了那座辽塔，大概还有十来里路。听说那年发洪水时，上游一个水库被冲垮了，水库里的鱼被冲到四面八方，大水滩中的鱼就是从那里来的。你们俩要注意安全，听说那地方水很深。"

华文边整理渔具边说："巴书记曾说冬鲫两层油，春鲫两层皮，现在是秋天，鱼不肥不瘦。当然，我们主要是为玩，要的是开心，鱼肥瘦无所谓。”他还很内行地告诉二兰，“垂钓在水岸边，那里湿度很大，长时间坐在那里气沉丹田，万念俱灭，不仅能改善大脑和中枢神经系统功能，还能提高人体免疫力。”

二兰笑着说：“听你吹吧，神乎其神，说起钓鱼，我倒想起了那句愿者上钩的话，很有意思。”

华文和巴书记钓鱼时就听有人说过这句话，巴书记当时回答得很好：“姜太公钓鱼不用钩，我想他是钓不住鱼的，他是在养性定心或是试探一下周文王对他的态度。”

第二天，华文和二兰起得很早，华文说：“钓鱼怕艳阳天，也怕刮大风，早晚温差太大也不好。今天天气不错，适合钓鱼。”吃完早饭，他俩骑着自行车奔向大水滩。

他俩先来到路过的辽塔跟前，两人把自行车支放到一旁，绕着塔边走边望。华文说：“这塔有一千多年了，风吹日晒，残损成这样，也没人维修一下。我听说国家领导很重视文物古迹的保护工作，我看这塔也是古迹吧。我想有机会时，我要建议有关部门，把这个塔维修一下，万一塌了，多么遗憾呀！我生在这里，总感到塔有一种灵气。可以毫不夸张地说，宝塔是一种意识，是一种欲望和一种审美的果实，是我们这里一个无声的代言人，是一个历史的叙说者。”

二兰边点着头边说：“只有重视历史的人，才能知道自己从哪里来，又要向哪里去。”

两人在宝塔周围游玩到快中午了，坐在草地上吃了点儿干粮，起身向大水滩走去。

大水滩面积不小，南岸边有一片柳树林，绿油油的，岸边的浅水处时时泛出旋涡，像似热情地迎接飞来的双燕。

华文从选钓点，喂窝子、下竿、提竿到取下钓上的鱼，一一给二兰讲着。

他还告诉二兰，别把红蚯蚓弄死，它身体上有黏液不方便挂钓时，可放在水边干地上滚一下。

下竿不大一会儿，华文就钓上一条鱼。二兰高兴地拍着手。鱼儿从“鱼间”到“人间”，对垂钓者而言，确实是件情趣盎然的乐事。

华文又手把手教二兰钓鱼，轻轻地说：“轻下顿、拱送，都是鱼儿吃钩的漂象。在垂钓的时候，让脑线在水下略微弯曲一些，这样给鱼一个非常宽松的进食空间，在它们吃食的时候不费劲，这样鱼很容易上钩。”

二兰照着华文的指点操作，果然钓了一条有半斤多重的鲫鱼，她高兴极了，精神上得到了充分的享受，也增添了无穷的乐趣。二兰站起来，凉丝丝的风轻轻吹来，吹散了她秀美的黑发，抚摸着她那白里透红的脸颊。她抬头望了一下，夕阳已染红了半边天空，橙色的云一道一道的，仿佛抖开了巨幅的长绸，大水滩水面上的涟漪浮金耀银，宛如跳跃着无数红鲤鱼的碎鳞片，连岸边的垂柳都露出了喜盈盈的神色。

二兰张开双臂，深深地呼吸了一下，大声对华文说：“今天玩得真开心，天不早了，咱们收拾一下该回家了。”

婚假期间的点点滴滴，留下的何止是记忆……

第八章 /吊打王红小/

你这是耗子舔猫蛋，自找死呢！

白华文新婚度假期间，喇嘛湾公社发生了一件震惊北方大地的事件，这就是公社四名干部毒打了贫农社员王红小。那时，在农村所有的工作中，贫下中农很吃香，是依靠的中坚力量。这个事件发生后，很快被抓了典型。铺天盖地的宣传，不少领导人的口诛笔伐，让这个打人事件轰动一时，影响深远。

提起王红小，喇嘛湾大队的社员没几个说他好的。他从小死了娘，是他父亲又当爹又当妈把他一手拉扯大的。他没念过几年书，十来岁时就当了小羊倌，一直跟着大羊倌放羊，没干过什么重体力活，但他两条胳膊很粗壮，拳头也挺有劲，跟年龄相仿的人打架，他总是赢家。十九岁那年，不知什么原因，大羊倌狠狠地骂了他一顿。他心里很不满，自己不头秃眼瞎，每天拿着个羊铲，这何日才是个尽头，一年四季，风吹雨打，人们都不拿正眼看你，连个对象也找不下。他正想放下羊铲的时候，得到一个消息，巴音钢铁厂来公社招工。他和本村的几个年轻人一起，到巴音钢铁厂当了工人。那年回家过春节时，已成了钢铁工人的王红小，穿着一双头很尖的紫红色皮鞋、兰条绒裤，上身穿着灰咔叽布做的褂子，还载了顶黄呢帽子，这身穿戴不伦不类，颜色搭配也不协调，但红小认为这是有了钱的象征，走起路来还很神气。村里有的人见了他开玩笑说："红小现在是工人阶级了，手头不缺钱，你看人家行头，头戴将军帽，脚穿苏联产的鞋，鸟抢换炮了。"当了快三年的工人，不知什么原因，红小又回到了村里。人们背后议论，都说他犯了错误被开除了。和他同一年出去做工的那几个人知道，他是偷了厂里的材料到废品收购站卖时，被厂里派在那里守看的人发现了。不久，他就被劝退了。这期间，还有个小插曲。红小是上料车间的工人，车间内小山一样的石灰石、铁矿石、焦炭，每天由他们几个人用大铁锹铲送至传送带上。红小力气大，又不偷懒，干活时不声不响，车间主任很喜欢他，听说要劝退他，这位车间主任还专门到厂保卫部说情，想留下他，或者给他个处分，不要让他走了。厂保卫部领导说："这也是看在他出身好，听说在车间干得也不错，又是初犯，才做出这么一个很轻的处理决定。要不上报了派出所，那情况就不好说了。"

红小从小放羊，走东家，到西家，吃过百家饭，又当了几年工人，也可以说是见过世面的人。他跟他爸说，这几年，他也攒下一些钱，想把那两间土房翻修一下，碰上个好运气，想成个家。

村里也有人给他介绍过对象。有一天，一个外村的姑娘在介绍人的引领下来到了他们家。两间破土房就让姑娘的心凉了半截。进家后，地面上除了一个水瓮，连一个放衣服的柜子也没有，炕上铺着一块烂席子，两个枕头黑明油黑明油的，分不清是什么颜色的布缝制的。那位姑娘连炕也没上就走了。

和王红小同住一条街的小寡妇，年纪三十多岁，因为很少下地干活，脸面很白净，留着剪发头，穿的衣服也很整洁。前几年，她丈夫赶着马车进城卖西瓜，不小心从车上掉下摔死了。因为是为集体干活死的，也算是工伤吧，所以她和她的女儿不用挣工分也能分到口粮。

那天，她领着女儿给她男人上坟，由于风大，怎么也点不着烧纸。忽然，她看见了王红小，高声喊道："红小，红小，你快过来，帮帮我，把这个纸给点着。"

红小走到了坟前，解开了上衣的扣子，撩起褂子的一半挡着风，很快点燃了烧纸。

红小身强力壮，小寡妇看着也想入非非。她岁数不大，心想等给丈夫过完三周年，也招一个男人，这红小倒没对象，可人家岁数和自己相配不上。红小临走的时候，她笑嘻嘻地对红小说："小兄弟，听说你正找对象呢，什么时候请嫂子吃喜糖呀？"

红小看了一眼小寡妇说："唉，咱的对象外母娘还没给养出来呢！"

小寡妇听后，看见红小脸通红通红的，老盯着自己，像个馋猫似的，忍不住说了一句："俗话说：'男人活得个调搭，女人活得个俏说。'你也该多长个心眼。你要是看得起嫂子，明天来帮我掏一下山药窖。今晚上我给你做山药鱼鱼，再熬一碗羊肉汤，你看看嫂子的手艺，尝尝嫂子做饭的味道。"

红小犹豫了一下，瞪大了眼睛，看着小寡妇一脸的真诚，装出一副云淡风轻的样子，简简单单地说了一句："那好吧。"

太阳落山了，红小来到了小寡妇家。看见他来了，小寡妇的双颊莫名其妙地泛起一片红云，眼神中也游弋着许多妩媚的内容。她凝视着红小，目光有点儿零乱，她拿毛掸子掸了一下后炕，笑眯眯地说："快上炕吧，我马上就做好饭了。"

红小上炕后，一眼看见靠玻璃的窗台上摆放着一盆倒挂金钟花，还有一个浅盆中栽着半个黄萝卜，萝卜底朝上放在水中，已长出的萝卜缨子齐刷刷绿茵茵的，格外好看。那盆倒挂金钟，锥形的花骨朵，以经典的口冲下的形状，悠然地倒挂着，每一个萼片垂下后，又微微向上卷起，均呈红白双色。这花虽不一定是名贵花，但很好看。红小看着花，抽了一口烟说："嫂子养的这盆花挺惹人喜爱的，那盆绿油油的萝卜缨子也蛮有意思。"

小寡妇听后，不以为然地说："那花不值钱，开了还倒挂着，胆小得很，怕人看见自己的脸。那萝卜缨子我倒挺喜欢，早晨一起来，我的眼睛就会被那绿色吸引，马上会感到自己的生活还有绿色在召唤，夜间的烦恼顿时会无影无踪。"

她边说边看一眼红小，心上就像灌上了蜜。她干活很麻利，不大工夫，饭菜全好了。她和红小面对面坐着，边吃边喝边说话。红小很高兴，喝得面红耳赤，她还不停地劝他再喝几杯，他终于感到头重脚轻，有点儿迷糊。她看见他有点儿醉了，从盖物垛里揪出个枕头，让他躺下了，还给他盖了件羊皮皮袄。不大一会儿，就听见了他的鼾声。

这一天，小寡妇的心情一直处于一种兴奋的状态。中午，她把女儿送到婆婆家，说自己要出门走亲戚去。她到供销社买了一斤散装白酒，回到家后就张罗着这顿饭。

她看红小睡着了，朝黑黢黢的窗外看了看，走到院中锁了街门。回到家中，她上了炕，坐在红小脸前，屏息静气地端详着身边的这个男人。

此时，她心里想着什么，也许她自己也说不清楚，但她心中的一种窃喜，一种无名的焦虑，一种惶惶的期盼，甚至还有一种豁出去不怕人笑话的心态，都明明白白地写在了她的脸上。

红小来她家前，脑子里也闪过一些念头，但他压根儿对可能发生的事没有足够的准备。她轻轻地摸了一下那张年轻的脸。他的嘴唇动了一下，微微地睁开了一下眼又闭上了。她再也按捺不住自己的激情，身上总像有虫子爬过来爬过去。她轻轻地托着自己胸前的那对小白兔靠在了红小的嘴唇边。在他面前，她显得特别活跃、率性，她相信老天爷不会责备自己的轻浮。自己的男人已走了快三年了，三年来她一直未见腥荤，今日有机会能尝一尝，也是人之常情。

她又拉着红小的手移动到自己身上一个温暖的地方，似醉非醉的他感到自己手很冰凉，但手托的那个地方很柔软，还湿漉漉的。红小完全清醒了，他绷紧了身子，感到她的胸部在剧烈地起伏。也许是动物的本能吧，这种事无师自通。仿佛置身在风雨交加的夜空，一道耀眼的闪电后，整个身子向她覆盖下来。她还有点儿冰凉的脸、冰凉的嘴唇，仍在寻寻觅觅，忽然觉得自己像是被肆虐的狂风吹起的一股沙尘，在狂热的旋转中扩张、升腾、弥漫……

半山坡的庙门已经打开，红小像一个英雄好汉一样，尽情地书写着自己的感激。两个人的渴望和冲动发生着共振，他像得到一件神奇的珍品一样，久久地端详着、品味着……

天快亮的时候，小寡妇说："趁街上没人行走的时候，你快点儿起来回你们家去吧。要不让人看见了会说闲话的。"

红小边穿衣服边说："我曾听人们说，人间有四大活跃：空中的鹞子，水中的鱼，十七八岁的姑娘，二岁的驴。你都三十好几了，怎么还那么来劲？"

"兄弟，这你就不知道了。常言道：'三十如狼，四十如虎'嫂子正在这个年龄段吧。"

"原来是这样。"红小边说边准备下地走的时候，又回过头对她说，"嫂子，是不是我有点儿对不起你，让你吃亏了？"

她一本正经地说："这话错了。咱俩谁也没有欺骗，没有强迫，衣服也都是自己一件件脱掉的，都费了力，都流了汗，都喊天震地的，快乐是一样的，这是两相情愿之事，是男女之间再自然不过的感情宣泄，不存在对不起，哪个人也不吃亏。"

红小走后，小寡妇感到有点儿累，又躺在了炕上，往日疲惫、单调、无色无香的生活好像消失了，一种淡淡的略带伤感的意念出现在脑际，五脏六腑好像舒服了很多。

小寡妇曾想过把红小招进家里，那样明铺夜盖，不怕人看见了，但两人岁数相差太大，若干年后，对双方来说都可能是悲剧。比如，将来有个孩子，三个人走在街上，不了解情况的人还以为是奶奶领着儿子孙子逛街呢。她始终没有和红小谈此事，但心中也怕红小找下对象。两人虽然没有领证，但隔三岔五红火一下，已成了家常便饭。

常言道："寡妇门前是非多。"没有说"黄花姑娘门前是非多"的，为什么？大抵姑娘的心比较单纯，男人们见了也不敢有太多的邪念，加上她也没经历过那种事，没尝那个甜头，没有感性知识，遇到骚扰，会矜持自尊。寡妇就不一样了，她的心是花的，独卧家里，欲念不灭，遇见个想寻欢作乐的男人，往往会主动迎合，以身相许。但把这说成"是非"，恐怕不完全对，寡妇也是人，她追求身心的欢愉也是情理之中的事情。

有一天，红小听小寡妇说："公社来了一批救济粮，你去找一下公社领导，就说家里两个男人都是大肚汉，粮食实在接不上，看能不能给批点儿救济粮。宁叫碰了，不要误了。"

红小心里也想，回村这么长时间了，挣下的几个钱不但没修盖成旧房，花得也不多了，而且至今也没找上对象。自己又不肯下地劳动，以后的日子怎么过，也确实是个问题。他想起村里有人说过的一句怪话："公社的金山银山，谁的斧子快了谁砍。"他来到公社，找到了一把手陈书记。他以为陈书记不认识他，正要做自我介绍时，陈书记说："你不用介绍了，我认识你，你有什么事就直说吧。"

红小站在陈书记办公桌前，有点儿不好意思地说："我找陈书记有点儿个人事情。我这个人饭量大，和我父亲每天吃住在一起，两人笨手笨脚的，也不太会做饭，靠分得那点儿粮食不够吃。您看能不能帮助帮助我，给我批点儿救济粮。"陈书记看见他说话时显得很谦卑恳切，考虑到这批救济粮的对象中也包括饭量特别大而严重缺粮的户家，就对他说：“你去你们大队，拿上你写的申请，让签注个证明意见，你再来找我。”

红小走后，陈书记自言自语道：“这个人，你说是个坏人吧，还没有具体的事实；你说是个好人吧，认可的人也不会很多。他属于灰人一类。对这种人，还应该教育引导，让他走正路。”

下午，红小拿着大队批准的申请又来找陈书记。陈书记对他说：“你还很年轻，应该是你们大队的一个骨干，要为建设新农村添砖加瓦。每天不要转弯子，那转不出什么奔头，反倒要毁自己的前程。你说对不对呀？”

红小连连点着头：“陈书记说得对，都是为了我好，看我以后的行动吧。”

陈书记考虑到他说的也是实际情况，大队又批了，而且是第一次张口，给他批了三十斤小麦和六十斤高粱。他把高粱背回了自己家，小麦背到了小寡妇家。小寡妇知道他把小麦全背在了自己家，有点儿不好意思，对他说：“这小麦是细粮，都拿到我这里不合适吧，给你爸也拿去些。”

红小开着玩笑说：“不用了。你不看公鸡抓蛋时，找到一粒吃的，自个虽还饿着，但它咯咯叫个不停，等母鸡跑过来吃了它找到的食物，公鸡心满意足，乘机完成了抓蛋。尔后，扑展着翅膀，绕着母鸡转三百六十度，表示一下感谢。”

小寡妇听得笑个不停，用拳头打了红小几下，不停地说：“你呀，你呀，真是个闲猫儿，正经的话没几句。”

吃点儿救济粮，本不是一件值得炫耀的事情，但能让公社批给，也不是件容易的事，红小因此很得意。他觉得自己了不起，有本事，每天咋咋呼呼的，还常到公社找领导，说东道西。公社领导不理他不好，理多了也麻烦。

一天下午，陈书记正主持着会议，王红小闯进了公社会议室，他走到陈书记面前质问道：“前几天，市铁工厂来招工，为什么不推荐我？”

与会的同志们都认识他，武装部长站起来劝他：“现在正开会，等散了会再说。”

红小口气十分强硬地说：“我不管你们开会不开会，今天要给我个答复。”

陈书记看见他要赖的样子，怒斥道：“你经常来这里捣乱，小心制裁你！”

红小一听火冒三丈，一下子冲到陈书记面前，一把扯住了陈书记衣领，用头顶着陈书记胸部，歇斯底里地喊道：“你现在就制裁我。不制裁我你就是个毛驴！”

陈书记强压着心中的怒火，一句话也没有说。参加会议的同志好说歹说，总算把红小劝走了。

当天晚上，陈书记赶写着一份汇报材料。余怒未消的王红小喝了不少酒，又来到了公社，一见陈书记就破口大骂，“你不是要制裁老子吗？老子今儿不走了，看你怎么制裁我呀！”他边骂边走到陈书记面前，冷不防打了陈书记一个耳光子。

陈书记挨打后，没有还手，高声喊道：“你反了，你怎么敢打人呢？”

正在下象棋的党委秘书、信用社副主任和武装部长听见书记办公室大吵大闹，一起跑来了。人在一定的年龄、一定的位置、一定的场合，很容易热血沸腾。党委秘书是个年轻人，也是火性子，知道书记挨了打，他喊了一声：“把这个家伙捆起来！”

王红小平时力气也挺大，但这天晚上喝了不少酒，身子有点儿软，又加上对方人手多，很快他被结结实实地捆了起来。信用社副主任和党委秘书像拉死猪一样把他拉到后院一间空房里，此时天完全黑了下来，党委秘书让把大门锁好，任何人来了都不要给开门。

红小虽然被捆着，但嘴里还是不干不净地骂个不停。党委秘书瞪了他一眼，恶狠狠地说：“给你点儿颜色，你就想开染房，睁开你的狗眼看看这是什么地方，你这不是耗子舔猫蛋，自找死呢？”

王红小还是骂声不断，党委秘书走到他跟前，里外扇了他几个耳光子，并说："不给他点儿厉害看看，他认不得马王爷几只眼，把它吊起来！"

当红小被吊在柁上后，党委秘书等几个人拿着锹把和桌腿子把他痛打了一顿。天快亮的时候，大家把他放在地上。党委秘书示意下夜老汉把他脸上的血迹擦干净，尔后给他松了绑。

红小躺在地下，双眼紧闭着，他又听到了党委秘书的吼声："装睡的人是永远叫不醒的，你别假装了，你打了陈书记这个事还没完！你赶快回家去，晚上的事不准你乱讲，讲了就给你戴顶'坏分子'帽子。"

王红小虽然全身酸痛，但心里还是清楚的，那"坏分子"帽子就在他们手里拿着，想给谁戴那是件很容易的事情。三十六计，走为上计，他咬着牙站立起来，狼狈不堪地离开了公社大院。

回到家里，他越思谋越气，胆子也比离开公社时大了一些。他把带血的衣服脱下，小心翼翼地包了起来。白天，他没有出门。夜幕降临后，他穿了一身很破旧的衣服，连夜向省城走去。

天还没有大亮，他就跪倒在省委大门口，高声哭喊着。值班的门卫问明了情况，把他领到了信访局值班室。值夜班的信访局干部给他倒了杯热开水，一边听他说情况，一边做着记录。

多少年来，人们有个经验，什么问题严重，什么问题不严重，一看你赶上风头没有，二是看你是不是撞上了枪口，是检究了，还是将就了，这个后果大不一样。

当天上午，省委信访局局长听取汇报后，脸色铁青，马上安排了下一步工作。一是把王红小用小车送回他们村，血衣留下，但车不要进村，快到村子时让他下车，自己走回去。二是立即草拟《情况汇编》，下午就打印发出。三是以检查农业工作的名义到那里核实情况。布置完这些工作后，他又很气愤地说："根据我的判断，他反映的情况基本上是真实的。真要是这样，真是欺人太甚了，太不像话了！我们从参加革命那天起，就知道了一个道理，谁是我们的敌人，谁是我们的朋友，这是革命的首要问题，贫下中农是我们在农村依靠的中坚力量，是我们的阶段兄弟。他们敢这样下毒手，真是充满着刻骨的阶级仇恨。那几个打人凶手还戴着干部的帽子，挂羊头，卖狗肉，我看是几个钻进我们队伍中的敌人！”

很快，省委主要负责同志在信访局上报的《情况汇编》上做了批示：“在光天化日之下，竟敢吊打贫下中农，是可忍，孰不可忍。请公安厅会同青山市委进一步查实，将犯罪人尽快法办。”

已是青山市委第一书记的巴特尔看到省委领导的批示后，感到了问题的严重性。特别是省委主要负责同志还亲自给他打来电话，让“对此事千万不要掉以轻心，要果断处置”。政治斗争总是在还没有证据只有推理的时候就该下决心，风头这么紧，来势又这么凶，巴书记马上给市公安局长打了电话，让立即逮捕喇嘛湾公社陈书记和其他三名干部。第二天上午，这四个人戴着手铐被送进了看守所。

当天下午，公社一名干部来到宝塔村，向白副书记汇报了公社发生的情况，并转达了社长让他尽快回公社的意见。白华文眉头紧锁，静静地听着，心中的波浪汹涌澎湃。他送走了公社那位干部后，对二兰说：“这是什么事呀，天下还有没有理？明明是王红小先打了陈书记，大家气了，才进行了防卫，这最多也是防卫过当吧，哪能谈得上是犯罪呢？另外，陈书记连一个指头也没动，打的时候也不在现场，怎么不问青红皂白，也被抓起来了？再说，你也知道那个王红小，他能代表贫下中农？如果依靠了他那样的人，这农村工作还怎么能搞好？”

二兰看见他越说越生气，随口念了一句“牢骚太盛防肠断，风物长宜放眼量”的诗，又说：“你也没吃那个油糕，也粘不了油手，我看这个事情并不简单，你这些话只能在家里说说，到公社后可要注意了。还是按照上边的调子说吧。”

白华文拔腿来到了宝塔村大队部，给巴书记打了个电话，强调了事情的来龙去脉还没有查清楚就逮捕人，是不是不符合实事求是的精神。还讲了陈书记自始至终没动过手，是冤枉的。

巴书记在电话中跟他说：“看来你还嫩一些，这下级服从上级是我们的组织原则，你不要再说东道西了。当务之急是你要尽快回公社，和其他同志一起，抓几件看得见的依靠贫下中农的工作，变被动为主动。另外，你们不要感情用事，几个人去看望一下王红小，先把局面稳定下来，咱们再说其他的事情。”

华文回到家里跟二兰说：“咱们的婚假还没结束，公社出了这么大的事，看来我得回去一趟。”

二兰看了他一眼说：“这不用征求我的意见，工作第一嘛！正好，我也能回去看一下我父母。”

第九章 / 没人想到的结局 /

那王红小不是一个好鸟，三年还愁等一个闰月年，他迟早也要屙圪蛋，咱们都能等着。

白华文怀着忐忑不安的心情回到了公社。他首先感到，整个公社大院格外寂静，环顾四周，无精打采的阳光晃来晃去，院中的那几棵杨树似乎也在叹息，还有一种细微的声音，不知从何处由何物发出。他感到自己有点儿喘息。他从沟门公社调到这里工作的时候是夏天，心里热乎乎的。如今站在这院中，已是深秋，“自古逢秋悲寂寥”，此时他确实有一种悲怆的感觉。回到办公室，他一眼看见了挂在墙上的那张公社党委成员合影。这个班子有五个人，其中一把手和武装部长已失去了自由，剩下自己、公社社长和李静。如何应付当前的局面，是摆在大家面前的一个难题。他又仔细看着照片中的陈书记，想起他第一次见到自己时说的一句话：“你就是白华文，挺精神吗！”这么年轻的副书记来到他身边，他心里怎么想的，别人无法知道。对自己而言，很长一个阶段，陈书记总是在周到的礼节中故意显现一点儿矜持，在热情中始终保持相当的警觉。这些自己都看出来了。正因如此，在几次正式场合，自己多次表态要做好陈书记的助手，并在工作中老老实实地实践着这个诺言。慢慢品验，陈书记对自己愈来愈信任了。自己也感到这位班长很称职。但不断的运动使陈书记筋疲力尽，从他的目光中，能明显感受到他内心的郁闷和精神上的某种迟钝。

晚上，华文躺在床上，左思右想，久久没有入睡。快到天亮的时候，他做了一个梦。突然，天昏地暗，喇嘛湾周围地动山摇，发生了大地震，他住的房子也塌了，但预制板没有平砸下来，而是两块成“人”字形支在了地上，形成了一个空间，自己正好在那个空间里。他想睁眼看看，但身子动弹不了。他拼命挣扎着，想用肩膀顶开预制板，但力不从心。他终于睁开了眼，满屋子是金灿灿的阳光，他下意识地看了一下天花板，房子好好的，他知道做了噩梦。华文赶紧起床，准备和在家的几位领导碰碰头，交换一下看法。

不大一会儿，公社社长、李静来到了华文的办公室。华文看见他俩像晚秋霜打了的茄子，脸色不大好看，神情也不安，好像做错了什么事，好大一会儿都大眼瞪小眼，谁也没有先说话。

华文先开了口，说话时目光还游移不定。“现在开不成党委会，虽然我们三个人是多数，但班长不在了，做记录的也不在了。我看咱们先把精神振作起来，鼓鼓士气，不能因为这么个突发的事情就捆住我们手脚，该干的我们还得干，该说的还得说。”

李静的眼里充满了无法测出深浅的忧虑，她说话的声音也很低沉：“刚才，接到市里的《关于喇嘛湾公社发生的殴打贫农社员王红小事件的通报》后，我看了一下，在这个《通报》里，各级领导的批示都有，调子定得很高。我看，咱们得先把这个《通报》集中学习一下，统一一下思想认识，并尽快向各大队党支部传达。我们公社党委虽然人不全了，但也应该有一个统一的口径，对外该讲些什么、不该讲什么，我们应该心中有数。”她说到这里把那份《通报》递给了白华文。

公社社长接着说："陈书记目前不在位，在上级没有明确指示的情况下，华文同志是副书记，我和李静同志都是委员，华文就挂起帅来，把眼下需要抓的紧要工作梳理一下。咱们一步一个脚印，一件事一件事做，别让人们看笑话。"

华文把那份通报交给了社长，想了想，句斟字酌地说："李静同志刚才谈得很好，尽快通知各大队书记，也可以让贫协主任也来，传达完《通报》的精神后，再组织大家讨论，提高大家的认识。下午，我想咱们三个人先去看望一下王红小同志，代表公社党委向他赔个礼。"

还没等华文把话讲完，社长瞪大眼插话："还要去看他？是不是怕他从炕上掉在了地下，还嫌他给我们惹的麻烦少吗？咱们看了他，他越发不知道自己有几两重了，以后还会骑在我们头上屙屎尿尿。咱们等着瞧，'庆父不死，鲁难未已'，这个人还要给我们找麻烦。"

李静心平气和地说："关于看与不看王红小，咱们先不要谈，明天市调研室和青山日报社要来几个秀才，要给王红小写控诉材料，《青山日报》也可能发专题调查报告。前天，市里来人已把王红小那天挨打时捆他的绳子和锹把等拿走了，据说要搞展览。面对这些，我们得有个对策，免得到时被动。"

社长又说："我们也没打人，不会抓我们吧？我看，咱们不要局限在这个思维中，只考虑这个事件，要跳出来，对这个事件不理不睬，抓我们的正常工作就行了。"

华文平静地反问道："你能正常起来吗？上边有人说我们这个班子已烂掉了，要一窝端。我们再不主动出击，到时跳进黄河也洗不清了。躲避不是办法，要勇于面对，只有这样，事实的真相才可能水落石出。"

社长有点儿不服气地说："我也知道你的出发点是为什么。我之所以生气，是因为这么个刁民搅得我们不得安宁，可还有人助纣为虐。"

李静很郑重地对社长说："你的话需要商榷，起码人家目前不是刁民，红得发紫了，你肯定知道吧，前来慰问的单位和有头有脑的人有多少。另外'助纣为虐'这个词用得太不恰当了，你把矛头对准了谁，一分析你就明白了。这话只说这么一次，在我们内部不会引火烧身，传出去可了不得。"

华文接着说："对王红小这个人咱们的看法差不多，去看望他，是巴书记的意见，我们就照办吧。明天，我们就召开大会，传达、学习、讨论《通报》。一天不行，咱们开两天。在大会后，我想把各大队的贫协主任留下来，让他们畅所欲言，给公社提提意见。"

下午，华文和社长来到了王红小家，王红小正在看控诉材料，一见白副书记和社长进了屋，站起来很殷勤地说："你们是好人，不像那几个犯人，几乎要了我的命。"

白华文没搭他这个话茬子，问了他伤治得怎么样，还疼不疼。

王红小小心翼翼地答道："这几天，市里来了不少好大夫，一直给检查着，还给配了药，现在好多了。原打算要住院，后由于我有重要任务，就在村里边观察边治疗。"

"有重要任务？是什么任务？"华文忙追问道。

"明天市里的小车来接我，让我到各公社做报告去，要宣传政策，并以我被打的事件为案例警戒众人，让广大干部群众吸取教训，这也给咱们公社增光添彩了！"王红小说的时候，显得很自豪，坐在炕沿边，一条腿还晃动着，一脸随意，透着得胜回朝的风度。

华文也没说道歉的话，临走时只是说："好好养伤，路长着呢，有事和我们说一声。"

看望了王红小回到公社后，李静告诉华文："已通知了各大队，明天上午八时半来公社开会。咱们准备召开的公社全体干部和直属单位负责人的会议也快到时间了，我给你草拟了个发言稿，你看能不能用。"

"我看不用了，都是公社的干部，我们就照着《通报》宣讲一下，让大家心里有个底。其他的话尽量少讲，林子大了，什么鸟的声音都有，公社这么多人，你能保证没有幸灾乐祸的人吗？”

在公社干部的会议上，华文传达了《通报》的精神。与会的人听得很认真，但谁也不清楚这个事情何时才能有个了结。

天黑后，华文和李静去看望陈书记的爱人。一进门，李静就抱起陈书记还不到一岁的小儿子在地上转悠着，眼泪像断线的珠子流了下来。令白华文没想到的是，陈书记的爱人表现得很镇静。她对白华文说：“我们应该相信组织，相信群众，什么事情张开总有个合，飞起总有个落，到头来，好人是不会被冤枉的，坏人也是跑不了的。”

陈书记的爱人给华文和李静沏上茶水后，又说：“平时你们来，我很少插话，今天我想多说点儿。我们家可以说塌天了，但我跟孩子们说，咱们不能乱了方寸，不能愁眉苦脸。为什么这样？任何人的一生都会遇到不幸和挫折，关键是看我们如何面对。如果把不幸和挫折当成调味品，你就会感到虽然有那么多不如意，但生活还是有滋有味的。不幸也能锤炼人的意志，如果把此视为一笔宝贵的财富，你就会感到它丰富了我们的人生阅历。实际上只要换个角度，把时间拉远一些，让空间转换一下，很多沉淀的人物或事件就会水落石出，大白于天下。正是基于这点考虑，我才感到，再艰难困苦的生活也会峰回路转，再悲惨的人生也会柳暗花明，因为在经历了风雨之后，展现在我们面前的必然是阳光和彩虹。比如，我们家老陈一个手指头也没碰，自己还被打了，怎么成了犯罪团伙的总指挥？这天底下还有个理吗？他没有制止部下打人是不对的，仅这一点，就是犯罪的总头子，这能服人吗？”

看见她越说越气，华文劝说道：“你也许不知道，我一听说这个事，回到公社，整个身子就像掉进了冰窟窿里，脑子嗡嗡作响，同时又飞快地旋转，做着各种各样的推断猜测。现在，我最初阶段的慌乱和恐惧少了一些，我们先应付着目前的局面，看事态如何发展。当然我们作为一级政权，也不能任人宰杀，该向上汇报反映的我们不会视而不顾，该做的工作也不会缩手缩脚”。

陈书记的爱人又说：“我虽然是当事人的家属，但我和你们一样，也没有任何自私的打算，咱们心里都坦坦荡荡，都要昂起头走路，要对得起天，对得起地。老陈不幸折翅，他会认真地反思，曾运筹帷幄，曾煞费苦心，磨还未卸，这拉磨的驴却被捅了一刀子……”

李静一直认真地听着，感到陈书记的爱人很有水平，讲的话很有哲理，也很感人，她的鼻子一直酸酸的、涩涩的，眼眶里一直湿润着，她叹了一口气，轻轻地说：“昨天，我看了一个资料，那上边讲的一个事情很感人，对我们如何适应目前的处境，渡过眼前的难关，似有启发作用。在英国萨伦港国家船舶博物馆里，陈列着这样一艘船，它下水以来，遭遇过一百三十八次冰山、一百一十六次触礁，二十七次被风暴打断桅杆，十三次起火，但是它始终没有沉没，原因只有一个，那就是驾驶人一直淡定，敢于搏斗，既有勇敢的精神，又有急中生智的处置办法。我们应该向那个驾驶人员学点儿什么，不能活人躺在棺材里，专等人家来盖盖子。”

华文看了一眼李静说：“这故事很感人，你回去给我抄写一下你刚才说的话，我不一定什么时候能用上。”

从陈书记家出来后，走在回公社的路上，白华文又跟李静说：“那王红小不是个好鸟，三年还愁等一个闰月年，他迟早也要屙圪蛋，咱们都能等着。”

第二天上午不到八点钟，公社的干部和各大队的书记、贫协主任陆续进了会议室。大会首先传达了市里的《通报》。在休会前，白华文讲了话：“大家都知道，最近我们公社发生了一个大事件，正像《通报》中说的那样，发生这次事件不是偶然的，也不是孤立的。我们从中吸取的教训应该是深刻的，多方面的。错误和挫折教训了我们，使我们更加聪明起来了。在今后的工作中，我们一定要沿着依靠贫下中农这条红线，把我们公社的各项工作搞好。当前，主要是按照市里《通报》这个文件的精神，端正态度，认真检查我们前一阶段的工作，特别是对待贫下中农的态度问题。我相信，有大家的共同努力，我们公社的面貌一定会有新的变化。下午，大家要认真讨论，讨论时不要东拉西扯，不要走题，要按照《通报》的要求，查立场，查思想，查方法，查问题。”

这次会议后，由李静执笔，以公社党委的名义，将会议情况向上级做了书面报告。没过几天，省报两名记者为写调查报告专门采访了主持工作的白华文。

记者问：“我知道你已参观了打王红小的展览，当你看到那些血淋淋的照片后，有什么感想。”

白华文答：“我听说，那天打王红小时，现场没有照相的人，因此实事求是地说，挂的那些不是照片，是用画笔画的图片。至于我的感想，就是希望类似事件在我们公社不再重演。”

记者问：“你对你们公社过去的陈书记有什么看法？”

白华文答：“《通报》中已说得很清楚，他是这次事件的主犯。他的岁数比我大，过去在一块工作时，我把他当成自己的一位兄长。”

记者问：“你们公社为什么会出现吊打贫下中农的事件？”

白华文答：“原因是多方面的，主要是我们一直抓粮食生产，这方面压力很大，忽视了政治学习，放松了世界观的改造。这次给我们的教训是很深刻的，我们会引以为戒。”

记者问：“你对王红小同志有什么话要讲吗？”

白华文答：“我们已经看望过他了。他还年轻，今后的路还很漫长，希望他走好。”

记者问：“通过这次事件，你们吸取的教训主要有哪几点？”

白华文答：“要时时刻刻想着做人民的公仆，时时刻刻不忘依靠贫下中农，时时刻刻注意改进工作作风。”

由于上级的催办，加上王红小到处血泪控诉，社会反响很大，市里有关单位急事急办，将陈书记四人判了刑。陈书记是主犯，被判了十五年徒刑。陈书记听到对自己的宣判后，脸色一下子变得十分苍白，眼神中充满了委屈，加上唇边长长的胡须，使他一下子成了一个经不起风吹雨打的老头。

回到看守所后，陈书记心灰意冷，感到面前一片黑暗，他已无心再回忆过去，感到自己已站在悬崖上，脚下的万丈深渊正等待着他的纵身一跃。他拿起笔，在一张前几天让写交代材料的稿纸上写道："几十年来，仿佛做了一场梦。为了孩子们不因我的问题背上沉重的包袱，影响他们的前途，要尽快把我忘却。我惦念着小儿子，在看守所里还梦见了他。等他长大后，告诉孩子，我对不起他，没有尽到做父亲的义务。让他好好学习，掌握一定的本领。"

信没有抬头也没有落款，写好后，他眼含着热泪又看了一遍，泪珠滴在那张稿纸上。他想了一会儿，又在那封信的背面写了自己几天来想好的一首诗：

壮志凌云三十秋，
运交华盖成囚徒。
手戴铁铐胸意冷，
辛酸泪滴心上流。
当年青丝已见霜，
平生追梦一时休。
人间难见公允事，
恨将遗骨葬荒丘。

陈书记把信叠好，悄悄给了一位将要离开看守所回家的狱友，告诉了自己家的住处和妻子的名字，吩咐狱友一定把信交给他爱人。

当晚，陈书记走完了自己茹苦含辛的人间路。这是一个没有人想到的结局。

得知陈书记在看守所自杀的信息后，白华文深深地叹了一口气，脸上一下子红胀起来。他想，陈书记一定是带着无限的恨走的，大丈夫绝不是永远没有软弱的心肠，只是不被软弱的心肠屈服罢了。

第十章 /白华文由副转正/

对你来说，重要的并不是曾经走过多少“路”，而是你拥有的“道”。所谓“路”，就是从离开你们村到如今所走过的路程，而“道”则是你心灵趋于完美的过程。

白华文在处理王红小事件时，跑上跑下，左推右挡，不知接触了多少人，有用无用的话也不知说了多少，用“焦头烂额”这个词来形容他当时的处境，一点也不过分。

他的脑子从早到晚在过电，体会着社会上各种人的心情和需要。他积极捕捉各方面的信息，适应着各种人的心理变化。其实，他眼前想达到的目的并不复杂，就是想把王红小引起的那档子事尽快画一个句号。由于他的冷静、多谋，很多问题都处理得有板有眼，皮皮也没有糊，瓤瓤也没有生。

白华文在这一个阶段，和形形色色的人打交道，解决了不少前所未见的难题，使他学到了不少知识，各方面都有了提高。“知人知面不知心，画龙画虎难画骨”，对这句话，过去，只是说说而已，知道个皮毛，如今对它的含意有了深刻的切身体会。

他越来越明白，不管当哪一级领导，有所戒才能有所成。心有敬畏，行有戒尺，掌握好分寸，把握好自己，大到走什么路、做什么事、交什么友，小到吃什么饭、说什么话、去什么地方，都应该有个界限，只有这样，才能站得稳、走得顺、行得远。

时间在流逝。华文看过的历史人物书籍告诉自己，以往的世界征服者们，如今已是一段文字、一首歌或几个传说，甚至是快被忘记的名字。至于自己这种小干部，更不会在历史上留下什么印迹。每个人都有毫不相同、各不相干的生活规律和工作准则，每个人与生俱来的生活只能在各自的轨道中滑动，每个人遵循的工作准则也只能在当时的政治氛围中拓展，大概是先有了这些，后才有了各种人去物化这些或许来自社会遗传或许来自社会教育而生成的规律和准则。

华文并不想抬高自己，也从来没有抢别人饭碗的意思，他考虑得最多的是尽快恢复公社的名誉，让公社有公信力，另外搞好干群关系，这样有利于社会稳定，有利于发展生产。

在贫协主任座谈会上，白华文首先发了言："这次，把大家请来，一是咱们共同学习市里下发的《通报》，结合各大队的实际情况，进行认真讨论，把依靠贫下中农的思想牢牢扎根在我们心中，贯彻到各项工作的始终。二是请大家给公社提意见，大家见到的听到的、都可以讲，咱们都是一家人，用不着客气，有什么意见就说什么，讲得难听些也无所谓，我们公社保证不抓辫子，不戴帽子，不穿小鞋。再一个就是让大家出主意，想办法，帮助公社提出整改意见。这次是把你们请进来，会后我们还要走出去，咱们上下结合，把我们存在的问题一个一个解决。请大家相信我们，让你们来，不是做做样子，摆个花架子，我们是要真抓实干了。"

在座谈会上，察合板大队的贫协主任含着眼泪发了言："'年困难时期，社员们虽然饿得皮包骨头，但终于挺过来了。这几年，年景不错，可贫下中农们还是吃不饱。人们说：'受不受，三百六。'我们大队壮劳力一年才分二百多斤原料，娃娃们平均才四两三，这怎么能吃饱呢？人家国家的政策是留足口粮，交够公粮，多卖余粮，我们那里公余粮数逐年上升，社员的口粮数却一年比一年少。你有余粮才能卖吧，可就是有人打肿脸充胖子，硬从社员口里叨粮。我们大队杨支书跟社员们说，这都怪公社给硬压下的任务。这次，既然让提意见，我就把社员们的意见带来，希望你们以后再不要加码了，要想一想社员的死活。”

听完这位贫协主任的发言后，社长离开了会议室，从他的办公室取来一张统计表，他对着大家说：“刚才听了察合板大队贫协主任的发言，对我触动很大。这里我可以负责任地告诉大家，前几年，我们确实存在着层层加码的现象，但近两年，上级明令不准谎报粮食产量，搞浮夸那一套，当然也不准瞒报私分了。国家公余粮征购数是按照各地的估产量为基准而进行分配的，你估产量报得高了，公余粮数自然就上去了。”他接着拿起了统计表，给大家念了去年察合板大队上报的全大队粮食估产量，又说，“你们大队报来的这个产量，公社连一斤也没加，如数汇总上报，这个你回去可以问一下你们书记，这个数字是不是他们报的。”

那位贫协主任一听，惊讶地说：“他们被鬼迷了心，报的产量比实际产量多了近两倍，原来是他们在捣鬼，就为了自己戴一朵大红花挂个奖状”。

会议开得很热烈，大家敢讲真话了，给公社提了四十几条意见。李静把这些意见归了一下类，分了个轻重缓急，准备下一步研究解决。为了使会议达到预期目的，华文和公社其他干部商量了一下，决定延期一两天，重点研究如何解决大家反映的问题，即采取什么措施。会议还没有结束，白华文接到区委办公室电话，区委书记要找他谈话。

区委书记见到白华文后，首先问了一下公社的情况。白华文把公社近一阶段抓的一些工作简要地汇报了一下。

听了白华文的情况介绍后，区委书记说：“区委对你们公社的工作是满意的，特别是对王红小事件的善后处理，干得很不错，很得力，方方面面的气顺了，劲也足了。区委认为，你拿过镰刀，扛过锄头，有很深的泥土情结，这几年又一直工作在农业第一线，对农业生产是内行，也了解农民的疾苦，有大局意识，能团结同志。特别是近一阶段，你沉着、果断地处理了不少难题，得到了大家的信任。你能自觉地执行党的路线方针和政策，有驾驭全局工作的能力。区委决定由你出任喇嘛湾公社党委书记。区委希望你当好班长，谦虚谨慎，廉洁奉公，在方向上不要有差错，不要独断专行，要发挥大家的积极性，相信你一定会百尺竿头，更进一步！”

白华文听着区委书记的话，心咚咚地跳，他也曾想由副转正这个事，但没想到来得这么快。他很谦虚地说：“感谢区委对我的信任！虽然我深感自己能力不够，肩负这么重的担子，担心自己做不好工作，给党的事业抹黑，但我有信心，在区委的直接领导下，紧紧依靠贫下中农，一定要让喇嘛湾公社摘掉‘江山依旧，面貌未改’的帽子。”

区委书记送他走的时候又说：“你有点儿谦虚了。你是个干将，将不离兵兵有主，兵不离土土能存，我们等待你的好消息。后天区委组织部部长就去你们那里宣布对你的任命。有事可以打电话，咱们常通通气。”

中午，白华文回到二兰住的那个小家。二兰听到他转正了，特别高兴，小两口好像有多长时间未见面了，有说不完的话。

二兰激动地说：“咱们的白书记又上了一个台阶了，我得好好祝贺你呀！你这么多年的奋斗，我是第一见证人。‘千里做官，为得吃穿。’这话虽不一定对，但实际上每个人首先都是为自己活着，在为自己活着的同时，也总想有个机会，转换自己的人生和社会坐标点，而人生角色和社会坐标点的转换，总要伴随一种责任的转换和义务的转换，同时也要伴随着付出。官大了，担子就重了，责任也多了，树大招风，有人期盼你成功，也有人会盼着你垮台。‘阳春白雪，和者必寡’，‘当家三年狗也嫌’，这些话其实是当事人体会到的痛苦，你可慢慢地去品味，看有没有道理。”

华文听后问：“什么是‘阳春白雪’？”二兰给他解释后，他笑着说，

“我是下里巴人，没有那么高雅，但你说的也有道理，我当然会注意。我这个人，看似胆子大，其实是很谨慎的，不会蛮来。人的行走，紧要处就那么几步，过了就误了，但走那几步需要有坚定的意志和百折不挠的坚持精神。我会经常告诫自己，成功是昨天的事情，今天不努力，明天会失去一切，长江后浪推前浪，这是个规律吧。工作好像逆水行舟，不进则退。”

二兰的眼神中出现了一种闪烁不定的东西，她想了想又问：“你能平步青云，有什么捷径？对我不保密吧，给我这个大干事讲讲。马粪还有个发的机会，我说不定也有个姥姥也亲舅舅也爱的时候。”

华文笑了，轻轻说道：“哪有捷径呢？我当通讯员时候，巴书记曾给一位科长讲，当时我在场，我至今记着巴书记的话：‘官场上，你要明白，不聪明不行，太聪明了也不行，最好的选择是让自己聪明得非常憨厚，学也要学会这个本事，装也得装成这个样子，这就是难得糊涂。’”

二兰觉得言之有理，边听边点着头，开着玩笑说：“我是不是太聪明了，所以一直干着由别人指示的事情，自己做不了主，其实我是个很傻的人，仅仅是还没有糊涂。”

小别如新婚，小两口吃完午饭，就拉上了窗帘，在那个不够尺寸的双人床上，两人共同努力着，共同配合着，共同战栗着，共同喘息着，共同激动着……

下午，白华文到了市委，他想告诉巴书记向阳区委的决定，另外也想让巴书记出出面，把陈书记的爱人从喇嘛湾小学调到市区任教。他一见到巴书记，还没等他开口，巴书记从办公桌旁站起来就说：“当了公社书记了，这士别三日，刮目相看了，这么快又担当了一个新角色，后生可畏，要好好干呀！”

白华文见巴书记已知道自己转正的消息，只讲了关于陈书记的爱人调动的事宜。巴书记听后慢条斯理地说：“这个事可以办，但现在不是时候，再等一等，你回去告诉她，让她放心。关于你们公社那个王红小，不知道你听说了吗，他找到市贫协主任，要求安排工作。我们这位主任回答得很干脆：‘现在更需要你在农村，要在那里发挥作用，一辈子安心在农村，一辈子为人民做好事。’对这个人，我听说你和李静等同志都想收拾他。那家伙也不争气，我们也接到多封告他的信。但我建议你们现在千万不要动他。不要主动和他正面接触，惹不起还躲不起？这个躲不是怕他而躲，我看这个人迟早会不打自垮的，用不着我们射箭，他就会落马的。”

讲到这里，巴书记点燃了一支烟，抽了几口又对白华文说：“我在一份内参上看到了你和记者同志的一问一答，讲得不错，像个搞政治的，有分寸，有深度。在旗里工作的时候，我曾担心你的口才，看来是杞人忧天了。这个演说能力很重要，好马出在腿，好汉出在嘴。我们的政策、主张除了靠文件和媒体宣传，主要是靠同志们的嘴宣传出去的。文件得念，一些语录、名人警句、重要文件里阐述的理论观点都要背会，背会就能运用自如，这点你要加强一下。还有，你们那里情况还是很复杂的，矛盾也多，要搞好团结，你的一言一行都要注意群众影响，看准的事要一抓到底，抓就抓出成绩来。”

白华文回到公社之前，关于他任职的文件已到了公社，李静也没征求任何人的意见，就让公社广播站广播了文件全文。各大队的社员通过小喇叭，知道白华文当了公社的一把手。

李静在公社见到了白华文，和往常一样，总是有一种知己的感觉，她掩饰不住自己内心的激动，笑眯眯地对华文说：“祝贺你，今后有什么指示，尽管说，我保证照办！”

华文做着举手要打她的样子，笑着说：“看把你高兴的，区委领导还没来宣布，你倒给广播了，万一有了变化，看你如何下台？”

和华文在一起，李静总感到踏实、放松、随和、自然，那种融洽的感觉拂之不去，呼之又来。她赶紧说：“这是板上钉钉的事了，手中捉住的鸭子，你还怕飞走了？”

华文看着李静长出了一口气，深情地说："从沟门到喇嘛湾，咱们走的这条路也不算短了。"

李静又说："对你来说，重要的并不是曾经走过多少'路'，而是你拥有的'道'。所谓'路'，就是从离开你们村到如今所走过的路程，而'道'则是你心灵趋于完美的过程。"

白华文一听忙说："你的话总是那么好听，又有分量，我怎么就学不会呢？"

"书记谦虚了。"李静一边说，一边看了一下表，"你不是说下午开党委会吗？时间快到了，咱们去会议室吧。"

在党委会上，白华文一针见血地说："察合板大队的杨支书，上报的粮食产量水分太大，他也知道理亏，做的事见不得人，所以把个黑锅推给公社，社员们不了解情况，肯定骂公社。究竟这个大队的事情是不是个别现象，其他大队有没有谎报产量的情况，我们下一步要逐个调查落实。眼下，我们照 '解剖麻雀'的办法，先到察合板大队解剖那只'羊'。我们党委委员全部出动，集中力量打歼灭战，就在那里搞现场办公，杀鸡给猴看。我个人意见是去那里后，我们分头先找一些贫下中农谈心，听听他们的声音。接着我们和大队生产队的干部们一起，丈量一下全大队的土地，看他们有没有谎报土地面积的情况。第二步找各生产队，核实前年和去年的粮食产量及社员分到多少粮，这就可能出第二个数字，看他们谎报了多少，这里要注意生产队长们继续说假话，要找些诚实的老农在场。第三步我们和大小队干部一起，找当地有威望的有经验的贫下中农，实地查看各块田正常年景到底能产多少粮。这个费点儿时间，但值得这样搞。这样对这个大队的基本情况，我们就心中有数了。以上的工作叫调查研究，是十月怀胎，而后就是解决问题，一朝分娩了。咱们对这个大队的书记和大队长搞个民意测验。很多社员不识字，咱们用黄豆代替，搞一个桌子，用两张纸分别写上书记和大队长的名字，压在一个碗下，社员们拥护谁，走过去就在谁名字上边的那个碗里扔一粒豆子。准备用的豆子放在一个升子里，由公社干部拿着，社员们拿豆子也行，没有拥护的不拿也行，但最多只能拿两颗，一个碗里只能丢一颗。如果民意测验中这两个人没有过半数，我们党委就在他们大队召开党委会，撤销他们的职务。如果过了半数，我们对他们批评教育，让他们今后不要搞浮夸，要实事求是。”

华文发言后，与会的其他同志也发了言。对华文发明的民意测验，大家赞不绝口。

公社全体党委委员来到了察合板大队，大家按照党委会的决议分头开展着工作。一个多星期，这只“麻雀”终于被解剖了。这个大队上报的植树造林数超过实际造林面积的三倍，土地面积多报了五百多亩，预估上报的粮食产量比实际产量多了近两倍。公社的干部们把这些情况原原本本地告诉了社员们，并且让大家明白，这几年口粮分得少都是大队造成的，从今年起，将按照这次核实的情况重定公余粮数额。搞民意测验的那天，全大队一千多人来了七八百人，大家排着队往碗里投豆子。当场，由公社，大队、生产队代表组成的十人小组检查了民意测验的结果，大队支书的碗里只有七十二颗豆子，大队长刚过了半。当天下午，就在察合板大队召开了公社党委会，决定撤销杨支书职务，上报市里拟取消他的“劳模”称号，大队的各项工作暂由大队长全权负责。

白华文找杨支书谈了话：“你知道不知道，你已严重地脱离了社员群众，脱离了广大的贫下中农，你心中想的干的，都和人民的利益背道而驰。人民是水，干部是鱼，离开了水，鱼还能活吗？这么多年，你大搞浮夸，骗取荣誉，坑害了多少百姓？你手托良心好好想一想，正是你谎报产量，造成了你们大队多少社员饿着肚皮，你的错误是严重的，要好好检查，痛改前非。你还是党员嘛，要振作精神，放下包袱，轻装前进。”

听到杨支书被撤职的消息后，供销社的鞭炮都卖光了。不少社员见面后的第一句话就是“这个害人精终于下台了。”

那个杨支书回到家里，不想为什么只有七十二人给自己投了赞成票，而认为这是白华文故意设的圈套、挖的坑。他恶狠狠地说：“我也不是任人捏的生面团，君子报仇，十年未晚。”

不久，公社接到了区委的通知，李静被任命为喇嘛湾公社党委副书记。

李静在工作中是一丝不苟的，为人又谦虚，在一伙男人们吵吵嚷嚷的环境中，她是一股稀有的清流和难得的绿洲，能淡化男人世界里的种种火气。她的任命是顺理成章的，也是有广泛的民意基础的。

李静看见这个通知时，眼睫毛垂得更长了，心灵里有些惶惑，更多地却是欣喜，她在心里掂量着：“这岁月真是不饶人啊，转眼就快到中年了。”

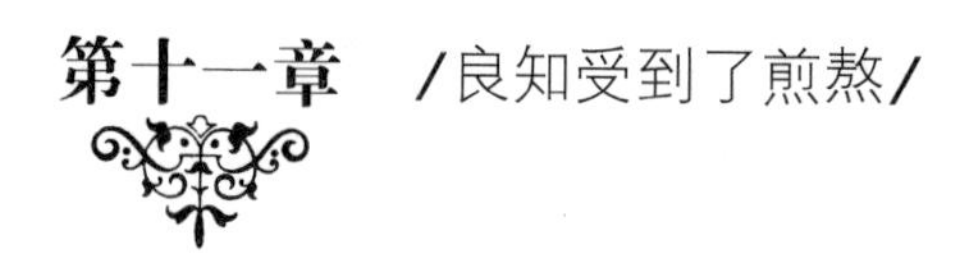

第十一章 /良知受到了煎熬/

再不能让社员流着汗水种田，淌着眼泪卖粮。

李静同志被任命为公社党委副书记，可能没有比白华文更高兴的人了。这两个人从沟门乡到喇嘛湾公社，多少个春夏秋冬，在一起谈天说地，在一起研究工作，在一起展望未来。多少田园草场，留下了他们的脚印；多少户社员家庭，有过他们亲切的问候。每每谈及过往的岁月，两个人都会无比激动、活泼和自信。李静浑身上下往外透着的那股直逼人心灵的气息，让华文感到温暖、眷恋和崇敬。如今李静当了副书记，华文感到自己如虎添翼，有这样一位才华横溢的副手，今后的工作一定会更上一层楼。

有一天，在公社食堂吃完午饭，两人都没有起身走的意思，华文看见李静乐呵呵的，扭头对她说："你当了副书记了，满脸都是高兴的样子。"

李静瞟了他一眼，不紧不慢地说："不能说你有小人的心，难度君子的腹，我没当这个角色时也很少愁眉苦脸，因为我心中有阳光，脚下有力量。

我再给你说得文雅一点儿，高兴就是一种感觉。这种感觉的好坏，完全取决于一个人对工作和生活所持的态度，只要不被人无端地驱使，只要不为名利朝思暮想，这样就会知足常乐，就能不断地修身养性，随时调节自己的心态，甚至调到能把别人的快乐和幸福当成自己的快乐和幸福来享受，自己就会感到工作顺心、生活幸福。”说到这里，她的眉尖突然抖动了一下，闪电般地看了华文一眼，轻轻地举着右手，用一个指头指着华文说，“你听清楚了吧，这里有两个‘只要’，一是‘名利’，这是我主观方面的，需要我努力做到；二是不要‘无端驱使’，这是指你了，不要总想使唤我，老想让马儿跑，就是不喂料和草。”

“啊呀！谁敢使唤你，都怕你那刀子嘴。天高任鸟飞，海阔任鱼跃，这喇嘛湾的天，喇嘛湾的地，你想干什么，谁敢拦呀？只要你高兴，怎么飞，怎么跃，由你去吧！”

华文开玩笑的话又使李静打开了话匣子：“大家都认为你是那种干大事的人，不以个人的好恶来取舍，深谋远虑，有战略眼光，跟着你干，我们都会焕发出蓬勃的激情。我近日多次想，我们这个班子，一定会撕掉喇嘛湾贫困的标签，在时代巨著中写下精彩的华章。前边关于高兴不高兴的话那是咱俩的闲扯，后边是我的真心话。”

华文听了很感动，有点儿不好意思地说：“你过奖了，我的水平是非常有限的，你身上那么多闪光点都值得我学习。今后，你不要取心[1]，要常提醒我，把咱们的工作做好，不辜负党的培养，不让社员们失望。”

午休的时候，李静躺在床上，抖落的往日时光又使她浮想联翩。她和他，永远不会有快刀斩乱麻的时候，两人虽然没有风花雪月，但感情从未走到尽头。她有自信，彼此在生活的路途中，随时会有所牵扯。对此，她要有雅量，也要有智慧；需要时间，也需要等待。

察汉板大队支书因谎报产量克扣社员口粮被撤职的消息，很快在全公社

---

[1] 取心：方言，“多心、想多了”的意思。

传开了，引起了社员们的强烈反响。那些有类似情况的大队的社员，感到有了盼头，他们犹如头顶着似火的骄阳，在一望无际的沙漠中艰难跋涉，正焦渴难耐之时，忽然看见了一丝绿叶，浅尝了一口甘露，不仅沁人肺腑，还鼓舞起抗争的勇气。他们有的三三两两相跟着到公社，揭发所在大队的有关问题，有的送来检举信。

白书记亲自接待了上访的社员，耐心地听取了他们的意见，并做了详细的记录。他也认真地看了社员们送来的揭发材料。想到自己亲眼看见的社员们的真实的生存状况和生活环境，他的良知受到了煎熬。

白华文的工作始终和农村农业连在一起，他以少有的热情和冷静，关注着喇嘛湾公社各个大队的情况。他的热情，体现着他作为农民的后代，对农村深深的眷恋和关切。而冷静则表现在他身为公社一把手，必须以紧迫的态度、有力的措施解决农村面临的各种问题。他以社员感同身受的心态，目睹了社员们太多的贫穷、太多的无奈和太多的沉默，感到前所未有的震撼与隐痛。了解清楚社员的真实生存状态并不难，难的是你敢不敢把它说出来，并为解决这些问题而努力。

白华文不为虚名和各种假象所阻滞，面对显而易见的雷区和禁忌，他克服了不少阻力和困难，把触角伸向许多鲜为人知的生活层面和角落，力求在现实和目标的夹缝中找到工作的着力点和突破口。他苦苦思考着，这为官一任，不管它官大官小，怎么才能造福一方。这个问题应常放在心里。金杯银杯不如社员的口碑，自己认为是父母官，社员背后骂你是王八蛋，那就愧对时代、愧对人生了。

公社已经向“浮夸风”砍了一刀，震动很大，这个工作才开了个头，还要继续抓下去，不能让“浮夸风”像瘟疫一样在全公社蔓延成灾，再不能让社员流着汗水种田，淌着眼泪卖粮。

白华文还多次和公社其他干部讲：“我们都知道社员们困难，可没想到看到的真实情况比想象的更令人难过。新中国成立这么多年了，搞了好长时间的社会主义建设了，怎么才能让社员们体会到社会主义的优越性呢，怎么才能对得起吃苦耐劳的农民兄弟呢？别说党性了，就是稍微有些良心，有点儿正义感，都应该感到愧疚和不安。面对农村的现实，如果我们还麻木不仁、高枕无忧，那我们就不配做个党员，常讲的为人民服务也是自欺欺人。我们要手托良心想一想，这些年我们究竟干了什么、干得对吗、值得吗、往后怎么干。我们有一千条理由要搞好农业生产，提高农民生活，却没有一条理由让农民再受苦。这人间最难过的事就是饿肚子，我们再穷也要有根打狗棒！”

在公社党委会上，白华文很严肃地指出：“咱们在座的同志们多次交换过意见，认为首要的工作就是让社员们别挨饿。我很同意这个意见。为此，咱们在察哈板大队已动了真格，也就是狠打‘浮夸风’，实事求是地评估粮食产量，这是打开饿肚这把锁的钥匙。这个工作刚开了头，我们要总结经验，要在各个大队都展开这项工作。待一会儿，咱们要研究拟给各大队发的一个通知，中心意思是要求各大队如实上报粮食产量，我建议在这个通知中明确写上，今后发现哪个大队谎报粮食产量。影响了社员口粮分配，对哪个大队的领导要就地免职，永不再用。同时，要发安民告示，让社员们也知道我们的态度。除了这项工作要大张旗鼓地展开，另一件重要的工作就是狠煞吃喝风，这个社员们意见也很大。大队吃，小队吃，大小队一起吃，上边来人吃，上边不来人也吃，这个吃喝风屡禁不止。有一句语录是‘革命不是请客吃饭’。我们的一些大队把这话变成了‘革命不是请客就是吃饭’，你说坏不坏？这个吃喝风败坏了党风，破坏了干群关系，我们要抓几个典型，这方面不能手软。我还想，在这次会议上，咱们研究一下，要允许社员在自家院中房前房后种点儿蔬菜，搞点儿副业，社员们种点儿蔬菜，不会影响集体劳动。我个人认为，搭黑照晚干点儿活也算不上什么尾巴。大家对这一问题都要表个态，咱们党委内部也统一一下思想。我也不一定看得很准。”

在会议上，有的同志提出：“打击‘浮夸风’，这事得民心，干了没错。但在实际操作中，我们能把住公社这道关，可上边给我们硬压任务时怎么办？”

白华文脑袋里嗡地响了一下，略微思考了一会儿说：“你说的这个问题以前出现过，我也曾经想过，为什么这么多年欺上压下，大搞浮夸呢？为什么谎报产量、漠视民意总能畅通无阻呢？原因恐怕是多方面的。一是下边有人乐于唱高调，说明上边有人喜欢听假话。二是我们的各级干部（包括大队干部）都是任命的，一经黄袍加身，只对上级负责，而不用体恤下情，只怕领导批评，不怕下边反对，人民的公仆实际上成了人民的老爷。三是说假话的人尝到了甜头，有了既得利益。四是缺乏有效的监督机制，其实社员们是心知肚明的，只是他们选择了沉默。诸如此类的原因，导致了这种恶习屡禁不止。至于将来某一天，若有人给我们公社硬压指标，我已经做好了思想准备，我会以实事求是的原则据理力争的。”

这一年，喇嘛湾公社遇到了历史上罕见的旱灾，滚滚的热浪折磨着这里并不肥沃的土地，庄稼一片片地被蒸干了水分，眼看着绝收的农民欲哭无泪，心急如焚。大灾面前，容不得半点儿拖延和迟缓。白华文和公社全部人员分赴各大队，要求对灾情不能缓报、瞒报、漏报。他没日没夜地在现场指导抗旱工作，商讨生产自救的办法，千方百计想把灾害造成的损失减少到最低程度。

弄虚作假，误国误民，社员们对此深恶痛绝，甚至认为这是通病。其实，在我们立足的土地上，从古至今，有一大批讲真话、办实事、为民请命的好官员。可以毫不夸张地说，白华文就是其中的一位。

有一天，市粮食局局长在向阳区翟士民副区长的陪同下，来到喇嘛湾公社检查粮食统购的情况。他们在察看了灾情以后，听取了公社的汇报。

白华文在汇报中，以对社员高度负责的态度开门见山地说：“灾情大家都看了，公粮这一块，我们想方设法要完成；至于统购的余粮任务，看来今年是完不成了。”

他说话时很冷静，语气却十分肯定，这使在场的人都面面相觑，怀疑白华文是不是说错了话。在那“人定胜天”“大灾之年夺大丰收”的口号鼓舞下，灾年不减公余粮已成了人们的惯性思维，很多领导已经习惯于听这种豪言壮语，可白华文的汇报显然使在场的各位领导感到意外。市粮食局局长带着多少有点儿诧异的目光望着面前的这位公社书记，显得很不满意。翟副区长看到了粮食局局长的脸色，心想官大一级压死人，很武断地说：“你们这里灾情是有的，但上边文件明文规定，没有特殊情况，粮食统购任务不做变更。像你们公社的灾情，一般不被看作特殊情况，因此统购任务还得按时按量完成。我这里还想着重指出，面对灾情，你们不能丢失了力争上游的斗志，思想上不能右倾，行动上不能松劲，否则全国的公社都像你们这个态度，那社会主义建设的资金积累从何谈起？”

其实，白华文是个组织纪律性很强的人，他知道下级服从上级的原则，而且在官场上打拼了这么多年，非常清楚大灾之年正是容易出政绩的时候，他也知道“‘数字’出干部，干部出‘数字’”的窍门，他心中还记着一副调侃的对联：“上级压下级，层层加码，马到成功；下级骗上级，层层掺水，水到渠成。”但他是一个有良知、有主见、敢负责的干部。他本想顶几句，但想了想，又心平气和地做了补充汇报：“我们这里出现了这么大的灾情，社员们如何过冬都是大问题，我没有理由，也没有权力，在你们几位领导面前说假话。”他略停顿了一下，喝了一口茶，又紧锁着双眉说：“当然，如果让我说保证完成统购任务，这很容易，但我不能这么说，这么说了，社员们就要骂我八辈子祖宗，全公社明年的生产也无从谈起。这里，我倒想请各位领导回市里后，替我们呼吁一下，早点儿给我们拨救济粮和救济款，以解我们这里的燃眉之急。”他说得很坦然，不仅不交粮，还伸出手要粮。

市粮食局和区里的干部走后，李静对白华文说：“你今天豁出去了吧，不怕这些人给你添麻烦？”

白华文坦率地说："你也知道，我从小当小长工，今天当了公社书记，我已经心满意足了。我没有过多的奢望，只求为社员们实实在在地办点儿好事。我家祖祖辈辈都是农民，我和二兰两边的亲戚都在农村，我知道农民的不易。碰上这样的灾年，卖了过头粮，社员们的日子怎么过？明年的春耕生产怎么搞？这个时候，不为社员做主，图个虚名，就是忘本。"

李静提醒华文说："小心翟副区长来个恶人先告状，我感到他的品质有问题。"

白华文轻轻地点了点头，没有正面回答。

这一年，由于各大队没交过头粮，上级又按照公社的报告及时拨下救济粮和救济款，全公社的社员们平平安安地度过了大灾之年。

严重的旱灾过后，整整一个冬天，白华文一直想着，不在水利方面做文章，老是靠天吃饭，农村的面貌是很难改变的，社员们的生活也是很难提高的。一个主意在他脑中已盘旋了很久，要从根本上改变全公社的生产条件，不首先解决水的问题，其他问题谈也是空谈。

要解决水的问题，一个是打机井，一个是引水灌溉。地下水位情况怎么样？引水灌溉的工程量有多大？资金从哪里来？这一个又一个问题压到了他的心上。他准备到各个大队专门调查一下兴修水利方面的问题，还准备到市里请水利方面的专家来喇嘛湾公社实地考察一下，尔后搞个具体规划，分步实施。

正在天天想水盼水的时候，他接待了省公安厅来的两位同志。当他看完介绍信后，很热情地给省厅两位同志沏上了茶，心里猜想着这两位同志来此有何贵干。

其中一位同志说："今天，我们没有让市局、区局的同行们来，主要是先来核实几个情况。你们这里是否有个察哈板大队？"

"有。"白华文简短地做了回答。

"那里有个社员叫乔云威，你认识吗？"

“不认识。”

听了白华文的回答，省厅的那位同志又说：“既然你不认识，根据我们荣厅长的指示，请你到察哈板一趟，如有此人，请你核实一下这个人的身份，看看他是这个村的老户，还是从外地迁来的；如果是迁来的，是哪一年从哪个地方来的，他家里现在有些什么人。也请你方便的话，搞一张他的近照。此事，你要一个人行动，任何人都不能让知道。核实情况、索取照片都以你们公社的名义，看用什么理由你个人定。当这些工作完成后，你给我们打电话，我们立即来车接你。电话号码在介绍信上有。”

省公安厅同志临走时，又叮嘱白华文：“我再重复一遍，近一个阶段，这个事只有你一人知道就行了。”

送走了省公安厅的同志后，白华文觉得蹊跷，心里有点儿紧张，又猜不透可能发生了什么事情。他于第二天上午来到察哈板大队，从大队贫下中农花名册上，他看到了乔云威的名字，是个贫农社员，全家五口人。

他跟大队长说：“前几天，我在你们大队，已经走访了不少贫下中农社员，我还想再看几家。”随即他说了几户的名字，其中包括乔云威家。

在大队长的引领下，白华文来到了乔云威家。乔云威满脸堆着殷勤的笑容说：“白书记真是为民做主的好领导，撤了那个杨支书，给我们大队除了一害，等于挖出了个蛀虫。姓杨的那家伙是披着羊皮的狼。”

白华文边听着边看挂在墙上的照片，他问道：“这张打鼓的照片照得不错呀！”

大队长笑着说：“这是我的手艺。这张照片是今年正月十五闹红火时我给照的。”

“你还会照相？”

大队长一听白书记问，又说：“我家里还有不少照片，技术还马马虎虎的。”

白书记对着乔云威说：“听你的口音好像是城西边的。你来这里多长时间了？”

乔云威很警惕地答道：“小时候家穷，在城西要过饭。”

大队长马上说：“老乔，你是日本人退却那年来的我们这里吧？”

乔云威有意岔开这个话题说：“白书记好不容易来我们家一趟，今天中午就在我们家吃饭吧，我到供销社买一瓶酒。”

“不用了，咱们改日再说，我还准备再看望几家社员。”白华文说完离开了乔云威家。

在大队长家里，白华文看着一张张照片。趁大队长不注意的时候，他把其中一张有乔云威的合影照装在了衣兜中。

吃完午饭，白华文跟大队长说：“你们这里的支部书记还得过一阶段再定，你现在管着全大队的工作，要多听大家的意见，少点儿家长作风，注意工作方法。我下午就回公社，有什么事情咱们多联系。”

第十二章 /这个坏蛋还活着……/

你纵然有七十二变，也难逃如来佛的掌心。我们的原则就是谁要是和我们不得了，我们就让他了不得。

白华文从察哈板大队回到公社，他拿出那张照片仔细看着，他想看出点儿什么，了解一下公安厅的同志想找到这个人的目的。可看来看去，他仍然是丈二的和尚摸不着头脑。他也不敢向人们打听这个人的情况，但既然公安厅的人来找，想必这个人是遇到麻烦了。此时，李静来到了他办公室，看他看着一张照片，那样聚精会神，以探寻的口气问："你在看谁的照片呢，那么爱不释手？"

"给你，你看看，看这照片里有什么名堂。"华文边说边把照片递给了李静。

李静认真地看着那张照片，看着看着，她突然说："这不是察哈板大队几个人的合照吗？这是正月闹红火时照的，那个打鼓的人我认识，他是他们村里的点瓜能手。前年，我还到他种的瓜园里买过香瓜呢。那香瓜真不错，又脆又甜。不过，那个人有点儿怪，笑也和别人不一样，我第一次见到他，总感到他脸上有无法掩饰的狡黠。他还跟我说，香瓜有很多品种，也有很多叫法，日本人把香瓜叫马速库米容。这个我也没问他，他也许为了显示自己见多识广吧。”

听着李静的话，白华文不想围绕这个话题继续说下去，那家伙究竟是哪根蔓上结的瓜，迟早也会知道的，他问李静：“你们工作的进展情况怎么样？”

“我领的这个工作组负责三个大队，第一天就遇到了一个小麻烦。我刚给大家分了工，要一块地一块地‘过筛子’，看近两年的实际产量，再估一下今年的产量。社员们知道我们的意图，都很支持。可始料不及得是，有一位白发苍苍的老奶奶，一进门就跪倒在了我面前。我赶紧上去扶起她，老奶奶哭得上气不接下气。我当时就想到，这样一位几乎阅尽人间沧桑的老人，没有受到太多的悲苦和太重的压抑，不可能有如此动作。当时，我让大家按分工到地里工作，我扶持着老奶奶到了她家。事情原来是这样的：她的儿子曾来公社向你告过大队干部的状，那天他们相跟来公社告状的有四个人，后来不知什么原因，其中一个叛变了，向大队干部告了密，大队干部就怀恨在心。大前天半夜里，有人把石头瓦块扔进了她家，把玻璃窗户打了个稀巴烂。谁来打砸的，老奶奶心里有怀疑对象，但谁也没抓住。农村的事情很复杂，我劝慰了老奶奶：‘政府是会管这个事的，这侵犯个人住宅权是犯法的，您老人家不要害怕。’我没找任何一位大队干部，也没有在村里张扬，只给区公安局打了一个电话，看区局有什么考虑。”

华文听着，也在笔记本上做了些记录，然后抬起头看了一下李静的脸色，慢悠悠地说：“农村的工作往往是摁下葫芦起来瓢，拉住笸箩斗动弹，没有完全落实的事不要急于插手。我们大反‘浮夸风’，大反‘吃喝风’是有阻力的，不会一帆风顺，对此我们都要有思想准备。好的开始就是成功的一半，我们既定的工作安排不能松劲，要一抓到底，抓出成绩。可以说，我们已经知道了农村贫穷的原因，现在我们做的就是让农村怎样不穷的工作。肯定有个别人不希望我们把工作搞好，想看到公社这个机器减速甚至停止转动，这只是他们的一厢情愿。我们知道，不敢得罪错误，就要得罪真理。”

李静走后，白华文给省公安厅打了电话，省厅的同志在电话中说：“请你明天上午九点左右在公社等着，我们派车去接你。”

第二天，白华文来到省公安厅三处，详细汇报了他查实的情况，并把照片递到了处长手中。他还特意讲到，到现在为止，在喇嘛湾公社，此事只有他一个人清楚。

三处处长准备拿着照片上楼让荣厅长辨认。荣厅长正好来了，他拿起照片抖了一下，一看，轻轻地哈哈了一声说：“这个坏蛋还活着！你纵然有七十二变，也难逃脱如来佛的掌心。我们的原则就是谁要是和我们不得了，我们就让他了不得。”

他说到这里，看见白华文和在座的同志们一样，也毕恭毕敬地站在那里听着，他对白华文说：“你干得不错，雷厉风行，我们共同找到了一个隐藏很深的坏蛋，我们要给你记功的。”

他扭头又对处长说：“白书记辛苦了，中午在厅食堂，你陪吃个饭，让他也不要回去了，你们执行任务时一起走吧。”荣厅长说完后和白书记握了一下手，离开了三处办公室。

三处处长马上给向阳区公安局局长挂了电话，指示区局当夜出动警力前往喇嘛湾公社察哈板大队拘捕乔云威(他原来的姓名叫乔喜善)。同时还指示，逮捕后就押到公社看起来，按照荣厅长的指示，次日上午要召开公捕大会，造一下声势，威慑一下暗藏的敌人。

按照处长的要求，白华文给公社的同志打了电话，让在公社院内搭个简易主席台，把扩音器材准备好。开什么会，他没有讲。

凌晨五点钟，公安民警翻墙冲入乔云威家，大喝一声：“乔喜善，不许动！”乔一听叫自己之前的名字，知道情况不好了，脸煞白，浑身抖动着，他很快被戴上手铐送入警车内。

中午吃饭的时候，白华文才知道了整个案件前前后后的情况。他对陪他吃饭的处长说："这真应了那句话，种瓜得瓜，种豆得豆，谁种下仇恨，谁就要遭殃。"

处长说："听我们厅长说，这家伙当年可威风了，出门还骑着洋车子。他不会想到有今天的下场，恶有恶报，善有善报，不是不报，是时候未到，时候一到，立刻就报。"

华文以羡慕的眼光看着处长说："这些事，对我有很大的启发和教育，敌人人还在，心不死，他们没有睡大觉，我们丝毫不能放松警惕，要瞪大眼睛，防止他们破坏捣乱。"

那还是五一节后的一天，荣厅长和警卫员走进了大西街的烧麦馆，正巧碰见了和他从小耍大的朋友二后生，两个人亲亲热热地唠起了家常话，荣厅长向二后生打听起村里一些人的情况。

二后生无意中谈道："人们说咱们村那个乔喜善被日本人活埋了，那是胡说八道，日本人退走前，这个家伙变卖了所有家产，神不知鬼不觉地搬到了城东的察哈板村。"

言者无意，听者有心，荣厅长听到乔喜善还活着，心里咯噔了一下，很严肃地问二后生："你是听人说的，还是亲眼见的？"

"是咱们村二毛旦到城东各个村寻找他早年卖出去的妹妹时亲眼看见的，乔喜善改了名字，现在叫乔云威了。"

荣厅长听到这里，站起来笑着跟二后生说："以后咱们见面的机会多得很，我还有点儿事，我先走了，你回去代问乡亲们好。"

岁月的流逝难以冲刷掉人们的记忆。荣厅长听到乔喜善还活着的消息后，想起了抗战期间的事情。那年夏天，组织上派他到家乡一带，接护一批革命青年到根据地。他知道他的老家还被日本鬼子占着，而且新近又修了一座炮楼。他回来的那天没有进村子，太阳落下后，他先到了离村有半里多远的一片西瓜地里，径直走进了瓜房，把正在抽水烟的乔喜善吓了一跳。乔喜善一看是本村的荣巴图，赶忙跳下地，贼眉鼠眼地说：“巴图兄，这么多年没见面了，你在哪儿发财呢？”

荣巴图叹了一口气说：“咱是穷人的根子穷人的命，能到哪儿发财呢？”他原想让乔喜善回村通知几个年轻人到黄河渡口处集结，但他看到瓜房里的锅台上有一听打开的日本罐头，顿时起了疑心。多年的革命工作，他早已懂得了“如果和狗熊跳舞的话，千万别把手中的斧子放下”的道理。他没有讲这次回来干什么，只是东拉西扯了一会儿。

乔喜善的眼睛一大一小，那只小眼睛总是半睁半开，而且见不得光亮，一到白天，那只眼睛总闭着，村里人背后都叫他“瞎喜善”。他早已知道荣巴图到了延安，他这次回来肯定有任务，心里盘算着如何网住这条大鱼。他问巴图：“今儿晚上到哪歇息呀？”

荣巴图跟他没说实话，只说准备到嫂子家住一夜。

天黑后荣巴图从瓜房出来，开始假装先往村里走，他不时回头看看那片西瓜地，他看见瓜地边停着一辆洋车子，他更加相信了自己的判断。他也看见乔喜善离开瓜房，打着手电往村里走。多年地下工作的经验使他格外敏感，他扭头就往村北的大山里跑去。不大一会儿，就听见村里有了枪声。日本鬼子到他嫂子家没有抓着人，一起向村北奔来，胡乱地放了一阵枪，又回到了炮楼。

荣巴图凭借着对地形的熟悉，早已跑到山后的一条沟里。

北极星渐渐地躲到淡薄的云彩后面去了，遥远的东方透露出微明的曙光，荣巴图观察了一下四周，走向西北方向的一片桦树林中。他的心情很沉重，几次自言自语：“一个中国人，为什么要给日本人当看家狗呢？”

新中国成立后，荣巴图一直在公安系统工作。他早已知道，乔喜善是以种西瓜为幌子，专门替日本人干坏事的汉奸。只是听说这个家伙在日本人投降前，因得罪了一个鬼子，被日本人活埋了，而埋在什么地方，谁也说不清楚。既然人已经死了，荣巴图也没有向人们提起当年这件有惊无险的事情。

那天到大西街吃烧麦，他听了二后生的话后，才知道关于活埋的事是编造的，回到厅里就指示有关部门尽快核实情况，把乔喜善抓捕归案。

白华文知道这些情况后，心里想，所有斗争的导向都是靠权力来维持的。假如当年荣厅长被日本人抓住了，那结果可想而知。如今，荣厅长掌管着全省的生杀大权，你乔喜善的下场只能是罪有应得了。

召开公捕大会前一个多小时，一辆黑色的伏尔加轿车开进了公社院中。荣厅长从车内下来后，一脸严肃，没有跟任何人打招呼，别人也没有上前主动套近乎的，只有省厅三处处长走过去，不知低声说了一句什么话。荣厅长就在长桌后一把椅子上坐下，眉宇间流露出坚毅、沉着和镇静的神色。他向会场四周扫了一眼，来的人不少。三处处长又走到他面前请示，他微微点了一下头。向阳区公安局局长注意到了三处处长的手势，走到麦克风前，用洪亮的声音宣布："逮捕汉奸乔云威大会现在开始！把汉奸乔云威拉出来示众。"

乔云威戴着手铐脚镣，挪着脚步向会场走来，两名持枪的警察紧随其后。刚进会场时，他还不停地向四周张望，当看见主席台坐着的荣厅长后，他的头再也没有抬起来过。

荣厅长一直盯着这个家伙的脸色，看乔喜善低下头，荣厅长的脸上掠过一丝不易被人察觉的冷笑，心里想：人们的善良愿望常常受到恶人的挑衅，但魔鬼们也有魔法不灵的时候，像这个乔喜善做梦也不会想到，快土淹脖子的人了，还要被清算他以前犯下的罪行。

大会首先由向阳区公安局一名副局长宣读了乔云威的罪行，会场下不时响起"打倒汉奸乔云威"的口号声。

根据荣厅长的意见，大会让白华文书记讲了话。他没拿稿子，从知道让他也发言的安排后，他准备讲的话已在自己心上复述过几遍了，他面向大家点了一下头大声说：

各位领导、社员同志们：

今天，我们逮捕了汉奸乔云威，这是我们无产阶级的胜利，是我们贫下中农的胜利！它给我们上了一堂生动的教育课，告诉我们，敌人是绝不甘心退出历史舞台的，他们时时刻刻梦想恢复他们失去的天堂，他们人还在、心不死，伺机东山再起，再骑在我们头上作威作福，破坏社会主义革命和建设事业。对此，我们一定要提高警惕，擦亮眼睛，进一步认清形势，让形形色色的敌人在我们革命的汪海洋大海中无处藏身。

革命不是请客吃饭，不能心慈手软。对于敌人，我们一定要把他们打翻在地，再踏上一万只脚，让他们永世不得翻身！

白书记的即席讲话，流畅有力，荣厅长带头鼓掌。

大会结束后，时近中午，来参加大会的人们陆陆续续地离开了公社大院，三处处长和十几辆警车押着犯人向市里驰去。

白书记一早就得知，中午荣厅长想在社员家吃一顿荞面拿糕。他和警卫员、秘书商量了一下，午饭就安排在他岳母家。除了拿糕，再做点其他的菜。白书记悄悄地嘱咐公社食堂管理员，把食堂早晨杀的那只羊送到他岳母家，连肉带骨头剁短了，和土豆一起炖上。他估计大家都爱吃这个。

荣厅长来到白华文岳母家，进屋后就上了炕，他像庄户人似的，盘腿坐在了炕桌边。白华文把岳父母和哥嫂介绍给荣厅长。

从荣厅长坐在炕上的那一刻起，二兰妈就感到这个人这么面熟，好像在什么地方见过。她心里不停地想，脑子转来转去，这个厅长长得跟自己的母亲差不多。她有两个舅舅，二舅那年离开家，专程来城西看望了自己的姐姐，也没有住，连夜就走了。她至今还记得二舅离开时的情景，他穿着一件白茬子皮袄，妈妈给他烙了几个糜子面锅贴，让路上做干粮，流着泪和他的弟弟分手了。这一走，几十年过去了，是死是活，从来也没有音信。二舅走后，日本人来了，说二舅是个共产党，让父亲把他找回来，父亲确实也不知道他去了哪里，根本找不到，被日本人打得死去活来，回到家后不久就离开了人世。母亲实在无奈。把自己在人市上卖了，后来就来到了喇嘛湾村。

荣厅长离开姐姐家后到了延安，后来也知道姐夫被害了，姐姐嫁了人，有个外甥女有七八岁了，不知落脚到何处。新中国成立后，由于故乡一个亲人也没有了，所以他一直没有回去过。

吃完饭后，荣厅长下了炕，坐在大柜前一个长木板登上，他看了看二兰妈问："你是哪里的娘家啦？"

二兰妈说："是城西的阿都来村。"

一听这个村名，荣厅长的心跳得很厉害，他开始目不转睛地盯着二兰妈，又问："现在家里有什么亲人？"

一问起这话，二兰妈很快哭成个泪人，断断续续地说："我很小的时候，就离开了阿都来村，风里来，雨里去，跌落到这个地方，总算碰到了一个好心肠的人，才活到了今天。"

荣厅长越听心里越着急，又问："你爸叫什么名字？"

"这个我记得，我爸属虎，人们都叫他虎虎。"

荣厅长听到这个名字，好大一阵缓不过神来，那是姐夫的名字啊！他忙问："莫非你就是小凤闺女？"

二兰妈一听，哭得更伤心了，上气不接下气地说："我就是小凤。您一进门，我就看到你和我二舅长得差不多。"

荣厅长眼里噙满着泪水，哽咽着说："小凤，小凤，我就是你的二舅呀！"

二兰妈扑通一下跪在荣厅长面前说："老天爷呀，你怎么睁开眼了，让我又见到了我的亲人。

多少年来，我总安慰自己，熬吧，盼吧，熬了一天又一天，盼了一年又一年，这一个‘盼’字，一个‘熬’字，让我流了多少心酸的泪啊。”

荣厅长赶紧把外甥女扶起来，说：“别哭了，别哭了。”但他也控制不住自己的眼泪，大滴大滴地掉在了地上。这个场面让在屋里的人都很动容。

二兰妈站起来后又说：“二舅，为什么我的命这么苦啊！”

听着二兰妈含泪的叙述，回忆、思念、痛苦、兴奋一起涌上了荣厅长的心头。他看着二兰妈说：“不是命苦，那是有压迫，有剥削，有‘三座大山’。现在我们站起来了，‘灾难’这个词会离我们越来越远。而那些骑在我们头上作威作福的吸血虫，已经成了拔了毛的公鸡、刮了鳞的鱼，嘴脸没有一点儿起色了。”他又看了一下屋里的人，想扭转一下屋里的气氛，说，“你们说我外甥女苦命吗？一点也不苦。你们看，她儿女双全，女婿是公社书记，二舅又搞公安工作，多有福呀！”

荣厅长又把白华文叫到跟前，了解了一下他的工作简历，鼓励他多看点儿书，不要欺压老百姓，并吐露了他和青山市委巴书记是住过窑洞、开过荒的老战友。二兰妈对华文说：“这是你二舅姥爷。”华文很低声地叫了一声，也不知道荣厅长是否听见。

荣厅长这一天过得特别开心，逮住一个坏人，找到自己一个亲人。离开喇嘛湾村时，他反复叮嘱外甥女：“不忙时到市里住几天，我们一起找找你的妈妈。”他又特意跟白华文说了几句别人没有听见的话，让白华文心里感到热乎乎的。

第十三章 / 到了厅长家 /

农民的贫穷不仅指缺衣少粮，还应包括低水平的教育和健康得不到保证，还包括面临风险时的脆弱性，以及不能充分表达的自身的需求和影响力。

送走了荣厅长，二兰妈百感交集。夜已经很深了，她躺在炕上，一点儿睡意也没有，两只眼睛像亮着的电灯泡。她望着窗外那一钩残月、几点寒星，听着那萧萧的风声，过去那泪淹心的日子，一件件辛酸的往事，又在自己的脑际盘旋。

曾记得父亲离开人世的时候，妈妈摘下家门的门板，放在了炕上，把父亲的尸体停放在上边。父亲的眼睛一直睁着，还像活着一样。母亲一边哭天喊地，一边不停地揉着他的眼，想让父亲的那两只眼闭上。人们说，父亲死不瞑目，那是他有太多的不放心。打发父亲时，连个棺材也没有，母亲取下炕上铺的旧席子，卷着父亲的遗体，父亲就这样含着恨、含着冤走了。第二年清明节，母亲领着自己到坟园烧过一次纸，母亲哭得死去活来。那时，自己还小，不知道和母亲驾着人生那艘小船将怎样航行，将会遇到什么风浪。

记得母亲把自己领到人市上，不久来了一个人，和母亲边说边比画着。那个人还给了自己一个大白焙子，她知道母亲一天多水米没粘牙了，便把焙子递给了母亲。母亲拍了拍她的背说：“妈不饿，你吃吧。”那个人把她带走时，母亲送他们过了一座石头桥，在桥头护栏边，母亲站住了。她回头望了一下，看到母亲仰望着苍天。自己没听见母亲哭，也许她的泪早已哭干了。一个女人，如此不幸，即使她的心脏再强大，怎能经受住这死别和生离的打击？

二兰妈像一棵刚出土的嫩苗，经受着苦涩的风霜，也像一朵尚未放苞的鲜花，硬要放在火上去炙烤。那种压在心底、充实在血管的苦汁不断地折磨着这个苦命的小女孩。她一直记着母亲临别时跟她说的话：“好娃娃，要听大人的话。你等着，过不了几天，妈就会看你。”她寄托了多少希望，倾注了多少耐心，等啊等，却始终未如愿以偿。她多么希望母亲突然出现在自己面前，再把自己抱起来，亲一亲脸，驱散幼小心灵的恐惧，分担自己经历的磨难。

在往后的日子里，二兰妈既怕见到人的恶脸，又不愿看到好脸；既怕受到刺激，又不愿意接受别人的同情。

荣厅长回到家后，跟他爱人讲了这一天的经历，讲到见到亲外甥女的情景，滔滔不绝，眉飞色舞：“这真是有心栽花花不活，无心插柳柳成荫。做梦也没有想到，在喇嘛湾村见到了我的外甥女。在那人妖颠倒的年代，我的亲人们互相不知道谁飘落在何方，有的今生再无法见面了。像我的哥哥牺牲在了打鹿城的战场。我的姐姐是死是活，至今没有一点音信。多年前，我曾下了不少功夫，到处找姐姐可一点儿眉目也没有。这次见了她闺女，说不定能打听到姐姐的下落。找不到姐姐，是我一个难以治愈的心病。”

“历史”这两个字是十分抽象的，可是组成历史、推动历史前进的各种因素，特别是人，却都是具体的、多种多样的、千奇百怪的。对于汉奸，荣厅长每每谈及都切齿痛恨。他很气愤地说：“这次逮捕的这个乔云威，小时候叫乔喜善，他是不齿于人类的狗屎堆。这些家伙不顾国破家亡，不顾人民颠沛流离，在敌人面前低三下四，在国人面前趾高气扬。他们既是伸长脖子的猎犬，又是张着血盆大口的饿狼。他们出卖人格，出卖灵魂，不以为耻，反以为荣，要不是有政策法律，我真想把他们全部干掉。这民族气节呀，千万不能丢，这是国家和民族兴旺的精神支柱。”

他爱人边听边说：“老荣，你没让你外甥女来咱们家看看吗？”

“这个我说了好几遍了。我那个外甥女叫小凤，她说等秋凉了来看望舅舅和妗妗。”

时间过得真快，又到了大雁南归、黄叶飘落的季节，二兰妈打算领着二兰两口子走走亲戚，去看望二舅。

身为公社书记的白华文，知道岳母有这么一个亲舅舅，真是喜出望外。多年来，在巴书记的关照下，自己也算春风得意，如今又有了这么一个身居高位的好亲戚，无疑政治上又多了一座靠山。他几次催促二兰，让母亲尽快领着他们去二舅姥爷那儿走一趟。

有一天，二兰跟华文说：“妈准备进城呀，让咱们俩一同去。咱们给二舅姥爷准备什么礼品呀？”

华文很高兴地说：“很简单嘛，从大队买上两只羊吧！”

当二兰把这个想法告诉她妈时，二兰妈想了一会说：“我看不用那样了，惊天动地的，不如从咱们院中那架葡萄树上剪上一筐葡萄，再拿上十几个南瓜、十多斤豇豆就行了。这些东西都是咱们自己劳动的果实，你二舅姥爷吃起来香。”

临行前，二兰妈百感交集地对女儿女婿说：“我都当了姥姥啦，才第一次回娘家，说起来真是辛酸啊！”

荣厅长住地是一座宽大的四合院，坐北朝南，正面是十间大瓦房，东西两面都有厢房，南大门前还蹲放着两个石狮子，据说这里以前是一个王爷的私宅。

他们来到门前，站岗的卫兵向他们立正、敬礼，二兰妈还被吓了一跳。华文上前向卫兵讲了来由后，一个值班的同志马上打了电话。

白华文看到这个气派，虽然是短短的十几分钟，但在他心海中打下了深深的烙印。他心里想，这大概就是权力的象征，就是高贵的展示吧。

那位值班的同志放下电话后，笑嘻嘻地走过来，引领着他们来到正房一间很大的客厅。刚刚坐在皮沙发上，一位二十几岁的小姑娘上前给每个人倒了一杯茶，又用托盘端来苹果和梨，又取来一把削果皮的小刀，轻轻地放在托盘旁，很有礼貌地说："请喝茶、吃水果吧。"

二兰和华文把带来的土特产放在会客厅一角，顺势扫了一下客厅的四周。会客厅的北面是一座很漂亮的假山，假山上还有潺潺的流水，山脚下是个莲花状的鱼池，红的、黑的、花的鱼在水里自由地游动。南边是黑色大绒做成的落地窗帘，东边是一排书架，书架的正中放着主席的铜像，其余地方摆满了各种书刊，齐齐整整，显示着主人丰富的知识。

不大一会儿，厅长的爱人回来了，她直接来到会客厅，好像是跟来的人早已熟悉一样，显得特别热情，拿起水果刀就削梨，一边削皮一边说："老荣常提起你们，早就盼望你们来走一走，今天见了你们，他一定会格外高兴。"她把削好的梨递给了二兰妈。二兰妈轻声叫了一声"二妗妗"，她也没答应，只是对着二兰妈笑了一笑。

二兰妈看着这位舅母，四十出头，说着一口略带陕北口音的普通话，没有烫头发，穿着也很朴素，话语清晰柔和，面色白净，两眼清澈，举止言谈中有一种不易让人察觉的自信和华贵。她心里想，二舅真有福气呀！

快到中午的时候，一辆小车驶入院中。荣厅长下车后，健步向会客厅走来。二兰妈看见二舅进了屋，赶紧从沙发上站起来，刚叫了一声"二舅"，眼泪就哗哗地流了出来，二兰也哭了。

荣厅长看见三个人还站在沙发前，两个人已哭成个泪人，自己心里也有点儿酸，他忙说："都别站着，快坐下。过去大水冲了龙王庙，一家人见不上一家人。现在咱们又盖起了新庙，亲人们又能团聚在一起了，为了这一天的到来，我们真是费了九牛二虎之力。”

从荣厅长进门后，白华文的视线就没离开过他的身子：他的眼睛在弯弯的眉毛下面闪出深沉的光辉，很像是一道来自洞底的亮光，在他油亮的大背头下，那饱满的天庭，让人一看，就是一个有福之人。

他坐在外甥女身旁，开口就问：“那天在你们家时，看见你们都很伤心，我没有问，你爸是怎么死的，你记得吗？”

二兰妈一听，哭得更伤心了，好大一气才说：“我也记得一些，主要是我妈告诉我的，那天也给您说了一些。二舅那年到了延安后，村里人都说你是个共产党，当了八路了。日本人来了后，村里有些汉奸告了日本人。日本人把我爸抓去后，让把你找回来。我爸说：‘我小舅子从走后连个信也没有，也不知道他在哪里，怎么个找法？’后来我爸就被毒打致死了。”她说到这里已经泣不成声。

荣厅长长长出了一口气，对着二兰和华文说：“多少先烈、好同志，包括我们的亲人，为了革命事业，都先我们而去了。想起他们我就心里难过。今天，我们只有好好工作，保卫好我们的江山，才能对得起他们。”他讲到这里又问二兰妈，“你记得村里谁去告的你爸？”

二兰妈叹了一口气，说：“那时我还小，不记得了。”

荣厅长听到这里又说：“明年清明节，你叫上你的孩子，咱们一起，除了给你姥爷姥姥、大舅上坟，再给你父亲扫扫墓。”

二兰妈又问：“二舅，这么多年了，你回过老家没有？”

“我生在那里，喝着那里的水长大，对那个地方我还是想念的，也想回去看看，但一是工作忙，二是怕给当地添麻烦，更主要的是那里没有咱们的亲人了，所以一直也没有回去过。今年清明节，我领上全家给你姥爷姥姥还有你大舅上了坟，也没有进村，扫完墓后直接回城了。”他说到这里，点燃一支烟抽了几口，又说，“你姥爷、姥姥连一天好日子也没过过，家里吃了上顿没下顿。有一年春节，你姥姥包了一笼荞面饺子，几乎全是黄萝卜馅。吃的时候，你姥爷一直没有拿筷子。等我们吃完后，他才拿起筷子吃了剩下的十几个饺子，肯定没吃饱。我一想到这里就很难受。”他又抽了几口烟，仰头看着天花板，控制着自己激动的情绪，尔后说，“两位老人要是活到现在就好了，我让他们天天吃净肉馅饺子。”他看了一眼外甥女和二兰，又说，“看我，尽讲了一些不愉快的事。今天咱们多幸福呀，以后还会更幸福！不谈这些了，咱们一块儿吃饭去。”

他们来到了东厢房的一间餐厅里，桌上已摆好四盘凉菜，主食是青菜羊肉馅饺子，没有上酒水。

吃完饭后，荣厅长破例没有午休，跟外甥女等在餐厅里聊天。他看了一眼白华文，问：“大食堂解散后，社员们的生活好些了吧？”

白华文从进门后还没说一句话，听见问他，一下子来了精神，他很想在这位二舅姥爷面前说几句话，证明自己虽然念的书不多，但知道的并不少，而且还能谈吐自如，又有一定的理论高度。为此，他准备了好长时间，看了不少资料，他也设想这位二舅姥爷可能问他什么问题，他又将如何回答。他胸有成竹地说：“社员们的生活比过去好多了，而且还会一年比一年好。但农民仍然是社会中最贫困的一个群体。农民的贫穷不仅指缺衣少粮，还应包括低水平的教育和健康得不到保证，还包括面临风险时的脆弱性，以及不能充分表达的自身的需求和影响力。”

听到这么有深度的回答，荣厅长心里不禁产生了佩服之情，他说：“你说得有道理。这吃呀，穿呀，念书呀，看病呀，遇到天灾人祸怎么办？老乡总感到人小帽子低，说话没人理，对社会似乎没有影响力，他们很少说这些事。这一个个问题，说起来容易，解决时并不轻松。”

“是的，我们搞农村工作的同志，这是需要面对并尽力解决的问题，要对症下药，寻找解决的办法。不过，这方面的问题太多，不能一口吃个胖子，容各级政府逐步统筹解决。眼下，关键是让社员吃饱肚子，对那些吹牛的、搞浮夸的要狠狠打击，使他们没有市场。”

荣厅长听后马上说：“你说得对。上边的你管不住，从你们公社那里先把住关，一就是一，二就是二，坑害社员要自食恶果的。”

荣厅长又问华文：“你们那里的治安状况怎么样？”

华文说：“总体上说还不错。您也知道，前几年，打了王红小，轰动了一时；前一阵子，又挖出一个汉奸，这都是个案，比较普遍的是些小偷小摸行为，以后粮食分得多了，这种现象会愈来愈少。我比较担心的是一些队干部恶劣的工作作风和大吃二喝的习惯，怕某一天激化矛盾，惹起事端。”

荣厅长听后不知道想起了什么问题，对华文说：“一位领导人说过，重要的问题是教育农民。你刚才后一部分讲的都属于人民内部矛盾，对社员的教育也是个大事，也不能放松。”

华文未加思索地说：“由于历史和现实的原因，加上农民生活的局限性和受教育的程度，他们中确实存在着这样那样的不足和缺陷。这么多年来，我们没有一天不在教育着农民，这个工作还要坚持下去。另一方面，我觉得一些干部，特别是基层干部也应该教育，教育他们以真挚的感情关心社员，以自己的模范行为影响群众，以自己的无私奉献凝聚人心。”

“想不到啊，二兰的女婿这样有政治头脑，对农村工作有这么深刻的认识。”荣厅长笑着夸奖白华文，接着他又问，“二兰，你入党了吗？”

二兰有点儿不好意思地说：“我入党的时间不长，是个新党员。”

荣厅长似开玩笑似正经地说：“政治上不能落后，你要向华文学习呀！”

“我可比不上人家，人家一回家就看书记笔记，我还要带孩子，还有一大堆家务活。另外，我也不瞒二舅姥爷，我老记着村里人说的那句话：‘别人骑马我骑驴，心上好像刀子犁。回头一看还有拉车的，比上不足下有余。’”

荣厅长一听哈哈一笑说：“我的这个老外甥女呀！你这是中游思想，要力争上游啊，要不就落后了，乘风破浪，才有希望。”

大家听着都笑了。

荣厅长看了一下手表，又讲了起来：“早在党的七届二中全会上，毛主席就讲过‘两个务必’：务必要保持谦虚谨慎的作风，务必要保持艰苦奋斗的作风。还教导我们要防止糖衣炮弹的袭击，虽然警钟长鸣，但我们党内、社会上还是有人倒下了。我想来想去，还是名和利在作怪。华文，你和二兰，都是干部，要常存慎独之心，永远没有邪念、妒忌或野心，这样在面对种种诱惑时，能够不喜奢华、不慕虚荣、不求富贵，遇上喜忧、荣辱、是非、得失或名利时，因不争而无烦躁和郁闷，因不急而无失落和忧愤。有了这种修养，你们就能为党为人民做出更多的贡献。”

华文边听边点着头，心想：正是这些老干部一代又一代的传帮带，我们的革命事业才后继有人，才兴旺发达，每次听他们的报告讲话，都会使自己受到很多启发，成为推动自己前进的一种力量。

二兰坐在那里，一副虔诚的样子，感到二舅姥爷讲话时不但感情真挚，而且所谈的内容也高屋建瓴，对自己未来的成长肯定有很好的教育作用。

荣厅长又看了一下表说：“下午我还有个会议，让你二妗妗领着你们到公园看看老虎，看看狼，多住上几天。”

二兰妈说：“二舅，我们这次就不住了，你们工作都挺忙，这次也认得你们家门了，下午，我们就回去了。以后会常来的。”

荣厅长说：“那也行，你们什么时候想来就来。”

二兰妈看见二舅坐车离去，又跟二妗妗说：“我们那里快开城乡交流大会了，到时你和我二舅来看戏吧。”

二妗妗笑着说：“有空我们一定去。”

第十四章 /城乡物资交流大会期间/

我们从事的社会主义建设事业，最终目标就是要让大家过上好日子，大家的日子过得红红火火，就说明我们的工作有了成绩。

晨风掀开了喇嘛湾黎明的雾纱，村外的林木被晨曦镀上了一层耀眼的霞光。天刚刚大亮，白华文的身影已出现在田间地头，这是他多年的习惯，一早起来，不洗不刷，不吃不喝，先到外边走一走，一则舒展一下筋骨，呼吸点儿新鲜空气。二则置身在鲜活的乡野之晨，总感到能给自己的工作带来些灵感。

长势喜人的庄稼沐浴在明朗的阳光里，透出让人振奋的色彩和生机。白华文看到这些，心里格外高兴，但一想到去年的大旱灾，心上又仿佛压上了一块重重的石头。除了天灾，有没有人祸？他也多次问过自己。相当一个时期，这个阶段让抓东，那一个阶段让抓西，抓来抓去，农业的生产条件没有多大改变，社员的生活水平也没有提高多少？是什么原因造成的？有什么需要吸取的教训？往深了他没有多想，但明明白白摆着的问题，也看准了解决的办法，他还是敢于挑战的。就拿喇嘛湾公社说吧，要想扭转农业生产靠天吃饭的被动局面，彻底改变全公社的落后面貌，当务之急是解决水的问题。否则，盲人骑瞎马，夜半临深池，这也抓，那也抓，抓不出个头绪，也抓不出成果。

他在公社、大队、生产队三级干部会议上指出："今年风调雨顺，一派大丰收景象，这是老天爷帮的忙。假如又碰到几个月不下雨的情况，我们仍然束手无策。吃一亏，就要长一智，去年的旱灾又一次给我们敲起了警钟，不在兴修水利上下功夫，我们的工作就会越来越被动。经过大量的调研和论证，根据我们公社的实际情况，公社党委草拟了一个三年发展规划。这次会议就是要讨论这个规划，把它定下来，使我们今后的工作能够有的放矢。"

"这个规划总的指导思想是充分发动社员群众，抓兴修水利，抓田间管理，抓粮食亩产，抓副业生产，提高经济效益。简称'四抓、一提高'。

"这第一抓，叫兴修水利。把我们公社分成三大块，靠北的六个大队为一块，我们准备开山劈岭，挖一条渠，把哈伦河水引过来。大家都知道，达尔罕山主山脉是南北走向，可在哈伦河发源的那一带，山势向西延伸而去，大概有上百公里长，山不算太高，古铜色的岩石，被北国的朔风吹得千折万皱，也硬生生地让哈伦河贴着它的岩壁向西流去。哈伦河离我们这么近，我们却得不上利，这老天爷对我们太不公道了。我们要下决心改变这种状况，这是我们公社第一抓的重点，突破了这一点，这六个大队的旱地就会变成水浇田，到时那就好戏连台了。南边和西边的十几个大队为一块，主要是打机井。去年用抗旱费和救济款已经打了四十几眼机井，我们还准备打一百五十几眼机井，搞好渠系配套和土地平整，使那里百分之八十的土地变成水地。最东边处在山区的三个大队，我们先建一个扬水站，解决那里人畜饮水的问题，有条件的地方也要想法增加一些灌溉面积。

"这第二抓，叫田间管理。主要抓好精耕细作。这个问题每年都喊，但出工不出力的现象越来越严重。我们这三级干部都要到生产第一线，要和社员一样参加劳动，不能待在办公室、待在家里指挥，这样既能起表率作用，又能发挥监督的功能。从耕作到施肥、下种、中锄、防治病虫害和秋收，全过程要能经常见到大队和生产队干部的身影。一个队干部，如果不能做到这一点，你就不称职。从明年开始，公社将把大队和生产队干部实际参加劳动的天数作为一个对干部重要的考评标准。

“这第三抓，叫粮食亩产。今后我们不提倡广种薄收，种一块，算一块，要高产一块，抓了亩产，总产自然也能上去。把主要精力放在抓亩产上，少做一些劳民伤财的事情，多一些看得见的效益。

“这第四抓，叫副业生产。我们打算以生产队为主，人均养羊达到三只；以社员家庭为主，户均养猪达到两头。我们算过一笔账，在正常情况下，仅这个副业收入，就能超过往年的分红数。当然了，老乡们常说：‘家有千万，四条腿的不算。’这主要说搞养殖业有风险，防疫是个大问题。这个公社已想到了，最近我们调整了公社兽医站的领导班子，让内行当了一把手；我们还调进两个兽医，准备到各个大队搞一次普查，还要给猪羊打预防针。

“以上讲的这‘四抓’，归根结底是为了提高经济效益。喊得天花乱坠，社员家中无粮、袋中无钱，我看一切还是等于零。我们从事的社会主义建设事业，最终目标就是要让大家过上好日子，大家的日子过得红红火火，就说明我们的工作有了成绩。这‘四抓’真的抓紧抓实抓好了，社员每个劳动日的分红可从现在平均四角多钱增加到一元钱左右，口粮能分到四百斤以上，支援国家建设的余粮也可翻一番，于国于民都有利，我们何乐而不为？

“当然，对三年规划的可行性，我们也进行了认真的分析，关键是资金问题，我们准备队里筹集一点儿，公社从信用社贷一点儿，再向上级申请一点儿。只要我们工作跟得上，车到山前必有路。”

在这次“三干会议”闭幕时，白书记又跟大家说：“去年，面对大旱，我们和社员们一起，千方百计想把灾害造成的损失降低到最低程度，大家都很辛苦。今年丰收在望，公社决定，秋收后，各大队的剧团都来公社，搞一次文艺会演。我们想在会演期间，开一个城乡物资交流大会，文艺搭台，经济演戏，让有关方面的领导了解我们公社的实际情况和三年蓝图，为我们下一步顺利开展工作奠定基础。”

时间过得真快，转眼时已过了处暑，公社的全体干部都为交流大会的顺利召开忙碌着。白华文还主持了多次会议，研究了方方面面可能出现的问题和解决的办法，并且进行了分工，把任务落实到具体人员身上。

按照公社办公会议的决定，城乡物资交流大会会场设在公社南边一块平整的草地上，坐北朝南塔起一个大戏台，东西两边是给市里、区里有关公司和商店预留的摊位，南边是公社各大队搭建的临时饭馆和出卖土特产品的摊位，还有公社供销社的售货台。公社木器厂下了很大辛苦加工了一座彩门。彩门右边的宣传栏，介绍喇嘛湾公社三年远景发展规划，用图表数字和实现远景目标后的画面来标示。彩门左边的宣传栏，介绍喇嘛湾公社的自然情况。

白书记和公社其他领导到市、区百货、五金、食品、副食品、生产资料等公司登门拜访，请他们届时到交流大会设商业网点，出售社员们需要的物品。白书记还特意到她爱人工作的单位，请农机管理站把最新式的农机具在交流会期间展销一下，开开大家的眼界。他还马不停蹄地给很多领导送去了邀请函，希望他们在交流会期间光临指导。

李静副书记牵头的接待组任务很重，除了市、区一些领导，市里一部分局处长，区里一部分科局长都可能来，特别是像财政局，扶贫办、农业局、水利局，银行等单位的领导更是香饽饽。这些领导哪一天来，来几个，吃饭的有多少，住下的有多少，会前不能精确地统计，但也必须有个大概数，以便做好安排。白书记让接待时热情大方，面面俱到。怎么个热情，怎么个大方，怎么才能面面俱到，一娘生得还数百般，来的有头有脸的人少不了，让人家高高兴兴来，喜笑颜开走，可不是一个简单工作。她想，这些环节中一个很重要的方面就是让来客吃好。吃得舒服、她找到喇嘛湾大队的领导说：“你们大队是公社的所在地，你们搭建的饭馆要大一些，搞几个雅座，也不用准备炒这个菜炒那个菜，就是猪肉烩酸菜豆腐、羊骨头炖山药，再向社员们买点干豆角丝，炒个二道菜。主食就是莜面、炸糕和荞面饸饹。这都是我们这里的地方特产，城里人爱吃这些。另外，让你们大队民兵营长挑选二十几位民兵，负责会场的巡逻保卫工作，这个我也跟武装部长讲了，你们互相配合。总之，你们大队的任务就是接待公社的重要客人，让他们高兴而来，满意而归。”

交流大会开幕的前一天，各个摊位都上了货，衣服布料、日用百货、干鲜果品、小五金等，琳琅满目，整齐有序。市五金公司特意把凭票供应的二十辆自行车、十台缝纫机也摆到了会场。

一上午，公社全体干部和喇嘛湾大队的民兵清理了会场周围的垃圾，各生产队也把出售的瓜果拉到了会场内。下午，白华文又召集大家开了会，要求同志们“一定要思想上高度重视，行动上服从指挥，各负其责，严守岗位，不得出任何差错”。他还满怀信心地说：“我们栽下梧桐树，就会引来金凤凰。大家齐心协力，把交流大会开成功，不仅让所有来宾看到我们良好的服务形象，还要让他们了解我们的发展潜力。有了知名度，很多问题解决起来就方便多了。”

大会开幕定在下午三点钟，白华文主持了开幕式，向阳区区长和市商业局局长先后讲了话。接着白书记陪同来宾绕会场四周参观了各个摊位。夜场戏是由喇嘛湾大队剧团演的晋剧《四郎探母》。

第二天快中午的时候，市委巴书记在向阳区委书记的陪同下来到了会场。白书记一早就接住了区里的电话，他早早地在彩门前迎候。

巴书记一行下车后，先看了宣传栏，又到各个摊位转了转，当看到五金公司摆放的自行车和缝纫机时，他停下问：“这可是个缺货啊，昨天还没有卖完？”

售货员答道："这两种商品只展不销，问的人多了。根据我们领导的意见，交流会后全部留给公社。"

不知谁开了一句玩笑："这白书记又有后门可走了。"

白华文听后一本正经地说："我可不敢走后门。我们已经研究过了，凡是因女方要自行车或缝纫机，一时买不上不能登记结婚的，我们优先照顾，先解决光棍汉的问题，留下的给去年抗旱期间的劳模。还有这次会演，我们准备评个最佳男演员和最佳女演员，男的奖一辆自行车，女的奖一台缝纫机。"

大家听后都笑了，市委书记也笑着说："这五金公司给你们锦上添花了。"

中午吃饭前，巴书记对不少人说："在当前这种条件下，城乡物资交流大会也是联系生产和消费的一种纽带，生产者通过交流实现其产品的价值，从而使再生产得以周而复始地进行和扩大。同样，消费者通过交流大会各求所需，以满足自身需要。所以交流大会是综观经济发展的一个窗口，也是衡量生产是否符合需求的一个检察官。"

白书记听后，心里暗暗佩服老书记，自己围绕着交流大会，讲了多少次重要意义，但一直没上升到这样的理论高度。经巴书记这一点拨，他对办好交流大会的信心更足了。

奇小明毕业实习已完了，他听说故乡召开城乡物资交流大会，觉得在校就是等待毕业分配，没什么大的事情，他跟老师请了个假，回到了喇嘛湾大队。

在看《四郎探母》的时候，二兰的大哥看到了小明也来看戏。他早已知道了妹妹几年前的事情，他心里一直怨恨小明，认为小明欺负了妹妹，多次想过要给小明点儿颜色看看。今天，看见了小明，气不打一处来，还没有散戏，他就找到自己的一位本家兄弟，在他耳边嘱咐了几句话。

这位本家兄弟又找了几位侄子，照大哥的吩咐，他说："这个奇小明是个王八蛋，自以为是个大学生，端得个臭架子。前几年还死皮赖脸地追二兰姐，也不尿一脬尿，照一照自己，癞蛤蟆还想吃天鹅肉。咱们今天晚上教训教训他。”

夜场戏散后，奇小明走出了彩门。那几个人早已在他回家必经的路上贴着墙根站着。小明拐弯往家走的时候，刚到了一个粪堆旁，突然从身后窜出几个人，一下子把他摁倒在地，拳头像雨点般打在他身上。他挣扎着想喊叫，那位本家兄弟照脸一拳，鲜血顿时流了出来。他想弄清楚谁在打他，但黑天洞地的，他始终也没弄清打他的人是谁。他忽然想到，是不是他们打错人了，就喊道：“我是小明，你们是不是打错人了？”他听见了一句骂声：“打的就是你！”他再也不敢喊叫了，趴在地上假装不出气了。

看见小明一动不动了，那几个人有点儿怕，拔腿就跑了。小明的父亲没有去看戏，在家里看门。他见戏早已散了，还不见小明回来，便出门往交流大会会场走去。走到那个粪坑旁，他听到了小明的呻吟，低头一看，吓了一大跳，见儿子被打得满脸是血。他把儿子扶起来，回到了家中，问：“是谁打的？”

小明说：“我到现在也猜不出是谁打的我，我一点儿预感都没有，冷不防就被他们打倒了。”

“你明天到公社告去，顺便也到医院检查一下。”他父亲气呼呼地说。

“我也不知道是谁打的，告谁去？至于伤，我知道，没什么大毛病，不用去检查，”他强忍着身上的疼痛和心中的屈辱又说，“这个事对村里人不要说了，挺丢人的。我明天休息一天就回学校去，我们很快就要分配了。”

二兰二嫂得知小明被打得头破血流，次日天黑后，买了两袋奶粉，瞒着所有的家人，悄悄给小明送了去。

小明看见二兰二嫂来看他，再也控制不住的热泪从他倔强的眼睛里流了出来……

第十五章 /小明被分到了市医院/

"不结果的树是没人去摇的。"有人羡慕你，就有人嫉妒你；有人赞颂你，可能就有人准备陷害你。

四年的大学生活，给小明留下了终生难忘的回忆。他拿着大学毕业证，心里想起了清人郑燮的那首诗："咬定青山不放松，立根原在破岩中。千磨万击还坚韧，任尔东西南北风。"大学的四年，他起早贪黑，勤奋读书，学习成绩一直很好。特别是毕业实习阶段，他给病人做了几次手术，引得一些老外科大夫赞语连连，跟随实习的老师也暗暗佩服，说这位学生将来一定会成为一名出色的医生。学院领导根据医疗系的建议，初定把他留校任教。后来，省里一位领导给学院领导打来电话，讲到他的女儿想留校，看学院有没有困难，假如有困难就不要考虑了。由于留校任教名额有限，小明就被分到了市医院，这倒正符合他的心愿。

当他穿上白大褂、拿着听诊器在外科门诊部给病人看病的时候，他的心里很激动。他耐心地询问了病人的发病情况，认真地做了检查，当那位病人拿着他开的药单走出门诊部后，他在原地站了起来，两臂向上升了一下，心里自豪地说："我的愿望实现了，今后我就是一位人民的大夫了！"

他除了在门诊部给病人诊治，一下班就到病历存放室翻阅病历。对他感兴趣的病例，他从病人的姓名、年龄、性别、发病症状、治疗情况等一一做了摘录。不到几个月的工夫，他对五百多份病历做了记载，又用自己所学的知识，对这些病例做了分类筛选，整理成一本类似备忘录的资料。他还不辞辛苦，找到了其中的不少病人，了解了他们现在的情况。

他在门诊部给人看病时也有自己的特点，对一些疑难特殊的病例，他总是记下和病人联系的办法。经他诊断住了院的病人，他还抽时间到病房追踪治疗情况。

医院规定外科大夫们在门诊部看病一个月，另一个月就换到外科病房值班。在病房上班时，每次的手术，小明都主动站到手术台跟前，目不转睛地盯着老大夫的操作。后来，外科主任也让他做了几例小手术，由于他胆大、心细、手巧，手术做得既麻利又规范，连麻醉师也说："小明的手术技术快赶上咱们外科主任了。"

有一次，病房接收了两位特殊的病人——一对连体婴儿。孩子的父母亲想把他们分开，跟医院说："分开后两个都活最好，活一个也行，若是都没了，也不怪医院，我们都尽心了。"

虽然连体婴儿的父亲已在手术单上签了字，但医院的手术方案迟迟定不下来。原由外科主任主刀，可他临阵生出点儿私心，知道这个手术成功率不高，万一出现意外，有损自己好不容易树立起来的威信，他很想让别人做这个费力不讨好的手术。

小明从始至终参加大夫们的会诊，他还拿着连体婴儿的片子到母校和附属医院找了几位老师和权威的大夫，听取他们对手术的建议。大家也没给小明泼凉水，对手术可能出现的各种情况和需要采取的措施做了一些预测。更使小明感动的是，几位大夫主动提出要到市医院看一看病人。小明来母校找老师们咨询的事，他没有和科主任讲，他怕老师们一去，让外科主任生气，对自己不好，他跟老师们说："现在还不到手术的时候，你们不用马上去。哪天需要你们会诊的话，我再来请你们。"

外科主任察觉到小明对这个手术有兴趣，趁机想推出去，他问小明："你对做好这个手术有什么见解？"

小明说："我第一次见到这样的病人。以前在学校学习时，老师讲人体解剖学，给我们举过这方面的病例。"

外科主任又说："那你能不能回你们母校一趟，请那里的权威专家来我们医院搞一次会诊，听听他们的高见。"

小明一听，正中下怀，忙回答道："行啊，我去请一下。"

医学院和附院的几位老师和权威大夫来到了市医院，外科主任陪着他们看了病历和病人，并简要地谈了手术的准备情况。

其中一位老师说："这个手术危险性很大，我们回去商量一下，尽快给你们个意见。"

外科主任念念不忘"这个手术危险性很大"这句话，他很认真地对小明说："你做的几次手术都很干净，能沉住气，手上也有功力，下刀的分寸也掌握得好，这个手术你主刀，怎么样？"

小明原以为主刀的肯定是外科主任，他到处寻找办法是想给主任出谋献策，眼下主任让自己操刀，他也初生牛犊不怕虎，很干脆地说："这当大夫的也不能叶公好龙，既然主任这样信任我，我就试试吧。"

主任马上说："那我就拍板了，这个手术由你主刀，当然全科人员都是你的参谋，你要认真地做好手术前的各项准备工作。"

小明又回到了母校，参加过会诊的几位权威专家跟他讲："这个连体婴儿联结部分没有牵连到内部器官，这有助于手术的成功。在分开连体时，要切断一根动脉血管，要迅速、精心地把动脉切口缝好，这是这次手术的关键。"

缝合动脉切口，小明已经做过多次，不过那是在狗身上做的，在人身上做，这将是第一次。他是个很自信的人，回到医院后开始写手术的方案。

外科主任虽然如释重负，但他也真心地希望小明手术成功，他很负责地帮小明做着各种必要的准备工作。

手术那一天，全麻后的连体婴儿躺在手术台上一动也不动。大家不约而同地看着小明，只见他笔直地站在手术台前，眼睛紧紧地盯着病人，显得胸有成竹。只是站在他身后的外科主任不停地用毛巾擦着自己脸上豆粒大的汗珠。

手术开始了，医护人员都聚精会神，展开了一场无声的战斗。手术进行了将近四小时，当大家看着小明精准地缝合完动脉切口后，大家最担心发生的事情终于没有发生，被分开的两个婴儿被送到了病房。

小明从手术室出来，到更衣室换了衣服，又来到了病房医护人员值班室，他告诉护士长："要每半小时测一下血压和体温。一定要防止伤口感染。"

奇迹出现了，经过一个多月的精心护理，那两个小家伙一切都恢复了正常。多少天来，整个外科的医护人员一直沉浸在一种喜悦的氛围中。很快，省报、市报都在头版登载了市医院连体婴儿分离手术成功的消息，省广播电台在黄金时段播发了这条消息。市医院出名了，市医院的外科出名了，小明出名了。不久，市卫生局把那位外科主任提拔成市卫生学校副校长，把小明破例提成外科副主任。医院的很多同志见了他，不喊主任，也不叫大夫，都笑着说："看，我们的'一把刀'来了。"小明对这个绰号也不介意，谁喊他"一把刀"，他都答应着。

医院是个知识分子成堆的地方，大夫们凭本事吃饭，往往心高气盛，是个很难领导的群体。小明主持外科工作后，一言一行都很谨慎，他对科内人员的安排做了一些微调，心想，这就像装修布置新房，哪个家具、哪件装饰品该陈放在哪个位置上，该占多大的空间，该动用多大的一笔预算，该在某个局部达到一种什么效果，他都安排得恰如其分，不会发生任何一点儿错位、越位、不到位现象。他尽力做到既满足这个，又满足那个，既不伤害这个，又不伤害那个，大大地调动了全科人员的工作积极性。小明善于妥协和善于斡旋的工作办法，以及上述的能耐，很快赢得了大家的赞誉。

这个阶段小明收获了荣誉，也收获了爱情。

就在小明的事迹登报后不久，他母校的一位老师给他打电话，约他到家里一叙。

小明到老师家后，老师说："你可给母校争光了！"

小明笑着说："那是大家努力的结果，只不过我无意中得到了这么一个锻炼机会。"

当老师知道他还没有女朋友时，笑着说："今天找你来，主要目的是了解你有没有对象。你刚才说没有，老师想给你介绍一个。"

小明听后抬头看了一下老师说："那就谢谢老师了。"

听到这里，老师喊了一声："华华，你出来一下。"

一位亭亭玉立的姑娘来到了老师身旁。老师说："你们两个都不要怪我，我跟谁也没打招呼。你们一个是我姑娘，一个是我学生；一个当了大夫，一个当了中学老师，我都知根知底。原来我想托别人来做介绍人，后来一想，当父亲的出面，也无可厚非。两个人见见面，认识一下，相处一个阶段，看看怎么样。"

虽然老师没有讲明要看看什么，但两个年轻人都听明白了话中的含意。

华华有点儿不好意思，红着脸说："爸，看您，连个招呼也不打就兵临城下，我一点儿心理准备也没有。"边说边认真地端详着小明。

小明接触到了她的目光，慌忙地低下了头。

老师站起来说："你们也不是小孩子啦，这个问题迟早也要提到日程上。我出去买点菜，你们先唠唠。"

老师走后，小明又偷偷地看着华华。

华华笑了，慢悠悠地说：“你别偷偷地看我，我抬起头，你看吧，别不好意思。你看我上街不影响市容吧？”

小明听后有点儿尴尬，忙岔开话题问道：“你学的什么专业？”

“我是中文系毕业的，现在教高一的语文课。”

“我记得高一的语文课有篇长诗《孔雀东南飞》，当年老师还让我们背会呢，不知现在有没有了？”

华华听后说：“现在高一的语文课中还有这首诗，它的故事情节凄婉动人，格律和谐动听，艺术手法巧妙高超，是一首百读不厌的好诗。”

“文学，当然包括诗了，是用真实和美妙的话表现人生的。除了给我们喜悦，文学还使我们知道了人的行为，知道了人的灵魂。”

华华听后耸了耸肩，用佩服的目光盯着小明说：“你这个学医的，对文学还有这么深的见解，真不简单。你还记得其中的诗句吗？”

“徘徊庭树下，自挂东南枝。”小明随口背出了这两句。

“哎呀，你怎么就记得这两句呢，太悲惨了！‘君当做磐石，妾当做蒲苇。蒲苇韧如丝，磐石无转移。’这几句多优美呀！”华华边笑边说。

听了华华的话，小明又说：“爱情这个东西，各方面处理得好，就会带来幸福，带来美满；否则，就是眼泪，就是痛苦，就是生离死别。”

此时，华华看了一下手表说：“时间过得这么快，快中午了，你是不是有点儿饿了？我给你弄点儿饭吧！”

“不用了，我还得回医院去。”

此时，老师回来了，他看见小明想走的样子，说：“今天中午你就在老师家吃饭，吃完饭再回去。”

华华妈也回来了，她见过小明，只是叫不上名字，今天一见，觉得面熟得很，轻轻地问了一句：“你们工作忙吧？”

“也不算忙。”小明站起来很有礼貌地回答。

不大一会儿，饺子已端到了餐桌上，小明心里有点儿不安。

华华说："来老师家吃饭，还羞羞答答的。我想你的肠胃也在打架吧？快往前坐吧！"

小明回医院的时候，华华送了很远，并告诉他："北京京剧团周末来咱们市里演出，星期六晚上的票我去买，咱们到铁路工人文化宫听听京剧。"小明一口答应。

自和二兰分手后，小明又要面对恋爱这件事。他情不自禁地想："那个曾赢得我最浓厚的爱情的人早已远走高飞了，也曾一度带走了我人生的欢乐，给我带来过痛苦。但是，我并没有把自己的心灵禁锢成一潭死水，也没有把自己的一腔真情永远封闭起来，心底的伤痛只会让这种情思越发变得强烈和纯洁。"想到这里，华华的面容总在自己眼前飘来飘去。

星期六那天傍晚，小明先来到了铁路工人文化宫，不大一会儿，华华也来了，两人进场后离开戏还有二十几分钟。找到座位坐下后，小明问："你理想中的对象是个什么样子？"

华华看了他一眼说："这个问题我确实想过，他应该是一个有情、有趣、有才的人。有情，就是与我真心相爱，使我在他身旁有安全感，有幸福感。这有情也包括他应有宽以待人的品格。有趣，是不死板，不教条，不乐于空洞的说教，有对生命的感恩和对未来的憧憬，能把种种心情恰到好处地表达出来，使对方乐于接收。有才，是努力工作，勤奋向上，工作的成就能让社会认可，自身的价值能让人们尊重。"

小明听后又问："那你看我能不能及格？"

华华几乎没加考虑就说："先别拿这几条评价你，起码你是个很有价值的单身汉。"她说完又问小明，"那么你理想中的对象是个什么样子呢？"

小明也大着胆子说："就像你一模一样的。"

华华听后紧紧握住了小明的手。

戏开了，是《玉堂春》。

散戏后，两人在回家的路上，华华对小明说："这个戏，我第一次看，很感人的。不过，我突发奇想，男人们在落难的时候是最有情义的，一到了金榜题名或黄袍加身时，就轮到女人落泪了。”

小明说：“这个王登龙还可以，他对苏三还是一往情深的，只不过在官场上，他做假罢了。”

华华又说：“这爱情确实不是骑驴找马，要心心相印，要彼此珍惜。”

就这样，两人一来一往，步入了婚姻的殿堂。一年后，有了一位如花似玉的姑娘，她姥爷给起了名字叫“潇潇”，是潇洒的“潇”。

小明自从当了外科副主任后，工作更加努力了。他和医护人员真诚相处、齐心协力，全科各项工作都搞得有声有色，当年就被医院评为“标兵科室”。

这期间，小明从卫生局领导那儿得到个信息，草原上不少牧民和市里几个毛纺厂原料车间的一些职工得了布氏杆病，引起了市里的高度重视，市里几次指示卫生局要组织科研人员攻破这个难关，拿下这个“堡垒”。

小明在自己的临床经历中也接触过这类病人，他整理的病例资料中也有这方面的记录，他对治疗这种病、攻克这个难关产生了浓厚的兴趣。他利用节假日和下班后的时间，查阅了大量中外资料，走访了无数病人，还到防疫站、地方病防治所了解了他们攻关的情况和面临的困难，他用了半年多的时间，写成了《关于布氏干病的预防和治疗》的论文。论文中关于培植原菌研制疫苗的论点，很快得到了有关领导和专家的认可。市卫生局决定，把奇小明临时抽调出来，成立以他为组长的攻关小组，专门培植原菌研制疫苗，并且拨了专用经费。经过无数次的试验，疫苗终于研制成功了。临床试验表明，疫苗疗效显著，并开始批量生产。

这一年，他们的科研成果被省里评为科技一等奖，攻关小组的每个人都被评为“先进科技工作者”并发了奖状。

市委巴书记曾多次到攻关小组处了解工作进展情况。疫苗研制成功后，他在市宾馆专门宴请了攻关小组全体成员，对大家卓有成效的工作表示了衷心的感谢。

当小明回到医院的时候，他已被提拔为医院的副院长兼外科主任。

有一天，华华的父亲在吃饭的时候对女婿说：“你这么年轻，在社会上已经有了名声，又做了领导，这当然是好事。但我们这个国家有过几千年封建社会的历史，历朝历代遗留下的一些负面的东西，一下子很难清扫干净，这就会给一些人的发展增添困难和麻烦，你要有这个心理防范的意识。罗曼·罗兰有过一句话：‘不结果的树是没人去摇的。’有人羡慕你，就有人嫉妒你；有人赞颂你，可能就有人准备陷害你。你们未来的路还很漫长，一定要小心。”

“爸，您说得很对，我会记着这些话的。”小明看了一眼华华，很认真地对他岳父说。

第十六章　/把哈伦河的水引过来/

以“敢教日月换新天”的英雄气概，让高山低头，叫河水改道。

城乡物资交流大会后，白华文找到李静说：“我们定的三年发展规划，绝大部分我们自己就能说了算，但挖一条渠，引哈伦河水过来，这个涉及一些地方的利益，也需要上边拨款，这个得给区委写申请报告。看来还得你动笔。我想，报告大致应包括以下内容：一是问题的提出，简要地说明那六个大队的情况；二是引水灌溉工程完成后的效益评估，这要和我们‘三干会议’上测算的结果统一口径；三是施工的安排意见，这个原原本本地照你爱人夏天给我们制订的那个方案写；四是存在的问题和解决的措施。”

李静记下提纲后问：“什么时间交稿？”

“越快越好。你写完后，我想请你去一趟市里，一是把报告直接送给区委书记；二是和你爱人商量一下，区委一经批复同意了，我们就马上开工，想请他给我们把一下施工的质量关。人家懂这方面的技术，遇到问题也能想出解决的办法，有你的面子，他们的领导会同意我们的意见的。”

李静听后说：“这些都照你的意见办，今晚我开个夜车，明天一上午就交稿。”说到这里，李静看了一眼白书记又说，“有个事，我想让你知道一下，好有个心理防备。”

“什么事呀，你说吧。”白书记看着李静说。

李静说：“交流会期间，区里一个局长跟我说，去年翟副区长来咱们这里检查工作，回去后狠狠地奏了你一本，说你在大灾面前丧失斗志、缺乏信心，不是带领社员抗灾夺丰收，而是不停地向上伸手，没有一点儿领导干部的味道。他还说，咱们公社倡导鼓励社员发展庭院经济是助长小生产者的自发倾向，是又粗又长的一条资本主义尾巴。”

白华文听后说：“他不分管农业，我跟他工作上接触不多，也没招惹过他，他怎么说这么多上纲上线的话呢？”

“在这个圈子里，这种例子还少吗？像那一年，有人给我造谣，说我有个舅舅在海外，我一直蒙在鼓里。我要是知道了，向组织上一说就清楚了。他是我舅舅奶妈的儿子，还是被抓壮丁抓走的，离开大陆时还是一个大头兵。这与我有什么关系呢？怎么能说我隐瞒重要的社会关系？后来，我慢慢想，懂得了其中的一些玄机，许多人为了排斥异己，打击别人，表现自己革命，采取的就是这种办法，在大家不了解某人的情况下说某人的坏话，造谣中伤，信口雌黄，反正某人不知道，也没有机会辩白。就这点，不知道害了多少干部呀！”她越说越激动，又冲着白华文说，“不说这件事还好，一说起来气不打一处来。当时你已经知道这个事了，为什么不给我掏掏耳朵呢？我始终把你当成一个战壕里的战友，有什么事都愿意告诉你，可你有些话烂在肚里也不说。就这件事而言，你难道没有对不起我的地方吗？”

白华文看见李静有点儿生气的样子，嘻嘻笑着说：“你扯到哪里去了？兔子过了八道梁的事，你又说起来，不是自寻烦恼吗？”

李静又说：“刚才，我还没说完呢！翟副区长就我们公社鼓励社员发展庭院经济的事，专门给省委政策研究室写了材料，认定是资本主义回潮的表现。”

白华文随口说了一句：“他自己满屁股流鲜血，还管别人长痔疮，谁不知道他那点儿底子。”

“他的底子是什么呀？”李静有点儿好奇地问道。

白华文犹豫了，不知该不该往下说。

李静看见他欲言又止的样子说：“看你，又来那一套了，人家已经用刀子扎你了，你还信守自己的组织观念，假装正人君子，这有点太傻了吧！跟我说说有啥了不起，将来万一有人攻击你的时候，我也许是你最得力的帮手。”

白华文想了想说：“跟你讲讲也无妨，只是有些话不太好听。关于他的这段事情，我很早前就知道了，但由我的口讲出，今天是第一次，我们哪儿说哪儿了。这个人是有钱人家出身，他很早就背叛了家庭，据说表现也不错。有一次，鬼子包围了他们村，他和村民们都下了地道。鬼子走后，村民们陆陆续续出了地道，他走在最后，就在地道里，他和村里一个妇女发生了关系。后来，这位妇女一直缠着他，要讨个说法，他怕那个事露馅了，自己受处分，就找了这位妇女，他现在的老婆就是当年地道里的那位妇女同志。新中国成立后，他当了他们省粮食厅副厅长。一次，到一个地方检查统购统销工作，当地政府很重视，给他安排了专场文艺晚会。一位年轻的女独唱演员勾住了他的魂。演出结束后，他上台接见了演员。当和那位独唱演员握手的时候，他关切地说：‘你唱得不错，很有发展潜力。’临离开剧场时，他又主动走到那位女演员面前说：‘我临行时，省歌舞团团长委托我物色几位独唱演员，我看你蛮合适的，你要是愿意的话，吃完夜餐后到我住处一下。我了解你一些简历，回去好办理调动手续。’那位姑娘听后十分高兴，夜餐只吃了一个烧饼，喝了一碗绿豆汤，就急匆匆地来到招待所找翟副厅长。他假眉善道地问了些情况后，就走到姑娘面前，色眯眯地盯着姑娘俊俏的脸蛋，开始动手动脚。那位姑娘没有往坏处想，也丝毫没有防范的准备，被他一下子抱在了床上。她又惊又怕又痛，竟把刚刚喝下的绿豆汤吐在了褥子上……第二天上午，那位女演员身体痛得要命，她到了医院。一位女大夫一检查，病因一目了然。女演员哭着向大夫述说了昨晚上发生的事情。这位大夫出于义愤，给她一位当记者的同学挂了电话，讲了这个事情。很快，翟副厅长就被停职检查了。后来，他随着支援边疆建设的大军，来到了咱们这里，从副厅变成了副处。”

李静听得很认真，问白华文：“你是怎么知道的？”

白华文没有回答李静的问话，又说：“还有个笑话，在这次交流会期间，区办主任跟我讲，翟副区长办公桌的玻璃板下压着个纸条，上面写着三句话：‘请客不到，送礼不要，奉承话不听。’不知哪个人搞恶作剧，在每句上添写了‘不能’两个字，变成了‘请客不能不到，送礼不能不要，奉承话不能不听’。他看到后，恼羞成怒，还给公安局长挂了电话。公安局长来一看，说这也不是反动标语，不能立案。”

李静听得又笑了起来，说：“噢，怪不得有人背后叫他‘绿豆汤’呢，原来有这么个典故，他也真是个老没调。”

白华文看了一下表说：“咱们瞎扯了这么多，晚上你还要加班写报告。我先走了。”

区委书记认真地审阅了喇嘛湾公社党委呈送的关于引水灌溉报告，并于次日上午找来区水利局、财政局、农业局、扶贫办的负责同志，听取他们对这个报告的意见。水利局局长说：“挖一条渠，引水灌溉喇嘛湾六个大队的土地，这个想法，白华文同志到喇嘛湾工作不久就产生了，为此，他们做了详尽的调研工作和认真的测算。特别是今年夏天，在没有批文的情况下，公社李静副书记的爱人、市水利设计院的总工程师，他带领有关工程技术人员到现场进行了勘察测量工作，并制订了施工方案，连配套的支渠、垅道都绘了图。眼下，属于我们的工作只是跟右岸和下游的几个公社协调一下，做好将来水资源的分配工作。”

财政局局长也发了言：“在他们公社交流会期间，华文同志给我详细地谈了他们的设想，并让我看了施工方案。劳力、运输队，他们公社全能解决。在引水处建个分水闸，开隧道时买些炸药，这些用不了多少钱。我个人意见是尽快地批复这个报告。这样他们大战今冬明春，明年夏天浇地时就可能实现引水灌溉的目的。”

区委书记听着他们的发言，像是自言自语，又像是讲给在座的几位局长听：“这个白华文敢想敢干，又有心计，还未雨绸缪，我们多几个这样的公社书记就好了。”他边说边在申请报告上批示，“拟同意，要精心组织，科学施工，保证质量，尽快见效。提交区常委会议定。”

公社接到区委的批文后，立即召开了党委会，会议决定：一、把区委指示的“精心组织、科学施工、保证质量、尽快见效”十六个字书写在十六块大铁牌子上，立在施工的山头。二、召集受益的六个大队按劳力数和工程量到现场领任务，初步定三个大队在北坡挖渠，两个大队在南坡挖，剩下的一个大队集中力量挖支渠、修垅道，保证水一接通就能灌溉。三、公社在施工现场建立指挥部，搞好广播宣传工作。四、各有关大队书记和大队长都要亲临现场指挥，按期完成任务。

白华文还特意对李静说：“明天，你爱人就要带人来了，你要代表公社安排好他们的食宿。他们是公社请来的贵客，千万不要怠慢。”

喇嘛湾公社引水灌溉工程开工誓师大会在引水处的南坡上举行。白华文讲了话：

社员同志们：

我们盼望已久的引水灌溉工程大会战就要开始了，这项工程完工后，不仅我们现在会受益，还会造福我们的子孙后代，这是公社的一件大喜事。

水利是农业的命脉，把水引过来，我们就能甩掉“十年九旱”的帽子，我们家中就会有细粮，手中就会有钱花。希望各大队的社员们在施工中老的学黄忠，年轻的学赵云，妇女争当穆桂英，舍得出大力、流大汗，在施工中争当模范标兵。

我还希望大家要以‘敢教日月换新天’的英雄气概，让高山低头，叫河水改道，把哈伦河的水尽快引到我们喇嘛湾的土地上来。

在施工中，我们可能会遇到这样那样的困难，但对盼望有水浇地的社员们来说，困难算得了什么？我们对困难的回答就是战斗，对战斗的回答就是胜利！

让我们心往一处想，劲往一处使，按照区党委的要求精心施工，为提前完成工程任务而奋斗！

誓师大会后，社员们都进入了本大队的施工现场，红旗招展，锹铲镐刨，人挑车拉，一派热气腾腾的施工景象。

开工后的第三天，在北坡施工的一个大队的社员们在一处四米深的土层中发现了墓葬，里面有一些陶器、铜器、骨器、珠饰，还有一副黄金制成的带饰，表面浮雕上有精美的花纹，上面镶嵌着宝石。社员们起先看到白骨还有些躲避，不知谁说了声：“这些是宝物。”有的社员不挖渠了，都来寻找文物。

下午收工的时候，有几个社员把这个事情报告了公社。白华文当时正在指挥部，感到这不是个小事，不能等闲视之。

第二天上午八点多钟，白华文给市文物管理局挂了电话，汇报施工现场发现了古墓，出土了一些文物，但被社员们拿回家了。汇报完后，他又马不停蹄地找到那个大队的领导，一同来到了施工地点。大队支书说：“大家暂时不要挖了，都在原地坐下，白书记有重要事情要跟大家谈谈。”

白华文看到大家都停止干活了，就高声说：“听说你们昨天下午挖见了古墓，看见了不少文物。社员同志们，你们可能不知道，这地下文物都是国家的财富，即使你发现了，也不归你所有。有的社员不了解情况，把文物拿回了家，你们上午不要干活了，谁拿了文物，再从家里拿来交到公社。其实，谁拿了什么，社员的眼睛是雪亮的，你要是不上交，被检举揭发出来，我们将按盗窃文物论处，那不仅丢人，还要坐劳改的班房呢！”正在他讲话的时候，市文物局的领导和专家，还有区公安局的警察也来了。白华文加重语气对社员们说：“你们看见这个阵势了吧，不交就要戴手铐。谁拿了赶紧回家取去。”

快到中午的时候，遗失的文物都收回来了。经专家鉴定，这是座鲜卑古墓，出土的有些是稀世珍品，是研究我国古代北方民族文化的珍贵资料。为此，文物管理局还给白华文颁发了奖状。

中午吃饭的时候，白华文跟公社的几位干部说：“社员们还是有觉悟的，我一动员，都交回来了。这个不义之财是要不得的，你要是要了，不一定什么时候就要倒霉。我的一位老领导给我讲过一个故事，是真是假，我也不清楚，我再讲给你们听听。当年国民党有个军阀，假装在清东陵一带演习，偷偷地炸开了慈禧太后的陵墓，盗走了不少文物。他把这些宝物送给了谁，至今也是个谜，不过，有件稀世国宝龙泉宝剑是有下落的。据说，那个军阀把这把剑送给了戴笠，就是那个军统特务头子。由于抗日战争吃紧，戴笠把这把剑交给他的部下马汉山保存起来。后来，马当了汉奸，为了活命，把这把剑送给了日本一个大特务。这个大特务回国前，又把这一宝剑送给了川岛芳子。川岛芳子被捕后，向戴笠当面讲了这把宝剑又被马汉山夺去。戴笠随后追要这柄剑，马汉山知道自己投日之事戴已知道，宝剑还得还给他，遂下决心要害戴笠，便派他的心腹在戴笠乘坐的从青岛飞往上海的飞机上放了定时炸弹，就这样，比狐狸还狡猾的戴笠摔死在了戴山。当然，他是军统头子，死有余辜，但他贪财也是导致自己身亡的一个原因。我给大家讲这些，就是希望大家不要见财生心，靠自己的血汗挣来的钱花起来踏实。”

开工快一个月了，白华文一直吃住在工地，还多次和社员们一起干活，脸黑了，也瘦了。李静几次说："别忘了那句话：'只有懂得休息的人，才会干好工作。'你事毕恭亲，累死了，也没人说你好。"

白华文说："我这个人不图别人说好，干什么事，只要对得起自己的良心就行了。"

第十七章 / 开闸放水 /

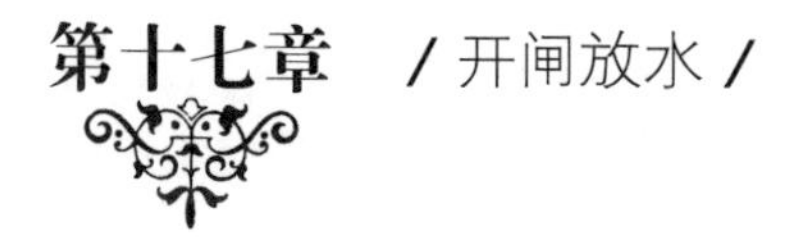

哈伦河水啊,总算把你盼来了!

引水灌溉工程，由于上级的重视，社队干部以身作则、指挥有方，社员们起早贪黑，舍得卖力流汗，加之前期准备工作充分，工程进展速度很快。开春不久，已进入到工程的攻坚阶段。根据对北坡和南坡掘进长度的丈量，大概再掘进一百多米，一千多米的隧道即可打通，两面坡上担任主攻任务的社员们就能胜利会师。

这个工程每天跟石头、炸药打交道，从一开始，白华文就十分注意安全问题。他吸取了前几年炸石头时有的社员坐了土飞机的教训，特意从区片石厂请来六名放炮技术工人，由他们负责打眼放炮。炸药、雷管等由公社武装部长专门保管，进出均有详细的登记。每天炸散开的石头，在安全员检查确认无安全隐患后，由有关大队的马车尽快拉运到指定的地点。在隧道即将打通的前几天，白华文还几次进入北坡和南坡的隧道里，跟施工的人员说：

“我们已经看见了胜利的曙光，同志们，要加油干啊！当然，在这种时候，既不能盲目乐观，看不到困难，又不能脱离实际，夸大困难，关键是要注意安全，越到结尾的时候，越不能掉以轻心。大家已经看到了，我们的分水闸已建好了，引水的隧道很快就贯通了，开闸放水的时候，我们要好好地庆祝一下。”

鉴于工程很快就要竣工，白华文来到区里向区长汇报了工程的进展情况，并请区长给新挖的灌渠起个名字，还请区长在开闸放水的那一天前来剪彩。

区长略微思考了一下说：“由我给灌渠起名字是否合适？是不是请市里的领导给起个名？”

白华文听后马上说：“你是一区之长，给公社挖的渠起个名字，谁还能见怪呢？”

“那好，现在不是讲‘东风压倒西风’嘛，你们的渠就叫东风渠吧。至于剪彩的事，咱们到时再说。不过听了你的情况介绍，我也很受鼓舞。你们在那里战天斗地，热火朝天，我应该到现场去看看，再往后推就没有机会了。”

听了区长的话，白华文又说：“你管着这么大的一个区，工作千头万绪，哪能面面俱到呢？”

离开区长办公室，白华文又到市公安局办理批炸药的手续，他准备第二天返回公社。当天下午，也没跟白华文打招呼，也没有给公社打电话，区长一行坐着吉普车来到了喇嘛湾公社灌渠施工现场。在公社社长的陪同下，区长查看了几个大队干活的场面，并在分水闸旁详细地了解了用水高峰期如何分配水源。尔后，一行人进入隧道，大约走了四百多米，区长看见一处石头面上有裂缝，有的石头似乎要掉下来，他扭头对公社的干部讲：“这是事故的隐患，把这些清理完毕后再放炮，一定要保证施工的安全。”区长刚说完这句话，一块巨大的石头塌了下来，压在了他的身上。在慌乱中，人们用撬棍把那块大石头撬开的时候，区长已停止了呼吸。社长也被砸成了重伤。

面对这一突发事件，大家都有点儿慌乱，正在工地上的公社武装部长让大家镇静，他不知道白华文在市里什么地方，立即给二兰的单位打了电话。二兰接到电话告诉武装部长："华文从公安局办完事后又到粮站买面去了，我马上去告诉他。"华文得知灌渠出现了塌方的情况后，对二兰说："下次回来再买粮吧，我现在就回公社了。"他把粮本、面袋交给二兰后，从粮站骑上车奔向工地。

白华文站在南坡的隧道口，默默地听着武装部长介绍情况，脸上的表情似被那沉重的声音凝固了，犹如一尊雕像。他感到脑子里一片空白，脊背上凉飕飕的，似有一股冷风直吹过来。刚刚赶来的李静看着他泥雕木塑般的神情，显得既无奈又无助，心里很不是滋味。她以战友深情的眼光看着他，这眼光凝结着多少难忘的回忆，蕴藏着多少厚重的信任，倾诉着多少复杂的思绪啊！她看了一下四周围，高声说："大家都不要围在这里了，都先回到自己的施工处，看指挥部有什么安排。"她又走到白华文面前说："别楞在这里了，咱们赶紧碰一下头，看看有哪些当紧的事要办。"

白华文看大家都注视着自己，缓了缓神说："我刚才好像突然被打了一闷棍，头昏脑涨，怎么也不相信眼前的现实。上午，我汇报工作时，区长还谈笑风生，这下午就进了太平房，这有点儿太残酷了吧！"他边说边和大家进了公社指挥部的帐蓬中。

在碰头会上，白书记说："先把工程停下来，总结经验教训，查找安全隐患，采取切实措施保证隧道施工安全，什么时候安全了，万无一失了，什么时候再复工。另外，咱们社长的家属还不知道她爱人受了重伤，李静，你回公社一趟，告诉社长家属这个情况，并陪她到医院看看社长的救治情况。"

第二天一早，白华文又到了区里，了解了一下区长的后事是如何安排的，并向区委书记检查了自己思想麻痹、安全意识不强，导致了这次事故的发生。

老区长虽然没有惊天动地的事迹，也没有闪光的豪言壮语，但是他的生命之火却燃烧得那么绚丽多彩。在老区长的追悼会上，白华文听着连续不断的哀乐声，看着接踵而过的告别人群，他的心上好像有重锤在敲击。他走到老区长遗体旁，一下子跪倒在地，连磕三头，当他站起来走到区长亲属面前时，早已泣不成声。他的情真意切，感动了不少在场的人。

开闸放水的那天，由于大家都知道的原因，取消了原定的庆祝活动，也没搞剪彩仪式，但有关大队的社员们很早都来到了分水闸处。虽然少了不少庆祝的气氛，但社员们还是兴高采烈的，一想到马上就要放水，每个人的心里都像开了花似的。

白华文很早就来到了工地，他站在山头上，微斜的阳光从达尔罕山峰峦中射出无数把金黄色的利剑，掠过头顶，直指远方，那瑰丽的光辉也映照着白华文多年来奋斗的足迹。

李静来到时，山坡上已人山人海了，可惜不能敲锣打鼓，要不多热闹呀！她一眼看见白华文正叉着腰精神抖擞地远望，心想：这个人真是个不准备复员的军人，身上好像总背着枪和手榴弹，随时准备冲锋。她看着满山苍翠的景色，感到喇嘛湾公社美好的前景就在眼前。

随着“开闸放水”的号令，哈伦河的水哗哗地流到了山的南面。白华文看着奔流的河水，心潮澎湃，激动地说：“哈伦河水啊，总算把你盼来了！”他仿佛看到了多少劳动者的足迹和真诚，听到了多少社员祖祖辈辈的期盼和呼唤。他突然感到，那渠里流动的河水分明是老区长胸中涌动的热血，分明是社员抛洒的汗水汇集而成。他流下了热泪。那泪，有欢乐，也有悲切；有对往日披星戴月的回忆，也有对未来实现理想的憧憬。

老区长因公殉职后，区长这个位置就有人盯上了。

想得最多的是翟副区长。他权衡了自己各方面的情况，觉得这次有扶正的希望。这么多年了，他没有功劳也有苦劳，不能老拽住一条小辫子不放吧。他到市委找了和他是老乡的一位副书记，如实地讲了自己的想法。这位副书记对他说："你这不能说是要官，是想为党多做一些贡献。这想法是对的，走动走动也是必要的。我可以找一下组织部，推荐你作为一名被考核的对象。至于谁当这个区长，那还得常委会研究。你也知道，这是民主集中制，我只有一票的权呀！"

这位副书记真的找了组织部部长，也给翟士民说了很多好话，并建议把他作为考核对象之一。

老区长死后，白华文好长时间心里很难受，几乎每次进城，他都要抽空去看望区长的爱人和孩子们，问寒问暖，也不时地给送去些农村的土特产品。

究竟谁当新区长，人们猜这个猜那个的都有，他听后都当成耳旁风。也有人说他可能接班，他认为是别人开自己的玩笑。

他不是没有想过自己的进步，而是觉得即使自己被提拔，开始肯定是副职。想当区长的大有人在，而且各有各的门路，真应了那句俗语："人人都有当官相，人稠地窄轮不上。"但他确实想知道到底是谁来任区长，另外自己有没有可能在仕途中更上一层楼。他和二兰商量了几次，觉得有必要去找找公安厅的二舅姥爷。

二兰说："这种事还得跑动跑动，宁叫碰了，不要误了。组织部考察干部的能力，不像科学院评价科技工作者的业绩那样严谨，量化的东西不一定多。党政部门提拔干部还是一把手的意见重要。一把手说你行你就行，不行也行；说你不行就不行，行也不行。"

华文听后说："不一定有你说的那么严重，但有这种现象。这么多年，被整倒的、处分的、下放的、戴帽子的、被调查的，走马灯似的，不知道有多少人，我认为其中有一条重要的原因，就是这些人得罪了单位的一把手。到了马高蹬短的时候，给你穿个小鞋，理由还冠冕堂皇，让你哑巴吃亏，说不出来话。当然，我说的只是个别现象，但得罪了一把手，真的不会有好果子吃。所谓‘低头不当奴才，干活只凭本事’，那只能说说而已，处好上下左右的关系肯定是最重要的。”

二兰又说：“你总结得是不是有点儿消极，咱们不探讨它了。我想说的是巴书记对你那么信任，他又是市委一把手，把你提拔一下，当个副手，恐怕阻力不大。这事还是应该尽快告诉一下二舅姥爷。”

在一个周末，白华文和二兰来到了二舅姥爷家，巴书记正好也在，两人正在下着象棋。

白华文看见巴书记后说：“您也来了。”

巴书记对着他笑着说：“来看你们二舅姥爷啦。”

荣厅长也吩咐道：“你们两个自己沏杯茶吧，我们这盘棋快下完了。”

白华文站在巴书记跟前，看着这两个老战友下棋。他看见两个过河卒子靠在了一起，巴书记的脸上洋溢着得意的神情。

荣厅长说：“这过河卒子赛如车啊！”

巴书记看了一眼白华文，又盯着棋盘，考虑着下一步怎么走，并自言自语道：“下象棋是很有意思的一项活动，能给人不少启迪。一坐到棋盘前就会想到，车能横冲直撞，马能左右逢源，炮能凌空怒射，但我一向很重视卒子，喜欢它一步一个脚印，永远向前，绝不后退，有一种直捣敌军营垒的勇气。”

荣厅长边听边指着那两个过河的卒子说：“别小看卒子，其实它也雄心勃勃。它勇往直前，是去夺帅印的。我倒是挺喜欢‘仕’的，它为了‘将帅’，左拦右挡，上顶下抗，死而后已。”

下完棋后，荣厅长招呼着巴书记和二兰两口子一同步入餐厅。吃过晚饭后，二兰主动要给巴书记和二舅姥爷沏杯茶。巴书记对二兰说：“你二舅姥爷那茶质量不行，你去正房会客厅茶几上，取来那筒杭州龙井茶，让你二舅姥爷品一品。”

二兰取来龙井茶后，巴书记又说：“这是我爱人在杭州疗养时买回的，是正宗的龙井，我拿来了一筒，大家尝尝，看味道怎么样。”

荣厅长抽了一口烟说：“我不像你喝茶那么讲究，花茶、红茶、绿茶，有什么茶我喝什么，老砖茶也能喝。”

巴书记边笑边端起茶杯，慢慢饮了一口说：“好香啊！你们快喝吧。”他又端起杯喝了一口说，“你们可能都听说过这句话，说干部们一上班，就是一杯茶、一张报，这说法显然是不全面的，但从另一个角度看，说明干部们是普遍喜欢饮茶的。为什么这样呢？这或许就有点儿说道了。”

“有什么说道呢？”荣厅长问了一声。

“你们不要着急，我慢慢给你们讲。”巴书记又往杯中倒了些开水后说，“这么多年，我品过黄山毛峰、太平猴魁、六安瓜片、霍山黄芽、西湖龙井、云南普洱、碧螺春、铁观音等茶，越品越觉得口舌生香，越品越感到未必是为了解渴而饮，而是在赏鉴清茗的香与色以及大自然赋予我们的某种韵味。这种韵味，就是先苦后甜，苦尽甜来。”巴书记说到这里看了一眼白华文又说，“你不要就是听，你也喝上一口，体会一下那缓缓飘溢的茶香是多么宁静、悠远。”

二兰像小学生听老师讲课一样，怀着浓厚的兴趣听着巴书记的话，她也喝了一口茶，真觉得缕缕清香从唇舌间袅袅四散，盈香满口。

巴书记又说：“茶是一位知音，终身和它相伴，就会心旷神怡。”

荣厅长说话了：“看来，你不仅是美食专家，还是香茶专家，但你不要忘了，那年咱们在陕北开荒的时候，你咕咚咕咚地喝着冷水也是那么开心。”

这句话说得大家都笑了。

巴书记走后，荣厅长对华文、二兰说：“你们没来前，巴书记就来了，我们谈了不少工作方面的问题，也谈了干部方面的事情。可你们进来后，他就像变了个人似的，尽谈些棋呀茶呀方面的问题，但他点子多，在延安的时候我们都叫他‘小诸葛’，他谈的看似一些鸡毛蒜皮的事情，不一定想表达什么意思呢。这么多年风风雨雨，他已形成了自己为人处事的风格。不知你们看出没有，他极善于隐藏自己的真实感情，在自己最愤怒的时候，表现得若无其事；在自己最得意的时候，显露出的还是愁眉不展。这既是他的内功，又是他的外功。这几年，他的内外功越发炉火纯青了。我一直想学习这些，但就是学不会，只知道稳、准、狠。你们应该学习他的领导艺术和工作方法。”

华文轻轻地点着头。

荣厅长又说：“我已知道，你们市委组织部正在考核向阳区区长的人选，不管有没有你，争取进步、勇攀高峰始终是你努力的方向。”

白华文听后说：“说心里话，我不是没想过这些问题，但眼前能争取个副职，也得需要您说话。”

荣厅长一下子站起来，双手叉着腰说：“想法就是半个生命，你不敢想，哪能成？只要有百分之一的希望，就应该做百分之百的努力。市里派驻你们公社的那个工作组还在吗？”

“还在。”

“他们主要抓一些什么工作？”

“这个工作组来我们公社后，起初想在我身上做点儿文章，后来找不到把柄，也就没有为难我。他们在好几个大队搞了忆苦思甜，把社员们集中起来吃野菜和糠窝窝，始终没有物色到打击目标，很多事也不了了之了。他们只是抓了一些队干部的不正之风，也算是点儿成绩吧。”

荣厅长听后说：“你最近不要出门，就在公社里抓工作，也不要到有关领导家跑动。对那个工作组，你不要干预他们的工作，他们总不会长期待在那里吧。有不理解的事情你要放一放。另外，你还几次讲到上边的提法经常变，工作起来不好掌握尺寸，我看你应该这样来对待这个事情：上边的提法为什么变，你千万别去分析，作为一级领导，上边今天让你这样办，你就这样办，明天文件来了，让你那样办，你马上也改，就那样办，没有这个本事，想混个角色是挺难的。另外，你们都这么年轻，又有攀登高峰的志向，这就需要特别注意一点，一定要树立远大的理想，这可不是可有可无的点缀品，而是一个人生命的动力。人有了理想，就等于有了灵魂。对人生意义的思考，不能只停留在唏嘘感叹、空发议论上面，而应该在严峻的生活考验面前，在实际的抉择和行动中，去显示出它的坚实和力量。”

白华文临走的时候，荣厅长嘱咐他：“工作中一定要注意多栽花，少栽刺。至于我该说的或需要我办的，我心里知道，你们放心好了。”

第十八章 /我的烦恼多于快乐/

千里马为了生得有价值，坚持生命在于运动的理想；长寿龟为了活得长久，坚持生命在于静止的信条。凡事都是辩证的，要来回看。

白华文回到公社的第三天，从省报上看到了一条令他十分高兴的新闻，二兰的二舅姥爷以省委书记处书记的头衔接见了参加全省公安局处长会议的代表。他放下报纸，立即给二兰打了电话。二兰在电话里也高兴地说："我也看到这个消息了。前几天，咱俩在他家待了那么长时间，二舅姥爷已经到省里工作了， 怎么谁也没说这个事呢？"

白华文回答道："这大概就是人们常说的贵人不露相吧。越是经历了风雨的人，越懂得低调；越是不谙世事的人，越张牙舞爪。"

白华文放下电话后，又把那条新闻重读了一遍，正好李静来到了他办公室，他让李静也看了这篇报道。李静笑着说："你这个人的命真不错，巴书记那么信任你，现在又添了这么一座大靠山，你今后的路子会越走越宽广的。"说到这里，李静站了起来，好像开玩笑似的又说，"哪一天， 你飞黄腾达了，大概不会忘记我李静从走出校门就和你拼打到如今。”

白华文微微一笑说：“你真会灌米汤，又在拿我开心。你不是给我讲过望梅止渴吗？咱这两下子，我自己心里有底，对你说的那飞呀腾呀的事，只能望望而已。至于你谈到的后一句话，我保证能办到：将来的某一天，即使你把我忘了，我也会记着你。”

李静听到这话，心里热乎乎的，又说：“你二舅姥爷到省委工作让你如此激动，可别高兴得睡不着觉啊！”

华文皱了一下眉说：“听你这话，还是不完全了解我内心的深处，其实我的烦恼多于快乐。”

“这就奇怪了，这个公社大院全听你的，好几棵大树你都能乘凉，你又有漂亮的妻子二兰，还有我鞍前马后，你有什么烦恼呀？”李静有点儿不解地问。

华文长叹了一声说：“咱们先说说驻在我们公社的这个工作组。你是知道的，这个工作组一来到咱们公社，就想在我身上做文章。一开始，我也想积极配合他们工作，可我发现人家并不相信我，甚至还想整倒我，逼得我和他们离心离德。我不怕他们找我的茬儿，我也相信我身正不怕影子斜。已经半年了，你看看是个什么情况，他们怀疑一切，搞的那一套，让很多大小队干部靠边站了，暂时没有挨整的也提心吊胆，生怕哪天祸从天降。昨天，我到一个大队的大秋作物田里看了一下，草长得比苗都高，还没有下锄。这秋收后问咱们要公余粮，我们怎么交代呀？我打听了一下，有个小队的头头们是怎么被整倒的。他们听说驻社队工作组要来了，小队长、会计、保管商量了一下，小队长说：‘这几年咱们半夜偷分过粮食，那社员人人有份，估计没人说这个事。今年偷杀的那三只羊，羊倌知道，队房看门的知道，怕纸里包不住火，但咱们三个人咬定没杀，统一口径，工作组也怎样不了我们。’保管听后说：‘那三张羊皮还在库房放着，人家一查，不就有了证据？’小队长有点儿不耐烦地说：‘这个好办，你今晚上抽个空，悄悄拿回你们家，让你老婆烧掉算了。’保管的老婆看见那三张羊皮那么大，没舍得烧，藏在院中一垛麦秸里。工作组到村后不久，很快掌握了这个杀羊的情况，但一问小队那三个干部，都摇头说是造谣。工作组来到保管家，想从他这里打开缺口。工作组刚坐定，保管家的一条狗从麦秸垛里拉出一张羊皮。保管一看，出了一身冷汗，低着头说了事情的前因后果。就这样，在狗的帮助下，捉住了三个‘挖社会主义墙脚’的坏人，到昨天晚间还在批斗这三个人。地没人管了，快荒了，你说咱们搞农业的，这事能不烦恼吗？”

白华文喝了一口茶，接着说：“不知道你听说了没有，有一个工作组副组长，到了大队，既不在队房吃饭，又不用大队派饭，一头扎在一户社员家里，一日三餐，都吃在那一家。那位社员听到要让他当贫协副主任，便把这位副组长当神仙一样供起来。天刚冷，就给杀了一头猪，中午和晚上不是炒就是炖，一头猪的肉，不到春节就吃完了。这个副组长还说：‘我这个人就爱吃肉，肥的也不怕。有了这副食，有没有主食都无所谓，能给你们节约点儿粮食。’春节来了，家里连一点儿肉也没有了，那个社员的老婆嘴噘得像个猪肚子，大骂那位社员溜沟子溜到马尾骨上了。这话让邻居听见了，就传开了。”

李静听后说：“这事我也知道，是真有其人，真有其事。不过，有人群的地方都有左、中、右，驻社队工作组的成员也良莠不齐，问题是他们自我感觉良好，总认为自己高人一等，是响当当的革命者，而把社队干部都看成是有问题的，你看他们看我们的眼神，好像我们都是从海外过来的。”

白华文边听边点着头，颇有同感地说：“咱们说了一些近阶段的事情，回过头往远说说。我们工作了这么多年了，谁都心里清楚，用勤勤恳恳、一心一意来评价我们的工作大概并不过分，可总有人对我们不放心，有的想打我们一个闷棍，有的还放暗箭，运动一个接着一个，斗争不断，老有黑云压城的感觉。有人说，政治斗争不是冷漠的行为，而是维护人伦、美化人心和推动人类社会进步的有效途径。综观一下我们这些年经历的斗争，是不是完全是这样，我看还得画个问号。在工作中老提心吊胆，没有安全感，这真不正常。每每想到这些，能不烦恼吗？”

李静看见白华文越说越气，似乎心中的烦恼还有很多很多，她想岔开这个话题，不谈那些具体的事情。她唉了一声，慢悠悠地说：“你是书记，是个领导，必然会有领导的思考，有领导的嗜好，有领导的轶事，也会有领导的烦恼和快乐。我总感到烦恼也好，快乐也好，是一种感觉，也是一种情绪。我们每个人的一生要走很多的路，会经历许多的事情，免不了会遇到很多烦恼，当然也有快乐，这些都会成为我们难忘的记忆。那些快乐的记忆虽能给我们一些激励，但行进中的人们往往不会竭力显露这些，而烦恼却常常挂在心上，让你的生命变得沉重。我想，这些烦恼的事情千万不要堆积，也没必要探寻它的根源，预测它的后果，要善于把它化解，尽量把它忘却，就像天上的一片云，让它飘过去就好了。人的奋斗都是有轨迹的，有的是在田野的绿风中，有的是在大海的波涛里，有的伴随着征途的金戈铁马，有的穿梭在隆隆的机器旁边，只要是在奋斗，是在不断地奉献，快乐就会翩翩而至。像我们俩，都在公社工作，只要闻见泥土气息，看见田园风光，就会快乐，就没有烦恼。”

白华文看了一下表，站起来对李静说：“你说得都有道理，咱们在小范围谈了这些，算不算自由主义，我也不知道，但这种话不能在外边讲，情绪也不能带到工作中去，小不忍则乱大谋。”

李静又给白华文讲了喇嘛湾大队那个王红小：“从工作组进村后，他上蹿下跳，十分积极，而且拉着大队支书的上衣让交权。”

一提起王红小，白华文心中就燃起了怒火。因为他，四个公社干部出了事，老书记还命归西天，全公社的工作很长时间陷于被动。他对李静说：“我也一直注意着这个人。你在适当的时候，可以给他们大队支书讲一下我的态度，让他们下点儿功夫，收集王红小干坏事的证据，特别是破坏军婚那一条，一定要搞到真凭实据。光这一条，就够他喝一壶子啦！”说到这里，白华文看见李静要走，又对她说，“你不是要到公社猪场陪着畜牧局的同志检查防疫问题吗？猪场要是杀了猪的话，顺便给我买回十几斤，我身上没带多少钱，你先给我垫上。另外，我再重复一遍，刚才咱俩发了不少牢骚，哪谈哪了，出了这个门，吹什么号、唱什么调，你我心里都知道。这言不由衷的话，也是我烦恼的一个原因。”

李静给白华文送来猪肉的时候说：“咱们唠的时候，我忘了把一段很有哲理的话告诉你了。”她边说边从书包里掏出工作笔记本，找出那段话念给白华文听，“千里马为了生得有价值，坚信生命在于运动的理论；长寿龟为了活得长久，坚持生命在于静止的信条。”念到这里，她看见白华文听得很认真，又说：“凡事都是辩证的，要来回看。究竟‘动’好还是‘静’好，这要看对象，看目的。烦恼和快乐也一样，也得辩证看，别太在意了，要在意我们的明天，在意我们的事业。”

白华文说：“你给我笔记本，我再读一遍，这话真绝了！”

当天晚上，白华文提着十几斤猪肉给岳母送去。二兰妈说：“这不时不节的，买这么多肉干什么呀？”

白华文说：“以后不时不节也要吃肉，咱们生活质量提高了，身体就会保养得更好些。您除了自己家吃，给东院和南院的嫂子们也割上几斤，让他们也包一顿饺子吃。”

二兰妈又问女婿：“二兰来信说，你可能被提拔，往哪提拔呀？她还说可能当个副处干部。”

华文赶紧回答：“这是没影儿的事，是她的猜想。”

二兰妈说：“庄户人有一句话：‘宁当鸡头不当凤尾。’当官就像你一样，当个一把手，说了就算，给人家跑龙套，还不如当个一般干部。”

白华文笑着说：“这都是组织上考虑的事情，组织上定好的，我们个人必须服从，这是一条原则，对谁都一个样。”

市委组织部部长如实地向巴书记汇报了为翟士民说话的那位副书记找

他谈话的内容。巴书记听后说："关于向阳区区长的人选，我还真没有认真考虑过，既然有人想得到这个位子，我们就把它提到议事日程上。你考虑一下，是不是先抓一下这几件工作：一是可以把副书记推荐的翟士民同志作为考核对象。二是视野要再开阔一些，按照接班人的五项条件，任人唯贤，把那些德才兼备、又红又专的同志提出来。三是要有些长远的眼光，把确有工作能力、有培养前途、政治上非常可靠的同志破格提拔起来。四是你们组织几个人，先到向阳区，找区委书记和一些有影响的科局长谈谈话、摸摸底，搞点儿民意调查，最后汇总一下，提出几名候选人，附上他们的简历和鉴定意见，提交市常委会讨论。"

组织部部长遵照巴书记的指示，先找了向阳区委书记，了解了这个区可能被提拔的干部的情况。

当谈到翟副区长时，区委书记说："这个同志，我比较了解，一九五七年，我们曾在一块工作。后来，他曾跟我说：'这些年，我得到了一条重要经验，就是少说少错，不说不错，多说多错。'以后的几年里，他真的是这么走过来的，说话慢开口，遇到问题绕道走，参加会议时经常是徐庶进曹营——一言不发。但近一阶段，他像变了一个人，碰到问题总爱上线上纲。我个人感到他的思想有点儿'左'。当然，他是个老同志，有资历，也有工作经验，当行政一把手也不是说不可以，看市委领导怎么考虑吧。"

谈到公社这一级干部时，区委书记又说："关于这一级干部，上下公认的比较好的当属白华文同志。我老记着他曾给我说过的一句话：'社员真苦，大队真穷，农业真危险。'这没点儿胆量是不敢说的。他对农业生产、社员生活、农民感情是很了解的，干工作也雷厉风行，有点子，作风扎实，群众威信很高，让他当行政一把手也不是说不可以，但一大批科局干部、公社干部在职位上和他一般粗，他开展工作时会不会有阻力，看市委领导怎么考虑吧。"

在返回的路上，组织部部长跟随行的同志说："你们看向阳区委书记谈话的艺术水平多么高，他讲到的人都用那个人的话来开头，讲来讲去，虽然能听出点儿倾向性，但哪个可以，哪个不可以，始终没讲明，结论就是看市委领导怎么考虑吧。这是智慧还是滑头，你们给评论一下。”

经过一个阶段的考核，确定了三个候选人，一是市农业局局长，二是翟士民，三是白华文。

翟士民不知从哪个渠道得知了区长候选人的情况，他分析来分析去，觉得自己有竞争力。白华文是个科级干部，比自己还差一个台阶，但此人有背景、后台硬，说不定会走在自己前面。不知道是那股筋儿抽的，他找了几个和他平时沆瀣一气的人，给白华文造了不少谣，还写了不少匿名告状信。

组织部部长把收到的匿名信所反映的问题以及他听到的一些其他问题原原本本地向巴书记做了汇报。

巴书记听得很认真，也做了一些记录，他跟组织部部长说："关于反映白华文的一些问题，是真是假，这要查实。你们可组成一个工作组，尽快下去查一下，不要冤枉好人，但真有问题也不能放过。这个事情就说到这里。我跟你特别想讲的一点是，这选干部、提拔干部，一定要见贤思齐，不要论资排辈，这样有本事的人物才会脱颖而出，我们党的事业才大有希望。可这么多年，总有那么一些人，数量不多，可影响不小，他们自己躺着不干，却嫉妒别人，看到别人做出成绩，他们面红耳热，妒火焚心。这种嫉妒心理的产生，轻者，使他们对有才干的人百般挑剔，到处散布闲言碎语；重者，颠倒黑白，混淆是非，诬陷中伤，企图将那些德才兼备的人置于死地而后快。这有很大的危险性，人才受压，先进受气，落后得意，破坏团结，影响大家的积极性，对这些，不加以抵制，人才难以成长，革命事业就要受到损害。对这种狭隘自私的落后心理，阻碍事业发展的惰性力，要彻底加以铲除。当然，在我们这个国家，封建制度延续了几千年，妒贤嫉能并非现在才有。早在战国时，大军事家庞涓嫉妒他的同学孙膑的才能，诬陷孙膑里通外国，致使孙膑被挖掉了膝盖骨。李斯嫉妒他的同学韩非的才能，最后竟置韩非于死地。这种现象在旧社会并不奇怪，因为一切剥削阶级总是损人利己的，总是以别人的破产作为自己的发展条件的。现在不一样了吧，大家虽来自五湖四海，但为了一个共同的革命目标，利益一致，但还是有人留恋剥削阶级的那套伎俩。我说了这么多，并不针对某个人，只是想让你们搞组织工作的同志一定要擦亮眼睛，明辨是非，分清是延安还是西安，善于去伪存真。这样，那些小丑们就没有多少市场了。”

根据巴书记的指示，市委组织部派到向阳区的工作组对反映白华文的问题一件件进行了查证落实。他们查来查去，没有查到一点儿实据，反倒让工作组了解到这背后有翟士民这一只黑手。工作组给市委写了专题报告，还了白华文一个清白。

巴书记详细地看了《关于反映白华文同志几个问题的调查报告》，又审阅了那三个候选人的考核材料，对组织部部长说：“首选的农业局局长条件不错，对农业生产是内行，但我知道他身体状况不太好，胃溃疡很厉害。你们先征求他个人意见，如果他同意的话，这个是平调，这事好办；如果有保留，咱们再商量一下。其他两位候选人暂不要惊动本人。”

组织部部长很快找了农业局局长。农业局局长表了个态：“首先感谢组织上对我的信任。区长那个工作是抓面上的，经常得到下边去，我的身体确实不做主，胃病常犯，组织上如果决定了的话，我坚决服从；如果征求我个人的意见，我建议还是另外再物色一个人吧。”

巴书记得到这个信息后，认为条件已成熟了，他告诉组织部部长，“你们再把考核报告推敲一下，看还有没有需要充实的内容。近日就召开常委会，决定向阳区区长人选。”

第十九章 /当了区长/

这么多年来，我们听到了很多声音，要是分析一下，你会发现，多数的声音是垃圾。

市常委会结束后的当天晚上，巴书记就给省委书记处荣书记打了电话，告诉他白华文定为向阳区区长的消息。在电话里，荣书记问："这破格提拔有阻力吧？"

巴书记答道："还好。会前，我已找了大多数常委交换了意见，大家都心中有数了。至于散布的那些流言蜚语，组织部做了认真的查实，向阳区委也签注了意见，会上没有人再提那些乱七八糟的事情。"

荣书记又说："你还得严格要求他，让他谦虚谨慎。当然，你把他扶上马，恐怕还得送一程。"

第二天一上班，李静接到市委组织部打来的电话，让白华文在明天下午三点钟到市委组织部，部长找他谈话。李静告诉白华文这个电话内容的时候，有点儿眉飞色舞，她喜盈盈地说："看来你要高升了，组织部部长找你谈话呀！”

“组织部部长找谈话就是高升，有这个规定吗？人家还不一定要通过我了解什么情况呢！”白华文说完后，心里也在不停地猜想组织部部长为什么找自己谈话。

次日上午，白华文换了一身干净的衣服，骑着自行车向市里奔去。那天有点儿逆风，他骑了四个多小时才到了市里，一看手表，已过了中午十二点，他找了一个小饭馆吃了两碗拉面。饭后，他在街上转悠了一会儿，就到了市委组织部传达室等候。过了一个多小时，他看见部长上了楼。

部长刚坐在椅子上，就听到了敲门声，打开门，见是白华文。部长很热情，请他坐在沙发上后，又给他倒了一杯茶水，顺便问道：“最近忙什么呀？”

白华文说：“公社的工作离不开农业生产，近期主要抓评估产量，为下一步重新核定公余粮数奠定基础。”

部长坐到自己的椅子上说：“今天找你有个事情要通知你，市委决定，由你出任向阳区区长这一职务。这是市委，特别是巴书记对你的高度信任，任重道远，市委完全相信你有驾驭这个工作的能力，能在区委的领导下，带领向阳区人民把社会主义革命和建设事业推向新的阶段。市委希望你继续发扬自力更生、艰苦奋斗的优良传统，时刻保持清醒的头脑，把向阳区建设得好上加好。”部长说到这里喝了一口水又说，“看看你还有什么要求和意见。”

白华文努力抑制着自己激动的情绪，不由自主地做了一个深呼吸，缓缓地说：“市里把这么重的担子放在我身上，这是我始料不及的，我心里感到很不安。从我自己的政治水平和工作能力上看，承担这一重任是不够格的，我的各方面离党和人民的要求还差得很远。但是，组织上既然这样信任我，对我寄予了厚望，我也有决心，在今后的岁月中，努力学习政治理论，提高自己的水平，也要努力向人民群众学习，不断增强自己的领导才干，永远做忠诚的好战士，不辜负党和人民的培养。”

部长听后站起来笑着说：“你讲得很好。咱们今天的谈话就算结束了，但我们彼此的来往恐怕才开始。我再一次祝贺你，真诚地祝愿你工作顺利！另外，下星期三上午八点三十分在你们区礼堂召开向阳区副科以上的干部大会，我们要正式宣布对你的任命。这个我跟区委书记已联系好了，你要准时到会，并准备一下，在大会上表一个态。”

离开组织部大楼时已近下午四点钟，白华文在街上买了一瓶竹叶青酒，到农机管理站找到了二兰。他们回到了那个小家，华文把他提拔的消息告诉了二兰。二兰听后也分外高兴，对着华文说：“我出去买点儿肉，咱们晚上吃饺子，先在家里庆贺一下。”

二兰买好肉往回走到离家不远的地方时就听见白华文高唱：“我们走在大路上，意气风发斗志昂扬……”她一进门，就笑着说：“看你春风得意的样子。”

白华文说：“我一点儿也不春风得意，今天还是顶着西北风回来的。”

二兰边切肉边说：“你别假装了，这么多年，我也没见你像今天这么兴奋。不过话说回来，也真该高兴，谁被提拔了能不高兴呢？”

吃饭的时候，二兰说：“我还没跟你说过，自从二舅姥爷到省委工作后，我们单位的领导对我的态度起了很大变化，当然以前也正常，只是现在可以用特别关心来形容。一个最典型的事例就是接待南来北往的客人时，经常也把我叫上作陪。”

白华文听着说：“那不错，能解解馋，还能和领导们拉近距离。”

二兰又说：“这些日子，在酒席上，我听到了很多祝酒词，有的真有水平，中国的酒文化真值得我们了解和学习一下。”

白华文看了一下二兰说：“咱俩今天也在喝着竹叶青，不要喝闷酒，你把那些你喜欢的酒席上的话给我讲讲，让我也知道一些酒文化。”

二兰举起杯和华文碰了一下说：“先说我的祝酒词：祝贺你肩上的担子

又重了一些，挑不动的时候我帮你。再说我听到而又记住的别人的祝酒词：‘人生轮回，始终有酒相伴相随，酒里有多少心事，有多少传奇，有多少欢喜，多少悲伤，每个人都自有感悟。酒，可以让人诗兴大发，意气飞扬，酣畅淋漓，笑傲千古’”二兰说到这里问白华文，“好听不好听？是不是一听就能让人感动？还有‘万事可忘，难忘者铭心一段，千般易淡，未淡者美酒三杯’。”

白华文边吃边说：“人家那些有文化的说得当然好听了。我经常说的是‘酒是粮食精，越喝越年轻’，这话也不错吧？”

俩人又举起杯碰了一下，一饮而尽。二兰望着面前的丈夫，仿佛觉得他比以前长高了，肚里的墨水似乎也多了，一种说不清楚的情感油然而生。

华文看到妻子给他端来了洗脚热水，心中很感激，他说：“我真的没想到一下子就当了区长。原想运气好的话，可能弄个副职，没想到跳了半格。村里的人常说的一句话：‘人走时气马走膘，兔子走时气枪也打不着。’这真是离不开祖宗的德行，也离不开我个人的勤奋。”

二兰也笑眯眯地说：“有心栽花花不活，无心插柳柳成荫，世界上的事，想的不一定能实现，不想的却可能成为现实。你说怪不怪？”

二兰饭后洗了一下头发，她站在镜子前想梳理一下头发，无意间扭头见白华文正躺在床上看报纸，身上只穿着单带白背心和短裤。她也三下两下脱掉了自己的外衣，猛地爬上了床，两只柔软的手臂像藤蔓似的轻轻缠住了华文的脖子。华文扭过了身子，二兰的手掌捧住了他的脸庞，又把发烫的双唇紧紧贴在他的嘴上，没有多少甜言蜜语，也无须多余的爱抚过程，彼此把热切的渴望献给对方，共同书写着生命的辉煌。

一阵畅快的喧响后，身子软得像一团面的二兰依偎着白华文，闭着眼娇声娇气地说：“我的男人真是太棒了，你给我的也太美了，我要让你永远紧紧地搂着我，因为只有在你怀里，我才觉得自己是个多么幸福的女人。”

白华文抚摸着她湿漉漉的头发说：“人们说‘小别胜新婚’，这话不假，这一夜，比我们入洞房那天还带劲呢！”

二兰也又一次深深地体会到，华文身上有他想要的温度，俩人云来雨去，除了等待明月的升空，还想看到朝霞的绚丽。

李静看见白书记回到了公社，马上到他办公室问：“昨天，组织部找你是什么好事？不保密吧？”

华文被问得怔住了，不知道如何回答，他想了一下说：“问了一下咱们公社的农业生产情况。”

李静又说：“你这不是哄三岁的小孩呢，组织部还管农业生产？”

白书记想回避这个话题，随即问：“那天，你到猪场，看有多少能出栏的？”

李静看出白华文不想回答昨天组织部找他的谈话内容，也没再追问，只说：“现在存栏的有二百多头，大概有一半可以现在出栏。”

白华文点了点头。两人一前一后，走进了公社食堂。

星期三上午，还不到八点钟，白华文就走进了区委礼堂，他在一个靠后的位置上坐了下来。不大一会儿，区委办公室主任急急忙忙走到他面前说：“刚才才知道你早来了，快走吧，书记在他办公室等你呢。”

八点二十几分，市委组织部部长、区委书记和白华文走进了礼堂，他们坐在了主席台上。当区委书记宣布开会的时候，会场一下子静了下来。大会首先由市委组织部部长宣读《关于白华文同志任青山市向阳区区长的通知》。他在宣读前，来了开场白：“同志们，由于大家都知道的原因，我们失去了一位老区长，今天又给大家选送来一位新区长，这就是大家都认识的白华文同志。”此时会场响起了热烈的掌声，白华文站起来点头致谢。接着部长宣读了通知，然后又说：“希望同志们在区委的领导下，支持白华文区长的工作，让向阳区的各项工作上一个新的台阶。”

接着，区委书记讲了话：“我们省里的红旗单位——喇嘛湾公社的白华文书记，现在应该称白区长了，长期以来，理论联系实际，工作能力强，群众威信高，在他的带领下，经过广大社员的努力，整个喇嘛湾公社的面貌发生了翻天覆地的变化。这个公社的粮食总产、上缴的公余粮数、生猪存栏数在全向阳区各公社中都名列第一，社员每个劳动日的分红从过去平均四角多钱已经上升到一元以上。这些成绩的取得倾注了白华文同志大量的心血。他一贯实事求是、任劳任怨、艰苦朴素、作风严谨，是我们工作和学习的榜样。现在，他当了区长，我们完全相信，区政府的各项工作一定会有新的起色。”他讲到这里看了一眼白华文，又说，“现在让我们以热烈的掌声欢迎白区长讲话！”

白华文站起来向大家深深地鞠了一躬，说：“我站在这里讲话，心里很不平静。大家都知道，前一个时期，我们不幸走了一位老区长。老区长是个有知识的领导，我呢，文化底子很薄。我就想：这是不是走了个教书的，来了个喂猪的。”他刚说到这里，下边一片掌声和笑声，区委书记和部长也笑了。但白华文脸上一点儿反应也没有，他不动声色地说：“这文化不高不怨我，怨‘三座大山’，万恶的旧社会留给我的记忆不仅有辛酸和仇恨，还使我明白了一个真理，这就是坚定地跟着党走，为崇高的事业奋斗终生。没有党就没有新中国，也没有我白华文的一切。从我参加工作以后，我一直沐浴着党的雨露阳光，时时感受着人民群众对我的关爱。现在，组织上决定让我走上新的工作岗位，我深深地感到肩上的担子不轻。但想到有区委的领导，有大家的支持，我又充满了信心。在今后的工作中，有风雨，我和大家一起去遮挡；有困难，我和大家一起去克服；有快乐，我也和大家一起去分享。只要我们同舟共济，我们向阳区的明天一定会更加美好！刚才开会前，一位老同志问我：‘新官上任三把火，你怎么点呀？’我可以告诉各位，我没有三把火，因为我们区委和老区长给我们点燃的火已经很旺了。我的任务是和大家一起添柴加炭，让火焰燃烧得更旺！”他讲到这里，下面响起了长时间的热烈的掌声。

最后，白华文说：“我恳切地希望大家对我今后的工作多提宝贵的意见，当然也希望多支持。谢谢大家！”

散会后，很多科局长围到他跟前和他握手，有的还开着玩笑。区委书记对他说："会后，你回公社去，尽快交接一下工作。一个星期够了吧？交接完后马上到区里上班。"白华文点了点头。

回到家里，二兰很激动地对他说："今天，我当了一把特务，戴了个大口罩，进了你们礼堂，第一次听你站在台上讲话。你讲得真不错，特别是开头讲的教书的、喂猪的那句话，我一想起来就笑个不停。不过，喂好猪也不容易，你说是不是？"

华文听后说："我有时候也奇怪，我也看过一些诗呀词呀的，但怎么也记不住。但看到文件、领导的讲话稿，还有一些人物传记，那里边的很多话，有的是大段大段的，我都能记住，都能变成自己的话，引用时也很自然。"

二兰笑了一声说："看来你真的是一块搞政治的料子。"

华文又说："什么事，只要你用心，只要认真，慢慢就会办好的。人们都说我口才好，其实是这么多年锻炼出来的。不过还是套话多、官话多。其实，这么多年来，我们听到了很多声音，要是分析一下，你会发现，多数的声音是垃圾。这个只能在家里跟你讲讲。"

"那你说，你今天的讲话是不是垃圾？"二兰又问。

"我今天的讲话是准备了几天的。开头我幽默了一下，是想引起听众的兴趣。接着，我深沉了一把，是想揪住大家的心。后来又慷慨了一顿，那是抒发自己的情。是不是垃圾，你评定吧。"

二兰又说："二舅姥爷肯定为你的事出力了，今天已经正式传达了。咱们晚饭后去二舅姥爷那里，跟他老人家说一下。"

"对，我也想这个事。你看买点儿什么好吃的，给二舅姥爷拿去。"华文答道。

荣书记看见二兰和华文走到了院中，开了门迎接，一见面就笑着说："华文，听说你升官了，这好啊！你妈知道这个事了吗？"

“还不知道。我明天回公社交接工作，回去我就告诉她老人家。”华文答道。

荣书记又问：“下一步工作有什么困难？”

华文略思考了一下说：“生产这一块，公社和区里大同小异，我估计困难不多。我想得比较多的是区里的科局级干部、公社的头头们，长期和我在同一个平台上工作，怎么跟他们相处，我比较头疼。另外，我是从旗里调来的干部，在我们区里，旗里来的没几个人，原区里的干部抱得很紧。”

荣书记边听边点着头，想了好大一会儿说：“我们的干部，用在工作上的精力恐怕不到百分之二十，其余的精力都用在了处理人际关系上。这是个病态表现，但一下子解决，恐怕不现实。不过，你在其位，就要谋其政，该说的还得说，该办的还得办，要不人家会说你软弱无能。大家都会有个心理调节过程。近期，你要注意工作方法，别给他们留下盛气凌人的印象。当干部，都会注意‘恩威并济’这一点。在自己的‘威’没达到一定的高度的话，不妨在‘恩’上多做点儿文章。至于‘威’，就是权威吧，那是一个人的人品和能力被大家认可和尊重的展现，这需要个过程，除了个人努力，还需要权力的支撑，我们也准备给你敲点儿边鼓。至于你说的旗区干部问题，随着你地位的变化，有些干部的态度也会发生变化。这个不要急，慢慢来，真正的强者从不担心缺少战友，人脉不是你认识了多少人，而是多少人想认识你。你刚才说的旗里来的干部有多少，比较突出的是谁，现在干什么工作？”

“除了我，还有一个是和我在一个公社工作的副书记，叫李静，其他的都是一般干部。”

听了华文的话，荣书记又问，“这个李静同志，你们巴书记认识吗？”

华文马上说：“她走出校门后，工作还是巴书记给安排的，也是在巴书记眼皮子底下成长起来的一名干部。”

荣书记又意味深长地说：“关于干部问题，你在任何场合、任何时候、对任何人都不要主动说起。你行政一把手，就抓你的行政工作。区委书记征求你的意见，你可以说。但主动提这个问题，那是很忌讳的，这是我的一点儿经验。”

回到家里，华文对二兰说：“今天二舅姥爷谈得既亲切又深刻，这真是一棵大树啊！”

第二十章 / 公社新书记 /

我们之间很多东西都在岁月的流逝中，一点儿一点儿地被剥蚀掉了，如今剩下的只是两颗心的交汇，是精神亮点的互补。

白华文回到公社后，大家都知道了他升任了区长，同志们都围在他身边说长道短，有一种恋恋不舍的感觉。各个大队的领导们也前前后后来到了公社，有人建议白书记到每一个大队待一天，尔后大家集中到公社，开一个隆重的欢送会。

白华文对大家说："我也不是到天涯海角，以后还在你们眼皮子底下工作，打交道的机会多得很，你们的好意我心领了。大队也好，公社也好，都不要开欢送会了，也不要聚在一起吃饭喝酒，鸡叫了天会亮，鸡不叫天还是会亮的，不吃不喝不欢送，正说明我们相处得不错。我看，咱们照一张分别合影就行了。"

在交接工作时，他跟有关同志说："我的本子上记着，有十三次在社员家吃饭未给人家钱和粮票，其中两次只有我一个人，另十多次都是市里来的同志，我给安排就餐的。我这里有名单，我也带了钱和粮票，请党委秘书辛苦一趟，一家一家给送去。再有，我给公社猪场从农牧学院买了三头种猪，未付钱，我写了个欠条；又从市农机厂给公社铁工厂买了一台牛头刨床，未付款，也是我写的欠条。这次，要给人家付清款，把我的欠条抽回来。还有一点，我们盖公社礼堂时，用了几个大队的砖和木材，大队都说不要了，我看这个事还得解决，别因为这个给我们今后的工作添麻烦。经济上主要就是这些。工作上还按照我们的规划办就行了，其实很多目标，我们已经实现了，但还得常抓不懈，特别是扬水站的建设。根据区委书记的指示，我离开后，公社的工作由李静副书记主持。大家要心往一处想，劲往一处使。要看好门，管好人。”

区办了解到白华文已完成了交接工作，来电话要派小车接白区长回市里。白华文告诉区办：“不必要了，那样我会不自在的。”

离开公社的那天早上，他又像从沟门来喇嘛湾时一样，在自行车衣架上驮着一卷行李，车把的两侧挂着两个书包，装得满满的。他推着自行车慢慢地往前走的时候，还几次回头看着自己熟悉的院落，心里虽然激动，但也夹杂着一些伤感。大家把他送出了村外，但还没有要停脚的意思。他停住车子说：“送君千里，终有一别吧，大家送了这么远了，已经很辛苦了，咱们再见吧。”

李静本想和大家一起送送，又担心自己和白华文分手时失态，怕给别人留下话柄，她只送到公社大门口就停步了。她的神色有点儿自责，两条腿也有点儿僵，迈起步子很沉重。她抬头望着天空，有一云朵在流动，它一会儿像迷途的蝴蝶，一会儿又像断了线的风筝，似乎追寻一道谁也说不清楚的心路历程。

太阳落山很久了，李静独自站在自己办公室的门口，温和的夜风吹动着院中杨柳的枝叶，也吹动着她的柔发，单薄的衣衫凸现出她玲珑饱满的身体线条。此刻，她多么渴望这风再大些，好吹去她心头的烘热。她凝视着不远处白华文那间办公室，往日灯早亮了，今夜却黑洞洞的。以前灯亮了的时候，她多次在灯光下看到白华文那熟悉的身影。这么多年，两人在一起工作一直开开心心的。虽然两人清清白白的，但今天分别了，她的心里还是很难受的。不知道华文现在在哪里，能否感知到自己正在这里爱屋及乌呢？自己此时的孤单，甚至还有哀伤，多么想让他也知道。她从来没有当面怨过华文娶二兰，也压根儿不想在他们家庭关系中添一点儿乱。虽然她确实埋怨过命运的不公，也曾为所爱的人承受过痛苦，但在情感的世界里，她除了独自沉默，别人（包括白华文）都很难了解她心灵深处藏着的秘密。她多么盼望那间办公室的灯再亮起来呀，再能看见白华文的身影。果真有那情景，今夜的自己一定是以柔和多情的目光往那里张望。

李静回到屋里，总好像有个东西在不时地敲打着自己的心灵，她情不自禁地浮想联翩，想着和白华文在广阔天地留下的脚印，想着他多次为自己撑腰的场景。一个人让人难忘，不是初次见面后就有相见恨晚的感觉，而是历经沧桑后才能看清一个人的本质。时至今日，她可以由衷地说，认识白华文，现又成了自己的顶头上司，真是三生有幸！

她又想起了去年有人告她“阵线不清”的事情。区里派来的调查组，首先向白华文书记讲了他们来这里的意图。谁知白华文还未等调查组长讲完话，就站起来，火冒三丈，大发雷霆，挥舞着拳头说：“这简直是胡闹，是吃饱了撑的没事干！这个事情我清楚。李静同志是分管工青妇的副书记，一个富农出身的女孩子来公社向她反映，她的人身自由受到了威胁伤害。李静副书记经过调查，果断地处理了这个事情，绝大多数社员都拍手叫好，这怎么能是阵线不清呢？你们不问青红皂白，想给我们公社一个下马威，我们不吃这一套！我也反对你们的调查，因为你们的调查是为坏人张目，有可能长坏人的志气，灭同志的威风，我们公社不配合你们这个工作。”

区里来的调查组想也没想到，还没开始调查工作，就碰了这么一鼻子灰，也非常生气，当即决定，停止调查，返回区里后向领导做了汇报。区纪委还向市纪委打了书面报告。市委巴书记知道这个事后，感到很突然：白华文作为一级政权的一把手，怎么说出这么没水平的话呢？就算你说得都对，对区纪委派下的同志也不能采取这个态度，这也有点儿太狂了。正好第二天是星期日，他坐车直接到了喇嘛湾公社，把白华文狠狠训了一顿，走时还留下狠话："你再这样目中无人，小心我处分你！"

这些事，李静都是听当时在场的党委秘书告诉她的。听后，她一方面对告她的人切齿痛恨，一方面对华文感激万分。

她怕此事连累白华文，自己主动到区纪委做了说明。

"那是刚过完春节上班的第一天，一位姑娘来到我办公室。她穿的衣服不新，但很干净，我一眼就注意到她那条长长的辫子。她长得确实漂亮，用如花似玉形容一点儿也过分。我当时心里想，这姑娘要是出生在三四十年代的上海滩，说不定她的相片会跟上官云珠挂在一起呢。我请她坐下后，她看了我一眼说：'你是分管妇联工作的书记，妇联是女人们的家，我向您反映一个我个人的事情，请您帮我拿拿主意。我出身不好，但我不是分子，是成员。初中毕业后，我回乡了。碰到这么一个难题，大队支书、贫协主任的儿子和民兵营长的兄弟都想娶我，大队支书还找了我父亲，要请到他们家喝酒，想让我和他儿子结婚。我父亲把这个话和我妈说了，我妈听后什么话也没说。我父亲跟我说了这事，我摇了摇头。我爸说：'咱们出身不好，抬不起头，找个成分好的，对你以后有好处。'我听着姑娘讲到这里，眼前好像出现了大队支书的那个儿子的影子。我在他们家吃过饭，见过那小子，长得确实不怎么样，个子矮小，鼻子像个秤砣，脸蛋子长得像个三角焙子。眼前这位姑娘真要嫁给他，那可真是一朵鲜花插在了牛粪上。我对那位姑娘说：'婚姻自主，恋爱自由，我们早就这样提倡了，男女双方大人都不能包办代替。你要看对那个，就可以跟那个谈，别人无权干涉。''我才不找那三个毛驴呢！'我听到姑娘冒出的这句话后说：'找不找是你个人决定的事情，但你不要骂人家。'那位姑娘哭了，又对我说：'您不知道，这三个人都不是正经后生，一见了我就调戏，拉扯，还要抱我，我现在连门也不敢出。今天，还是我妈妈和我一起来的。他们还威胁我父亲，如果我不找，还要没收我们家的财产。那个大队支书还跟我说过，不找他儿子，我们家要倒大霉。我看他有点儿黄世仁的样子。’我把这位姑娘讲的给白书记汇报后，他让我到那个大队制止那三位领导的家人对这个女孩子的纠缠，要切实保护妇女的利益。我去后，批评了大队的那三个负责同志，警告他们不得以此威胁那位姑娘的家人。我还到那位姑娘的家里慰问了一下那位女孩。谁知，我离开那个大队没几天，告我的信就到了市委和区委，说我‘丧失立场，阵线不清’，还添油加醋地说我在姑娘家里大吃二喝，住了三天。这事区纪委专门派人来调查，我觉得是正确的，我是支持的。”

区纪委书记听完他的情况介绍后，只说了一句：“有则改之，无则加勉。”不知道什么原因，这个事情就不了了之了，再没有了下文。

李静想到，白华文以后为自己两肋插刀的机会不会很多了，但自己这么多年，风里来，雨里去，也成了大召里的百灵鸟——警吓出来了，早已不是瓷盆瓦罐了，是不是包公跟前的王朝马汉，咱们走着瞧。

白华文任区长后，区委书记很快想到了谁接任公社书记，他找来白华文征求意见。白华文也坦率地说：“如果从喇嘛湾公社选的话，社长被砸伤了，一年两年恐怕上不成班了。我认为李静同志比较理想，她首先对那里的情况熟悉，和那里的社员有感情，群众威信高。其次，别看她是个女同志，工作十分泼辣，有干劲，这几年，公社的很多工作，她都是冲锋陷阵的。再一点，这个同志政治立场坚定，爱憎分明，原则性强，不耍阴谋，直来直去，是个有培养前途的好同志。如果是外边选派的话，区委定下谁，我都会全力支持他的工作的。那样的话，我建议可把李静同志调回区里工作。不管是谁，是骡子是马，都可以拉出去遛遛。”

区委书记说：“那里是我们区产粮大户，是我们的红旗公社，工作不能耽误，要尽快选派书记。”和白华文谈完话没几天，区委书记又接到了市委巴书记的电话，对谁任公社书记，他心中已有了底。

在区委会上，白华文对谁任喇嘛湾公社书记第一个发了言，他力荐李静同志出任新书记。其他与会同志也发了言，大部分都是“同意白区长的意见”。会议决定，由李静同志任公社书记，区委组织部下发的任命通知由区委组织部部长到喇嘛湾公社的干部大会上传达，同时决定由白华文同志代表区委党委找李静同志谈话，给她打打气、鼓鼓劲，也提一些注意事项。

区委组织部部长回到办公室，立即起草了文件。当天下午，《关于李静同志任中共向阳区喇嘛湾公社委员会书记的通知》就印出来了。

中午回到家里，白华文跟二兰说：“下午，我要到喇嘛湾公社去。”正在清扫屋子卫生的二兰，不知是有点儿生气，还是没听清他的话，转过脸白了他一眼，没有吭声。

对于李静，二兰也知道一些情况，也听到一些风言风语，特别是白华文在她二舅姥爷面前又提到过李静，使她的心里有了些杂念。单位的女同志们跟她说，男人们有了权、有了钱，千万要看紧点儿，一经坏开了，就不好挽救了。所以，她一听白华文要到喇嘛湾，很敏感。中午吃饭的时候，她问：“那里有什么重要的事、重要的人，让你老惦记着？刚回来没多久，又要去？”

白华文想顶她一句，一看她头脸很难看，倒吸了一口气，脸上挂着笑容说：“李静提成公社书记了，区委委托我找她谈话。”

二兰马上说：“上级找下级谈话，一般都是让下级来，怎么还要你一区之长跑下去，劳心劳肺的？”她觉得这句话还不够分量、不够明白，又噘着嘴，鼻孔里哼出两股粗气，咬着牙关说，“咱们有言在先，因工作去那里，我不反对。你现在有车，晚上要回家，如果晚上不能回来，为了你的安全，请把我领上；否则，小心我在巴书记和二舅姥爷面前奏你一本。”

白华文想冲她发火，最后把话卡在了嗓眼里，憋得很恼火，放下筷子离开了家，在路边等着来接他的小车。

白华文来到了喇嘛湾公社。李静看见他后，好像是几年不见的友人，显得格外激动，一边沏茶，一边开着玩笑。

白华文坐下后就说："区委委托我找你谈话。你已荣任咱们公社的党委书记了，我首先祝贺你吧！至于注意什么呀，怎么抓工作呀，那些冠冕堂皇的话我就不讲了。当一把手和副手不一样，要善于做好协调和平衡工作，充分发挥大家的工作积极性。你的性格以外向为主，以后说话不要太冲了，你又是女同志，要委婉一些。"

李静听到这里插了一句话："我这种性格的人好处，没有坏心眼，没有太多的野心。因为外向的本质是对追求回报的渴望，这类人大都奋力追求的是情感经历，不管这些经历来自社会什么方面，最让他们着迷的也许不完全是真正实现目标，而是整个追求的过程。"

白华文听完又说："听你谈这些，觉得有点儿走题，再品味一下，也符合你的心理。公社书记这副担子并不轻松，不过区委相信你一定会干得很出色。今后你无非还是在两个字上做文章，一个'刚'字，一个'柔'字。刚是一种威仪，一种原则，一种自信；柔是一种收敛，一种融通，一种风度。"

李静没把白华文当成自己的首长，虽然谈话时他几次讲到代表区委，还一本正经，但在李静心目中，仍把他当成一位朋友，当成一位兄长。她说："我们之间很多东西都在岁月的流逝中，一点儿一点儿地被剥蚀掉了，如今剩下的只是两颗心的交汇，是精神亮点的互补。"

白华文临走的时候又说："虽然我们头上有区长呀书记呀的头衔，但我们一定要告诫自己，我们不是官，而是一个为人民服务的战士。去年，我在河南南乡县参观一个古代衙门，看见一副对联，我觉得很好，上联是：'吃百姓之饭，穿百姓之衣，莫道百姓可欺，自己也是百姓。'下联是：'得一官不荣，失一官不辱，勿说一官无用，地方全靠一官。'你看封建社会的官僚都懂这些，我们新社会成长起来的干部更应身体力行。"

送走了白华文，李静一下子来了精神，有点儿摩拳擦掌的样子。李静立即给她爱人打了电话。她爱人正准备下班，接到电话后十分高兴，在电话中说："你高兴，我也高兴；你激动，我也激动。家里的事你放心，你要一心扑在工作上，我期待你更大的喜讯。"

天黑了下来，李静仰望着挂着半空的一轮明月，心潮澎湃。回到宿舍，她坐在办公桌前，写下了一首《喇嘛湾遐想》：

喇嘛湾，北方翠绿的地方，
鼓起丰腴的青春，
迎着阳光起程。
在风沙的路上，
迎接晨曦，
收获记忆。
终于，你笑了，
你看见老人的瞳仁里，
不再有凝结的愁云；
姑娘的发辫上，
漫卷着风雷的涌动。

喇嘛湾，北方翠绿的地方，
朝霞映照着花容，
明天再没有翻滚的乌云。
在缤纷的日子，
自由飞翔，
纵情歌唱。
终于，你笑了，

抖落身上的沙尘，
听希望的种子萌动；
快做一个遥远的梦，
成为会飞会唱的星辰。

第二十一章 /慎重初战/

工作中我不怕吃苦，但我怕社员们吃苦；生活中我不贪图享乐，但我盼望大家永远幸福；人生的征程中，我不怕荆棘丛生，但我祝愿同志们在征途中一帆风顺。

在公社召开的大会上，区委组织部部长宣读了对李静同志任命的通知。李静也讲了话：“我是个女同志，从小在城市里长大。自从走上工作岗位后，一直在农业战线上工作，和农村、农民、农业生产有了一种深厚的感情。组织上让我担任公社一把手，尽管担子很重，我各方面的条件离这个角色还有距离，但我有信心，在上级党委的领导下，在大家的支持下，把各项工作搞好。今后，我会以百倍的努力，废寝忘食地扑在工作中，绝不辜负各级领导和同志们对我的期望。我还想和同志们表表心意，工作中我不怕吃苦，但我怕社员们吃苦；生活中我不贪图享乐，但我盼望大家永远幸福；人生的征程中我不怕荆棘丛生，但我祝愿同志们在征途中一帆风顺。我早已向人民许下誓言，为了事业，我将献出青春献终生！党的号召就是我工作的指南针，社员们的需求就是我努力的方向。大家要多监督我、支持我，当然也要关心我、爱护我。”

当晚，公社广播站播发了对李静同志的任命通知和李静书记的讲话摘要。

王红小听到了广播，次日一早，他找到了大队支书，一见面就没好气地说：“你们为什么还卡着我，不让我入党？”

大队支书看他来者不善的样子，心里虽然很恼火，但还是心平气和地说：“你连申请也没写，怎么能入呀？”

王红小一听又凶狠地说：“你们打击我、排挤我，不答应我入，我写了还不是一张废纸。”

大队支书还是耐心地对他说：“你回去先写个申请，完了看你的表现，够条件了谁也不会卡的，也是卡不住的。”

王红小不耐烦地说：“公社有了新书让，咱们一起去评评理，看我够不够条件。”

大队支书本不想和他到公社，但是他生拉硬拽，又怕他讹人，很不情愿地和他一起到了公社。

王红小一见李静，像是往眼珠里钻一样，走到她脸跟前看了一下，歪着头问：“李书记，今天找你，就是谈我的入党问题，大队到现在还卡着我。”

大队支书有点儿来气，说：“刚才跟你说了，你先写申请，然后看你够不够条件再说。”

王红小一听又火了，恶狠狠地说：“我还不够条件？我做报告时，那么多领导赞扬过我，说我给大家上了一堂生动的教育课，为贫下中农争了气、壮了胆。这条件还不够？”

一个负责同志的出彩处不单单在于他能做多少事，而在于他面对很多事时能迅速地理出个头绪，始终记挂着哪些事最重要，哪些事要优先处理。

李静听着王红小讲的话，虽然感到他无知，心里很烦他，但仍和颜悦色地说："关于条件，党章上写得清清楚楚，你看看够不够？"

"那么你的意思说我不够条件？"王红小质问道。

李静说："你这么咄咄逼人，我看不好。就凭你和那个小寡妇没有领结婚证就住在一起，光这一条，我看你还得努把力。"

听了李静的话，王红小一下子翻脸了，高声喊叫起来："你真是黑老鸹还嫌猪黑了，你是个什么货色，听听人们的议论。"

一听这话，李静气得脸色煞白，嘴唇抖动着，但她没有发火，她知道发火是没有办法的表现，解决不了任何问题。她以轻蔑的眼光看着王红小。大队支书和听见吵闹声进来的干部，怕王红小还说更难听的话，赶紧把他拉劝走了。

武装部长跟李静说："他是个社员，你别理他。他乱说一些不进耳朵的话，人们也闹不清楚真假，受影响的还不是我们自己。"

"他鼻子底下长着个嘴，想说什么谁能管住？"李静边说边想，这真是说到病上要了命，一揭短，就暴跳如雷，就穷凶极恶，想把谁镇住呢？过去很长一个阶段，白华文一直想给他点儿颜色看看，几次想动手，只是有人拉后腿，因此此事就拖了下来。临离开公社到区里工作的时候，他和李静及其他负责同志都谈到了王红小，希望时机成熟了，千万不要手软。眼下，这家伙自己撞到了枪口上，背上背了个死耗子——也假装是打猎的，真是树欲静而风不止。

李静想也没想到刚刚当了公社书记，王红小就来了个下马威。她想："也许他以为我是个女人，软弱好欺，他太不了解我了，我也不是省油的灯。今天，他跳出来表演，是他误判了形势，把他钉在耻辱柱上。看来是时候了。华文曾嘱咐我要慎重初战，看来这初战的对手就是王红小了。赢得这场战斗的胜利，可一石三鸟，告慰冤魂，了结白区长心愿，也绝对能提升自己的权威，这就是我梳理工作头绪时列出的优先解决的问题。"想到这，李静那女性温柔的眼里射出少见的凶狠的目光，她紧握右拳砸在桌上说："王红小，姑奶奶向你宣战了！不搬倒你这根灰菜旗杆，我宁愿跳进黄河里！”

初战的目标飘然而至，如何慎重，如何保证全胜，她苦苦地想着一条又一条计策。

当天晚上，她来到喇嘛湾大队支书家，坐下就说：“王红小把天磨得吱吱响，看来不下手，我们的工作会越来越被动，你们大队不得安宁，公社正常的工作秩序也难以保证。”

大队支书说：“我早就想给他点儿颜色看了，但一想到因为他公社四个干部都倒了，就心有余悸，总感到他有后台，我怕狐狸没打着，又惹了一屁股骚。”

李静说：“你这个想法是可以理解的，他干的坏事够多了，我们作为大队和公社的领导，总不能不过问吧？”

大队支书又说：“李书记，你说哇，让我们大队做什么，我保证完成任务。”

李静说：“上次你跟我谈的他的那些事，我都给白书记汇报过，关键是他破坏军婚那一条，要有真凭实据，捉奸见双，捉贼见赃。我有个建议，咱们也学一下警察蹲坑的办法，派四五个可靠的民兵蹲上它一月半月，看有没有收获。对蹲坑的民兵也要在经济上考虑一下，能不能一黑夜给记两个工，能不能一黑夜给补助五角钱，调动一下他们的积极性。真的有一天，我们有了证据，你再马上安排一些人以‘部分贫下中农’或‘部分党员’的名义给市里、区里有关领导和部门寄去检举信，给公社也寄一份，连续四五天，天天有信寄出，造成一个雷声大、雨点子也大的气氛，为我们下一步的工作造造舆论。”

“那我就照你的意见办。今天晚上就派蹲坑。我让他们也准备好纸笔，逮住了，当场写下笔录，那两个人都识字。”

李静听了大队支书的话说：“好，就这样办，一定要抓紧。”

苍天不负苦心人，蹲坑的几个民兵终于在第六天晚上把王红小和那个女人捂在了被子里。那个女人羞得赶紧用被子蒙住了全身，王红小急忙穿着裤子，浑身抖着。民兵营长说："红小，咱们抬头不见低头见，往日无仇，素日无冤，你把这个情况真实地写一下，这个事就拉倒了，要不挺麻烦的，这是军婚呀！"

王红小手抖着写了事情的过程。一个民兵还按预先的安排，拿住了他的背心和袜子。民兵营长又跟那个女人说："我们先到院中，你快点儿穿上衣服，也给我们写个证明，我们保证给你保密。"

不大一会儿，那个女人流着泪写了"王红小强奸了她"的证明。

李静看到这两个材料后，怕他们弄丢了，对大队支书说："这两个人写的先放在我这里，你今天就安排人发出检举信。"

"已经发出两封了，一封以'部分贫下中农'的名义，一份以'几个老党员'的名义。"其实两封信是大队支书让他儿子和姑娘分别抄写的。

李静也梳理着掌握的一些有关王红小的材料：

一、破坏军婚，道德败坏。

二、明目张胆地偷盗集体树木和瓜果粮食。

三、和小寡妇长期非法姘居，乱搞男女关系。

四、殴打治保主任和瓜农，辱骂众多贫下中农。

五、造谣惑众，恶毒地攻击人民公社制度。

六、挑拨党和人民的血肉关系，制造干群矛盾。

七、破坏政府机关的工作秩序。

八、不劳而获，经常向大队、小队索要财物粮食。

她边写边心想，人间的事真是剪不断，理还乱。三十年河东，三十年河西。看得见的是手势，看不见的是手段；测得出的叫智商，测不出的是智慧；量得出的是温度，量不出的是温暖；读得到的是内容，读不到的是内幕。这大概就是人间万象。

市信访办接连几天接到多封对王红小的检举信，他们搞了一期《信访摘编》，呈送巴书记审阅。巴书记看后，做了批示："转向阳区委酌处，结果告我。"

区委书记看到巴书记的批示和《信访摘编》的内容，也做了批示："请华文同志阅，这是巴书记做了批示的一期《信访摘编》，我意：既已涉及犯罪事实，可请区公安局会同喇嘛湾公社查实，确有证据，绳之以法。"

白华文看到两个批示和《信访摘编》后，专门到市委请示了巴书记。白华文说："处理一个人，本来不用这么麻烦，这么曲折，但王红小这个人，您也知道，他有点儿知名度，有点儿影响力，想听一下您的意见，如何把握得更准确些。像我吧，一时一个想法，好像拿不定主意。"

听了这些话，巴书记说："当官不断，自谋其乱。不管是谁，从前做了什么好事，有什么功劳，现在犯法了，都得依照法律办，这是政策。关键是有证据，而且是真的，不是逼、供、信搞出来的，对这个人，我知道你们当初都很讨厌，对上级的一些安排也有抵触情绪，但现在他犯法了，谁也不会说是报复吧，是他自己一步步往劳改队走的嘛！何况在我们的历史上，今天革命工作需要你时，你就是座上宾，明天你妨碍或破坏革命时，你很可能就是阶下囚。你想想，这种例子还少吗？"

白华文回到办公室，又看了一遍那份摘编，他批了几句话："要重证据，不信口供，要尽快查实，尽快处理。如检举材料属实，该人不但要判刑，刑满后还要给他戴上一顶坏分子帽子，让他老老实实地接受贫下中农监督改造。"他拿着批文，找到机要员，让立即送给区公安局局长。

公安局的人员来到了喇嘛湾大队，很快从有关社员和同志们那里取了笔录，在所有的笔录上都加盖了大队和公社的公章。李静草拟的《关于王红小的犯罪事实》也交给了公安局。王红小终于被戴上手铐，送进了看守所。逮捕他的那一天，全村很多社员都来到大队围观，想看看王红小的下场。

李静没有到现场。王红小被警车带走后，大队支书来到李静办公室，李静问："逮他时，他说话了吗？"

"说了，说我们是卸磨杀驴。"

李静听了大队书记的话说："他这句话说对了一半，对的是他确实是一头驴，错的是他从来也没有拉过磨。社员们有什么反应？"

"社员们说什么的都有，多数说'活该'，也有说怪话的，说王红小曾经打败了四个男人，今天却被一个女人打败了。"

李静笑了一下说："小寡妇不要脸，不会有什么事，对那位军属要注意点儿，听说她情绪很低落，要防止出事。另外，王红小的父亲是个老贫农，他也管不了他儿子。近一个时期，你们适当多照顾一下这位老人。"

李静还给白华文打了电话，告诉他逮捕王红小的有关消息。她在电话中还说："历史是只看结果而忽略手段的，像万里长城，吸引着中外游人，谁还管它墙底下埋着累累白骨。"

不到一个月，王红小被法院判了三年徒刑。有趣的是法院的判决书上写道："王红小刑满释放后，戴坏分子帽子，接受贫下中农监督改造。"

第二十二章　/万里千担一亩田/

这里描绘蓝图，那里大展宏图，在我们公社的这张纸上，能不能也描点儿“蓝”、画点“红”呢？

王红小被判刑后，李静心里轻松了许多。有人和她谈起此人此事时，她总是长长地舒一口气，轻描淡写地说：“魔鬼也有魔法不灵的时候。老虎狮子能吃人，把它关在铁笼里，它就成了人们看的动物了。”

本来，李静刚当了公社书记，不想马上在王红小身上做文章，只是王红小不识眼色，自己跳了出来，而且跳得还很高，这就打乱了李静原想在紧跟形势发展方面搞点儿“大毛笔”的想法。眼下王红小的事算是画上了句号，怎么样才能让上级看见自己低头有坚定的步伐，抬头有清晰的远方呢？她到公社阅览室翻阅了近半年好几个省市的报纸，想从报纸新闻报道的信息中找到自己工作的发力点，或者叫切入点，她看到报纸上这里描绘蓝图，那里大展宏图，她想，在我们公社的这张纸上，能不能也描点儿“蓝”、画点“红”呢？

李静骑着自行车到了村外，她想再到达尔罕山那一带看看，看看东风渠的流水，看看分水闸的容貌，也想重温一下和华文以及广大社员在那里开山劈岭的故事。沿途，她看见了农民在地里劳动的身影。一年四季，农民们挥汗如雨在播种希望，他们究竟收获了多少果实，她心里是有数的。风调雨顺的年景还好说，一遇到自然灾害或者瞎指挥，种下的希望用不了多久就会破灭。是啊，芸芸众生，机关算尽，人人都时刻在播种各种希望，有收获硕果的，也有等来绝望的，有种瓜得豆的，也有插柳成荫的。农民想有个好收成，干部盼在仕途上登上新台阶，人同此心，心同此理。她来到了分水闸处，这里也有她倾注的心血，也有她的不眠之夜。她坐在一块大石头上，环顾着四周，她想将胸间的思念和焦虑让清冷的山风一点点儿吹走。她喜欢天高云淡的秋天，甚至感到深秋的那一层苍凉和冷肃，也充满诗情画意。这次组织上提拔了自己，但她心里清楚，就好像攀登泰山，还没有到十八盘，离玉皇顶还远着呢，但她已有了“会当凌绝顶”的激情。当然谋事在人，成事在天，就像白华文有巴书记的支持关心，现在又添了二兰的二舅姥爷，当然也离不开他的勤奋努力和不懈的追求。正是这些主客观的因素，使他有了上升的空间，说起话干起事底气很足。可能，也正是有这些原因，公社的工作也就出现了一些需要补漏的地方。多年来，李静是看在眼里，也记在了心上。自己少依没靠，在工作中经常有如履薄冰的感觉。生活的层面与各个角落又有那么多“雷区”和“禁地”，多一个“工兵”，多一些“探雷器材”，就会多一份安宁。她想到白华文对驻社队工作组的态度，不主动接触，不过问他们的工作情况，还美其名曰“怕干扰人家工作”，其实他是过问的，他和自己谈了那么多工作组的情况，也发过牢骚，对几个工作组组员也有看法。她能不能采取白华文的这种态度呢？显然，她没有白华文那样硬朗。人都是感情动物，投之木瓜，报之琼瑶，和驻社队工作组多沟通多联系，对己对公都有益。独立而不引起领导猜疑，负责而不引起同级的嫉妒，尽力和各方面搞好关系，这是一个领导者应有的素质。

她和公社武装部长、党委秘书一起来到工作组组长的办公室，组长认识她，一见面就说："听说你当了书记了，祝贺你呀！"

李静坐下后就说："白书记还没走的时候，多次说，要给工作组汇报一下我们公社的工作。也不知道每天忙什么，这个事就拖到了今天。前天，白区长还来电话催办这个事。今天，我们代表公社党委来汇报一下。"

组长不知道李静话中有假，慢慢地说："前一个时期，有人给我反映，说白华文同志对工作组有意见，还曾对人们说'我两袖清风，不怕矛头对准我'，看来这话有水分。"

李静马上说："这肯定是谣传，是误会，白区长不会这样想，更不会这样说。"

组长又说："我们都来自五湖四海，为了一个共同的目标走到一起来了，大家要互相关心，互相爱护。不管搞什么工作，咱们的大目标还是一致的。"

李静又说："您说得很对。你们的工作，整顿了我们的队伍，提高了社员们的思想觉悟，我们人民公社的优越性就会进一步显现出来。"

在汇报完公社的基本情况和下一步打算后，李静又诚恳地对组长说："今后，你们有什么困难和要求，要不客气地告诉我们，我们会全力配合。"

组长是省委的一位副秘书长，李静的言谈举止给他留下了很深的印象。后来，他几次在巴书记面前夸奖过李静。

公社是党政、武装、经济合为一体的，上管天，下管地，还管社员吃喝拉撒睡，李静一天也不敢怠慢。白华文过去到大队，很多时候是独往独来，李静考虑到自己是个女同志，也考虑到要集思广益，发挥大家的积极性，她到察哈板大队蹲点时，带了公社团委书记、妇联主任、农技推广员和治安助理，想去这个大队把她想好的工作方案付诸实施。

李静找到大队长说："那个曾咬了我一口的杨支书现在表现怎么样

啊？”

大队长说：“听说他找过工作组，说他是被白书记打击陷害的，要求给他恢复名誉和复职。”

李静“噢”了一声，没再谈及这个问题，说：“我们这次来，想在你们这里搞个试点，成立一个‘铁姑娘突击队’，看能搞点儿什么名堂，为大队做点儿贡献，也培养一些年轻人。”

时间是人生价值的载体，人类一切至美的品德，无不从对时间的珍惜中得到展现。一个民族的睿智、成熟也必然体现在大家对时间意义的深刻理解中。办成功一件事情，必须抓紧时间，不能三日打鱼，两日晒网。李静一行和大队负责同志紧锣密鼓，仅用三天时间就把“铁姑娘突击队”成立起来了，大队团支部书记正好是个女的，由她担任队长。突击队共十八位姑娘，大队妇联赶做了一面队旗，还给每个队员发了一顶黄军帽和一个茶杯。突击队的第一项任务就是在靠近山路的一个地方开挖一块田，以此宣传一种自力更生、艰苦奋斗的精神，让一代代年轻人都懂得自食其力，都懂得永攀高峰。

李静和突击队的姑娘们一起学习了《愚公移山》那篇名著，并和大家一起查看了准备开挖的那块山地。

出征的那一天，十八名“铁姑娘突击队”队员英姿飒爽，排着队从公社大院出发。突击队长甩着两条青葱麻花辫子，身穿草绿色褂子，扛着红旗走在了前面。十八位姑娘在欢快的锣鼓声中，来到了她们准备抛洒汗水的地方。

大队长做了动员：“你们看见了吧，这里就是你们的战场，你们要用双手把这里的沙石深挖一尺多并运走，然后再到半里路外的沟底担回雨水长年冲积成的黑土，回填到这里。人过留名，雁过留声，这块田挖成后，要永远保留着，让我们这里的后代人一看见它，就能想起你们吃大苦、耐大劳的身影，就能发扬愚公移山的精神，把我们这个地方建设得更好。我相信，再大的困难，也难不倒你们；再硬的石头，也硬不过你们的决心。”

大队长讲完话后，姑娘们就争先恐后地干起来了。镢头和铁锹挥舞着，起落着，每个人脸上都洋溢着青春的朝气。这个地方土层很浅，还不到半尺，下面几乎全是砂姜，姑娘们刨着、挖着，眼里直冒火星。但大家相信，只要功夫深，铁杆终能磨成针。

李静和公社来的干部都参加了头一天的劳动。休息的时候，姑娘们要让李书记唱一支歌。李静有点儿迟疑，公社妇联主任知道李静歌唱得不错，也笑着说：“李书记不仅歌唱得好，还会唱山西梆子呢。”她回头又对李静说，“快唱吧，别让大家扫兴了。”

李静站起来笑了笑说：“我先讲几句。我今天和大家一起在这里劳动，心里非常激动，你们都是年轻人，青年这两个字蕴藏着蓬勃的生机，包含着无限的追求，凝聚着不竭的活力。今天，大家在这里谱写青春的凯歌；将来，你们一定会看到大家是在书写一段历史。壮丽的蓝图，要靠辛勤的劳动，才能变为现实；理想的树苗，要靠汗水浇灌，才能成片成林。当下，我们肯定会苦点儿、累点儿，但苦得累得有价值，大家一定要加油，喇嘛湾公社的历史会记着你们的奉献。”她讲到这里清了清嗓子，唱了一段电影插曲：

九九那个艳阳天来哟
十八岁的哥哥呀坐在河边
东风呀吹得那个风车转那
蚕豆花儿香呀
麦苗儿鲜
…………

她还没有唱完，姑娘们就鼓起了掌。大家觉得李书记多才多艺，对她有了更多的亲近感。

大队长看见姑娘们含辛茹苦，脸黑了，肩肿了，很多人脚上打了泡，有点儿心疼，想派几辆马车来拉土，被姑娘们拒绝了，她们异口同声说："那样的话，就失去了意义。"

整整干了三十七天，用血汗造成了一块平平整整的土地。大队长用步量了一下，有一亩多，大队特意杀了三只肥羊，款待"铁姑娘突击队"队员。那天，李书记和公社妇联主任也来了。大家粗略地估算了一下，为了建成这块田，姑娘们少则走了一万里路，挑了数千筐沙石和黑土。李静提议，把这块地叫"万里千担一亩田"。大家都觉得这个名字起得好。李静又叫公社铁工厂做了一个很漂亮的铁牌子，在白色底子上书写了"万里千担一亩田"几个鲜红大字，工厂的师傅们把它牢牢地栽立在那块田靠路的一侧。

李静书记很重视舆论工作，她一直认为，利用宣传阵地，通过强化视听效果，很多事情能做到事半功倍。她给在《青山日报》采通部当主任的老同学打了电话，绘声绘色地讲了"铁姑娘突击队"的事迹，希望老同学派几个记者下来采访。

她的老同学带着摄影记者来了。那块田里的谷子已经出穗了，长势喜人，丰收在望。很快，在《青山日报》的头版头条位置，以"万里千担一亩田"的题目报道了察哈板大队"铁姑娘突击队"的先进事迹。这篇通讯稿图文并茂，引起了读者很大的兴趣，市委巴书记看到了这篇文章，看到了报纸上提及的公社书记李静的名字，心里很得意，看来又没有走眼，又选了一个呱呱叫的干部。

巴书记立即给市委秘书长挂了电话，问秘书长是否看到了那篇通讯稿，接着说："我看这个典型抓得好，有示范推广的意义。一个好的典型就是真善美的化身，吸引着人们去追求，是力量的源泉，能增添人们战胜困难的勇气。好的典型还是旗帜，指引着人们前进的方向，也是灯塔，能照亮人们攀登的路程。你要尽快和向阳区委联系一下，就在那块谷子地旁，召开一个现场会，让愚公移山的精神永放光芒。”

李静接到区里要召开现场会的通知后，一连几天，一直在察哈板大队催办着这件工作。从方案的制订、人员的配备到大会的主发言稿，她都一一过问，连来的人住哪里、吃什么、谁接待都做了预先安排。她为此事还专门到区里汇报过一次。

在“万里千担一亩田”地旁，临时搭建的现场会主席台披红挂绿，悬吊在半空中的十八个各色气球微微摇晃，地四周的彩旗迎风招展，公社广播站的扩音器材也提前一天安装在了会场。

李静主持了现场会。“铁姑娘突击队”队长站在麦克风前，虽然有点儿紧张，但还是用比较标准的普通话流畅地念完了讲话稿。她在讲了她们的先进事迹后，特别提到：“我们建造这块田，并不完全是想增产多少粮食，主要是继承优良革命传统，发扬愚公移山的精神，培养一种不畏千难万险的品格，传播一种人定胜天的思想。有了这种传统、精神和思想，在我们大队一穷二白的土地上，我们就能够写下最新最美的文字，画下最新最美的图画。”

第二天一早，李静在报社的那位同学就把拟发的新闻稿清样和“铁姑娘突击队”的合影照给李静拿来让审阅一下。李静看见稿子里有“李静书记”的字样，提议别写她的名字，而且态度很坚决。她的老同学挺理解地说：“那也行。我知道你很爱好文学，要不向你约一篇稿子，下次见面时交我。”李静知道老同学的心意，是想提高一下自己的知名度，她也没有拒绝，轻轻地说了一句：“我试试吧。”

现场会后，李静又跟“铁姑娘突击队”队员们一起，给全大队的军烈属打扫了家，拆洗了衣被。所用的肥皂、洗衣粉，白土粉等，都是李静用自己的工资买的。在一位烈属老大娘家，她执意坐下洗了三个多小时很脏的衣被。她在察哈板大队社员的心目中，分量一天比一天重了。

李静让别的同志找来了当年向她反映情况的那位出身富农家庭的姑娘。

李静详细地问了她的近况后说：“我来你们大队前，已经和公社中心小学的校长讲好了，你下星期一到学校去试讲几天课，如果学校认为你胜任，你就是民办教师了。”

姑娘怀着激动的心情向家走去，脑中不停地思索：人心都是肉长的，这才酿就了人性善良美好的酵母。在时光的更替中，也许碰见了一位贵人，正开始向自己展示那无边风月。

不久，巴书记在市宾馆接见了李静和“铁姑娘突击队”队员。他一见李静就说：“我一看见你，就想起了当年你在沟门乡找到我，要求调到喇嘛湾的风风火火的样子。”

李静笑了。

巴书记又说：“这岁月不饶人啊！当年是风华正茂的青年，如今已成了治理一方的领导了，长江后浪推前浪呀！”

和大家合影后，巴书记又问李静：“你们区里要开贫代会了，有没有这个突击队的典型发言？”

李静说：“有。”

“那就好。到时，我有时间的话，也要去听听。”巴书记边说边和大家一一握手告别。

第二十三章 / 李静的信 /

人到了中年就会有追忆，追忆年轻时经历的事情；
人到了中年也会有算计，算计自己未来时光的境况。

白华文离开喇嘛湾公社任区长已一年多了，李静常在梦中和他相遇，梦境的寓意使她常常陷入沉思，也使她心上不时泛起对白华文的丝丝牵挂。

在喇嘛湾工作了这么多年，她早就听说过二兰和小明的故事，只是投鼠忌器，生怕伤了白华文的自尊，她在人前人后从未谈及此事，但她心里清楚，二兰当年“明知不是伴，事急且相随”的选择，使自己的意愿成了竹篮打水一场空。那“荆州”本应属于她的，可让二兰占去了。她曾怪怨过华文，也记恨给自己编造有海外关系的人，但随着时间的流逝，她慢慢想通了，在以后漫长的岁月中，两人的相处丝毫没受影响，成了真正的风雨同舟的战友。

李静心里清楚，自己这次顺利地当上公社书记，白华文肯定是出了力的。记得在沟门乡工作时，他曾开玩笑说要送给她一匹小小的蒙古马。等了这么多年，现在她头上戴的这顶乌纱帽是不是就是他赠送的呢？这何止是一匹小小的蒙古马，这是比白玉更加纯洁的同志真情，是比钻石更加昂贵的战友情谊。

这个世界上，爱得最深的总是女人，为爱而承受痛苦的也总是女人。李静对自己曾经爱过又错过的人如今该说些什么呢，该不该让他知道自己对他的思念，该不该让他理解自己真实的心意？她也想到，在现实生活中，越让人知道你饥饿，就越得不到面包，还不如缄默为好。但她很快又打消了这种念头，贫代会很快就要召开了，和白华文又要见面了，真是说不清道不明。对他的思念与日俱增，起码在自己的心中，他是旧日的恋人，常常像一面镜子，照出了时光中的自己。如今的自己，不能渴望爱情而又惧怕爱情，不能讨厌寂寞而又甩不开寂寞。

李静心里也明白，男人们欣赏的成熟女人，是从内而外都透出温柔的女人。女人们在事业上大胆泼辣、风风火火，不一定在男人们的心海中泛起波澜。对一个女人来说，真正应该花一生时间来维持的并非外貌，而是让自己始终具有女人的味道。

李静走到院中，一弯下弦月挂在西天，清冷清冷的，她想到在贫代会上见了白华文该说些啥话。这本来不是个问题，眼下却搅得她心烦意乱。她回到办公室，打开了灯，刚坐到办公桌后的椅子上，忽地又站起来，走到一张挂在墙上的地图旁，若有所思地看了起来。她也不清楚自己在地图上寻找着什么，好大一阵子，站也不是，坐也不是，她拿出在沟门乡欢送白华文的合影，又拿出他荣任区长时的分别留影，看看这张，又看看那张，眼睛始终盯着照片上的白华文。

她又坐在了办公桌前，取出了信纸和一支油笔，她打算给白华文写一封信，因为藏在心里的很多话是面对面说不出口的。她左手托着下巴，和华文相处的一幕幕场景像演电影似的在她的脑际盘旋……

李静给大多数人的印象是干练而不失温柔，知性又不失妩媚。她想办成的事情，总是百折不挠全力以赴。当她决定把心里多年积存的话向白华文倾诉时，没有感到羞涩和紧张，她突然觉得自己原来可以这样自信和坦然。

生活永远无法重复，不论是苦难和幸福都随岁月之轨向前延伸，人生的历史也从不再来，虽是如此，但李静坚信当了区长的白华文仍对自己一往情深。

华文兄：

你好！

我们虽相距不远，但彼此像隔着一座高山；我们虽有见面的机会，但似乎没有时间和环境重温往昔。真可印了唐代诗人玉谿的名句："此诗可待成追忆，只是当时已惘然。"

华文，我们的白区长，我不知你喜欢我的哪种称呼。我也不清楚你是否想到，我有多少内心深处的感受要对你吐露，可始终找不到一个合适的场合和机会。我曾幻想着有这么一个人间仙境，那里没有别人的声音，没有红尘间的纷争，只有你，只有我；我也曾幻想，有那么一天，咱们携手相随，一起来到一处深山峡谷中，远离那些不怀好意的眼睛，我们相偎在一起，尽情地领略大自然的山山水水。

我常常想，人到了中年就会有追忆，追忆年轻时经历的事情；人到了中年也会有算计，算计自己未来时光的境况。这么多年，我们在一起工作，原本是很自然的同志关系，但我心里常产生一些奇怪的念头，总想看见你高高的背影，想看见你不常挂在脸上的笑容。我知道自己心底的秘密，从对一位顶头上司的敬慕悄悄地变成了爱慕，仅仅这一个字的变化，让我在梦中哭醒了几回。

你成家后，我对自己的这种情感有过多次的自责。这种自责至今还不时地撞击我的心灵。我知道，我们的身上似乎都背着一个或几个枷锁，我们的姓名后面大小都挂着个“长”字，既有社会责任，又有家庭义务，但感情这个东西往往让人很难说清楚。说起这些来，我真感到有点儿脸红。奇怪的是，每一次的自责之后，伴随而来的是更强烈的思念。每次见面后，哪怕是听到你只言片语，对我而言，心里就能得到一种安慰，得到一种平衡。

你到区里工作后，我们见面的机会比以前少多了，而且每次见面时除了聊工作的话题，涉及其他方面的话几乎没有了。我多么想让你问问我冷不冷呀、热不热呀这样的问题。这究竟意味着什么，我曾苦思冥想，也没有找到一个令我满意的答案。

你在仕途上正春风得意，我不是那种自私的人，我会为你的名誉和发展而考虑。我只是想到如果我心上的火焰熊熊燃烧起来的话，请你手里千万不要提着灭火机。

感谢老天爷使我们有了相识的机会，我有幸有你这样一位战友、领导、兄长， 我感到安全、幸福，感到未来的日子里会更有奔头。

华文，我不想追求形式上的所谓合法化， 只要有心灵深处的默契和沟通，我就心满意足了。在中国这片古老的土地上，那些满嘴仁义道德的伪君子，我们屡见不鲜，更加令人讨厌的是那些没完没了的空洞的说教和没有人情味的诱惑，我认为追求更高层次的精神满足和欢乐将是人类文明的一个标志，在这方面，将来的某一天，是否需要补课，当今的人们似乎都没有认真去想或不愿意去想，甚至是不敢去想。

人的情感是能够控制的，这大概就是人类和其他动物不一样的地方。但当一个人陷入情爱深渊的时候，据说智力迅速下降，自控能力也会达到冰点。每每想到这些，我心里就有点儿害怕，不知道你能不能给我开个药方子，治一治我的这个心病。

我从来没写过这么长的信，但我相信你会读下去的。写到这里，我的心乱得很，此时此地，只有我一个人，夜静极了，我多么希望你能出现在我身旁，哪怕是轻声的问候或是无言的注目。

华文，我知道我信上写的不是一个当代公社书记应说的话，我是不是有点儿神经了？没有，我很清醒，也很理智，也不是小资产阶级情调。这些话只能跟你讲，我太相信你了，我也真心地思念你，期待着你……

我就要上床休息了，缤纷的思绪刹那间凝成一个你，瞬间幻化成的还是你……

晚秋

这封信，她没有签名，也没有写明具体日期，几乎是一气呵成。她又从头到尾仔细地读了一遍，在那素素的白信纸上，有她幸福的期待和热烈的向往，也有他温柔的显露和深沉的呼唤。她找了一个大信封，把信叠好装了进去，在信封上写了“白区长收”几个大字。尔后很小心地把这封信放进了她准备参加贫代会时带的一个皮箱里。

她躺在床上，一点儿睡意都没有，一会儿感到很轻松，紧接着又感到有负担，写好的这封信究竟送不送给华文，她又犹豫了起来。从走出校门，特别是提干后，她始终严于律己，宽以待人，自尊自强一直是她不懈的追求。但这次，她的心灵遭到炽热感情的冲击，起起伏伏的内心有一种奇妙的感觉，这种感觉又强有力地支配着她的思维。但她的心里还是纠结，她从床上起来，从皮箱中取出那封信，她把写有“白区长收”的那个信封撕掉了，换了一个没有写字的信封，这封信成了无写信人签名、信封上也无收信人姓名的有点儿特别的信。她还是想把信送出去，她想看到欢乐，想尝到甜蜜。当然，这需要她鼓足勇气，需要和自己多年形成的世俗观念和习惯思维做持久的抗争。此时她想得最多的是，人不能活得太累，要敢于驾驭自己的情感。

她躺在床上不感到局促不安了，慢慢地进入了梦乡，脸上荡漾着幸福的微笑。

第二天一早，她起床后走到了院中，红澄澄的太阳撞响碧蓝的天幕，晚秋的黄树叶纷纷扬扬落下，大地呈现出一片金黄的色彩。她顺手捡起一片很大的黄树叶端详着，心想，这落叶和落红一样，都不是无情物。一阵轻风吹来，她感觉有点儿凉，回到了宿舍。她在镜子前梳理着自己的头发，镜子里的自己还是青春焕发，还有女人夺目的光彩，她笑了，笑得很自信。

到市里参加贫代会时，她还想到报社看望一下自己的老同学。上次开现场会时，老同学让她写篇文章，准备在副刊上用，她拿出那首诗——《喇嘛湾遐想》，又改动了几处，想把这首诗给老同学，让他改一改，看能不能用。她又拿出了喇嘛湾公社准备在贫代会上发言的那两份典型材料，她逐字逐句地看了一遍，在关于"铁姑娘突击队""万里千担一亩田"那份材料上，她加了一段话："在区党委的直接领导和关心下，每个铁姑娘都以愚公移山的精神，下定决心，排除万难，终于迎来了胜利的曙光，特别是市委巴书记亲自接见'铁姑娘突击队'队员，更加激发了大家的革命热情。姑娘们摩拳擦掌，纷纷表示，要把闪光的青春献给社会主义革命和建设事业。"

在《王红小是如何蜕变为坏分子》那份材料上，她也加了一段："我们对一个事物、对一个人的认识总是有个过程，王红小变成人民的敌人也有个过程，从量变到质变，他干的一件件坏事，就是个量的积累过程。积累得多了，性质就变了，他终于走到了人民的对立面。革命不能那样文质彬彬，温良恭俭让，对他，我们必须实行专政，这是反映了喇嘛湾公社广大贫下中农心愿的一件大事。社员们知道了这个事情后，奔走相告，都说是给当地除了一害。"

修改完两份典型材料后，她又看了一下自己写的那首诗。尽管用了心，但仍怕报社那些文人们笑话。不过先让老同学看，他要认为过不了关就打住了，别到副刊编辑那里丢人现眼。

第二十四章 / 在贫代会期间 /

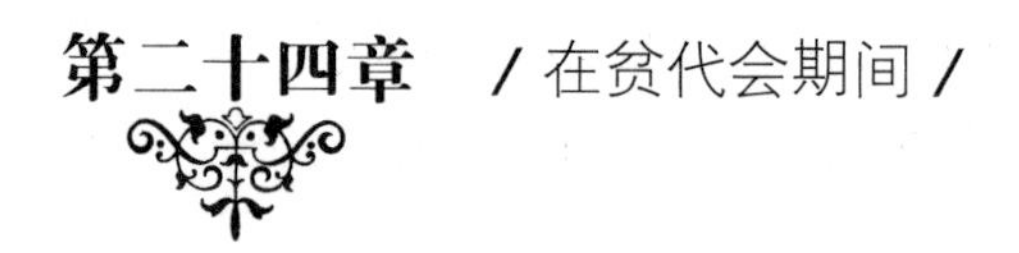

我们都渴望命运的波澜，但慢慢地才发现，人生最绚丽的风景线竟是自己内心的从容。我们不懈地努力，企盼外界的认可，到最后才知道，世界是自己的，与他人毫无关系。

“三秋”工作开始前，向阳区就根据市委的指示，拟在冬季到来前召开全区贫下中农代表会议。区党政有关部门很早就着手筹备这次会议。白华文对召开这次会议十分重视。一是自己当区长后，这是参加的一次比较大型的会议，作为行政一把手，又是新提拔上来的，是一次难得的亮相机会，绝不能掉以轻心。二是自从在喇嘛湾公社发生王红小被打事件后，对“贫下中农”这个词十分敏感，有时听到后还有点儿紧张，生怕在这方面给别人留下什么把柄。在一次筹备会议上，白华文强调指出：“大家都知道吧，我们国家的国体是工人阶级领导的，以工农联盟为基础的人民民主专政的社会主义国家。人民民主专政的本质是人民当家做主。这个也可以讲是我国的国家性质。这里提到工农联盟里的‘农’就是农民，而其中的贫下中农正是我们党和国家所依靠的对象，是革命队伍中真正的中坚力量。大家在理论上有这个认识的高度，就会在实践中自然而然地亲近贫下中农，依靠贫下中农，在农村的工作中就会有方向，就不会犯错误。”

白华文除了讲会议的重要意义，还讲道：“为了开好这次会议，一定要有一个好报告，既有理论高度，又有可操作性，让代表们能听得懂、记得住，而且还要有号召力。这就要求我们的‘笔杆子’早点儿动脑筋，要深刻领会中央和省市有关文件的精神，要反复研读，掌握实质。还要搞一些调查研究，结合我们区里的实际情况，有的放矢地提出今后工作的思路。再一点是要组织好典型发言材料的起草和审阅工作，这个工作虽以公社为主，但我们不能置之度外，从一开始就参与进去，注意典型发言的引导性，通过典型经验的介绍，带动我们区里各项工作顺利向前开展。关于这次会议的伙食标准，区委已定了，要高于‘三干会’。搞会务的同志们要辛苦一些，提前和宾馆协调好，让代表们吃好住好。”白华文还就大会期间成立的秘书组、会务组、保卫组、文化娱乐组的职责范围谈了自己的意见，还宣布了各组的组长人选。

“三秋”工作基本结束后，向阳区委、区政府联文下发了《关于召开向阳区贫下中农代表会议的通知》，在这个通知中，除了通知开会的日期和报到地点，还对各个公社、区属单位的代表名额、需要准备的典型发言的材料都做了具体安排。

时间过得真快，转眼又听到了南飞大雁的叫声。

明天就是贫代会的报到日期，当晚，李静又把前几天写好的那封给白华文的信看了一遍。她很小心地把它放在了典型发言稿的中间。第二天一早，各大队参加贫代会的代表陆续来到公社。九点多钟，大会来接代表的大轿车驶进了公社院中。不到中午十二点，以李静为首的喇嘛湾公社的代表们来到了宾馆，在大会会务组报到后，每个代表都拿着自己的物品向住宿的西三楼走去。李静被分在三〇八房间，是个单人间，卧室外有一个比较大的客厅，便于会期全公社的代表们在一起讨论。

吃晚饭的时候，李静看见了白华文和其他几位领导同志，但谁也没有跟谁打招呼。

区里与会的党政领导都住在了北二楼。晚上九点钟，在北一楼会议室召开了预备会议。李静参加了会议。会议由白华文主持，他向与会的同志们讲了这次大会的重要性、议事日程和注意事项。接着大会几个组的组长讲了各自承担的大会期间的任务以及联络地点。同时都讲到代表们有什么意见和要求，要尽快反馈给大会，从而保证会议的圆满成功，争取做到让上上下下都满意。

预备会议散会后，李静走到白区长面前，两人轻轻地握了一下手，李静对白华文说："咱们公社那两个典型发言稿已经印出来了，我想麻烦你一下，再给把把关。"她又放低声音说，"里边还有我写的一点儿东西。"还没等白华文回答，她就从书包中取出典型发言稿（中间夹着那个大信封）交给了白华文。白华文接住那些材料的一刹那，看见李静的脸一下子红了，可她转身就走了，也没有再回头。

华文回到宾馆二楼自己的居室后，首先从那个大信封中抽出了那封信。他展开一看，是李静写的，他认识她的笔迹。他迅速地把那封信看了一遍，然后有点儿不知所措，像是浇了一头雾水，拿信的手还有点儿抖。他不时地向卧室的门看去，似乎怕有人进来抢走了那封信。他茫然地坐在了沙发上，一会儿把信装在自己的上衣袋里，一会儿又掏出来看几眼，脑袋里全是信上的话，他心里暗暗想：这个李静啊，你怎么想起写这样内容的信？

他很快决定这封信不能保留，无论对自己还是对李静，保存下来后患无穷，万一让别人看到，到时跳进黄河也洗不清了。他又一时不忍心把它毁掉，信上除了表露的李静的心思让人尊重，那通篇的散文味道也真让人爱不释手。但一看见那白纸黑字，他就心虚，他很不情愿地走进卫生间，把那封信烧掉了。他看着那封燃烧的信全变成了纸灰才离开。他没有脱衣服，也没有打开床头照明灯，只是脱了鞋，躺在席梦思床上。他刚躺下，电话铃响了，是二兰打来的，问他晚上回家不回家。他告诉二兰，大会领导小组决定，为了保证会议达到预期目的，区里所有与会的负责同志在会议期间一律不准回家，与贫下中农代表们同吃、同住。说完这些，他又安咐二兰："这一星期，我不在家，你督促孩子们按时完成作业，早晨注意叫醒他们，不要迟到。"二兰在电话里没好气地回了一句："你的指示有完没完，我又不是后妈！"

第二天上午九时整，在《社会主义好》的乐曲声中，向阳区贫下中农代表大会隆重开幕了。会场正门不远处两个大红气球吊挂着两幅大标语："向贫下中农学习！向贫下中农致敬！"白区长以洪亮的声音宣布大会开幕。接着从会场两侧的门里走进两队少先队员，他们在小号的引导下，随着击打的鼓声节拍来到了主席台上，他们先向主席台就座的各位领导敬了礼，尔后向后转向全体贫下中农代表敬礼，接着齐声朗诵了贺词。少先队员们退出会场后，区委书记做了《紧紧依靠贫下中农，为建设社会主义新农村而奋斗》的报告，市委巴书记参加了开幕式，他没有讲话，坐在主席台上纹丝未动，很认真地听完了向阳区委书记的报告。

白区长接着讲了几句话，他首先讲道："市委巴书记在百忙中参加我们的会议，这是对我们向阳区各项工作的支持和关心，让我们再一次以热烈的掌声表示感谢！"会场内响起了雷鸣般的掌声。他又说："刚才区委书记的报告很重要，下午我们分组讨论，在讨论中，我们要自觉地遵从党在农村的阶级路线，为把各个大队都建成社会主义革命和建设的坚强堡垒出谋献策。"上午休会后，巴书记和全体代表一起照了相。

大会第三天是典型发言。李静听了一天的大会典型发言，感到有点儿累。晚上市文工团要给代表们演出，她不打算去看了，想要早点儿休息。晚饭前，她看见白华文向着宾馆的东门走去，身边也没有人，她紧走几步，赶到他身后喊了一声"区长"。白华文扭回头一看，她笑了一下又问："我给你的那些材料你看了没有？"白华文没有回答，只是笑了一下。

她心里已知道华文已看到那封信了。白华文跟她说："我出去买几盒烟，一会儿就回来。"

李静又问："今天晚上市文工团有演出，你去看不看？"

白华文说："他们演的节目我看了多次了，我已经把票给了宾馆的服务员了。"

李静一听，喜上眉梢，好像浑身添了不少劲儿，一下子打消了晚上想早点儿休息的念头。她大着胆子说："晚上，我也不去看演出了。你要没事的话，九点钟到西楼一下，我在308号等你，有点儿急事，想和你商量商量。"她看着白华文听后的表情，只见他前后左右扫了一眼，也没回答行或不行，一个人向着宾馆门外走去。

白华文买了几盒烟后，回到了北楼。他点燃了一支烟，边吸边想："李静找我要商量什么急事？万一她……"他没有过多地往其他的方面想去，倒想起了巴书记曾对自己说过的一段话："在革命征程的风浪中，一个干部要想成长，一定要把好三个关口，或者叫看住自己三个地方：一是看好上边的脑袋，别胡思乱想，要一个心眼跟着党走，要懂得党的规矩，在方向上、路线上不要有差错，这是指政治方面。其次是管好中间的手，看见了钱财，不要乱伸手，乱伸手，终将被捉住，这是指经济上不要犯错误。第三个就是管好下边的一个地方，不要随便解裤带，不要中美人计，这是指生活作风方面。把住了这三个关口，就会有进步，就会有前途，否则就可能身败名裂。"这些话像一根定海神针一直牢牢地钉在了他心里。他没有把这话当耳旁风，多年来，他一直记着巴书记的嘱咐，和李静这么多年在同一个战壕里工作，从来没有过"近水楼台先得月"的闪念，彼此的相处是一张白纸，一尘不染。

如今两人都提了干，说明过往的日子彼此拿捏得还是不错的，但今晚他对自己有点儿怀疑，真的走到她面前，自己还能不能保持往日的冷静和克制。多少年来，在李静面前，他表现出的是谨小慎微、坐怀不乱，其实他自己清楚，有时在梦中，有时在深夜，有时碰上了苦恼之事，脑子里总会出现她的身影。他心里说："李静她曾多次试探，让我理解她，让我不要把她忘却，她可能也不希望我在她的情感面前一次又一次地停步，我也不应该失去她那份真心和挚爱。”

李静也在想：“我约人家来，到底想干什么，自己似乎也不清楚。难道我是不甘心那种一眼望到底的生活吗？难道我想释放一下困顿太久的冲动和渴望吗？还是想编造一个疯狂的故事，或者想确定一下彼此感情的可燃度和含金量吗？我是不是正从梦中走来，向他昭示自己的一片天空？我是不是要敞开心灵的门扉，等待着他撞击和撞击之后的回声？我眼睛的底片袒露着，好像是茫茫的海洋，等待着曙光和曙光之后的美丽的显影。”

人类情感的海洋，当一一堵住它的出口时，它会以怎样的疯狂暴涨升腾，又会以怎样的力量横冲直撞，迸发出内心的烈火，直至它冲破了堤岸，裂碎了河床。但李静和她这一代的许多人一样，对于男女之间的事，有着某种天然的警惕，仿佛身边总站着一个凛然的监督者，无孔不入，无处不在，时时刻刻在监视着自己，在不动声色中将人的本能歪曲成一种道德的堕落和天理不容的罪恶。可是，人类的繁衍和演变，人世间的斑斓色彩，正是由这些呼唤人类本能自然释放的男男女女所演绎的。

女人情感的闸门一经打开，是很难有力量抗拒的，它会像洪水一样一泻千里，足以冲走一切犹豫和恐惧。

李静打开水龙头，冲了个澡。她洗得很认真，那些敏感的部位，她洗了又洗，擦了又擦，还不时侧着头对着镜子照一下。她抚摸着自己挺拔的前胸，一股热流流遍了全身。她擦干了身上的水珠，穿上那件特意带来的浅粉色连衣裙，坐在沙发上听起了收音机。不大一会儿，她听见了敲门声。门打开后，一股热气伴随着她熟悉的男人味卷了进来。白华文坐下后，除了看到李静庄重美艳的外表，更被她眼睛里流淌的万种风情所惊讶，他抿抿嘴说：“你打扮得这么漂亮干啥去呀？”李静听后笑着回答：“我真的漂亮吗？我还是第一次听你这么说。我什么事也不干，只有一件事，那就是等你。”她边说边走到白华文面前，不知道哪来的勇气，她想抱一抱白华文。白华文此刻也站了起来，她终于让自己的红唇贴住了白华文还想说话的嘴。

起初一刹那，白华文感到有些突然，但接触到她那滚烫的嘴唇，他的身子一下子轻得好像要飘了起来，马上又重得像一座巍巍的高山，他没有了往日的沉静和斯文，像一头咆哮的狮子，拦腰抱起了李静，把她放在了床上。他的心狂跳着，一股不尽的激情在胸膛里漫过来又卷过去。李静微眯着双眼，酥瘫在床上。白华文三下两下解除了自己的“武装”。一对彻底忘却世界存在的男女融为了一体，如同从两个灵魂中一起飞出两只快活之鸟，哗哗展翅要奔向奇乐无比的天宇。

华文喘着粗气，赞美着李静的柔软和温热。李静感到体内深处一股热流不停地向外涌动，整个身子像似一片羽毛，轻轻地飞上了天空，一会儿又像一条鱼在水中流动。热血的喧响和生命的喘息震撼着她的胸腔，她感到五脏六腑全被掏空了，她脑中一片空白，她无法控制自己，不停地呻吟，她感到自己是人间最幸福的女人。这里没有男女之间移情别恋的责备，有的是两人几十年情感累积而酿成的自然结局……

李静从床上坐了起来，眼里噙着忘情的泪花。她看见白华文全身汗津津的，开着玩笑说：“看把你吓的，都出了一身冷汗。”

白华文说：“这可不是冷汗，全是热汗。”

李静摸了摸他身上的汗又说：“哎哟，这么多年了，我终于得到了那匹小小的蒙古马了，我也给了你那块大大的牛奶糖了。”

白华文穿好衣服，像个犯了错误的小学生，端端正正地坐在沙发上。李静躺在沙发上，头枕着白华文的一条腿，显得宁静而陶醉。她说：“这么多年了，咱们都知道彼此心里有对方，可总是躲躲闪闪，怕别人说长道短，活得很累。我们都渴望命运的波澜，但慢慢地才发现，人生最绚丽的风景线竟是自己内心的从容。我们不懈地努力，企盼外界的认可，但到最后才知道，世界是自己的，与他人毫无关系。”

白华文也连连说：“今晚我太高兴了，我会珍视这迟到的爱，赞美这晚开的花。”

第二十五章 /过春节/

春节承载着中华文化的血脉和精华，推动着中国文化不断向前发展，热热闹闹过春节的观念已融入每个中国人的血液里。

贫代会闭幕后，白华文打算在各个公社掀起一个农田水利基本建设高潮，把冬闲变成冬忙，可提前到来的一场大雪使他的这个想法泡了汤。

下雪的那天，他心里一直感到很不安。黄昏时分，纷纷扬扬地下了一天的雪终于停止，沉沉夜幕下的大千世界仿佛凝固了，一切生命都悄悄进入梦乡。他惦记着社队的牛羊，由于雪厚，不能再到野外放牧，今冬明春的草料是否够喂。他想等几天，到下边看看灾情。

二兰从小喜欢雪，总感到雪是天降的书信，渗透着一种美好的情绪，把欢乐播撒给雪天里生活的人们。每当她看到晶莹的雪花飘落下来，总会涌起浪漫的情愫。天放晴了，她跟白华文说："今天正好是星期日，难得有这么好的雪景，咱们领上孩子出去照几张相吧。"

华文听到皱了皱眉头，想说点儿什么，但话到嘴边又咽在了肚里，他看见孩子们兴致很高，朝着二兰说了句："要出去就早点儿走。"说完披了一件大衣走到了院中。

一家人来到了人民公园，孩子们玩得很开心，二兰给照了不少相，她也仿佛回到了孩童时代。只是白华文心不在焉，心里不由自主地想着这雪灾可能给各社队造成的经济损失。

快到中午的时候，他又听见了二兰的声音："都一上午了，玩得挺累的，咱们就在外边随便吃点儿吧。"

华文看了一下表，什么话也没说，拉着女儿的手向公园北门走去。

一家人来到了离公园不远的天一香饭庄。刚坐定，二兰看了一眼白华文，又摸了摸两个孩子的头，笑着说："今天中午，一人要一个菜，挑自己爱吃的。"

白华文马上接话："那我就要一盘山药尖尖炒羊头肉。"儿子要了一盘鱼香肉丝，女儿要了一盘糖溜山药，二兰要了一盘炒鸡蛋，又要了一斤水饺。也许是玩得有点儿饿了，全家人吃得挺香。在回家的路上，白华文跟二兰说："明天我要到公社查看一下灾情，腊月二十三那天回来，咱们一起过小年。另外，我想今年咱们回乡下过年，老人们都快七十岁了，他们也盼望咱们回去。"

二兰一听忙说："这个主意好，乡下过年比城里有意思。我最近置办些年货，咱们三十那天走。"

过小年那天，白天华文向区委汇报了他下去了解到的雪灾情况，回到家晚了一些，二兰和孩子们都等着他。看见他回来了，孩子们十分高兴。他刚坐到餐桌旁，二兰就把一大盘炖羊骨头端在了桌上，随后又端上一盘麻糖，说了声："你们先吃吧，别等我，我去下饺子。"

白华文看见麻糖后，笑着跟孩子们说："不知你们清楚不清楚，今天为什么要吃麻糖？旧时，有个说法，灶王爷今天要回天上去，向玉皇大帝汇报人间的情况，凡间的人们给他吃上麻糖，让他嘴甜心甜，上天后尽说好话，免得玉皇大帝责怪人间。过去有副对联‘上天言好事，回宫降吉祥’讲的就是这个传说。”

此时，二兰把饺子端在了桌上。她刚才听到了白华文说给孩子们听的故事，也插了一嘴：“我看呀，不用给他麻糖吃，灶王爷也会说好话，报喜不报忧，原因是领导们都爱听好听的，那玉皇大帝也不例外。”她笑着看了一眼白华文又说，“你说我说得有没有道理？”

华文微微抬头瞅了一眼二兰，对孩子们说：“看你妈扯到哪里去了，咱们不谈这个了，快啃羊骨头吧。”

第二天上班后，区委书记来到华文办公室，两个商量了一会儿。决定近日开个团拜会，党政部门干部全部参加，省得过节时你来我往，搞得大家都很累。在团拜会上，大家互相拜拜年，还可以回顾一下即将过去的一年取得的成绩，展望一下来年的发展前景。

腊月二十九上午十点钟，团拜会在区招待所大餐厅举行。区党政干部门喜笑颜开围坐在几十张餐桌旁，桌上摆放着瓜子、糖果，餐厅的服务员不停地给大家倒着奶茶。白华文在会上讲了话。讲话快要结束的时候，他提高嗓音说：“春节承载着中华文化的血脉和精华，推动着中国文化不断向前发展，热热闹闹过春节已溶化在每个中国人的血液里，过春节既凝聚着我们的情感，又展示着我们的思想内涵，我们盼望农历新的一年风调雨顺，五谷丰登，祝愿我们伟大的祖国一日千里，繁荣昌盛。在此，也给大家拜个早年，祝愿大家春节愉快，全家幸福。”随着热烈的掌声，白华文向大家点头致意。

腊月三十上午，白区长一家人回到了老家。他和父母说了几句话，就张罗着写春联，二兰帮着叠剪红纸。准备往大门外贴的对联写着“好人好运好前程，新春新岁新景象”，横联是“万事如意”。他又和孩子们在当院垒起了一个大炭旺火堆，把刚才写的“旺气冲天”红联贴在旺火堆上。华文回到家后，连一口水也没顾上喝，写贴好对联后，又在院中和大门口挂上了红灯笼。临近中午的时候，他又领着儿子到祖坟扫墓。

当家家户户的红灯笼亮起的时候，他们三代人围坐在炕桌边吃着饺子。其间，二兰提醒两个孩子给爷爷奶奶拜年，两个孩子站在地下，给爷爷奶奶点了头，并齐声说道："祝爷爷奶奶健康长寿！"两位老人要给孩子压岁钱，两个孩子看着他们母亲，不知道该不该要这钱。二兰对着孩子说："拿上吧，爷爷奶奶给的压岁钱能避邪。依照多年流传下来的习俗，这除夕之夜不睡觉，叫熬年。为什么熬年？为什么给压岁钱？这有个说法的。以前，有个叫'祟'的小妖，每年除夕夜里出来，专门残害熟睡的小孩，人们怕祟来伤害孩子，于是整夜点灯不睡，守在孩子身边，这就叫守祟。据说一户姓管的人家，为了防止祟来伤害自己的孩子，用红纸包了八枚铜钱，放在已熟睡的孩子枕边。半夜里，一阵阴风吹过，又黑又矮的祟正要摸向孩子的头时，突然孩子枕边迸出一道金光，祟被吓跑了。后来，这件事被传扬开来，大家纷纷效仿，在除夕夜用红纸包上钱给孩子，祟就不敢再来侵扰了。由于祟与'岁'同音，慢慢地'压祟钱'就被称为'压岁钱'了。"两个孩子听得津津有味，一个说："今晚我可不睡觉了。"另一个说："睡也不怕，把爷爷奶奶给的压岁钱放在枕边就行了。"

饭后，二兰把从城里给公公婆婆买的新衣服和鞋袜取了出来，让两位老人穿上。还没到夜里十二点钟，村里就有人点燃了旺火，燃放的花炮声此起彼伏。白华文也点燃了院中的旺火 ，从城里买回的烟花爆竹燃放了一个多小时。全家人都围着旺火，伸着手烤着。两位老人看着儿孙满堂，日子过得红红火火，心里乐得像开了花似的。二兰从院中回到家里，又拿火炉钩子撴了撴炉子，她拿了几个山药蛋放在炉盘下边的炉灰中。

白华文看见了诧异地问："你又在烧山药。大年时节的，吃那个东西，不怕人们说你没风水。"

二兰笑了一声说："你不知道，我是农民出身，一辈子离不开这山药蛋。"

吃安神饺子时，白华文父亲说的话让大家久久回味："过去，我和老人们也年年垒旺火，迎财神，头不知道磕了多少回，求拜的话不知说了多少遍，可日子越过越穷，那财神爷总也不进咱们家门。一直到新中国成立，咱们才有了地、有了房，过的日子一年比一年强。那个财神也是个势利眼，专门往有钱人家跑，看来，财神是靠不住的，靠得住的还是咱们的党。”

从回到家后，白华文忙个不停，又一夜未合眼，有点儿累，本想饭后躺一会儿，没想到宝塔公社的书记、主任和党委秘书走进了院中，他感到有点儿奇怪，这次回家过年，他只和办公室说了一下，他们是怎么知道自己回来的？还没来得及找到这个问题的答案，三位客人已经进了屋。党委秘书把肩上扛的一个大袋子轻轻地放在大柜前，彼此寒暄了一会儿，白华文又详细地问了一下他们公社春耕的准备情况。临走的时候，白华文又问："那个袋子里装的什么？"

公社主任笑嘻嘻地说："这不是给你的，是我们给大爷大娘的，是一只白条羊。"

白华文皱了一下眉说："这大过年的，我也不想说你们什么，只是这只羊，我要替老人们付钱，不然的话，麻烦你们再扛回去吧。"

公社的这几位领导都知道白华文的为人处事，你看着我，我看着你，谁也没有吱声。

白华文又问："这只羊多少斤？"

"四十八斤。"党委秘书回答道。

"那好，我知道每斤的价钱。"他边说边走到柜前解开了系口袋的绳子，一看，里边还有香烟和瓶装白酒，他有点儿不高兴地说，"看你们，又在搞什么名堂！"略停顿了一会儿，他又说，"今天是正月初一，见面都应该说吉利的话，这些东西等于你们跑腿给买来的，我应该感谢你们，但买东西的钱我必须付，这样对你们也好，对我也好。你们说对不对？"他边说边从衣袋里掏出八十元钱给党委秘书。党委秘书看了一眼书记，把钱接住了。

临走的时候，白华文又跟他们说："这种事以后别办了，弄得你们也麻烦，我也麻烦，何苦呢？白吃白喝的东西，吃下去肚子要痛的。”

公社几位领导走了不长时间，宝塔大队支书和大队长进了院，还没进屋，白华文就听到了大队长的喊声：“华文哥，我们来喝你的酒了。”一进屋，没等让就脱鞋上了炕。

华文笑嘻嘻地看着他们。

大队长开口了：“华文哥，咱们从小耍大，后来你一走，当了干部，官越当越大，可我们这些人，还在和土圪拉打交道。不过，人比人比死人，说起来我们也不赖。你在全区一声喊到底，我们在咱们村也是说一不二的。”说到这里，他看了一下二兰，忙说，“嫂子，你看我东一句西一句，瞎说了些什么，打架忘了拳了，我们是来喝酒的，华文哥一定拿回了好酒，你给我们随便弄几个凉菜，让我们痛痛快快地喝几杯。”

华文只是笑着，什么话也没说。二兰从碗柜中拿出一瓶汾酒，刚放到桌上，整的凉菜还没端上，大队长就打开瓶盖自斟自饮了一杯，连连地说：“真是好酒，真是好酒，杏花村名不虚传。”

凉菜上桌后，白华文给大家斟满酒举起杯说：“咱们难得一聚，祝你们工作顺利，祝咱们村百业兴旺！”

饮酒间，大队长跟白华文说：“你的衣包子掉在这里，你不忘故乡，故乡的人也不会忘你。前几天，我们几个大队领导碰了一下头，准备让你姐夫当脱产树林委员，他是区长的姐夫，这政治上肯定可靠，人家又勤快老实，当个树林委员，顺理成章。”

听到这里，白华文说：“我昨天才回来，这个事我还没听说。这个问题不是我姐夫有没有当树林委员的资格，只是你们说的前提背景我不大赞成，区长的姐夫政治上就一定可靠吗？这种想法本身就不科学。所以，这件事我建议你们缓办，我相信你们会尊重我的意见。”

支书看了一眼大队长，慢条斯理地说：“他刚才说的只是我们的一个初步想法，还没形成决议。其实，我们并没有考虑你的因素，主要是你姐夫人品好。”

大队长一听有点儿急，抢着说：“你又在说假话，那天是你首先提的，你说华文现在当了区长，咱们也帮不上什么大忙，把他姐夫提到大队当个委员，区长有了面子，咱们也秃子跟着月亮走，也沾个名气。”

华文怕他们俩争吵起来，忙说：“咱们喝酒吧，来来来，干一杯。”三人一饮而尽，华文又说，“刚才我说的话还留有余地，叫缓办，听你们俩一争辩，我想这个事千万不能办。不是说我姐夫不行，是影响不好，你们在这个问题上不要再操心了。”

很快，两瓶汾酒底朝天，大队长还在要酒，二兰走在桌前，笑着说：“你可真是酒精(久经)考验的干部，不是没有酒，怕你们喝多了，影响身体。明天再来喝，行吧。”说完，扭头给大家端上一小盆汤。大队长瞪着眼睛一看，汤淡绿淡绿的，盆底有两个像沙鸡一样的鸟，一股清香的气味钻进了肚里。他忙问：“这是什么汤。”

“这叫飞龙汤，是宫廷食品，很讲究的。那鸟叫松鸡，是专门吃子籽长大的。”

二兰说完后，大队长眯着眼睛喝了一口，对着支书说：“好香，一股松子味，今天咱们可尝鲜了。”

二兰一边给大家上茶水，一边收拾着桌上的酒杯碗筷。她看出白华文已有点儿不耐烦，对大队两位领导说：“待一会儿，我跟你们华文哥准备到他姐姐家走一走，咱们改日再聚。”

下午，全家人到了姐姐家。这天晚上，是在姐姐家吃的饭。

初三上午，他们回到了城里，本想休息一下，可不大一会儿，不少科局干部来拜年，走了一拨又一拨。来的干部虽然在团拜会上见到了白华文，但不来家里走走，总觉得心里不踏实。二兰忙着给递烟倒茶，华文也问长问短。好容易在午后一点多钟，没有了来人，他俩赶紧出了门，相跟着去看望巴书记。

第二十六章 / 在农机厂调研 /

“对一九八〇年基本实现农业机械化”的号召，我们不仅要大张旗鼓地宣传，还要采取切实措施贯彻执行，对此心存疑虑或掉以轻心都是错误的。

元宵节刚刚过去，白华文到市里参加了一次重要的会议。会议传达了一份文件的精神，主要内容是号召全党全民立即行动起来，为一九八〇年基本实现农业机械化而奋斗。为此，国家还设立了农业机械部，专门抓这项工作。白华文从小在农村长大，以后又一直在农业第一线工作，对农村生产力发展水平了如指掌：农民背负蓝天面朝地的劳动情景，多少年基本上没有太大的变化，镰刀、锄头等劳动工具也不知道延续了多少年代。听到要实现农业机械化，他心里当然很高兴，但一算计，离一九八〇年还剩下十四五年的时间，这么短的时候，基本实现机械化谈何容易。他脑海中闪过一个念头，这是不是又是一个异想天开的计划。但这个想法在他脑海里盘旋了仅仅一刹那，他很快自己否定了自己的怀疑。上边站得高，看得远，统筹全局，发出这个号召绝不是无的放矢。自己作为一级政府部门的领导，对上级的指示要紧跟照办，否则轻则要挨批评受处分，重者有可能被打入另册。

第二天上班，他在区长办公会议上传达了上边的会议精神，让大家先讨论，然后研究区里的落实方案。与会的同志们讨论得很热烈。对基本实现机械化的标准，大家认识比较统一，即起码从耕、种、管、收、运、贮等多个环节基本上不用人工了。但对一九八〇年能不能实现这一目标，大家心中没底，表示还得由以后的实践来证明。针对大家普遍心存疑虑，白区长反复强调："对一九八〇年基本实现农业机械化的号召，我们不仅要大张旗鼓地宣传，还要采取切实措施贯彻执行，对此心存疑虑或掉以轻心都是错误的。我们应该做的就是要一步一个脚印，掀起一个抓农业机械化的高潮。"

会议决定，组建向阳区农牧业机械化工作领导小组。白区长任组长，区财政局、工业科、农业局。信用社、供销社、扶贫办各抽一名负责同志到领导小组。办事机构先设在农业局，建议区党委尽快研究决定，成立农牧业机械化管理局，专抓这一工作。

另外，经过调查研究，尽快制订向阳区的实施方案。眼下，要不等不靠，先找个工作的突破口，造点儿声势。真抓实干起来，思路就会越来越开阔。

鉴于去年区农机厂试制成功了二十四行小麦播种机，试验了一下，效果不错。今年先从抓小麦的机播下手。把社员从锹铲小麦这种强度很大的劳动中解放出来。

在会议结束的时候，白华文又强调说："我们工作的突破口已经选好了，这个工作的关键是加大农机厂的生产任务。我准备到农机厂搞个调研，也可能开个现场办公会，有关部门都要准备一下。只要我们上下齐努力，这实现机械化的第一炮一定会打准打响。"

星期六那天，虽然早春的天气还很冷，但风尘儿未动，是个大晴天。还没到上班时间，白华文和区有关部门与会同志就来到厂里，厂长和一些厂中层干部已提前在厂门口迎接。厂领导原以为区长要先听工作汇报，厂长正示意厂办主任领着大家往会议室走时，白华文说："我们先到车间转一转吧。"

大家在厂长的陪领下，先后在铸工车间、金加工车间、总装车间转了一圈，实地了解了一下生产情况。在总装车间，白区长站在一台组装完毕的播种机旁，详细地询问了机械的性能、适合操作的土壤、牵引动力要多大以及一亩地下多少籽种等，厂生产科长一一做了回答，白华文边听边点头。

区农机厂是个不大的企业，全厂职工三百多人，当接到白区长要来厂里考察的通知后，厂里十分重视。厂长专门主持召开了会议，反复强调了接待好白区长来厂考察的重要性。全厂职工用了半天时间清理了厂区的卫生，食堂管理人员专程到市里采买了水果和海鲜蔬菜。厂里还指定了专人端茶倒水，厂长和厂办秘书加班加点，准备了详细的汇报材料。

白华文从总装车间出来后，对厂长说："刚才有个同志跟我说，你们厂大门上拉挂了一条横幅'热烈欢迎白区长莅临我厂视察'，我进厂时没有看到。你们搞那个玩意儿干啥，我这个小小的芝麻官，既谈不到'莅临'也不是什么'视察'。区里和厂里，都是一家人，要心往一处想，劲往一处使，那横幅一挂就见外了，让南来北往的过路人一看，要给人家留下笑柄的，我的意思是把它尽快取下来。"说到这儿，白华文又拍了一下厂长的肩膀补充道，"我们的大厂长，你说我讲得有没有道理？"

厂长听后脸上的表情有点儿不大自然，他连连点头，并派人很快取下了那条横幅。两位工人扛着高梯取那横幅的时候，一位还开着玩笑说："看，咱们厂想把热脸蛋贴过去，结果遇到个冷屁股。"另一位说："你说得不对，人家区长不是咋咋呼呼的人，知道自己有多么重，也不看重那形式，这对咱们厂的工作也是个提醒。"

在往会议室走的时候，白华文看见一个门框上钉着一块"技术检验科"的牌子，他顺便走进了这个科。正要拿凳子坐下时，厂长赶了进来，向这个科的同志们做了介绍，大家马上站起来表示欢迎。白华文示意大家坐下，并笑着对大家说："你们这么客气，以后我就不敢来了。"接着又问，"你们哪位是科长呀？"

一个戴眼镜的站起来说："我是。"

"你是哪个学校毕业的？"

"我是工大毕业的，工作快八年了。"

科长回答后，白华文说："八年了，也是老资格了，工作不容易吧？"

科长听着这句似有点儿开玩笑的话，看着区长笑了笑，心里感到热乎乎的。

白区长环顾了一下全科的同志说："你们这么年轻，都是早晨八九点钟的太阳，前程似锦呀！"说到这里，他略微停顿了一下又说，"在座的都是搞技术和检验工作的，我想知道一下，从技术质量和工艺流程上看，你们厂批量生产播种机还有什么问题？"

科长看了一眼厂长，胸有成竹地说："从去年春天绘制图纸到造出样机，再到生产队实地试验，效果很满意。在小批量投入生产前，又做了一些改进。去年，省农机鉴定站对我们厂生产的播种机做了鉴定，认为产品完全达到了设计要求，同意批量生产，并在北方大面积推广。因此，从技术环节和我们厂的生产条件来看，已经不存在任何问题了。不过，万事俱备，还欠点儿东风。"

白华文一听，马上插问："你说的'东风'是指什么？"

科长迟疑了一下回答："我了解的情况不全面，说得也不一定准确，据说主要是购买原材料的资金还有缺口，另外销路方面也存在一些不确定的因素。"

今天本来没安排技术检验科的汇报，但白华文一个劲儿地问，科长有点儿左右为难，又怕说错，每次回答前都用探询的目光看着厂长。白华文已注意到了这一点，他没有再问下去，边往起站边说："你们的工作应该说做得到位了，也有信心，这就很好，咱们有时间再唠。"他向大家挥了挥手，随同厂长走进了会议室。

大家坐定后，白华文只说了一句话："咱们先听听厂里的情况介绍吧。"

厂长喝了一口茶水，向与会的同志扫了一眼，大家听到了他洪亮的声音："首先我代表我们厂全体职工热烈欢迎白区长一行到我们厂考察！对此，我们全厂职工感到非常高兴。"

白华文听了这开场白，皱了皱眉，抬头望了望会议室的天花板。

厂长从黑皮包里拿出了汇报材料，又喝了一口茶，看了一下白华文说："下面我准备汇报四个方面的内容：一、全厂的基本情况；二、今年的生产任务；三、关于生产一千台小麦播种机的安排；四、我们厂近期的发展目标。"

白区长听到这里，看了一眼厂长，说："我不是打断你的发言，你要讲的都很重要，我有时间也愿意听。今天咱们专门研究一下小麦播种机的有关情况，也就是你要说的第三点，其他的内容咱们改日再谈。"厂长听后点了点头。

白华文一边听厂长的汇报，一边做着记录，还思考着一些问题的解决办法。待厂长汇报完后，他已将要研究讨论的问题梳理成几个方面。他对大家说："一早，我们都到车间看了看，了解了厂里的生产情况，感受到了工人们的劳动热情。刚才，厂长又给我们介绍了有关情况，我听后感到很满意。厂里为批量生产质优价廉的播种机，已做了大量的工作。目前，从技术上看是没有问题了，设备上也没问题，销路前景也不错，易损零配件的供应也没啥问题，就是资金缺口大，影响了原材料的进货，使产品保证不了应季出厂。再一点，各大队购买时，能不能拿出现金，要是赊销那就会把生产厂子拖垮。这一分钱难倒英雄汉，厂长纵有七十二变的本领，恐怕也难变出来人民币。这个问题怎么解决，咱们先听听'财神爷'的意见。"

信用社主任耸了耸肩首先发言："我刚才听厂长汇报时，讲到厂里当下购买原材料尚缺八十多万元。如果厂里能保证产品销售后能及时回笼货款，我们可以考虑给厂里贷款。我们担心的是厂里不能按时还本付息，使贷款成为呆账，那就成了问题了。”

厂长针对这个问题说：“区里给我们下达生产计划时，曾口头答应每台播种机给补贴五百元，各大队购买时如果每台能及时付九百多元，这个问题就解决了。这一环扣一环，就看区里答应的何时能兑现，各大队的实际购买力是多少。”

白华文听到这里说：“听了你们的发言，缺资金这个疙瘩还没有解开。现在离清明节还有两个来月，机不可失，时不再来，咱们都不要纸上谈兵，既然已经找准了问题，那就看应该采取什么切实措施来解决它，不要隔靴搔痒，要拿出干货来。财政局局长谈点儿意见吧。”

区长点了名，财政局局长讲道：“在给厂里下达生产计划时，那个文件我们局会签过。当时我们进行过研究，决定从扶贫资金中给每台机器补贴500元现金。据我们了解，扶贫资金已下拨到市里，市里正在讨论分配方案，这个资金何时到我们区还是个未知数。为了不误农时，我们拟从局里掌握的支农周转金中切一块，先解决这个燃眉之急。扶贫资金到账后，我们再补回去。这个事下星期就可以办。”

厂长听后笑眯眯地说：“原先我们也不愁每台补贴五百元这笔款，我们最担心的还是生产大队自筹的那一部分钱。不少大队多年来有个错误的认识，一说农机具，就想白要，总以为那是上边无偿拨付的，让花钱购买比抽筋还难。”

白华文接着厂长的话说：“农民是不见兔子不放鹰的。关键是让他们认识到机播小麦除了省工省力，还能丰产丰收。这里有个宣传推广的问题。去年，你们厂子组织的样机试验，我也在场，不少公社大队的负责同志也看了，效果不错。今年，我看再选择一两个大队，由区里组织，召开一个规模比较大的机播现场会，让各公社、大队的头头脑脑们都到现场，把声势弄得大一儿。这样，我们经过几年的努力，播种小麦这一块就可实现机械化。”他还满含深情地说，“过去种小麦，还有个耧，前边是牲口拉着，近几年变成了锹铲小麦，还要顶凌播种，社员的劳动强度明显加大了，我看这是个退步。我们天天喊为人民服务，一到真需要服务时就掉链子，说起来真让人惭愧。关于大队应该出的那九百多元钱，农业局可摸摸底，在春耕前把每一个大队的真实情况掌握好，做到心中有数，届时和有关单位协调好，力争把小麦的机播工作搞得顺顺利利。”说到这里，他看了一下表，已快中午十二点了，他又说，“时间不早了，今天这个调研会开得不错，区办公室搞个会议纪要，草稿让农机厂、财政局、信用社、农业局会签一下，会签后把草稿尽快让我看一下，争取下周把纪要发下去。有关单位和部门要按照纪要的要求，雷厉风行，做到条条有回音，事事有着落。”

散会后，厂长请白华文一行到厂食堂吃一顿便饭，白华文说：“下午我还有个会议，这次就不要麻烦你们了，我们来日方长。我再跟你说一遍，产品一定要注意质量。销售后，要派专人到使用点上，既要让大队的机手会熟练操作，又要有了故障能及时帮助维修。这是售后服务，也是扩大销售的一个手段。另外，做好‘三包’工作，包修、包换、包退，这样，你们厂产品的信誉会越来越好。”

厂长连连点着头，几次说：“一定按区长的要求办。”

第二十七章 /搬家/

在衣食住行这些方面，不要计较，不要攀比，为此投入太多的精力得不偿失。只有在工作上力争上游，不断奋进，我们的日子才会过得充实。

白华文到区里工作已经有一段时间了，跟当公社书记时一样，还住在二兰单位给分的那个家里。那个家原来是传达室，面积并不小，但厨房、卧室、会客的地方都在这一大间里，是有些不大方便。到过他们家的人曾问白华文："你这当区长的，这住的地方不太适合吧，什么时候才能有个新居呀？"二兰也曾对华文说："你现在是向阳区行政一把手了，难道向阳区连一处公房都没有吗？你应该张张嘴，看你那边能不能给咱们分一套新房子。我听说区里头那些领导们住房都很宽敞。你不说，人家还以为你住着高楼大厦呢！"

对这个问题，白华文也曾想过，但他认为对于个人的待遇问题，自己千万不能开口，组织上自会有安排。刚才二兰问到这个问题，他边扫地边回答："我工作这么多年了，始终认为，在衣食住行这些方面，不要计较，不要攀比，为此投入太多的精力得不偿失。只有在工作上力争上游，不断奋进，我们的日子才会过得充实。我这个不是唱高调，在物质享受方面，标准低一点儿，是没有坏处的，总有满足感，心情就会愉快，干起工作来就有劲。”

二兰听后说：“你说得当然有道理，但该得到的就应该得到，不该得到的当然不要硬去争，要不有的人还以为咱们缺心眼呢。”

白华文笑了笑说：“大概不会有人这样认为，真正的享受是有理性、有节制的，是有正确取向的。只有放弃虚假的享乐和愚蠢的放纵，才能回归自然的宁静。我们再等一等，我想解决这个事只是时间问题。”

白华文的估计是对的。在一次区党委会议结束后，区委书记问白华文：“你是不是还在你爱人那个单位住着？每天来回跑，是很辛苦的。我几次跟办公室的同志们讲，让他们想办法，给你安排一个新住处，这样你上下班方便些。”

那次会议后，区委书记专门找了区办主任，直截了当地说：“白区长上任这么久了，住房问题还没有解决，人家自己不好说，你们可不能无动于衷，这个事应该提上你们的重要议事日程，尽早解决为好。”

区办主任说：“眼下区里没有盖宿舍楼，闲着的平房也没有，是不是先从招待所一楼腾出几间客房，让白区长一家人暂住，以解燃眉之急。”区委书记让他征求一下白华文的意见。

区办主任和区招待所黄所长就此事一起找了白华文，讲了前前后后的一些情况，白华文听后说：“让我们家住招待所不大合适吧。我和我爱人都从农村来，村里的亲戚很多，一来城里就是几个人，住在那里，想起来也不会方便的。眼下我还有个住的地方，你们那个念头取消吧，这事也不能急，等等看吧。”

黄所长听了白华文的意见，当场什么也没说，他直接找到区委书记说：“白区长不愿意到招待所住。我倒有个主意，咱们招待所东边空得一个大豁口子，有二十几米长，那里也建不了什么了，能不能盖上三间平房让白区长住。房子盖好后，是区里的财产，也可以说是我们招待所的房产，要不等盖新宿舍楼还不知在牛年马月。你看行不行？”

区委书记问：“这是你个人意见，还是你们办公室研究后的意见？”

黄所长说：“这个没研究过，我知道那里有一片空地，闲着也是闲着，盖几间平房，什么也不影响，而且也用不了多少钱，工期又短，能立竿见影。”

区委书记说：“招待所归办公室管，你去跟办公室主任讲讲这个事，合计一下，看能不能办。你们商量出个结果，咱们再说。”

从区委书记办公室出来，黄所长没有找办公室主任，而是先找到白华文，谈了自己的想法。他没想到白华文对此很感兴趣，放下手头工作，当即和黄所长到现场看了一下。他还用步量了一下长和宽，前前后后看了看，看到盖起几间平房后不影响招待所工作和车辆的通行，他心里是同意的。他告诉黄所长：“这件事牵涉我本人，我自己不好表态，能不能办，何时办，你们办公室先拿个意见，然后再请示一下其他领导。”

黄所长见了办公室主任，讲了在招待所东边盖平房的意见，并说书记和区长都知道这个事，谁也没提出不同意见。办公室主任一听，人家党政一把手都默认了，自己来个顺水推舟吧。他问了一下黄所长：“我如果没记错的话，你跟我说过，不是要在那里建个冬贮菜窖吗？”

黄所长说：“是有过这个想法，后来看招待所冬天来的客人不多，就把这个事晾在一边了。现在‘家有三件事，先从紧处来’，我觉得给白区长盖宿舍是个大道理，放在那儿不用或建个什么菜窖是个小道理，大道理要管小道理。”

办公室主任说：“这谈不上大道理呀小道理，只是白区长确实需要有个新居。我看这是临时建筑吧，也不用到规划局批，就以你们招待所名义，尽快施工。你就是工头，有人要打听，别把真实情况说出去，就说是维修，省得人们乱发议论。”

黄所长听着区办主任的话，心里很高兴。自古道：“铁打的衙门流水的官。”通过盖这几间房，一定能和白区长拉近关系，又是一笔有回报的投资。他不想把这个功劳让别人占了，从找人设计图样、房屋布局、采买原料到现场指挥，他除了直接找白区长商量，都是自己一马当先。

按照白华文的意见，房子是一进两开，进门是会客室，会客室后边是厨房，左右是卧室。上下水、取暖管道都和招待所相连。

黄所长除了找白区长汇报工程安排，他还找到了区长爱人二兰，大事小事都和二兰讲，二兰也愿意知道有关盖房方面的事情。

黄所长和有关人员计算了盖这几间房所用的材料，他拉了个清单，也没把区办主任让他尽量保密的嘱咐放在心上。他虽然没有明目张胆地打起白区长的旗号，但很巧妙地能让他找的人知道他是为白区长办事的。他首先找了区片石厂和水泥厂。他和片石厂的厂长直截了当地说：“尽快给招待所送几车石头和沙子。”他手里拿着一张纸，上边写着“白区长宿舍所用材料明细”，他有意让片石厂厂长看见这张纸上写的内容，有点儿神秘地说，“关于买石头和沙子的钱，我先写个借条，房盖好后，由我们招待所支付。”

厂长心里已清楚这是给白区长盖宿舍，哈哈了一声说：“你考虑钱干什么？我们多放几炮，什么都解决了。”

黄所长开着玩笑说：“都说南京到北京，买得不如卖得精。你今天这么碗大汤宽，让我非常感动，我会跟有关领导汇报的。”

黄所长又来到了区水泥厂，他想让水泥厂技术人员到施工现场量一量尺寸，给打一根大梁，同时保证水泥的供应。碰巧厂长不在，他和供销科长谈了这些情况，并说这是给区里一位大领导盖宿舍用的。厂长回来后，知道了黄所长来厂的意图，他给黄所长打了个电话，在电话里说：“保证误不了你们的工期，随要随到。打梁的事也没问题，你放心好了。”

关于盖房用的砖，黄所长早想好了，白区长长期工作过的喇嘛湾公社有好几个大队都有砖窑，他想只要给李静书记打个电话，讲明哪里用，这事轻而易举就能解决。下午一上班，他就给李静挂了电话，要六万块砖，买砖的钱由招待所出。

李静知道是给白区长盖房用，积极性也很高。但那几个大队，每年全靠砖窑的收入，手头才活套些，自己是公社书记，如果白拉大队的砖，显然这个口不好张，自己可能还要背黑锅。她先找了一个大队，讲："区招待所维修要用一些砖，咱们适当便宜点儿，卖给他们几万块。你看行不行？"

大队长说道："书记你说了，还问行不行，人家还付钱，白拉也不是个大事吧。"

李静说："那可不行，我也不干。你们先给送去三万块，不要耽误他们施工。"李静来时，已从公社铁木工厂借了三千元现金，她说："这是人家先付的三千元，你们给开个收据。等送去后，看还需要补多少钱，咱们到时再说。你们去了区里，找黄所长，看往哪儿卸。"这些事情安排妥当后，李静在电话里告诉了黄所长。

区里就有工程维修队，归招待所管。黄所长又从村里请来几个垒石头根基的人。工程很快就开工了。黄所长凭着一张嘴、两条腿，还有一部电话，虽然空手套白狼，但工程进展速度很快，不到一个月，房子就封顶了。黄所长用心用情用力，一丝不苟，披星戴月，白华文虽没有当面表扬过他，但心里对他愈来愈信任了。二兰更不用说，把他已当成了一位家人，还多次在白华文面前讲他有工作能力，有培养前途。

黄所长没有自鸣得意，他知道，这工程开工以来，不管找谁，都一路绿灯，别人是不看僧面看佛面，有区长的面子，并不是自己多么有能耐。

春天开的工，刚到了伏天，室内装修已接近尾声。房的四周还垒了院墙，建的院门古色古香，两扇红漆大铁门十分显眼，小院子将来还能种点儿蔬菜。

整个施工期间，黄所长多次找二兰，听她的意见。白华文只是在快交工时，看了看房子的里里外外。他看着那新颖的灯具，雪白的墙面，水磨石地面，心里是满意的，他感到黄所长这小子有两下，是个有前途的好后生。

黄所长知道区长他们家没有几件像样的家具。他把给招待所小会议室买的一套沙发和一个写字台让维修工人搬进了区长的家，又买回两个书柜、一张八仙桌、四把椅子。一切都准备得差不多了，他告诉二兰，选个好日子就可以搬家了。

二兰看见书架有点空，专门到书店买了二百多本书，摆到了书柜里，客厅一下子有了味道。二兰选了个日子，让她们单位的客货两运车把家里乱七八糟的东西拉到了新家。

黄所长知道二兰很喜欢养花，但她们家里连一盆值钱的花也没有。他认识公园花卉组的一位师傅，他买了一条大前门烟送给了这位师傅，直言道想要几盆好花。这位师傅告诉他，养花讲究春天赏花，夏天闻香，秋天看果，冬天观叶。他顺着这个思路跟那位师傅说："那就照这个思路给我弄几盆吧。"

按照那位师傅的嘱咐，第二天一早，黄所长来到公园南墙下，不大一会儿，那位师傅从里墙的梯子上探出头来，左右看了看，没用多长时间，给他递下来四盆花，每盆花上都用一小块纸写着花名。他很快把这四盆花送到二兰家，并说："养花注重春花、夏香、秋果、冬叶，这盆仙客来是春花，这盆米兰要的是夏香，这盆石榴要看秋果，那盆君子兰显然要观冬叶了。"

二兰很认真地听着他的介绍，非常高兴地看着那几盆花，并笑眯眯地说："看来，你不仅会管理招待所，还懂得这么多园林知识，快是个全才了，将来有一天飞黄腾达起来，可不要忘了我们呀！"

黄所长赶紧说："二兰姐，只要你不忘我，我才能飞……"他没有把后半句话全说出来。

二兰拍了一下他的肩膀说："小兄弟，事在人为，好好努力吧！"

旧家拉来的东西虽然值钱的不多，但都舍不得扔掉，二兰整理着准备放在新屋内的东西。白华文下班后，考虑把拉来的那堆煤整放一下。作为北方人，一看见煤，总有种热乎乎的感觉。把煤堆放起来，垒得整齐一些，华文既不觉得脏，又不感到愁。那些块大搬不动的，他用大锤打烂，把能搬动的大块煤放在外边，垒成了一个长方体，碎的都堆放在中间，虽然弄得满脸黑乎乎的，但他挺高兴，他喜欢干这个活，把煤垒放的平平整整的，有一种成就感。垒放好煤后，趁是个星期日，他又拿上购粮本到了粮站，排了近一小时的队，把当月供应的米面全买好，然后装在面袋里。

搬家的日子已确定了。俗话说："搬家不吃糕，一年搬三遭。"二兰想，搬家那天，怎么也得吃顿糕吧。像黄所长，忙了这么长时间，也应该把人家请来喝杯酒吧。她和白华文商量时，华文未置可否，只是说："越简单越好。怎么弄，你定吧。"

黄所长已经知道了区长搬家的日子，他跟二兰说："搬家那天中午，咱们炒几个菜，吃顿糕，请上几个人喝点儿酒，热闹热闹。糕由招待所炸，到时候端过来就行了。炒菜的食材你不用管，我从招待所先拿到你们家里，到时候请招待所一位厨师过来炒一下就行了。你们家就准备烟酒。"二兰早已不把黄所长当作外人，搬家请人的宴席全由他操持了。

搬家那天中午，请的人除了黄所长，还有二兰单位的书记和站长。大家坐定后，凉菜就上桌了，是花生米、酱牛肉、绿豆芽、糖拌西红柿。白华文打开一瓶西凤酒，给每人斟满后说："今天，农机站的领导们也在座，我很高兴。在你们那里，我们住了那么长时间，你们很关照，我们全家很感谢你们。咱们干一杯吧！"

黄所长也给大家倒满了酒，站起来说："今天区长家乔迁新喜，我心里很激动，为了在座的各位领导身体健康万事如意，咱们干了这杯酒。"说话间，热菜也一一摆在了桌上，是小鸡炖蘑菇、葱爆羊肉、猪肉烩酸菜、扒肉条、牛肉炖胡萝卜、十喜丸子。四凉六热，共十个盘。

农机站书记站了起来，手中举着酒杯说："感谢你们的邀请，我们感到很荣幸！二兰两口子郎才女貌，人人羡慕，祝愿你们工作顺利，生活幸福！”边说边跟大家碰了一下杯。在座的几位同志频频举杯，互相祝福，笑语连连。

二兰也站起来说：“我给大家敬一杯酒吧！都认得我们家门了，以后常来常往。”大家都站了起来一饮而尽。

快到下午两点钟的时候，农机站书记说：“我看喝得吃得都差不多了，你们也累了好几天了，我们就告辞吧。”

黄所长也说：“这请客一怕不来，二怕迟来，三怕吃上不走，咱们就撤吧。”他的话把大家都逗乐了。

白区长和二兰把大家送到院门外，看见了大门墙上贴得那副对联：“喜居宝地千年旺，福照家门万事兴。”

第二十八章 /二兰住院/

一个故事之所以被人们经常谈起，是因为它饱含着永不泯灭的人性；一段经历之所以念念不忘，是因为其蕴含着不朽的诗情画意；一段感情之所以牢记心间，是因为它时时奏响真与美的旋律。

吃过晚饭后，二兰打开收音机，正准备听新闻节目，突然感到小腹一侧疼得很厉害，像针扎一样。她以为是自己下班后喝了一杯凉开水造成的，也没有太在意，她用手揉了揉自己的腹部，好像疼得不那么厉害了。她躺在床上，拿起了支部刚发的《雷锋日记》翻看起来。没读几页，她不知不觉睡着了。半夜里，腹部的阵痛弄醒了她。她下地吃了两片止痛药，又上床钻进了被窝里。也许是止痛药起了作用，她觉得不痛了，不大一会儿就发出轻微的鼾声。

第二天起床后，她摸了摸自己的腹部，没有什么异常的感觉。她沏了一杯茶，吃了一个冷馒头，急急忙忙地就去上班了。上午九点多钟，她的小腹又疼了起来，一阵比一阵厉害，还有点儿恶心。她用手摁住疼痛的地方，可丝毫不起作用，她的脸上已渗出了汗珠，脸色也越来越白。科长看见她这个样子，喊了一下本科的小苏，让她赶快陪着二兰到市医院检查一下。

小苏走到二兰面前说："我骑车子带上你，咱们快走吧。"

二兰也站了起来说："我还能走动，还能骑车子，不用你带。"

她俩边说边走出办公室，都骑着自行车，很快来到了市医院。小苏挂完号，搀着二兰来到了内科门诊部。一位大夫用听诊器在她的前胸和后背听了听，还问了一些发病的症状，让她到化验室化验一下血。到了化验室，一位化验员从她耳朵上抽了一点儿血，不到一小时，化验单就出来了。小苏很快把化验单交给了那位大夫。

大夫一看化验单，呀了一声对二兰说："你看你的细胞这么高，是急性阑尾炎，需要住院做手术，再拖延很可能穿孔了，那后果就严重了。"大夫走到门外的一个电话机旁，给外科病房挂了个电话。她放下电话机后，立即跟二兰和小苏说："我刚给病房打了电话，你们运气不错，病房还有一张床，你们马上去办理住院手续，争取早一点儿做手术。"大夫说的话似乎是命令式的，没有一点儿商量的余地。

小苏给单位的科长挂了个电话，讲了二兰马上要住院的情况。她又让二兰坐在走廊里一张长板凳上，自己急急忙忙地到了住院部，很快办完了住院手续。她搀着二兰上了楼，来到外科病房。护士长看了住院的手续后，把二兰安排在了一个八人间的病房中。二兰换上病房给发的衣服，一位护士给她量了体温和血压，并告诉她到护士室做手术前的一些必要的准备工作。

二兰刚从护士室回到病房，护士长又来了，对着二兰说："初步安排你下午手术，赶紧让你家属来签一下字。"

二兰对护士长说："我爱人前天去新疆出差去了，孩子们都在乡下，市里也没有其他亲人，这怎么办呀？"

护士长也没说有什么办法，随口又说了一句："家属不签字，手术就不能做，万一出了问题谁负责任呀？"

二兰感到这位护士长有点儿说话不腰痛的感觉，心里有点儿不愉快，但她没有表现出来，又心平气和地说："你说的这些当然是对的，但我现在真的很为难，我爱人在新疆什么地方，我也不清楚，也根本联系不上。"

护士长听完二兰的话后走出了病房，来到了副院长兼外科主任办公室，请示这个问题如何解决。奇小明听了护士长介绍的情况后，让把病历拿来看一下。他看到病人的名字以及供职的单位，心底顿时萌发出一种异乎寻常的情感，他赶忙问护士长："病人现在情况怎么样？"

护士长说："这个病人很皮实，昨晚就发病了，不来医院检查，硬扛着，到了火烧眉毛的时候才来了。现在要做手术，她爱人又出差了，不能来签字，万一穿孔了就不好办了。"

奇小明听完说："咱们是救死扶伤的，抢救病人是我们的天职。这阑尾炎也不是个大手术，病人又有些特殊情况，类似情况以前也碰到过，我看可以这样办，首先让病人本人在家属栏中签字认可，再请她所在单位的领导来签一下字。"说到这里，他站了起来，走到护士长面前又说，"这个病人的手术往前安排一下，我去主刀，你把麻醉师选好，术前的准备工作要做到万无一失。"

护士长立即回到病房，对二兰和小苏说："我请示了我们的院长，你们马上让你们单位的书记来医院代签个字，我们下午就做手术。"

小苏看了一下手表，还没到下班时间，她给书记打了电话。书记来到医院后，很爽快地签了字，还到病房看望了二兰，笑着对二兰说："这是个小手术，你不要有负担。既来之，则安之。手术后，我们再来看你。"

二兰以感激的目光看着自己单位的书记，轻轻地说："领导这么关心我，让我心里感到很不安。"她忍着疼痛，把书记送到病房门口。望着书记离去的背影，二兰心里又想起了那句老话："组织就是自己的家。"

中午快下班的时候，护士长接到了奇小明院长的电话，让她把二兰从八人房间调到一个单人间。护士长在电话里说："她不是危重病人，也不是紧急抢救者，有必要调换房间吗？"

奇小明听到护士长的话，心里不大高兴，但他在电话里没有发火，只是说："让你们办就办吧，没有必要刨根问底。"

很快，二兰又被安排在了靠近病房出口处的一个单人间。

下午两点钟，奇小明提前半小时来到手术室，详细检查了为手术准备的器材和药品。他穿好消毒的外衣，戴了个大口罩，只露出两只眼睛。两点半的时候，二兰躺在手推车上，两位护士推着她进了手术室。她仰面躺在手术台上，小明一眼就看到了那张熟悉的面孔，但他没有露任何神色，手术室内其他医护人员也没有发现有什么异常。二兰知道奇小明在这个医院工作，但她没有跟任何人谈到此人。二兰躺在手术台上，看了看身边的医护人员，她也没认出其中就有奇小明，当然，她压根儿也没想到奇小明会出现在这样一个谁也没有预料到的场合。

麻醉师很快给二兰打了麻醉药，是局部麻醉。过了四十多分钟，手术室里的灯全开了，二兰感到有点儿晃眼，她闭上了双眼。奇小明走在手术台前，轻轻撩起盖在病人下身的那块白布，那个他曾经见过的地方，此时又呈现在他的面前，他有一种亲切感，但职业的责任感使他没有心猿意马。他在心里不断地提醒着自己，思想必须高度集中，来不得半点儿马虎。他轻轻地摸了摸病人的小腹，又用手指重复地弹了几下，缓缓地拿起了手术刀。不到一小时，手术就顺利地结束了。当二兰被护士们推出手术室门的时候，她看见了小苏和站里的领导都在室外等候，她连连说了几句"谢谢大家"。站里的同志们也不约而同地鼓起了掌。这掌声既是对医护人员的感谢，又是对二兰顺利做完手术的致意。

二兰被推到了那间单人病房，小苏和护士们把她慢慢地扶在了床上。此时，二兰单位的领导和同志们也从手术室门外来到了病房，病房不大，有点儿挤。护士长看见这个情况，瞪着眼对大伙说："你们这么多人挤在这个小屋里，是不是看戏来了？留下个陪床的，其他人最好离开这里，否则会影响病人的康复。"虽然护士长说话的口气很冲，但大家都没有太理会，看见二兰手术后一切正常，先后都离开了病房。手术后的第一夜，是小苏陪着二兰度过的。

二兰出生在农村，虽然从小在城里念书，但始终有一股劲，能吃苦耐劳，而且身体素质也不错，第二天她就能下床走动了。她几次跟查房的大夫和护士们说："你们医术高明，真是手到病除。"

一位护士说："是我们院长亲自给你做的手术，能不高明吗？"

二兰心里想，待出院的时候，一定要见见这位院长，好好感谢感谢人家。

第三天上午，护士给二兰拆了线。二兰赶紧给区招待所黄所长挂了电话，讲到自己没想到得了急性阑尾炎，住院并做了手术，白华文也不在，麻烦他让下夜的人照看一下家。黄所长一听，区长夫人动了手术，他让食堂管理员准备了一些水果罐头和奶粉，当天下午就到了医院。见到二兰后，他还有点儿埋怨地说："这么大的事，你怎么连个招呼也不打，区里谁也不知道。"

二兰接着说："这是个小手术。才三天，你看我就跟以前完全一样了。"

黄所长临走的时候又对二兰说："你放心养好身体吧，你那个家连一根火柴棍也丢不了。另外，我给你买了点儿吃的喝的，是我的一点儿心意，你刚病了，需要补补身体。"

二兰看了一眼他拿来的礼品说："你拿那么多干啥呀？你拿回一些吧，给我留一些，好不好？"

黄所长说："快不要麻烦了，你好好养的吧，我走了。"

黄所长回到区机关后，一传十，十传百，很多人知道区长爱人住院做手术了，前来探望的人很多，二兰有的认识，有的还不认识。不到两天，床底下、屋墙角旁堆放着很多水果、点心、奶粉等，大包小包的，满地都是。二兰觉得堆放在这里乱七八糟的，也怕有影响，她让护士长拿去一些，也让小苏拿回一些。听护士长说，她的伤口愈合得非常好，再过三两天就可以出院了。

护士长已经知道这位病人是向阳区区长的老婆，要不有这么多人来探望呢。但令他不解的是奇小明院长也对这个病人格外关心，几乎每半天就来一次电话，查问病人情况，连饭量、血压、体温等都问个详细，可病人手术后，他一次也没来外科病房，是不是因为病人是区长夫人，才让他如此重视呢？一想，绝对不是。奇院长对病人，高低贵贱，向来是一视同仁，他从不攀龙附凤，而且对那些看人下菜碟子的人深恶痛绝。为什么对二兰这个病人如此关心，关心又不到病房查看，这个谜底真让人难猜。

二兰快要出院了，一上午，她开始整理自己带来的东西以及人们送来的物品。中午吃过饭后，她躺在床上看一本杂志。不到两点钟的时候，门吱的一声开了，很快闪进一个人，她正要坐起来，那个人已坐在了她床前的一把椅子上。二兰做梦也没想到，进来的人是奇小明，她感到很惊讶，从床上下地后，心咚咚跳着。她微张着嘴想要说些什么，但好一阵子也没有说出什么话，只是站在小明面前，从头到脚打量着眼前这个给她带来过欢乐和痛苦的人。奇小明也只是看着她，微微地笑着。二兰终于开口了："你怎么知道我在这里？"

"你没想到吧，我早就知道你在这里，老天爷让我们在这里见面了。"奇小明笑着说。

二兰端详着那张熟悉的面孔，心海里波涛汹涌，百感交集。此时她或许想到了他们俩小时候在村后的小溪旁采摘马莲花的情景，或许想到高中时回家的路上一起吃烧山药的场面，或许想到了柳林间留下的脚印……她目不转睛地看着小明，眼睛里盈满了泪花。她说："我知道你在这里工作，而且还提了干，但我从走进这个医院，一直也没敢提起你的名字，我倒不是怕什么，而是因为有太多对不起你的地方，欠下你很多债。"

奇小明听后不紧不慢地说："二兰，不要谈那些事了，要学会忘却。太多的回忆，只能带给我们太多的痛苦。”

二兰并不完全同意奇小明的意见，斟酌了一下说：“一个故事之所以被人们经常谈起，是因为它饱含着永不泯灭的人性；一段经历之所以念念不忘，是因为其蕴含着不朽的诗情画意；一段感情之所以牢记心间，是因为它时时奏响真与美的旋律。你和我，此生让谁忘记对方，恐怕是不可能的事了。你说我说得对不对？”

奇小明轻轻地点了一下头说：“你的话还是那样富有哲理，充满诗意，真让人佩服。”

二兰想岔开这个话题，打断小明的话问道：“你几个孩子啦？”

“只有一个女儿。”

“那不再要一个？”

“现在也不用养儿防老了，有一个接班人就行了。你有几个小孩？”

二兰说：“我有两个，一男一女。”讲到这里，她想把儿子的真实情况告诉小明，但很快又打消了这个念头。她突然又问：“那年，我去医学院看你，你为什么对我那么冷淡？”

小明低下头想了一会儿说：“唉，真是一言难尽！那次见到你，开始时我还强装笑颜，实际上痛苦的海水早已淹没了我的心。咱们俩相处了一场，甚至可以说相爱了一场，可是光栽了树，没有看见开花，当然更不可能结果了。我当时想，只有对你冷淡些，你才能慢慢忘掉我，甚至还恨我，那样才有利于你和那个姓白的培养感情。准确地说，我对你的冷淡是装出来的，考虑的全是你。”

听到这里，二兰一下子抓住了他的手，眼泪再也控制不住了，滴在了他们两个人的手背上。

小明感到她的手很温暖，想安慰一下她，看了一眼二兰说：“过去的事就叫它过去吧。”

二兰点了点头，喃喃地说：“你爱过我，给过我，我也会把你曾经给过我的幸福和欢乐还给你，不知你信不信？”

奇小明听后说：“你快出院了。我们不能成为夫妻，还可以成为朋友嘛，何况我们还是老同学、故乡人，住在一个城市，不要老死不相往来。以后还可以经常电话联系，有事没事，彼此问候一下，也是蛮好的。另外，我告诉你，从你住院的那天起，我从病历上知道你得了一个需要尽快处置的病，我心里就很着急，那天给你做手术的就是我，你每天的情况我都了如指掌。”

二兰理了理头发说：“那你为什么不告诉我呢？”她深情地看着小明，心里隐藏了多年的那一片灰烬，似乎又蹿出了火苗。她说：“我原准备出院时感谢一下给我做手术的院长，原来是你呀。你的办公室在哪里？”

奇小明马上回答：“和这个病房在一层，从你这个病房往西走再往北拐，第二个门就是我的办公室，上边挂着个‘副院长’的牌子，很好找。本周六我值夜班，你要有兴趣的话，可以到我那里坐坐。”说到这里，奇小明站起来说要再看看她伤口愈合的情况，她很麻利地把裤子往下褪了一下，撩起上衣，奇小明仔细地看着、摸着，尔后对二兰说：“你伤口愈合得真好，完全好了，干什么事情都不影响了。”

二兰一听，有点儿敏感，轻轻地说：“你想让我干什么事呢？”

奇小明看了她一眼，没有正面回答二兰的问话，只是说：“查房的快来了，我先走了。”

对于二兰来说，阑尾炎的伤口很快就愈合了，但心灵深处的伤口却迟迟得不到医治，原想随着岁月的流逝会忘却的，但病房中见到了奇小明，真的又打破了心中的五味瓶。

第二天上午，医护人员查完病房后，二兰离开医院，回到家里。她先去招待所冲了个澡，里里外外换上了干净的衣服。回到病房后，躺在床上，本想迷糊一阵，可一点儿睡意也没有，她知道今天是个周末，心上火烧火燎的，好像有什么急事要办似的。她想让自己的心定下来，低声唱起了一段山西梆子："是宝钏离寒窖百思百想，十八载好似大梦一场，我只说夫妻见面无指望，五典坡昨日回来薛平郎……"

戏词撩动着她的心，她起身来到小明办公室，想敲门进去，但又一想，大白天的，人家是院领导，万一碰上熟人，让人们说三道四的，会惹来不必要的麻烦。

好容易盼到了天黑，那天是个大阴天。二兰站在镜子前打理了一下自己的头发，蹑手蹑脚地走到小明办公室前，贴着门听了一会儿，好像屋里没有别人，她敲了几下门。奇小明开门见是二兰，喜出望外，笑嘻嘻地说："你来了，快坐在沙发上。"随手把门反锁起来。

二兰丝毫没有坐下的意思，一下子扑到了奇小明的怀里。奇小明拉灭了灯，屋里黑洞洞的。只听见二兰说："你把我抱紧点儿，我有点儿怕。"

"你怕什么呀，这是我们两个人的天地。"两个人紧紧地抱着、吻着，移动着小步，推开东墙上的一扇门，来到了奇小明的休息室。奇小明打开了床头的台灯，灯光很柔和，借着光亮自上而下打量着二兰，直看得她一脸绯红。他对二兰说："你先坐在床上，我把浴盆中的水放满，咱们先泡个澡，什么也不耽误，你说好不好？"

二兰没说自己洗过澡了，客随主便吧，她很快脱掉外衣，只戴着乳罩、穿着短裤跨进浴盆里。奇小明仰面半躺着，把短裤扔在了卫生间的地面上。浴盆中的这一男一女，面对面看着，好像从未见过面似的。二兰看见小明往自己身边靠近，用手解开自己的乳罩，脱下了短裤。她一点儿也没有反抗。她的心脏急速地跳动着，浑身像触了电似的。她用手推了一下小明的前胸说："我知道你不是个唐僧，但别在这里弄，我们还是上床吧。别太性急了，你忘了那句话了？'美酒饮到微醉后，好花看到半开时。'水里头哪能看见半开的花呀？"

二兰走出卫生间，用毛巾擦干了身上的水珠，赶紧上了床。小明紧跟其后，全身湿漉漉地扑向了二兰。

二兰仰躺在床上，一切拘谨、一切矜持、一切压抑、一切掩饰全消失得无影无踪，相反，一股浓烈的、甜蜜的、醉心的情爱荡漾在心头。小明像个牛犊子一样，横冲直撞，寻找那充满诱惑的溪水，寻找那无限欢乐的意境。他展现的雄姿、释放的力量让二兰气喘连连，浑身像散了架似的，断断续续地哼叫着。

不记得哪位诗人曾说过："男人有爱得累的时候，女人却永远爱不够。"这么多年下来，二兰有过激动，也有过叹息，时而忧伤，时而甜蜜，但这一夜让她又一次感到，只有和身边这个男人在一起，自己才是一个真正有血有肉的女人。

第二十九章 /关心年轻干部的成长/

成熟不是要学会表达，而是要学会倾听，耐心听别人讲话，就是对别人表达一种无言的尊重。

白华文住进新家后，和招待所成了邻居。黄所长为给白华文盖这几间平房，跑上跑下，废寝忘食，有始有终。白华文一家人看在眼里，记在心上，从心眼里对他是感激的，他也因此成了区长家的座上宾。小伙子虽然岁数不大，但能说会道，很会来事，而且读了不少古今中外的书，记忆力又好。他经常从招待所餐厅拿一些新鲜蔬菜和稀罕食品，趁白华文不在的时候，给送到家里。二兰几次告诉他，以后再不要往来拿东西了，怕影响不好。黄所长当时点点头，但该送时他还是送。二兰也睁一只眼闭一只眼，假装不高兴，少不了劝阻他几句。

白华文下班后爱下几盘象棋，这也是他一大爱好。隔三岔五，黄所长过来和他凑个热闹。有时，两人下完棋后，还边喝茶边闲唠一会。

白华文平素也听到有人对黄所长有些议论，主要说他爱拉拉扯扯，爱走上层。也有人说他脸儿薄得像灯花纸，虚荣心重得火车头也拉不动，和人相处也鸡肠小肚的。白华文几次想跟小黄谈谈心，让他注意一下，又怕他接受不了。不说吧，觉得对不起黄所长，毕竟他在自己搬家的前前后后帮了不少忙，而且他也有上进心，对他旁敲侧击一下，从正面谈谈，还是应谈的。

有一天晚上，俩人下完棋后，白华文对小黄说："小黄，你在我们家可以说不是个外人了，从我来区里工作后，我感到我们干部队伍中有一些不好的东西，尽管不严重，但应引起大家的注意。《庄子·山林》中有这样一句话：'君子之交淡如水，小人之交甘若醴。'同志之间的相处，不管是和领导相处，还是和是一般干部相处，都应该是君子之交，这个相处是建立在共同政治基础之上的纯真友谊，要淡如水。小人相交则是拉拉扯扯吃吃喝喝，凭金钱或酒肉来维系着虚伪的友情。君子相交，彼此都不以地位的高低或钱财的多少去决定对待对方的态度，而特别看重对方的道德、品质、气度、作风等。这样的相交最鄙弃酒肉朋友间那种无原则的互相吹捧、互相利用又尔虞我诈的庸俗作风，彼此能有真诚的关心、直率的批评、热心的帮助，又有严格的要求。这种相交能经得起时间的考验，日久情愈重，岁远谊更深。再一点，就是作为一个干部，应该度量大些，大度集群朋，和同志们来往，千万不要斤斤计较、患得患失，要少一些虚荣心。大度表现为对人对友能求同存异，能听进各种不同意见，能虚心地接受别人的批评。不文过饰非、推诿责任，有自知之明，能自以为非。担负着建设新中国重任的各级干部，也包括各方面的人员，都应该有这样博大的胸怀和宽宏的气度。"

说到这里，白华文看见黄所长正聚精会神地听着，又笑着说："我说的这几点，并不是说你在这些方面缺失，我是泛指区里的整个干部队伍，当然也包括我自己。你听了，觉得我说得有道理吗？"

黄所长抬起头看了一眼白区长，心里知道区长说的这些话是针对自己的，他以感激的口气说："我认真听了你刚才说的话，受益匪浅，我要记住'君子相交淡如水''大度集群朋'这些古训，不断清洗自己头脑中不合时务的旧意识，摒弃剥削阶级遗留下来的处世之道，用辩证唯物主义的思想和方法指引自己的言行，努力做一个高尚的人，做一个有益于革命事业的人。”

有一次，白华文又跟黄所长说：“我想跟你再谈几点古话。我最近又重看《三国演义》，我边看边思考，有几点想跟你交换一下意见。人字一撇一捺，好写不好做。人们常说：‘没有比人更高的山，没有比脚更长的路。’人的一生如何过？脚下的路如何走？我看第一要过名利关，一个追名逐利的人是走不了远路的，也攀不上高峰的。你看，书中那个周瑜想让黄盖到曹营诈降，令自己左右将黄盖穿的衣服剥了下来，掩翻在地，黄将军被打得皮开肉绽，鲜血迸流，昏厥几次。黄盖当时想的完全是他所在的那个集团的利益，自己的名呀利呀早已抛在了九霄云外，用这样的赤胆忠心，不怕牺牲，换来了赤壁之战的曹操大败。罗贯中也写下‘勇将轻身思报主，谋臣为国有同心’的诗句来赞颂黄盖。这黄将军和你一个姓，谁人能不佩服黄盖的耿耿忠心呢？书中还有一个人，就是孔明了。早在三顾茅庐时，他就有三分天下的妙计，可直到二十七岁，也只是刘备的宾客，没有一官半职，而此时的关羽、张飞已是偏将军。赤壁之战，孔明只身赴吴，使吴、刘两家联合，以少胜多，大败曹操，刘备得了荆州等地后，才给诸葛亮一个军师中郎将。刘备入川时，带的是庞统，关羽、孔明等留守荆州，诸葛亮负责后勤。他一生勤勤恳恳，从不计较个人的名利，用‘一地两表’留下了千古好名。成功者的背后或许都有大把的辛酸，但能做到一不为名利，二忠于自己的组织和领导，这就是走向成功的捷径。再有一点，你听了不要不高兴，根据我的观察，也有别人的议论，我想说的是在任何场合、任何时候都不要出风头，不要抢着说话。胶多了不粘，话多了不甜，言多语失，自古都是这样。一个干部在成长道路上需要经过千锤百炼，要记着‘大处着眼，小处着手，群居守口，独居守心’的古训。世上最难的是说话，成熟不是学会表达，而是要学会倾听，耐心听别人讲话，就是对别人表达一种无言的尊重。”

多少年后，黄所长对白华文的这次谈话仍印象特别深刻，以至于他提干后，还说这些话含义深刻，够他一生享用。

白华文几次说的话，有提醒批评黄所长的味道，二兰怕黄所长不高兴，后来见到他时说："老白心里有你，他说的那些话是为了你。"

黄所长说："这个我知道，我好坏还是个所长，为我好还是坏，我能分清。"

二兰听后笑着说："这就对了。听说你腌的菜好，这个星期日，你要不忙的话，来帮我腌腌酸菜，我们那口子特别爱吃猪肉烩酸菜。"

星期日一早，黄所长就来了。他骑了个三轮车，和二兰一起上街买了三百多斤青麻叶、五十多斤牛毛芥菜，还有一些辅料小菜。

进家后，黄所长对二兰说："你听说过这句话吗？'邋遢女人腌菜香。'你这么棱棱格格、干干净净的人是淹不好菜的。"

二兰一听笑了，说道："真的是这样吗？那就看你的手艺了，我给你打下手。"

黄所长把二兰洗净的芥菜头切成细丝，又把作为辅料的芹菜、红萝卜、黄萝卜、青尖椒、红尖椒也切成了细丝，他把主辅料混在一起，在一个小瓮中放了一层菜丝，然后把盐、糖、花椒面、鲜姜末、蒜拌成的调料放在菜丝上，又用手按结实。这样一层菜丝，一层调料，很快就装满了那个小瓮子，他在顶上撒上了一层盐，又用芥菜叶子盖住，上面放了一块很重的石头。他很得意地跟二兰说："这瓮咸菜腌成后，色相特别好，红、橙、黄、绿、白，颜色分明，红里透着白，白里透着绿，绿里还配着黄。吃一口，酸、咸、甜味均有，又脆又爽。"腌完了芥菜，黄所长和二兰一起，又很快把两大瓮白菜腌了起来。

临走的时候，二兰低声对黄所长说："老白对你的成长很关心，我耳风耳影地听说你有好事了。今后一定要谨言慎行。招待所那个地方，待长了不一定好，每天吃吃喝喝，你手头一定要干净。你这么精明的人，不会让别人说三道四的。这点是老白让我转告你的。你还看不出点儿门道？”

黄所长点了点头，对二兰说：“你告诉白区长吧，我一定会做到，政治上跟党走，经济上不伸手，作风上不丢丑。”

从区长家出来，黄所长迎头碰见了区办秘书王宁。黄所长问：“这大星期天的，你也没休息，风风火火地干什么去？”

王宁说：“我上午在家里赶写咱们区里的年终总结，区长让我今天下午把草稿给他送到办公室，让他审改一下。”她边说边看了一下表，“啊呀，时候不早了，我赶紧得走了。”她跟黄所长说了一声再见后，直接到了区长办公室。她把总结草稿递给白华文。

白华文跟她说：“你回你们办公室等一等，我马上就看你写的草稿，看改动的地方多不多。我看完后，你再顺一顺，让打字员打印出讨论稿，分发有关领导同志修改，尽快上会定稿。”

王宁回到自己办公室，没有看书，也没有翻阅文件，托着下巴揣摩着自己的领导。她认为白区长是个可以信赖的领导，是那种初看起来不那么引人注目的人，但是相处的时间长了，你就会觉得他会让你工作起来很愉快，有时像山里的风，无形无影，却能给你带来凉意。有什么问题或心结，跟他谈了，没有不可消解的愁苦。跟他在一起工作，他尺寸把握得恰到好处，让你永远不会有不知轻重的骄狂，只会有一种超越自我的宁静。你生气，他不会给你火上浇油；你泄气，他总会用普通的语言、简单的方式，化解你心头的郁闷。碰到这样一位可敬的领导，自己工作再辛苦一点儿也心甘情愿。她又想起前一阶段，自己直接的顶头上司，区办一位女副主任很不客气地批评自己，说自己经常越级向区长谈工作很不对头。为此，她在白区长面前哭了一鼻子。她还记着白区长当时说的话：“人总是在挨批评的时候，才有机会反思自己的不足，哪怕这种反思有某种自虐的意味。这时要首先想一想自己是不是有缺点或者不足之处，这样就不会对别人的批评耿耿于怀。对别人的批评，有则改之，无则加勉。人生说长也不长，要学会自我调节，轻装前进。

她是你的副主任，你们每天都见面，还是以团结为重，对她多尊重一些。”

正在她想这些事的时候，白华文来了，一进门就说：“稿子写得不错，你用心了。按照我刚才跟你说的，你看能不能把打字员叫来，让她加加班。你校对后，明天是星期一，好把讨论稿早分发下去，让有关同志有时间认真修改。这是上报市里的报告，要对我们一年来的工作有个正确的估价，成绩要讲够，问题要找准，改进的措施要有力。你分发讨论稿时，将我这个口头意见告诉有关同志，围绕这几点审改这个稿子。”

王宁是中文系本科毕业生，和市里巴书记的女儿是同班同学。大概就是这个因素，她毕业后，就被分配到向阳区政府当了秘书。她伶牙俐齿，文字功力也不错，工作又大胆，也有主见，早在白华文在公社工作期间，她已是区里公认的笔杆子了。

白华文上任后，王宁有意无意地比较着前后两任区长的工作风格。她看到白华文每天都提前半个多小时来到办公室，然后总是提着两个暖瓶到锅炉房打开水，从来不用工勤员，下班也比别人走得晚。办公的时候，他办公室的门总是敞开着。最让他佩服的是他每次到社队工作时，能和基层的干部和社员们打成一片，不论男女老少，他都能和他们谈得很投机。他常常和社员吃在一起，住在一起，大家心里想的、急着办的，他几乎都一清二楚。难怪大家普遍反映，白华文没有一点儿当官的架子，是社员真正的贴心人。有几次，自己陪着白区长下去搞调查，她亲眼看见很多社员都愿意和区长说说话。对社员们反映的问题，能解决的，他往往当场拍板；没有条件解决的，他耐心地给大家讲清楚；对一些不合理的要求，他也晓之以理、动之以情，给予说明。记得有一次在一个大队查看病虫害情况，一位老大娘双手握着他的手，哭着说：“白区长呀，我的儿子快三十岁了，好不容易才找下个对象。这位南山里的姑娘非要要一台缝纫机，买不下缝纫机，人家就不跟我儿子领结婚证。”

白华文听后说：“你老人家的话我记住了。‘宁破一座庙，不拆一门亲’，我回去尽量想办法， 你老人家等着吧。”离开那位老大娘，他对王宁说，“我的事多，怕忘了这件事，你要注意提醒一下。”

他回到城里后没有忘记这件事，很快给区供销社主任打了个电话，讲了这个事情。供销社主任第二天上午就给他送来一台缝纫机的购买券，并告诉白区长，这台缝纫机三两天就会运到那位老大娘所在公社的供销社，让她拿上这张购买券直接去买好了。白区长拿上购买券找到王宁说：“你认识那位老大娘，你年轻，就辛苦一趟，把这个购物券送给那位老大娘。”那位老大娘接住这张购买券时双膝跪在地上，给太阳磕起了头，又说：“老天爷呀，这白区长真是个大好人，要不我的儿子还得打光棍呀！”

王宁参加工作不久，就向党支部递交了入党申请书。白华文上任后，为了引起白区长的重视，她又写了一份申请书，还给党支部写了一分思想汇报。她把这次写好的入党申请书先拿给白华文看了，白华文看后对她说：“你积极要求进步，靠近组织，这表明你政治上的追求。这里关键要端正入党动机，入党不是为了升官发财，而是为了更好地为人民服务，更严格地要求自己，为人类崇高的理想而奋斗。”另外他还提醒王宁，“你工作后一直比较顺，但革命的征途很漫长，其间会有曲折，也会有荆棘，不可能永远一帆风顺，你要有思想准备，要有百折不挠的意志和勇往直前的信心。”

王宁感受到区长对自己的爱护，心里充满了感激。有一次，她竟开玩笑地对区长说：“你要不是区长，而是我的一位大哥，那该多好呀！那样，我见了你就不会提着心眼和你说话了，也不用看着你的脸色行事了。”

白华文听后笑着说：“我们的大秀才，你还嫌你在我们面前缺乏自由吗？那么以后就不用叫白区长了，也不用喊大哥，就叫我老白算了。”

王宁赶紧补充说：“我是在说笑话，你可千万别当真，不然的话，给我穿个小鞋，我可受不了。”她说后又看了看区长，感到自己有点儿不大自然。

对王宁一直有看法的那位办公室副主任，知道领导们对自己这位手下人有好感，她也没有过多地在领导面前给王宁泼脏水，只是对她的迟到、早退现象，她都记在了自己的日记本上，每次王宁走出办公室门，她都会斜眼瞟一下。在一次党小组会上，有的同志提议把王宁列为党支部重点培养对象，她坚决不同意，具体理由她没有讲，只是讲这个同志政治上不成熟。其实王宁对她的这位副主任也是尊重的，对她分配的工作也都是尽心尽力完成的，当然她对这位副主任也不是没有看法的。

尽管办公室那个党小组没有把王宁列为重点培养对象，但其他五个小组都提到了王宁，党支部综合了各党小组的意见，仍然把王宁列为这一年入党的重点培养对象。

过了没多长时间，区委决定，让近年来分配在向阳区的几位大学生都到基层锻炼一年，要和社员们同吃、同住、同劳动，培养他们的阶级感情和艰苦朴素的工作作风。王宁被分配到一个公社的养猪场。她知道这个消息后，心里很难受，以为自己在领导们面前已失宠了，回到家里，她大哭了一场。她父亲没有安慰她，而是没头没尾地说了一句话："梦想是完美的，或远或近，但终究还是像风筝一样被一根线牵着，而这根线就是现实，不论梦想飞得多高多远，而终究要从现实起飞。"说完这话后，他又劝导女儿，"这么点儿小事，你都经受不住，你又不知道组织上是怎么考虑的。人生最难的是证明自己，个人没有完成对自己的证明，就没有理由责怪组织上的决定，对目标的追求也不能放弃。"父亲的话使她心境平静了许多，她想找白华文，进一步了解一下这个决定的来龙去脉。

她来到白华文办公室，没等她开口，白华文先说了话："这次你到养猪场锻炼，这是组织上对你的考验，你要有个准备，准备吃大苦、耐大劳，和猪场的同志们搞好团结，不要辜负组织对你的期望。'天生一个仙人洞，无限风光在险峰。'我们等着你的好消息。"白区长从抽屉里取出三本书递给王宁，并说这是专门给她买的。王宁一看书名，分别是《把一切献给党》《论共产党员的修养》《钢铁是怎样炼成的》。

白华文说："当你把这几本书读完后，也许你会感到，对于一个干部来说，付出和给予不是投资和储蓄的本金，也不能用这个追求利润的增值。革命要用一生的精力为事业付出，不讲价钱，不讲个人利益，给予事业和别人的全是光和热，这才是高尚的啊！"

区长赠送的书和他说的话使她心里有了底。她跟区长说了声："谢谢区长赠我的书！再见了，等我的好消息吧！"

一个雨后的下午，白华文和几位科局长到社队检查工作时路过这个养猪场，白华文提议："咱们一同去看看小王吧！"

大家来到猪场，王宁正和养猪场的同志们清理着猪圈里的泥水。

王宁看见白华文，从猪圈里跳了出来，走到白华文身边说："我的手脏，不和你们握手了。"

白华文看见她脸晒黑了，头发上还有草渣滓，脸上挂着汗珠，什么话也没说，只在她脸前竖起了大拇指。白华文说："走，咱们到你住处看看。"

在王宁住的房间里，白华文一眼看到靠床的墙上贴着一张纸，上面摘录了保尔的一段话，他轻声念了一遍。

王宁正在洗手，她笑着对大家说："我住的这房子够寒酸的吧？"

白区长没有正面回答她的话，只是问："有什么困难需要我们帮忙吗？"

王宁说："没有。"

她送走了区长后，又返回到猪圈干起了活。

一年劳动锻炼很快就结束了，养猪场给她写了很好的鉴定，公社党委还签注了意见。当年，王宁被评为区里的先进工作者，还光荣地入了党。

第三十章 / 组建牧业公社 /

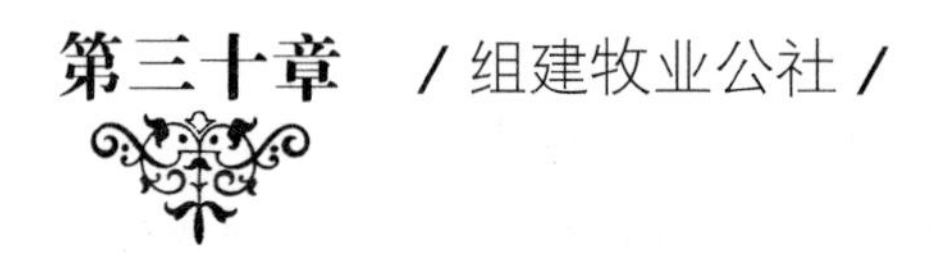

只要找对了路，选准了前进的方向，就不要怕路远。

白华文还在喇嘛湾公社当党委书记的时候，常去位于公社东北边的那三个生产大队，那里的情况使他很头疼，社员们都少吃缺穿，每每想到这些情况，他心里很不安，有时还有点儿自责。他经常想起古人说的一段话："天下顺治在民富，天下和静在民乐，天下可忧在民穷，天下可畏在民怨。"他觉得这段话有道理，人穷了，就乐不起来，就有怨恨，就会影响社会的安宁。他多次苦思冥想，怎么样才能改变这三个大队的落后面貌。

和这三个大队接壤的是宝塔公社的五个大队，这几个大队自然状况和喇嘛湾那三个大队差不多，都是山区半山区。

白华文当了区长后，也多次到过这五个大队。他心里一直盘算着，在这些地方强调"以粮为纲"是否合适。年年春天拉上石头，垒成梯田，远远望去，挺好看。夏季一遇大雨，山洪很快就会把这些梯田冲个七零八落。搞这些梯田，实际上是花架子，劳民伤财。可那时强调“手中有粮，心里不慌”，白华文虽然心里有想法，但也不敢另外提口号。不过，有时候他也很奇怪，尽管那里的社员们吃着高粱面，喝着玉米面糊糊，甚至连这些也不充足，可那里的人们也心安理得，没有一点儿改天换地的动作。白华文任公社书记期间，曾通过动员，甚至还有点儿强迫命令，把一个生产和生存条件都很差的自然村的社员们搬迁至山下一个自然条件比较好的大队。白华文跑前跑后，想让这些搬迁来的社员住得下、稳得住。他苦口婆心地给这些社员规划未来的生活，让他们充满信心，把生活提高一步，上一个台阶。他本想以此做个试点，取得经验后，逐步扩大搬迁的规模，待条件成熟后，把祖祖辈辈生活在山区的社员们都搬到川地上。可让他始料不及的是秋收后，那些搬下来的社员们背着自己分到的粮食，又搬回了他们原来住的小山村。初听到这个消息，他很生气，认为这些社员不识抬举，后来一想，人往高处走，水往低处流，社员们往回搬肯定也是有原因的。他心里也清楚，山区几个大队古老、传统，各种个人利益、亲人远近、宗族恩怨、邻里关系等彼此交错存在，村民们往往有实用主义思想，故土难离，傍山吃山，几代人多少年形成的生活习惯，想改造非常难。

面对这种情况，如何应对社员们的实用和短视，如何在闲言碎语中总结经验教训，他到那个村里实地走访了一下，了解一下他们为什么要搬回连吃水都困难的山村。他问了几位老农：“山下一马平川，你们为什么非要回这里守这个穷摊子。”

一位老农说：“我们这里是穷了点儿，但心里自在，多少年住在这里也习惯了。我们山里人见的世面少，心眼不多，搬下去住是外来小户，经常看别人眼色行事，心里总是发虚，不踏实，不如回到我们这老地方，吃稠喝稀，安安稳稳。当然，公社让我们往下搬也是为了我们，但这牵动几方面的利益，你们想过没有，山下的人是什么心态。别看人家表面上欢迎，人心隔肚皮 ，世界上的事复杂的呢！慢慢想一想，也许就会认为我们回来的路走对了。”

白华文听后没有表态。第二年春天，公社也没有重新动员社员们往下搬。但他想政府是为人民着想的，既然他们不愿搬离山区，还有什么措施能改变他们的生存环境呢？不能一年又一年，老是这个样子。他当了区长后，这个想法一直装在心里，只是原来考虑的仅有喇嘛湾公社的三个大队，现在又加上了宝塔公社的五个大队。围绕如何使这八个大队的社员脱贫致富，他多次和社队干部探讨解决的办法，也和区里的有关领导谈了自己的想法。大家普遍认为，应该先解决人畜饮水的困难。

白区长找到了部队给水团，向他们汇报了这八个大队的情况，并且请给水团在方便的情况下给打几眼深井。给水团团长听了白区长的情况介绍，当场表态，为了支援社会主义建设事业，为了军民团结，下星期就派技术人员前往那里勘察，确定打井的位置后将立即开钻。团长在送白区长走时，还紧握着区长的手说："为人民服务是你们政府的宗旨，也是我们的宗旨。"

社员们听说解放军要来给打深井，大家奔走相告，欢天喜地。解放军给水团的有关人员在喇嘛湾公社和宝塔公社几个大队察看地形和测试地下水位时，白区长始终陪同着，他最怕听到"这里没有水，不能打"这样的结论。让他欣喜万分的是经过勘探，这里地下水丰富，打破很厚的石头层就能见水。给水团的同志们常年在农村牧区打井，见识广，他们建议，这几个大队所处的位置高低不在一个层面上，必须建个扬水站，统筹考虑几个村联网用水，这样既省工省钱，又事半功倍。白华文马上想到李静书记的爱人是市水利设计院的负责同志，便让李静给她爱人打个电话，讲一讲这里的情况，并且请他们来给设计一下用水的线路，同时落实一下需要采买什么设备。李静的爱人接住电话后，很快抽调业务骨干，组成工作小组来到了施工现场，此时给水团已开钻了。

白华文心里盘算着，给水团打井，大概不会要多少钱；搞扬水站，铺设供水管路，恐怕得三两万元吧。这钱从哪来，他又犯愁了。从当区长后，各地、各部门年年伸手向他要钱，他恨不得把一个钱掰成几瓣子花。说真的，没有钱，很多要办的事都是纸上谈兵。但他这个人，虽然手头年年很紧，愁是愁了些，但没有把愁老放在心上，他总是千方百计，在夹缝中寻找一些突破口。眼下建这扬水站，李静的爱人给计算了一下，最低也得有三万元。白华文知道市畜牧局刚给区里拨来两万八千元，要求建一个牛羊的良种场。他想移花接木，就在打井的这个大队建个良种场，先少买些良种畜，也暂时不要搞土建工程，把买来的牲畜先放到生产队的饲养院，这样这笔钱的大部分可用在打井、建扬水站这方面。这笔钱现在还在区畜牧局账上，挪用了他怕有人告状，他指示把钱打入喇嘛湾公社，让李静管理。怎么花，李静肯定听他的，也绝不会泄露。虽然做了这些安排，他还是怕上边来查，又怕拆了东墙不够补西墙，他专门给区委书记汇报了此事。区委书记说："反正咱们没有往自己的腰包装，挪用后让财政局尽快给补上就是了。真要出了问题，咱们集体承担责任吧。"

给水团的领导知道了区里建扬水站缺一大块资金，看见白华文这个人雷厉风行，是真想给人民办点儿好事，他们主动跟白华文讲："我们那里还有一套扬水站设备，你们先用在这里。至于买设备的款项，可以缓一缓，你们何日手头松了，再给我们也不迟，反正我们不会追要，还得讲鱼水情。"

白华文一听，喜出望外，真是天上掉下个林妹妹。给水团带了这么个好头，李静爱人的单位也经过研究，除了设计图纸免费，还给李静所在公社拨付一万元，同时承担全部安装工作，也不要一分钱。李静问过白区长："是不是把给我们公社的那一万元先付给给水团？"白区长告诉她："暂时不要动那一万元，还不一定有什么紧要的地方，往后放一放再说。"

由于给水团和水利设计院的大力支持和配合，第一眼井很快就打成了。白华文、给水团团长、市水利设计院院长在李静的陪同下，早早来到了现场。随着放水的一声号令，清凌凌的地下水喷在前边不远处的水泥槽中，一位老农眼含着热泪，用双手捧着水喝着，并说："真没想到，我活着还能喝上这么干净的水，这一辈子活得不冤枉了。"没有多长时间，扬水站的配套设备全部安装就绪，喇嘛湾这三个大队终于告别了世世代代吃苦水、吃雨水的岁月。

知道了喇嘛湾公社那三个大队解决了人畜饮水的问题，宝塔公社的领导和那五个大队的头头们都先后找过白华文，跟他说："这手心手背都是肉，不能偏这个向那个，要一碗水端平。"白华文跟他们说："我不仅是喇嘛湾公社的区长，还是你们的区长呀，办什么事情总得有个先后吧，一口能吃个胖子。"他还向有关同志谈了组建一个牧业公社的设想，谈的内容不是粗线条，而是很具体、很详细，是他反复思考过的方案。

其实，还在任公社书记期间，白华文就想把那三个大队变成牧业大队，只是因为没有解决水的问题，他才没敢贸然推行。眼下，仅剩宝塔公社那几个大队需打几眼深井，这个也不会有多少困难。很多同志认为他提出的组建牧业公社是个好主意，希望区里早点儿下决心。

为了更多地掌握第一手资料，白华文带领区农业局、畜牧局、水利局和办公室秘书王宁，到那几个大队搞调研。那里的一座座山梁，一条条山沟都留下了他们的脚印。他们在每个大队开了座谈会，围绕的主题只有一个：搞养殖业前途如何。他们和社队的同志们详细地测算了一下草坡的面积，估算了一下可能的载畜量，也评估了一下经济效益。白华文几次谈道："只要找对了路，选准前进的方向，就不要怕路远。"根据调研的情况，王宁起草了《关于组建牧业公社的调查报告》。这个报告先让李静和宝塔公社的书记修改了一遍，调查组也讨论了几次。根据大家的修改意见，王宁又把草稿重梳理了一下。回到区里，根据白华文的意见，把调查报告（草稿）印了几份，分发到区委书记和有关领导同志，让大家提出审改意见。

过了几天，白华文主持召开了区长办公会议，他说："今天我们会议的议题只有一个，就是讨论一下我们调研后起草的一个报告，这个报告的清样已分发给大家了，我想大家都准备了意见，咱们互相通通气。报告的起因就是想把相关的八个大队从原属公社剥离出来，组建一个牧业公社，以养牧为主，使那里几个大队走上致富的路子。为了大家加深印象，让王宁同志再给大家念一下这个报告。"

王宁读完这个报告后，白华文又说："现在就请大家畅所欲言，发表意见。"

稍停了一会儿，听见了翟士民副区长的声音："我谈几点意见。首先，我们都知道，我们的国策是以农业为基础，以工业为主导，这个报告先抛开了基础，大谈什么效益，我认为是不对的。报告中还讲到那里每年吃多少多少返销粮，但他们毕竟自己还能打下一些粮吧？手中哪怕只有一斤粮，也比没有强吧？另外搞畜牧业，那些漫山遍野的牛羊，不仅损坏着林木，还破坏着植被，这个历史责任谁来承担？鉴于以上几点理由，我不同意这个报告的观点，当然也就反对成立牧业公社了。我先讲这么几点，仅是我个人的想法，不一定正确，因为我们是在会议上，我讲出来供大家参考。"

白华文一听他的发言，便知他是做了比较充分的准备的。从自己当了区长后，这位副区长从来没有很好地配合工作，在下边经常牢骚满腹，怪话连篇，还有意无意地在干部之间进行挑拨离间。对这些，白华文都忍了，没有和他正面交锋，一怕人家说班子不团结，自己作为班长，脸上也不光彩；二也知道自己是新任区长，翟士民资格比较老，在他面前谦虚些、低调些只会有好处。但没想到，在今天的会议上，这位副区长的发言上线上纲，用词又比较恶毒，完全否定了不少同志辛辛苦苦搞出来的报告。

翟士民发言后，白华文一句话也没反驳，只是扫了一下与会同志的脸色。此时，王宁给他递过来一个条子，上面写着："大农业，也包括牧业，没抛开基础。"白区长迅速地扫了一眼，慢慢地说："哪位接着说？"

另一位副区长发了言："我详细地看了这个报告，白区长和其他几位同志调研的时间不短了，这个报告写得也有理有据，我想说的是公社区划发生变更，我们区里没这个权力，这需要市里批。另外一点，我也去过那几个大队，有好几个自然村，交通十分不便。他们搞了养殖，牛奶每天都需要往市乳品厂送， 要不就坏了，这交通问题不解决，其他问题也暂时提不到桌面上。"

其他与会的同志大都发了言，仅就报告中的一些提法和预测的效益提出了一些疑问或不同意见，都没有从全盘上否定或肯定。

白华文听完大家的发言后说："说真话，今天，听了同志们的发言，我受益匪浅。我先谈个人意见。首先，我觉得这个报告没有抛开农业为基础的这个国策，因为畜牧业也是大农业的一部分，整个报告里也没有说那里不种粮了，我们是要因地制宜，坡度大的地方就可以提倡发展草业。至于温饱和环保的问题，这是一个辩证统一的问题，哪个重哪个轻不好下结论。既然今天会上的意见很不统一，我们就不做任何决定了，会后我给书记汇报一下。"

散会后，白华文向区委书记汇报了会议情况。书记说："那个报告我看了，你们费了不少心血，这事我看这么办，给市委写个请示报告，批准了咱们就干，不批咱们再想其他办法。在这个请示报告中，要原原本本地写上我们区里有的同志提出的不同意见，便于领导权衡利弊。"

《关于组建向阳区牧业公社的请示报告》呈送到市委。巴书记看到这个报告，觉得有点儿奇怪：既然要组建这个牧业公社，为什么报告中罗列了那么一大段意见呢？他给白华文打了个电话，问了报告为什么这么写的原因。他放下电话后，在报告原件上批示："请秘书长召集农业局、畜牧局、编办、水利局、扶贫办开会研究这一报告。如可行，尽快批复，结果告我。"

市委同意组建牧业公社的批复很快到了区里。白华文立即召集喇嘛湾公社和宝塔公社的领导开了会，他说："此事在未决策前，大家都可以发表这样那样的意见，如今市里已批了，我们就不允许有人再说三道四了，行动上更不能对抗拖延，这是一条纪律。"会议研究先从两个公社抽几名干部，组成筹备工作组，办公地点暂时放在喇嘛湾公社。从下星期一就开始筹建工作。

由于白华文的亲自过问和市畜牧局的大力支持，有几个大队已经建起了养牛场，各生产队的存栏羊数量也翻了两番，牧业公社新办公地址也盖起了一排正房，装修完毕的三间房已能办公。区委决定由招待所黄所长出任牧业公社代书记。

看到头衔前面有个"代"字，黄所长心里不大痛快，双眉紧锁，有点儿惊愕地自问自己："不是讲疑人不用，用人不疑吗？这'代'字加的，分明是一种不信任，是还要观察一下的意思。”白华文看出了他情绪上的波动，开诚布公地对他讲：“你不要围绕在‘代’字上想来想去，有个‘代’字可能说明组织上认为你还有需要努力的地方，说明组织上还要考验一下，看你带着这个‘代’字，能不能拉好车，能不能带领全公社的人在社会主义康庄大道上阔步前进。千万不要管那个‘代’字，要努力把那个‘代’字变成另一个‘带’字，带给组织上一颗火热的心和成功的喜讯。”

第三十一章 / 姐姐的托付 /

人生之路，有山重水复之坎坷，也有柳暗花明之境界。若走错了路，止步就是进步。若找对了方向，就要勇往直前，千万不要犹豫。

白华文的姐姐，比白华文大三岁，从小也在苦水中长大。她和丈夫没明没黑地劳动，生活又勤俭，家里的生活还算凑合。他们的儿子叫张强强，生得圆头杏脑的。华文很喜欢这个外甥，认为他脑子聪明，记忆力好，是个读书的料。他多次跟姐夫姐姐讲，让好好培养强强，将来找上个工作，也许就不用跟土地打交道了。

张强强初中毕业时，由于家里经济条件所限，他没有继续念高中，而是报了中专，也如愿以偿。他从市第二师范学校毕业时，白华文还在喇嘛湾公社工作。张强强等待分配期间，得到一个信息，他们这批毕业生大部分要分到山区、革命根据地、少数民族地区。说得明白点，就是要分配到经济发展比较落后、生活环境比较艰苦的地方。张强强倒不怕艰苦，他是压根儿不喜欢当小学老师这个行当。他回到家里跟母亲说：“我已中专毕业了，我们这个学校的毕业生没有特殊情况都是要去当老师的。虽然教书是件不错的工作，但我一想到站在三尺讲台前，心里就发怵。我想，您去找一找我舅舅，让他给我跑动跑动，看能不能把我分在机关单位，当个小干部，那样我肯定是能留在城里头，离你们近，有事也可照应。再一点，在机关里工作，社会交往多，显示自己工作能力的机会也不少，这样说不定自己会进步得快些，若干年后，有利于实现自己的奋斗目标。"

强强的母亲知道弟弟的脾气，别人的事情找到他，或许还能帮忙，亲戚若找去，十有八九要碰钉子。听儿子讲完后，她说："要不你到喇嘛湾公社直接找你舅舅。你是外甥，在他面前讲深了讲浅了都不是问题，妈要是去的话，万一说不行，那就没有回转的余地了。"

强强一听急着说："您让我直接找去，这肯定不行。咱们家，我姥爷姥姥去也不行，我爸去更不行，只有您去，成功的把握最大。"

听了儿子的这段话，她心里七上八下的，实在有点儿左右为难。不去吧，是自己儿子的事，万一影响了儿子的前程，那做母亲的可不是要后悔一辈子？去吧，又怕碰个软钉子，脸面上好看不好看无所谓，关键是儿子想办的事没着落，儿子会着急的。不过又一想，姐姐找弟弟，成与不成，外人也不知道，也不丢金丢银。再说，从他离开村子这么多年了，也没有找他办过什么大事，我这么一个儿子，让他给关照一下分配，他那能说不行呢？她不断给自己打气壮胆，想在弟弟面前提起此事时更加理直气壮些。

她又给强强说："你不去也行，我怕说不清楚，你给你舅舅写上一封信，妈明天就找你舅舅去。"自古道："为儿为女有了地狱。"妈妈心疼自己的儿子，找自己兄弟办事，也不是上刀山火海，用不着太紧张，她打算第二天到喇嘛湾公社去。

白华文结婚后，家安在市里，他的办公室也是卧室。姐姐坐班车来到了喇嘛湾，她走进公社大院，直接进了白华文办公室。

白华文正坐在桌旁看一份文件，听见进来一个人，抬头一看是姐姐，他赶紧站起来说："姐姐，是你，你怎么来了，家里没出什么事吧？"

姐姐坐下后看着弟弟说："没有没有，能出个什么事？"

此时，白华文心想，姐姐来这里肯定是有点事，要不正值农村大忙季节，她怎么会来呢？姐姐几次想提起儿子的事情，但总是话到嘴边又咽了下去。她低头看见了弟弟穿着的黑皮鞋便问道："买这一双皮鞋需要多少钱呀？"

白华文听后笑着问："你怎么关心起鞋的价钱来了，是不是想给我姐夫买一双？"

"我没有买皮鞋的心思。你姐夫是庄户人，穿这个鞋也不实用。只是看见你穿这么好的鞋，不由得想起你十五岁那年，你给人家当小长工，由于布鞋底子磨烂了，给人家割高粱时被茬子扎破了脚，流出的血都印红了鞋帮子。中午，我用一块旧布子给你包的时候，问你疼不疼，你说不疼，并说：'姐姐你等着看，我再长大一些，多干点儿活，攒几个钱，一定买一双很耐磨的鞋，穿上后再也不用担心茬子扎脚了。'这一晃多少年过去了，姐姐看到你终于穿上又好看又耐磨的鞋了，一想到你这么争气，姐姐的心里要多高兴就有多高兴。"

白华文一直微笑着很认真地听着姐姐说的话，心想，不管是怎样的日子，只要在生命中留下痕迹，回忆时便有一种温情。他喝了一口茶水问道："怎么我姐夫没跟你一起来呀？"

姐姐告诉他："昨天，我本想让你姐夫来，可他怕你顶呛他，事情办不成，脸面上也不好看，死活不来。他不来，我就得来吧。"

听到这里，白华文又问道："我姐夫也没招我，没惹我，我顶呛他干什么？这好像没道理。姐姐你说他怕来办不成事，究竟是什么事呀，你说吧。"

姐姐唉了一声说："找你有这么一件事情，说大也不大，说小也不小，就是强强毕业分配的事情。这里有他给你的一封信，你一看就清楚了。"

她把信递给了白华文，又说："强强已经毕业了，想找个好工作，让你给说说话。"

华文看到外甥在信中写道："舅舅，请您相信，我是个争气的人，是一个喜欢攀登的人。我常想起您说的话，人生的路有山重水复之坎坷，也有柳暗花明之境界。若走错了路，止步就是进步，若找对了方向，就要勇往直前，千万不要犹豫。今后不管遇到什么情况，我都不会辜负您的期望。"他抬起头问姐姐："强强是中专毕业生，国家包分配，不用个人找工作。"

"不是怕没工作，是他不愿意当老师，想到行政机关上班。"

白华文已经知道了姐姐这次来找他的意图，行或不行，他一个字也没有吐露，姐姐也不好意思再追问下去。中午，姐弟俩在公社食堂吃了顿饭。下午，姐姐就返回了宝塔村。

送走了姐姐，白华文躺在床上左思右想，自己工作这么多年了，姐姐很少找自己办事，强强是姐姐的独生子，把他留在市里工作，将来姐姐上了年纪，身边也有个照应的人，这个事情不能不关心。

白华文跟向阳区领导和市人事局局长都有来往，关系也都不错，自己上门找他们，估计这个事情也能办成。又一想，找人家一是要落人情，将来还得补报；二是万一对方说有困难，堵住了口子，再让别人说合就困难了，不如直接找自己的老领导，那样十拿九稳，也没有什么后遗症。他很快找到了巴书记，讲了自己唯一的亲外甥有这么个请求。巴书记不以为然地说："这么点儿小事还用你跑回城里一趟，打个电话不就行了。"

白华文十分感激地说："这事在您这里是小事，可在我身上似乎压着一座大山。您答应了，我如释重负，也好交代我姐姐了。"

没有几天，张强强接到市人事局分配通知，让他到向阳区人事科报到，他被分配到区民族民政局工作。

白华文被提拔为区长后，强强心里暗暗高兴，自己的舅舅当了区政府一把手，大树底下好乘凉，说不定自己时来运转了。他工作的劲头更足了，而且有意无意地常和区组织部的干部们套近乎。他在民族民政局工作也几年了，口碑不错，同志们普遍认为他有工作能力，又会团结人，是个有培养前途的好青年。组织部的领导也试探过白区长，在他面前夸赞张强强。白华文很干脆地说：“他工作没有几年，也缺乏基层工作的经验，在民族局工作中也没有突出的成绩，以后你们少夸他，小心把他夸得头大了。”白华文心里清楚，这位组织部负责人通过夸强强，很明显是想拉近和自己的距离，他说的是不是都是心里话，也得打个问号。

这一年冬天，根据区常委会议定的事项，区委书记让组织部考核一批干部，一部分公社、科局和区属厂矿企业、学校要提一些副职干部，部分正科级的干部也要动动地方。组织部部长心里清楚，年年让组织部提考核名单，很多时候只是做个样子，准备提拔的干部，领导心里已有了谱，但程序还得走。有时，有的负责同志想提拔某人，自己又不明确讲，只是示意一下，你还得猜测领导的心思。不身临其境的人，是很难品味出其中的滋味的。

就在组织部着手进行这项工作的时候，有一天，白华文找到组织部部长，直截了当地建议把区委书记的表弟提起来，并说：“咱们一直讲任人唯贤，举贤不避亲，但让书记讲提他表弟，有没有这种可能不好说，但因为这种关系把好苗子漏掉了就不好了，对我们革命事业也是个损失。”

组织部部长把白区长的建议很快反馈给区委书记。书记听到后，心里很感激。过了不久，组织部部长向他请示工作，他绕了一个很大的弯子问部长：“听说民族民政局有个年轻干部叫张强强，工作中表现很积极，你们对他了解吗？”

组织部部长随即回答：“这个干部我认识，群众威信很高，很有能力。”

区委书记“噢”了一声，又说：“那是不是也可以把他作为考核对象呢？”没等部长回话，他又接着说，“我看这次考核干部的面可以宽一点儿，咱们互相多通通气。”

组织部部长回到自己的办公室，静静地想着刚才书记的话以及前几天白区长跟自己讲的意见，党政两个一把手，对他讲的一个是“建议”，一个是“是不是也可以”，实际上都是让你照办的事情，都说组织部部长是实权人物，可实权在哪里？要不人们常说：“朝中有人好做官。”好在多年的工作经历，类似的情况碰到不少，他已经见怪不怪了。

组织部综合了方方面面的意见，将拟提拔的干部名单和相关的考核材料写成了报告呈送给区委书记。书记看完报告后，一个字也没有改动，在报告上批示："请各副书记、常委审阅，过几天，提请常委会讨论通过。"

大约过了一星期，区委书记主持召开了区常委会，他首先讲道："今天会议的主要议程是讨论通过一些干部的任免事项，与会的同志们要本着对革命事业高度负责的精神，坚持五湖四海，反对任人唯亲，把那些德才兼备、又红又专、有培养前途的干部提拔上来。这是与会的每个同志都应该遵循的原则。关于会议的开法，咱们先听一下组织部的考核报告，大家有个总体印象，然后在民主集中制的原则下一个干部一个干部地过。大家如果没有不同意见，就让组织部部长先宣读他们的报告。"

组织部部长照本念完考核报告，会议进入到讨论阶段。当讨论到区委书记的表弟拟任公安局副局长时，区委书记先发言："在座的有的同志可能不知道，这个干部是我的一个表弟。对他能否提拔任用，我恳求大家千万不要考虑我这个因素，够条件就提，不够格就拉倒，不能看我的面子不说真话。"

在表决的时候，区委书记没有举手表示同意，但也没有反对，算是弃权吧。其他同志都举手同意，他表弟的任命很顺利地通过了。

在这次拟提拔的干部名单中，还有白华文的外甥张强强。同志们在发言中给张强强戴了不少高帽子，也是异口同声，同意提拔张强强。白华文心里想：常委会采取民主集中制，少数服从多数，即使自己不同意，也不至于影响结果，这样的话，不会给别人留下话把子，他权衡了一下利弊不动声色地说："关于张强强的提拔问题，我个人意见认为，虽然同志们肯定了他不少优点，但我总觉得他很多方面还不够成熟，离一个真正接班人的要求还有距离，提起来是否对他今后成长有益还是个问号。我建议把他往后放放再说。"他不仅说了这些话，还举了反对的手。但表决通过张强强任民族民政局副局长时，他的心里还是很惬意的。

会后第三天，组织部部长到民族民政局开了个短会，宣读了对张强强的任命通知。该局共八个人，一个局长，两位副局长，五个工作人员。排在张强强前的是一位姓吴的女副局长。局长姓杜，眼下还在一个大队蹲点。

又到新一年春耕季节了，区里分配给民族民政局一名驻社队干部名额，而且指定是局负责同志。杜局长就此召集两位副局长商议时，张强强首先发言："我任命不久，需要尽快熟悉全局的业务。吴局长是个女同志，家里又有小孩，下社队蹲点恐怕不大方便。我的意见是今年杜局长再下去一年，明年我们局有驻社队任务时我去，到时咱们也不用碰头研究了。"

杜局长听后没有立即表态，心想自己刚下去蹲了一年，回来时间也不长，再下去蹲点，于情于理都有点儿不合适，但一想张强强是刚提拔上来的干部，又是区长的外甥，和他搞不好关系，以后局里的工作不好开展，而且对自己也不利，不如委曲求全。他看了看身边的两位副手，说了句没头没尾的话："那就这样吧。"说是商议，实则是"三把手"一言为定。好在杜局长很会调节自己的心态，也有点儿打肿脸充胖子的意思，回到家里跟妻子说："组织部说我驻社队工作搞得不错，今年还让我再下去一年，区委书记也是这个意思，个人只好服从组织决定了。"他妻子听后也没当一回事，什么话也没说，知道他们的蹲点也不要求常住村里，想去就去，不想去也无人督促，只要年底写好总结报告就行了。而且不管去不去，每天还补助六毛钱，一年四季，菜、瓜、肉、油等也常往家里拿，更可喜的是常能在家里帮的干些家务活。她一点儿也不了解杜局长心中的无奈。

张强强当副局长后，他心里清楚，即使舅舅没说话，也是有舅舅当区长这个背景。他心里唯一感到不快的是舅舅从来没有夸过他一句话，而且在有人没人的面前，对他全是教训的话，什么要团结同志呀，一尘不染呀，不要出风头呀，要谦虚谨慎呀……这些话，他听进去多少，只有天知道。若干年后，当他出事的时候，想起来舅舅多次苦口婆心的提醒，后悔自己没有把舅舅的话放在心上。

第三十二章 /二兰的疑心/

人们都说西施漂亮，可那是古代的人物，甚至只是个传说，对当代女人不构成威胁。如今要是有“西施”经常在自己老公周围出现，再不提高警惕就是个傻瓜了。

自从白华文当了区长后，特别是搬到新家居住后，二兰的心态发生了一些变化。过去，华文在公社工作期间，多日不见，她也不打听他在哪里、每天吃什么、和谁在一起。如今，时过境迁，华文有时候回家晚了或有个应酬不在家吃饭，回家后，她总要问：“你干什么去了？”“回来这么晚，今天跟你一起吃饭的还有谁？”特别是白华文要下社队工作，她问得更加详细：走几天？哪儿过夜?起初白华文觉得二兰的问长问短是对他的关心，每次都有问必答，从没有不耐烦的表现。

白华文刚当区长的时候，二兰一位好友曾和她开玩笑说：“你男人当官了，跟上他会吃香的喝辣的，你心里肯定很美，可你也得多个心眼，不能每天对他像大热天捧着的一个雪糕，喜欢的不得了。男人们在落难的时候特别有情义。你看那古戏文中，最动人的爱情故事，总发生在公子落难的时候，到了公子金榜题名时就该美人落泪了。我的一位老师曾给我们讲过，南开大学创建人，也是校长，叫张伯苓，他在1929年给女生部毕业生讲话时说：‘你们将来结婚，相夫教子，要襄助丈夫为公为国，不要要求丈夫升官发财。男人升官发财后，第一个看不顺眼的就是你这个原配夫人。’”这段话对二兰触动很大。她知道自己的脸蛋长得还是养眼的，只是人到中年，又是两个孩子的母亲，身段呀，衣着呀，稍不注意就可能少一些吸引力。

美丽的容颜首先建立在健康身体的基础上，二兰开始注意了晨练，饮食上也减少了脂肪的摄入量，千方百计不让自己胖起来。另外，在市医院住院期间，奇小明曾让他们医院一位著名的中医给她抄了一份家传秘方，叫沙苑猪肝汤。这汤用料是猪肝四两，沙苑子一两，白菜叶一两，枸杞少许，姜一片，料酒半勺。在市医院时，二兰已知道了做法，即将猪肝洗净切成薄片，枸杞用温水洗净，沙苑子用清水熬两次，收成药液。然后将锅烧热，放入油，注入肉汤和沙苑子药液，再放入姜、料酒、细盐。待汤开时下猪肝片，烧至微沸时，放入枸杞、白菜叶，煮两分钟后可起锅装碗。那位大夫嘱咐二兰，此药长期服用可使你眉目清秀，容颜美丽。二兰已服用这个汤有一周了，把它当成了美容餐，感觉不错。

她还把这个方子告诉了她的几位同学。一位同学说：“看二兰多会保养身体，每天晨练、喝汤、打扮，越来越年轻了，美艳的外表，风情流淌的眉眼，把那个白华文的心抓得紧紧的。”

另一位同学却说：“二兰这是有危机感了，不这样，怕区长走上了歪门邪道。她曾跟我说，人们都说西施漂亮，可那是古代的人物，甚至是个传说，对当代女人不构成威胁，如今要有‘西施’经常在自己老公周围出现，再不提高警惕就是个傻瓜了。”

“咱们二兰是个聪明人，你们往后看着，她一定会有出入厅堂的修养、走进厨房的手艺、打败狐狸精的智慧。”这位同学的话也是二兰的一种期望。

相当一部分女人是比较情绪化的动物，心情好时，可以把自己打扮得花枝招展；心情不好时，也可能连头发都懒得梳理。顺心时，把家整理得一干二净；不顺心时，起床后连被子也不叠。对自己的男人有时关爱体贴如绵羊，有时又咆哮怒骂赛母虎，哭笑无常，出尔反尔。这些一般女人的表象，在二兰身上并不多现，这么多年来，她跟白华文过日子，尽管也有吵闹，也有过烦恼和痛苦，但对白华文的生活作风还是放心的。那时听到有人说，宁可相信世界上有鬼，也不要相信男人那张破嘴。她感到这话是失败的女人总结出来的，是为了发泄一下内心的怨恨。可不知从什么时候起，耳边不时传进同学友人的提醒，倒使自己对华文的疑心越来越重了。

一个星期六的下午，单位里没什么事情了，二兰跟科里的同志们打了招呼，提前下班回到了家里，可忘带了家门钥匙，她直接向白华文办公室走去。到了门口，她没有敲门，一推门就进去了，她一眼看见喇嘛湾公社书记李静坐在沙发上，屋里顿时由“春光明媚”变成“数九寒天”。眼前看到的情景，使她不由地胡思乱想，往日一肚子的怀疑似乎有了证据。她心跳得很急促，脸上也沁出了热汗，脑子里像电线短路一样霎时一团漆黑。李静站起来和她说话，她也没听清楚问什么，只是哼了一声，直接走到门口放着的一个洗脸盆旁，里边有清水，她拿毛巾擦了一把脸，心上好像平静了些。白华文看见她慌乱的样子，小心翼翼地问：“你今天下班这么早？”

“是不是来得不是时候？”

白华文看她那个神态，也没有再说话。

二兰走到华文办公桌旁又说：“把家门钥匙给我，我忘带了。”

二兰拿着家门钥匙离开了白华文办公室，也没有跟李静打招呼。走在路上，她知道的很多往事又出现在眼前。李静和白华文，从年轻时就在一起工作，两人都暗恋着对方，说白华文是李静的初恋，或李静是白华文的初恋，都一点也不过分。李静当了公社一把手，白华文肯定是帮了忙的。耳风耳影的，也有人说他们的闲话，但究竟到了什么程度，自己也闹不清楚，但有一点不容置疑，李静在白华文的心上肯定是个有位置的人。

白华文下班后回到家里，看见二兰嘴噘得像个猪肚子，没有搭理她。晚饭后，白华文问二兰："咱们家还有多少全国粮票，我过几天要出差，需要拿二十斤。"

二兰没好气地答道："男人一进官场，家就不是个什么了，你早已没有了这个家了。"接着就委屈地哭了起来。

白华文心里知道她是因为在办公室碰见了李静，正在生闷气。他不咸不淡地说："你今天怎么了？你还是一个有文化的人，这么不开通。你也好，我也好，在单位里，总还要接触别的男人和女人吧，这是工作关系。你前一阶段看过的那本书《鲁宾孙漂流记》，你给我讲过，他身边只有一个星期五，只有一个孤岛，我们都不是鲁宾孙吧？一接触异性，就疑神疑鬼，那是精神上有点儿不正常吧？你对我这个态度，打个不恰当的比喻，真是蚊子叮在了泥菩萨身上——找错了对象了。另外，在这个家里，你和我需要的是一种融洽，一种默契，一种无拘无束的交流。你我都应是对方心灵的一个起点，一个交叉，一个相互契合的载体。千万不要站在人生大河的岸边，瞪大眼睛监视对方，甚至想把对方的生存空间全部占有。"他看见二兰不哭了，似乎在认真地听自己讲的话，又语重心长地说，"二兰，你想过这个问题吗？在现实生活中，谁又能占据谁的全部呢？想占据全部，可能吗？应该吗？比如你，和谁见面了，到什么地方办什么事了，我需要全部知道吗？没那个必要。否则，不是低能儿就是神经病。"

这些话也许是点到了二兰的痛处，让她冷静了一些，有了一些反思。她没有继续和华文胡搅蛮缠。

那天晚上，二兰躺在床上翻来覆去，一直也没睡结实，李静的影子仿佛一直在她脑子里转悠。早晨起来，洗漱完后准备上班去，她一本正经地跟华文讲："我以前跟你说过，我这个人肚量不小，将来不会吃醋，但也需要你对我尊重，不能在我眼里揉沙子。"

华文听后，什么也没表示，心想，好男从来不跟女斗，在女人面前，以君子风度取代居高临下，家庭的气氛才会和谐，两口子彼此才会有宽容。

白华文那天上班后，因喇嘛湾中心学校出现了严重的学生被踩踏的事故，他和有关领导没有顾及其他工作，直奔喇嘛湾公社。因走得着急，他没有跟二兰打招呼。

中午吃饭的时候，二兰一直等着华文，左等右等，快午后两点了，也不见人影，她到区办公室一问，才知道是去了喇嘛湾公社了。她往家走的时候，气不打一处来，心里骂道："真是不要脸的东西，昨天才见的面，今天又去了，走时连个屁也不放，鬼鬼祟祟的，还不是和那个狐狸精约会去了。"下午，她请了个假，也没去上班，在家里坐也不是，站也不是，急得要命似的。

太阳落山前，白华文回来了，他随手把提的半袋子香瓜放在家门口沿台上，回头去关了院门。刚扭头往家门口走的时候，二兰冲出来，随手拿起一个香瓜砸在了他脸上。白华文用手拨拉了一下脸上的瓜瓤子，瞪大眼睛大声怒斥二兰："你疯了，你疯了，你知道不知道打人是犯法的？看你那个不开楞畔的相哇，是典型的泼妇。"他还想责骂二兰，一想自己站在院中，让别人听见了多不好看。他气呼呼地进了屋里，坐在沙发上仍怒发冲冠，像一头暴怒的狮子，脸都气得煞白。坐了几分钟，他起身出了院门，向办公室走去。

白华文离开家后，二兰也闷闷不乐地坐在了床边，心里想，是不是自己刚才的动作有点过火，他是个区长，要让别人看见了，人们会怎么议论他呢？她虽对自己刚才的冲动有点儿后悔，但事出有因，是他招惹的。她也没有太责备自己的意思，更没有向白华文赔礼的打算。

也不知出于什么想法，二兰给奇小明打了个电话，讲了近一个阶段和白华文冷战的情况。奇小明作为二兰的知心人，也可以说是心上人，真诚地希望二兰家庭和睦，生活幸福。电话里听见二兰边说边哭，他想给予她些精神上的抚慰。他对二兰说："二兰呀，你怎么聪明一世，糊涂一时呢？这丈夫丈夫，一丈之内才是夫，此外，他还是别人的同事、别人的朋友，你不能让他的工作和生活时时在你眼皮子底下，处处打上你的烙印，这既不现实，又不真诚。两口子也不能想说啥就说啥，对方并不完全是你生活的焦点，只有你自己才是。先把自己心理调整好，不能怀疑人，要尊重对方个性、习惯、行事风格，给对方更多的包容空间，把期待放在自己身上，不刻意束缚对方，感情中以求不负我心就可以了。你刚才还谈到道德品质、严于律己这些话，我想在这方面也谈点儿个人意见。道德、自律这几个词确实经常被人提起，但我愈来愈感到人们更关注自我的内心，虽然这体现了人对自我的尊重，但欲望泛滥的背后，必然带来一系列连锁反应。婚姻并非单纯的爱情，而是最大程度的信赖与合作，仅从自我的快乐或判断出发，永远无法获得感情上真正的安宁。人生，你别以为它轻似风、淡如水，有时竟也浓如油、烈如酒。生活顺其自然，迁事处之泰然，得意之时淡然，失意之时坦然，能做到这几点就好了。另外，我真心劝你，两口子没有高低之分，彼此之间有些争吵，也说不清谁有理谁没理，过多的吵闹会动摇感情的基础。你可以主动些，要不对谁也没好处。"

听了小明的劝告，二兰心中轻松了许多，看白华文也比前几天顺眼了。但白华文对她仍冷若冰霜。以前，两人上了床，华文经常像个开屏的公孔雀，忽闪着翅膀不停地表示爱意。自从被香瓜打了后，上了床也一言不发。过了一个来月，二兰感到白华文还是无动于衷，她感到再这样下去真要鸡飞蛋打了。一天夜里，华文刚躺进被子里，二兰就钻进了他的被子里，轻轻地说："我的大区长，你真能记仇。村里的人常说：'天空下雨地上流，两口子吵架不记仇，白天吃的一锅饭，晚上睡的一枕头。'你要把我记到牛年马月？我错了还不行？"

白华文听到二兰终于认错了，也没有提过去的事。二兰犹如烈日当头，在一望无际的沙州艰难跋涉，烦渴难耐，全身火烧火燎，忽而看见一丝绿叶，又饮到沁人肺腑的甘露，她醉了，感到天旋地转，瞬间飞入了蓝天。

就在那天晚上，华文严肃地对二兰说："我们既然有缘做一家人，就应该彼此珍惜、尊重，不要试图处处束缚对方，更不要有事没事就怀疑别人，那样会由爱生怒、由怒生恨，这是导致不少家庭破碎的一个原因。"

"行了，别说了，我知道了。"二兰用手捂了捂华文的嘴，笑着说。

第三十三章 / 李静任市农业局局长 /

一定要看淡一切浮名俗利，要能顶得住种种诱惑，永远有一种草根情怀，永远有当人民公仆的觉悟，这样我们就能在攀登的道路上登上险峰，领略那无限的风光。

近一阶段，让巴书记闹心的事有好几件，其中一件就是市农业局局长因患癌症，医治无效，过早地离开了人间。他参加完追悼大会后，心里一直很难受。这位局长跟随他多年，既有理论水平，又有实干精神，工作中一直勤勤恳恳，口碑不错，失去了这样一位好干部，确实是市农业战线上的一个损失。找个干部补上这个缺位并不难，但找个熟悉农村工作又在农业生产上有所建树的人才也不是件容易的事情。这几天，围绕这一人选，巴书记的脑子里过了不少同志，其中也有李静。他知道，李静去年已是向阳区党委常委了。虽还在喇嘛湾公社工作，但已是副处级干部了，扭正一下，也是个正常的事情，不会在干部队伍中引起震动。

“政治路线确定之后，干部就是决定的因素。”对干部的培养选拔，一直是各级党委很重要的一项工作，长期以来，这方面一直强调的是五湖四海、任人唯贤、德才兼备等，这些原则或者叫标准，当然那个领导也不敢公开违背。巴书记这么多年来，不知提拔了多少干部，他当然也得遵循着接班人的选择标准。但他心里也想过，这五湖四海那么大，人那么多，有的从未见过面，也没有共过事，甚至连名字也叫不起来，怎么能点名道姓地提拔使用呢？所以，原则也好，标准也罢，就是防止搞小圈子，杜绝山头主义。实际上，不管哪一级领导，使用提拔的干部还是自己熟悉的人、身边的人、信任的人。不过不同的领导掌握的分寸不一样，采取的策略也不同，但大家都清楚，知人相当不易，用人更为艰难。怎么个难法？难就难在如何选拔上自己看准的人，别人又说不出个所以然。

对李静，巴书记当然很熟悉，知道她长期在基层工作，对抓好农村工作有实践经验，笔杆子和口才都不错，更主要的是立场坚定、觉悟高，是他长期培养的一个好苗子。他曾对着不少干部夸奖过李静："勇者，脚下都是路；智者，知道走哪一条路最好。我们的李静就属于后者。"

去年中秋节前，李静和她爱人到家里来看望巴书记。巴书记问她："前一阶段，我看见报上有你写的一首诗，写得可真不错。你工作那么忙，还有那雅兴。"

李静笑着说："那是我闹着玩的，瞎凑合了几句，好倒不一定好，但是是我的真实心声。"

"啊呀，那你可玩大了，上了党报了，那可不是件简单的事情。"巴书记说到这里突然转了话题问她，"当前社员们最不满意的是什么问题呀？"

李静不假思索地回答："一是上上下下的表面文章，二是大大小小的官僚主义。"

巴书记一听，轻轻地点了一下头说："你这个大大小小、上上下下说得挺好，这方面的问题涉及的人恐怕不是个别的。这表面文章不煞住，是一股祸水啊！就像洋烟花，你们年轻人叫罂粟花，一开，真是姹紫嫣红，一眼望去，赏心悦目，真是好看极了。可谁能料到，这么艳丽的花朵，孕育出的却是有毒的果实。同时这表面文章也是鸦片。我经常想到这点，体会到看任何事物，千万别停留在表面，要看本质，看演变的结果。我们要擦亮眼睛，善于分析，让表面文章没有市场。”

当谈到反对官僚作风时，巴书记又提到：“我们作为一名革命干部，一定要看淡一切浮名俗利，要能顶得住种种诱惑，永远有一种草根情怀，永远有当人民公仆的理智。这样，我们就能在攀登的道路上登上险峰，领略那无限的风光。每个干部都能这样，官僚主义就会渐渐消失。”

李静两口子临走时，巴书记又问：“你那里工作还有什么困难？有什么要求？”

李静好像是早有准备的样子，马上回答：“工作中的困难暂时还没有，即使碰到了，我们会想办法去克服。我倒有个要求，应该叫请求吧。我们公社有一名从省农业科学院下放的干部，五七年出了一点儿事。他在我们公社很少跟人来往，也寡言寡语，岁数不大，白头发不少，目前在我们公社良种场工作，我给他安了个生产干事的头衔。不知道什么原因，我有点儿同情他。在工作中，我们彼此慢慢有了些信任，他跟我说：‘当年院党委让他们提意见，并多次说言者无罪，闻者足戒。他是个团员，给他们研究室党支部书记提了几条意见，实际是工作上的几点建议。可做梦也没想到，不久就被戴上了一顶“帽子”’。他还含着眼泪跟我说：‘我打心眼里是热爱党和社会主义的，那天的发言，也是希望党支部更好地带领我们进行革命和建业事业，谁能想到竟是这个结局。’他还跟我开玩笑说，‘我总结了一条教训：宁在千里结仇，莫同上司红脸。但是总结得太晚了，已经没用了，将来有儿女的话，一定要把这句话告诉他们。’这个人有本事，有真才实学，他在我们良种场培育的山药、高粱良种已在我们向阳区大面积推广，增产效果特别明显。我听说现在有了政策，对他们这些人，表现好的可以摘‘帽子’，因此我想尽快给我们公社这位干部甄别一下，让他放下包袱，轻装前进。”

巴书记看了一下李静说：“你原来是这个要求。这个事和市里隔山隔海，有关部门也不完全了解情况，你先和你们区党委反映一下。类似问题很多，下一步看如何统筹解决。”

巴书记在笔记本上记下了那位生产干事的姓名，并记下了李静刚才说的一句话：“我不是那种人，总不能按住病腿连夜打，逮住不哭的孩子饿三天。”巴书记深深感到，李静这个干部不仅有政治胆量，还有难得的人情味。

李静走后，巴书记又想起去年全市“农业学大寨”经验交流大会上李静的发言。那次会议，总结交流了青山市“农业学大寨”的经验，表彰了先进，找出了差距。就在那次会议上，喇嘛湾公社被评为“学大寨”先进单位，李静被评为先进工作者。李静在大会上发言时的音容笑貌，他至今记忆犹新。有一天，巴书记从自己办公室卷柜中取出那次会议的文件集，从中找出李静发言的文稿，他认真读了一遍。那篇发言稿开头是这样讲的：“我今天发言的题目是‘大寨花开朵朵红，喇嘛湾公社展新容’，主要介绍一下我们公社通过典型引路开展‘农业学大寨’的情况。几年来，在上级党委的领导下，我们通过抓典型，以点带面，深入开展‘学大寨’，苦干一年，使全公社的面貌发生了比较大的变化。我们公社的喇嘛湾大队，在去年过‘黄河’的基础上，今年一跃过了‘长江’。在这个典型的引领下，公社还有其他四个大队过了‘黄河’，一个上了《纲要》，各生产队平均亩产突破了三百斤，全公社粮食总产量、生猪存栏数都位居向阳区第一。我们所取得的这些成绩是上级各级领导正确指挥和广大社员战天斗地的结果。”

发言稿的最后一段，李静讲道：“人类总得不断地总结经验，有所发现、有所发明、有所创造、有所前进。虽然我们取得了一些成绩，但这只是万里长征的第一步，或者说仅是个起步。我们的工作离党和人民的要求还差得很远，和先进兄弟单位相比，也有不小差距。今后，我们要以大寨精神学大寨，苦战几年，为完成市委提出的战斗任务而奋斗！”

读完李静那篇讲话稿，巴书记心里暗暗佩服，他往卷柜里放那本大会文件集时，轻轻吟了一句古诗：“我劝天公重抖擞，不拘一格降人才。”

没过多长时间，巴书记在向阳区委书记、市委组织部部长、报社总编辑等同志的陪同下，来到了喇嘛湾公社，他们要在这里搞一些调研。李静向巴书记一行汇报了全公社的工作。她谈了几点。一是谈到了通过典型引路学大寨。这方面的情况在全市学大寨经验交流大会上已讲过，主要是通过喇嘛湾大队这个典型的引路，先抓好全公社三分之一的大队，采取划片定点、梅花布局、分类指导的做法，以点带面，以面促点，一点带多点，多点连成片。李静谈道：“在调整农村一些经济政策时，我们是紧跟照办的，像自留地呀，自养畜呀，我们都是挑好地定的上限，社员们普遍满意。”李静特意谈道，“大家还要去良种场，所以那里的工作我就不多谈了，重点汇报一下我们举办了十期贯彻‘八字宪法’的学习班，参加人员是各大队、生产队干部，各大队的农业技术推广人员，还有部分回乡知识青年。讲课的是我们请来的农业院校的老师，还有公认的有实践经验的老贫下中农社员，也有良种场的技术人员。通过学习班，让大家知道‘八字宪法’是实行科学种田的纲领。‘种、土、肥、水、密、保、工、管’这八个字是相辅相成的，缺一不可。全面贯彻执行这‘八字宪法’，我们的工作就会事半功倍。”在汇报快结束的时候，李静又说，“这几年，我们做了一点儿工作，上级给了我们很多荣誉，我们一定会保持清醒的头脑，在胜利面前不骄傲，在成绩面前找差距，不断给自己提出新的战斗任务和目标，决心苦战三五年，让全公社的面貌进一步发生大变化。到时请各位领导再来，看看锦上添花的喇嘛湾。”

听完李静的工作汇报后，巴书记简单地讲了几句话，肯定了喇嘛湾公社的成绩，特别表扬了李静，赞扬她是称职的班长，是在大风大浪中经得起考验的党的好干部。

巴书记一行专门到了公社良种场，见到了李静曾说过的那位生产干事。巴书记很感兴趣地听了他的培育良种的情况介绍。他说话的声音不高，但大家都能听见。他说：“多年来，我们这里山药严重退化，根据我掌握的有关知识，我在良种场试种山药酸蛋蛋。头一年种，酸蛋蛋出来的苗子很娇嫩，我怕太阳晒死苗子，每天上午九点钟到下午四点钟都把那些苗子细心遮盖住。夏天，酸蛋蛋山药开花了，我又认真进行杂交，配了四百五十个花，秋后结下一百八十七个不太大的山药蛋蛋，还洗下二钱籽。第二年，我把那些小山药蛋种上，苗长得粗壮了些，秋天起下的山药还是不够大。第三年又种了一代，秋后最大的一个山药竟有三斤二两，我们良种场种了十五亩，平均亩产三千多斤。目前，这山药良种已在我们公社推广开了。关于高粱良种的培育，我们用了两年时间，共用不育系三十个、原始品种三百个，搞了八百三十八个组合，杂交出了十二个适合本地种植的组合新品种，生长期为早、中、晚，产量大大超过了以前种的'同杂号'。"讲到这里他看了一眼李静，又说，"我们几个良种能培育成功，全靠我们李书记，没有她，恐怕连这个良种场也没有。这是我的心里话。"那天，巴书记和这位生产干事握手告别的时候，一再嘱咐他要保重身体，还问了他一些个人方面的事情。

不久，青山市组织了到大寨的参观学习团。李静被指定为代表团的联络员，她和打前站的十几个人提前出发了，其中有她在报社的那位老同学。

在参观学习期间，李静在报社的那位老同学问李静："怎么让你当联络员了，是不是有意给你个亮相的机会，又要升官了。"

李静举起手中拿的报纸卷打了一下她那位老同学，笑着说："你又在瞎说八道，当个联络员，这是个受苦的角色，哪有升官不升官的说法？"

她那位老同学又说："'聪明得福人间少，侥幸成名史上多。'可你既聪明又得福，心想事成，没有一点儿侥幸的味道，顺顺当当有了名又有了权，真是难得。这次你回去，要写一篇学习体会，准备登报。我不是跟你开玩笑，这是我们报社总编给我说的，可能还是巴书记的意思。"

李静本想婉拒这事，一听有巴书记的意思，她没敢说"不"字，对着她的老同学，微微地点了点头。

回到青山市没多长时间，李静的大作——《脚踏实地学大寨，战天斗地夺高产》见了报。在这篇文章结尾处写道：“‘物有甘苦，尝之者识；道有夷险，履之者知。’大寨的经验告诉我们，只有在心中树立起苦干的丰碑，才能真正收获泥土的芬芳，才能以担当和奉献标注一个革命者应有的精神境界。”

就在这年秋高气爽的时候，李静被任命为市农业局局长。

在市农业局全系统干部职工大会上，市委组织部部长宣读了对李静同志的任职通知，台下响起了一片掌声。李静站起来向大家点头致意，并表了态：“首先感谢市委对我的培养和信任。我深深知道，就自己的水平而言，承担这么重要的工作，真有点儿诚惶诚恐、力不从心。因此，在今后的岁月里，我真心盼望大家多支持我，多帮助我。我一定会和大家团结在一起，一心一意抓工作。我也会严格要求自己，干干净净做人，这方面也欢迎大家多监督我。”

会后的几天，她在局办公室主任的陪同下，到局属所有的二级单位转了一圈，认了一下门，简单地了解了一下各单位的工作情况。她还在农业研究所，市良种场开了座谈会。在会上她讲道：“我出生在城市，成长于农村，虽然对农村工作并不陌生，但如何进一步让粮食增产，让社员富裕，手中的办法还是有限的。你们这些搞科研的，能站在科技前沿观察研究问题，今后要给我多出点子。我也会经常找你们，到时千万不要嫌我麻烦，拒我于门外。”

李静在报社的那位老同学在多位老同学的催促下，几次给李静打电话，要在一起坐一坐，叙叙旧。一则李静刚上任，确实有点儿忙，不好抽出时间。二则她也不愿意让老同学们坐在一起给自己吹喇叭，但经不住隔三岔五的电话催促，她还是在一个周末，和七八位老同学在一个小饭馆吃了一顿饭。她在报社的那位老同学首先代表大家祝贺李静荣升局长，接着又念了李白的《望庐山瀑布》，并文绉绉地说：“瀑布飞流直下，令人陶醉，为什么？是因为它在乱石堆中找到了出路。我们李静没有碰到乱石堆，面前也没有拦路虎，在平坦的大道上一路高歌猛进，这同样令人佩服。要不有人说，李静啊李静，你实在值得大家尊敬。”

李静听后笑得前俯后仰，拍打着身边一位老同学的肩膀说：“你们听听咱们这位老同学的话，不知道是夸我呢，还是损我呢？老同学们见见面，谈谈心，了解一下每个人的近况，本是件有意义的事情，让这位大编辑一说，味道就变了。咱们不要听他的。”

大家都知道李静是假装不高兴，说的话也是开玩笑，都没有太在意。只是报社那位老同学站起来又说：“既然我说错了，我罚自己一杯酒。”他拿起自己面前的一杯酒一饮而尽，又拿起酒瓶给自己倒上了酒，而后大声说，“刚才说错的话全不算，我现在说句正确的话：大家都站起来，为我们的友情，为我们的事业，为我们的明天，干杯！”一桌人举的酒杯碰在了一起。

分别时李静又对大家说：“我看见我们局农研所有个很大的果园，我和他们混熟后，在果子成熟的时候，我请你们到那里，咱们也来个‘葡萄美酒夜光杯’，大家要记住喽！到时候，我在那里等你们。”

第三十四章 / 张强强被拘留 /

从人到罪人，很多时候只是一纸之隔。在这个忙忙碌碌的时代，大家都在奔波着，忙着追求成功和自我价值的实现。对于每一个在路上的人，都会碰到压力、挫折、失望、嫉妒、情欲、贪婪等风险。防范这些风险需要我们不时停下匆匆前行的脚步，认真观照一下自己的内心，来实现人性的扶正与纠偏。

时间过得真快，转眼间又到了一年的清明节。这几天，白华文的主要注意力是放在春耕生产的工作进度上，特别是机播小麦的落实情况。这方面，区农业局的生产统计报表每两天给他送一次，他也不用跑腿，各公社的生产情况基本掌握。假如有什么问题，他大都通过电话去解决。让他揪心的是牧业公社各大队的畜群度春草料缺口很大，黄代书记着急得像热锅上的蚂蚁，几乎每天都给他打电话，让尽快给拨付些购买草料的款项，要不很可能又出现往年秋肥冬瘦春死的状况。白华文何尝不想早拨付呢，只是区财政账上没有这项专款，他真的到了爱莫能助的地步。

真是天无绝人之路，正在白华文愁眉不展、想金盼银的时候，上级给向阳区拨来少数民族地区和山老区扶贫经费一百二十万元，这笔款数额不少，而且拨付时间又早，让白华文喜出望外。

接到文件的当天，白华文就召集有关部门的负责同志开了会。按照文件精神，这笔经费一部分用于少数民族地区和山老区的集体项目，一部分直接扶持少数民族和山老区的贫困户。与会的同志们发言都很踊跃，大家议来议去，决定集体项目第一投向本区“红领巾水库”的结尾工程；第二投向区民族小学的配套设施；第三给牧业公社拨付五万元，专门用来购买各生产大队畜群度过春天所缺的草料。以上这三块投资约六十万元，剩余的六十万元，留下五万元作为机动款项，暂不动用，另五十五万元直接扶持确定的贫困社员。根据往年的经验，如果把现金直接放到贫困户手里或者“撒胡椒面”发放，效果都不理想。有的贫困户拿住钱乱花，打翻身仗也没个计划，结果，相当一部分被扶助的贫困户还是外甥子打灯笼——照旧(舅)，有的还是老太太过年，一年不如一年。根据过去的经验，会议决定这次把发放现金改成投放实物，把输血变成造血。围绕这一思路，大家发表了不少有建设性的意见。根据大部分贫困户所处的自然环境，拟给每个贫困户买二十五只成羊。这样计算下来，有一百多户贫困户可以受益。如果一切按正常情况预想，三年下来，这一百多户很可能能摘掉贫困帽子。因为母子下母子，三年是五个，碰上双羔，那繁殖得就更多了，白区长在会议结束前特别强调指出：“关于集体项目这个好说，由财政局监督款项的使用情况，但不要一次拨付，根据预算和工程进展情况分批次拨款，要专款专用。比较麻烦的是那一百多户贫困人家的扶持工作。这个由民族民政局牵头，会同各有关公社落实办理。这个先要由相关大队、公社确定扶贫户，要公开准确，不能把有头有脸并不贫困的人家弄成贫困户。哪个大队要是有这种情况，挂羊头卖狗肉，就处分哪个大队的党政一把手。咱们把丑话说在前面，谁要是触犯了这一条，别怪我们不客气。另外，和贫困户写个书面协议，投放的羊不准杀了吃肉，自然死亡的要有大队验收证明。民族民政局和相关公社要有专人负责此事，每月巡回查一次，掌握好第一手资料。今冬明春接完羔后，咱们开个会，看看各家的饲养和受益情况，有成效突出的户子可让在会上介绍一下经验。”

吴副局长参加完会后，听说杜局长刚从下乡点回来，她晚上就到了杜局长家，把白区长主持的会议情况向杜局长做了汇报。她之所以走这步棋，主要考虑一是虽然杜局长今年又下社队蹲点，自己主持局里全盘工作，但这么多钱，操作起来万一有差错，怕自己承担责任；二则也出于对局长的尊重。

杜局长听后说：“眼下，我还在社队，不在其位，就不谋其政，你征求我的意见，这是彼此间的一种信任和尊重。一个人有一个人的工作思路和方法，这件事我就不提具体意见了，你和张副局长商量着办吧。不过，我倒想提醒你一句，这么多数量的钱，买羊又需要现金支付，工作中要谨慎一些。另外，多请示多汇报，发挥公社和大队的积极性，工作就会顺利一些。”

第二天一上班，吴副局长把昨天会议的情况向全局人员做了传达，又和张副局长碰了一下头，两人研究了如何开展这项工作。他们首先以区政府的名义草拟了给有关公社发的通知，根据局里平时掌握的少数民族和山老区贫困户的情况，给有关公社分配了指标。具体该扶助哪一户，由生产大队提名，公社予以核实汇总，然后上报区民族民政局统筹平衡，最后敲定。

在给各公社分配贫困户指标时，民族民政局预先留了二十个机动名额。吴副局长在这几年的工作中，对这方面的事情已有了一些经验。某项资金说是由某某局掌握，其实上边不少领导心里都有盘算，他们的七大姨子八大姑，不管符合不符合有关规定，往往能近水楼台先得月。

给社员扶贫是个好事情，不费多少力，又能讨好上上下下。吴副局长几乎问了所有的区党政领导，看有没有需要扶助的贫困户。有关公社接到区里的通知后，也迅速行动，很快把扶贫的名单报到了区里。吴副局长又到区组织部、财政局、计划委员会、区招待所等单位和部门问了有关负责同志，看有没有要扶贫的户子，拉拉关系，套套近乎，与人方便自己方便。按照她和张副局长碰头时的决定，她负责和有关公社敲定扶贫户，并代表区政府和这些户家签订书面协议。张副局长负责买羊事宜，并根据扶贫户名单，把买来的羊送上门。

张副局长找了对牧区情况熟悉的同志了解了羊的行情，也打听了哪些地方出售羊。他独自坐班车到了乌兰察布草原一个牧业大队。在大队办公室，他先见到了大队的阿会计，会计知道他来意后，领着他找到了大队长浩斯巴雅尔。没用多长时间，他们的生意就谈妥了。初步商定，这个大队出售集体的羊和牧民的自留羊共一千五百只，每只一百八十元。浩斯巴雅尔大队长又帮他和相邻的几个大队进行了联系，很快另外要买的一千只羊也落实了，价钱也是一百八十元。

在联系买羊的过程中，张副局长和阿会计已混得很熟，像亲兄弟一样。阿会计感到向阳区这小伙子，年纪轻轻就当了副局长，而且说话很爽快，办事也利索，很值得依赖。张副局长也感到这个会计很义气，是个可以相处来往的好人。

他想到这次买羊全是现金交易，这里又离区里这么远，能不能在这个中间做点儿手脚，打闹几个小钱。这个想法刚一产生，他心里有点害怕，心想万一被人知道了，这可是一个又蹭屁股又伤脸的事情，还可能身败名裂，痛失前程。他想起了舅舅在一次讲党课时讲到的一段话："从人到罪人，很多时候，只是一纸之隔。在这个忙忙碌碌的时代，大家都在奔波着，忙着追求成功和自我价值的实现。对于每一个在路上的人，都会碰到压力、挫折、失望、嫉妒、情欲、贪婪等风险。防范这些风险需要我们不时停下匆匆前行的脚步，认真观照一下自己的内心，来实现人性的扶正与纠偏。"他很快把自己的那个"一闪念"推翻了，赶紧进行了扶正与纠偏，觉得还是干净点儿好，手伸了，被人抓住了，那拿什么脸见人！

晚上，躺在床上，他又想起白天想过的那件事。此时，邪念占了上风，他认为船过水无痕，他来这里，区里还没人知道，下一步也最多让出纳来，也尽量不让他接触牧区的有关同志，买羊用多少钱只有他知道，这中间套出点儿钱恐怕是天知地知的事情，风险并不大。何况舅舅还当着区长，真有点儿风吹草动，人们也会不看僧面看佛面。

第二天一早，他见到了阿会计，以商量的口气说："老阿啊，你看能不能这样，我拉走羊后，你每只羊按二百元开收据，这样每只羊可余20元，解决我雇车拉运、司机吃喝以及打点方方面面的费用。"

还没等他说完，阿会计就抢着说："这个好说，我们大队长斗大的字不识几个，怎么写收据人家也从来不过问。再则，收据一式三联，你拿走的那联先撕下，在留下那两联上写明一百八十元一只。你拿回下账的那一联重垫上复写纸，按一只二百元写，这样只有你知我知其中奥妙，谁也查不出一个所以然。"

张副局长又跟阿会计建议道："从其他几个地方买的羊最好先拉到你们这里，钱由你直接付给他们，我们局的出纳员就不跟他们见面了。"

阿会计说："这个也没多大问题。这里的事我全面负责安排，你回去准备好钱就行了。"

回到局里，张副局长向吴副局长简单地说了联系买羊的情况，特别讲到一只羊二百元，是他反复讨价还价的结果，费了不少口舌。至于什么地方买的羊，他不知是无意或有意，始终也没有讲，吴副局长也没有问。

雨水节令过去不久，天气逐渐回暖，该是拉羊的时候了。吴副局长带了两位局里的同志走村串户，和被扶持的社员签订书面协议。不少贫困户知道自家很快就会得到政府给买的母羊，都非常高兴，对吴副局长一行也是笑脸相迎尽力接待。

张副局长和局出纳员乘着区车队的大汽车也出发了，于第二天下午到达卖羊的那个牧业大队。当晚，浩大队长在一座蒙古包里以手扒羊肉、草原白酒招待张副局长一行。张副局长没敢愣喝，他知道出纳员拿着很多现金，无论如何今天晚上要交出去，否则万一出点儿事，那就不好交代了。酒席间，张副局长和阿会计对了个悄悄话，很快出纳员和他们两人来到大队会计办公的地方，出纳员把三十万元现金交给了阿会计。阿会计点完后，写了个收条交给出纳员，并讲道："待钱全交后再写收据吧。"

张副局长对阿会计说："剩余的二十万停几天来拉羊时再带来。"

阿会计把钱放进保险柜后，三个人又来到酒桌旁。因为第二天还要拉羊赶路，张副局长提议让大家早点儿休息。浩大队长又和大家干了一杯，客人和主人都离开了蒙古包，回各自的房间休息去了。

次日一早，张副局长一行到食堂喝了奶茶。前来给装羊的牧民们已到齐了。浩大队长看见只来了四辆车，装不了多少羊，他对张副局长说："我们的那两辆大车也出动吧，我们的车有架子，能装两层羊，我们也不收你们的运费，你们负责给加油就行了，再管管司机的吃喝。"

张副局长一听，心里格外高兴，连声说谢谢。

快到上午十一点钟了，才把羊装好。浩大队长反复叮嘱："小心车上的羊跌倒被踩坏了，走一段路停下来看看，没事了再走。"

途中，他们简单地吃了一顿午饭，马不停蹄地又上路了。六辆车没有进城里，直接开到了被扶贫的点上。大家不辞辛苦，忘记了疲累，连夜把羊给每一个扶贫户送去。没过几天，张副局长和出纳员又去那里拉回了第二批羊，把还欠的二十万元交给了阿会计。按照先前说定的，阿会计给开了收据，每只羊二百元。临离开牧区时，张副局长告诉阿会计："你付完羊款后，剩余的那部分钱先放到你家，过一阶段，我来你家，咱们见面后，看下一步工作该怎么做才好。"

民族民政局牵头抓的这项扶贫工作，进展得很顺利，区领导很满意。被扶持的社员更是笑在脸上，乐在心中，因为羊都是成羊，绝大部分都有羔，而且膘情也不错。听说还要给补点儿羊料款。更主要的是，围绕这项工作，说三道四的人很少，对吴、张二位副局长辛辛苦苦的工作，大家都赞不绝口。

过了不久，张副局长一个人来到了牧业大队，他悄悄溜进阿会计家里。他给阿会计买了两条牡丹烟、四瓶汾酒，还给买了不少水果，阿会计看见这些礼品，很高兴地说："局长还来慰问慰问我这个老牧民。我这些天，一直等着你，照你的意见我也没给你打电话，家里放着那么多钱挺不安全，我每天都提心吊胆的，这次你快都拿回去吧。"

张副局长边听边目不转睛地看着阿会计，他虽说要让拿走钱，但没有一点儿取出钱的意思，显然，他是在侦察。这笔钱独吞是不可能的，必须得给他一些，把他也拴住。究竟给他多少？万一他不要怎么办？这些事，他虽想过多遍，但事到临头，怎么个开口法，他还是费了一番脑筋，他抱着走一步看一步、随机应变的心理跟阿会计说："这一阶段你们大队给我们帮了不少忙，特别是你跑前跑后也费了不少心，大队吃吃喝喝也花去了不少钱。这个我算计了一下，给你们大队三千五百元吧，这个你交给大队，给我开个收据，我回去能下账，不用我掏腰包。剩余部分看这样处理行不，给你一万元，这是这一阶段对你帮我工作的奖励，这个我啥证据也不要。我是局里的领导，我有权决定这个事，你放心就好了。"

阿会计原想不会给这么多钱，一听喜出望外，虽然这是件危险的事情，闹不好还得坐班房，但人家是局长还不怕，他是个放羊的，还能把我从地球上开除？他从柜中取出用旧报纸包的一捆钱，递到了张副局长手中。

张副局长随即先点出三千五百元交给阿会计，让把这钱交给大队；又点出一万元放在阿会计面前；他又点了剩余部分，一点也不错，随手把剩余的钱仍放在那张旧报纸里，装入了自己的皮包里，并对阿会计说："这部分钱我拿回去要交给我们局财务上。"

阿会计也没有考虑他说的话是真是假，两人客气了一番就分手了。

张副局长回到自己家里，又数了一遍装回的钱。这是他有生以来手里拿到的最多的一笔钱，他心里还是有点儿畏惧的。他想来想去，觉得都装入自己腰包，万一走漏风声，那会后悔一辈子。他自认为想出个两全其美的办法：准备按每只羊五元算，共一万二千五百元，这个交公；还结余两万四千元，加上过一阶段还可做报销处理的那三千五百元，也有两万七千五百元，这也不少了。一不做，二不休，他把那两万四千元用黑塑料袋包得严严实实，悄悄地放在凉房的檩子上，这个连他老婆也不知道。

有一天上班后，他到财务室说："前天，我们买羊的那个牧业大队会计来了，说是旗一位负责同志批评他们了，说羊卖得贵了，连一点儿风格都没有，他们大队研究了一下，每只羊给我们退五元，共一万二千五百元。这是他们退给我们的钱，你们数一数下账吧，这个事也要告诉吴副局长。"

他编了这套假话，又把钱上交了一部分，就是想说明自己两袖清风，一尘不染。

人心不足蛇吞象，假如张副局长就此收手，也许他的贪腐行为不一定马上能被人发现，可两个多月后，他又办了一件自己认为万无一失的事情。他到了那些没有多少背景的被扶助的社员家里，和他们讲："政府花钱给你们买了二十五只羊，还给了一些草料款，今冬明春，就会看到利了。可是，最近有到区里告状的，说他们也应该得到羊，闹得区领导不得安宁。为了解决这一矛盾，先从你们每户借两只，把那些告状的安顿住。这个是借，有机会就会还你们，我给你们打这个保票。"

这些贫困户都知道羊是区民族民政局给的，局长来借两只，不算个问题，都没有异议，不到三天，就凑够了六十只羊。张副局长从市里借了一辆他同学开的客货两运车，趁黑夜把这些羊送到他父亲家里，他告诉他爸爸，这些羊是自己攒下的钱买的，让他父亲辛苦点儿，把羊养好。

自古有言："小鬼盘算，阎王听见。"张副局长借羊的这个事很快被人发现了。此事传到翟士民副区长耳朵里，他暗暗高兴，自言自语道："磨坊里不愁找不到驴蹄印，抓住张这个把柄，不单单是个敲山震虎的问题，假如白华文知道他外甥干这个事，那就不是'震'了，而是要出武松了，要打虎呀！"他忽然想到，"项庄舞剑，意在沛公"，老祖宗留下的这句话多有分量。没有几天，市、区有关领导和部门都接到了张强强贪污扶贫羊的匿名信件。信写得有根有据，有地点，有人头，而且羊还有饲养处。公安局接手此案，没费多少力，案情就大白于天下。有关部门找张强强谈话时，他知道已经抵赖不了啦，当时就哭着承认了犯罪的情况。谈完话后，他就被拘留了。当晚公安局通知了他家属，并让把行李和卫生用具给他送到看守所，同时公安局还到宝塔大队没收了他所谓借的羊。

第二天一早，白华文刚上班就知道了张强强被送到了看守所。他在办公室坐立不安，不大一会儿，局公安局一位副局长来向他谈了案件的情况。白华文说："你和看守所领导说说，别让犯人打他，其他该怎么办就怎么办？人犯王法身无主，他犯了法，咎由自取吧。"

一上午，白华文心情很烦闷，他倒不完全是心疼这个不争气的外甥，他心里挂念的是自己的姐姐。没到下班时间，他要了车，直奔宝塔大队。进村后，他没有回父母住的院子，直接到了姐姐家。看见白华文来了，姐姐哭成了泪人，上气不接下气。姐夫也长吁短叹，呆呆地站在地上，像寒露时的野草，发蔫了。白华文坐在一个长凳上，很长时间没有说话。临走时他跟姐姐说："你们不要哭了，哭也没用，人们问时，就说不知道出了什么事。"他也没回去看自己的父母，也没在姐姐家吃饭，待了一会儿就往回返。他感到很累很累。

第三十五章 /后海岸边散步/

在个人名利之外，总有更高的境界与价值，使得我们为之奋斗，为之奉献。有了这样的信念与情怀，就不会计较一时的得失，也不会去留恋一地的风景。对于我们这些人来说，要切记着把个人追求与国家发展、社会进步紧密联系在一起，这样，人生的维度就会不断延展。

那天，白华文正在一个生产大队查看小麦生长情况，东南风徐徐吹来，麦苗轻轻荡漾，仿佛置身在江南的田园中。他从这块地走到那块地，真有点儿流连忘返的样子。这时，大队会计小跑着来到他跟前，气喘吁吁地说："刚才接到区办一个电话，说有紧急事情要办，让您马上回区里。"

白华文回到公社，洗了一把脸，换了一双鞋，坐着 213 吉普车向城里奔去。一路上，望着车窗外飞驰而过的田野和村庄，他的思想也像脱缰的野马。究竟有了什么急事让立即返回机关，他的心里不由得胡思乱想。

白华文到了区委办公大楼，在区委书记那里，知道了紧急要办的事情是接到上级一个开会通知，让青山市正处级以上干部在下星期二到省城后海宾馆参加一个重要会议。星期一就报到，不带秘书，不用准备汇报材料，会期和会议内容都没讲。

白华文和书记商量了一下，根据以往的经验，还是让办公室准备个工作汇报材料，万一有的领导要什么数字或听听工作汇报，不至于措手不及。离报到日期还有两天，时间还来得及。

在后海宾馆报到的那一天，白华文见到了很多熟悉的同志，其中也有李静。他办理完报到手续后，在自己居住的房间里冲了个澡。过了一会，他打开提包，取出一件天蓝色的衬衣穿在身上，把洗澡前脱下的那件毛背心穿在衬衣外面，外套是一身蓝色的中山装。他给自己穿的皮鞋上了一些鞋油，还用一块旧布子擦了一会儿。他站在卫生间镜子前照了照，梳理了一下头发，又把一支钢笔小心翼翼地插放到外衣左上兜中。他看了下表，呀了一声，自言自语道："这时间过得真快，一眨眼的工夫，又到了吃午饭的时候了。"他把上衣往下拽了拽，出门向餐厅走去。在餐厅门外碰见了李静。李静站在他面前，上下打量了一下，好像是第一次见面似的，笑嘻嘻地说："你打扮得像个新郎官似的，干什么去呀？"

白华文没有回她的话，也瞅了一下李静的穿戴，还是穿着一身"学生蓝"，黑坡底布鞋。李静赶紧说："快别看了，我还是老虎下山一张皮。"接着她又问，"下午不知道大会有什么安排？"

"今天是报到日，估计没有什么事。"

"如果会议没有什么安排，咱们下午一块到后海溜达溜达吧？"李静说完这话看见华文点了点头，又说，"下午三点钟，我在宾馆东门口等你。"

吃过午饭后，李静回到自己的房间，想躺在床上眯一会儿，可心里空荡荡的，脑子里也晕晕沉沉的，是空虚，还是寂寞，自己也闹不清楚，连连打着哈欠，就是睡不着。她想着自己过往岁月留下的脚印，尽管也有缺憾，有酸甜苦辣，但更多的还是心潮澎湃。

两点刚过，李静到卫生间洗了一把脸，就向宾馆东门走去。不到三点钟，她看见白华文来了，她招了招手，大声喊了一下，扭头先往前走了。两人一前一后，不大一会儿，就来到了后海岸边。

五月的风，是那样的轻柔，吹拂着岸边千万条低垂的柳丝，袅袅飘逸。柳枝轻拂湖面，碧波荡漾，触动着多少游人的心绪。李静和白华文不约而同地放慢了脚步，在岸边流连徜徉，都牵动着一种迷蒙蒙的情怀。李静停住脚步，轻轻抓着一枝柳丝，对白华文讲："这里的天气比咱们那里暖和。在咱们那里，早晚还有点儿冷，这里已花开满园了，湖面上那么多洑水的鸟。咱俩置身在这里，不知道怎么搞的，让我忽然想起了梁祝剧里十八里相送的情景。"

白华文没有接她的下音，只是看着她笑了笑。他不想顺着李静的思路去联想发挥，扭头问李静："你到农业局时间还不长，工作还顺利吧？"

李静看了一眼白华文说："到农业局已几个月了，局里的同志们都能叫上名字了，局属单位的负责同志也都熟悉了。我感到不安的是农业科技方面发展很快，很多前沿方面的知识，我似懂非懂。我准备下一些功夫，认真补一下课，别让人家说我是个外行领导。再一点就是局里和公社工作氛围不大一样，咱们在公社时，上管天文，下管地理，甚至连社员们打架还得出面调解，每天都有新鲜事情，每天有解决不完的问题。局里的工作和那大不一样，各科室的人员好像成天不是看文件，就是写文件，在公文堆里忙乱着。我有时感到，这文山会海是不是也有需要改进的地方。另外，农业工作中存在一些多年未解决的问题，一是结构，二是效益。结构问题是不是以粮为纲造成的，只知道种粮、棉、油。效益问题是没有市场意识、没有综合利用的观点，这方面要做的文章也不少。不过，话应该这么说，到局里工作我还是高兴的，毕竟这是提拔了，又上了一个台阶。尽管有这种心情，但离开喇嘛湾公社那片热土时，我还是掉了眼泪。我到了东风渠的分水闸跟前，到了'万里千担一亩田'那里……我看着想着，真正体会到'恋恋不舍'这个词的味道，也不由得想起了那位多情诗人'一步一回头'的不舍。"

白华文看见李静泪汪汪的，不想让她过于伤感，打断了她的话，说：

“每个人对自己曾留下的脚印都会有一种怀念。你知道吗，辽沈战役时的塔山阻击战打得十分惨烈。新中国成立后，我听说参加过那次战斗的多位将军在除夕那一天，相约到塔山上把酒洒在山上，不顾天寒地冻，都跪在山上和牺牲的战友们诉说着过往的岁月和人间的变迁。这和你刚才说的有点儿相似。正是有这些革命者的舍生忘死，有我们这一代人的艰苦奋斗，我们国家的面貌才发生了翻天覆地的变化。”他说到这里皱了皱眉问李静，“这次会议挺神秘的，到今天还不知道会议议程，你听到点儿消息吗？”

“我也不知道。有人说是要总结工作中的经验教训。这么多年了，在我们工作中，既有‘风景这边独好’的欣喜，又有‘载不动许多愁’的烦忧，真要认真总结一下，对促进今后的工作肯定是有益的。”

白华文边听边点着头，又听见李静问他：“我感到你的工作还是挺顺心的。最近听说你外甥出了点事，处理了没有？不严重吧？”

白华文一听，气不打一处来，停住了脚步和李静说：“我这个外甥不争气，胆子也太大了，搞了个监守自盗，目前法院还没有判呢。他出了事他个人兜着吧，我对他想得不多，依法该判几年就几年吧。我是可怜我姐姐，养下这么个不省心的家伙。不过这个事也给了我一个警示，对干部的思想教育工作一定要加强。要让大家清楚地认识到，在个人名利之外，总有更高的境界与价值，使得我们为之奋斗，为之奉献。有了这样的信念与情怀，就不会计较一时的得失，也不会去留恋一地的风景。对于我们这些人来说，要切记着把个人追求与国家发展、社会进步紧密联系在一起，这样，人生的维度就会不断延展。至于工作方面，有上级党委的领导，有你们一批骨干力量的支持，工作基本是顺利的。至于个别人做些小动作，给点儿阻力，这也难免。龙走蛇窜，各有各的盘算。”

听到这里，李静马上问：“你说的个别人是指翟士民这些人吧？厌烦他的人可真不少。”

“我跟你说，当年他认为自己有资历，向阳区区长位子非他莫属。后来情况不是这样，他就把矛头对准我了。其实除了你，在人前背后，我没说过他一句不中听的话。他能不能当区长我白华文说了也不算。也真怪了，他明里暗里总想给我点儿滴眼药。我给你讲一点，你看他心眼是多么不正。我搬了新家后，他有一天晚上到我们家串门，看见家里有些新买的家具，也装修了一下，就是客厅做了个退台天花板，中间的吊灯也上点儿档次，他不知出于什么目的，添油加醋，把我们家说得多么豪华，是典型的安乐窝。我还听到他说：'我和白华文有一个不一样的地方，这就是我们的出身不一样，一个是贫雇农，一个是地主家庭。但我们也有个一样的地方，这就是都背叛了自己的家庭。你看他损不损？"

李静边听边笑着说："我早就跟你说过，对这个人要小心点儿，虽然料定他成不了什么气候，但大意失荆州，对他说的话不要不当一回事。他在背后说了你不少坏话，还给咱俩造了不少谣，添枝加叶的，不知你听到过没有。"

白华文思考了一会儿说："这家伙人前一面，人后一面，男不男，女不女，妖里妖气，我听到他不少不负责任的话，总是一笑了之，既没有解释，又没有反驳，生怕就像描眉毛了，越描越黑。当然有时也产生一种逆反心理，我真如他说得那样，难道他还能舔掉我牙皮！"

李静扑哧笑了一声说："于是乎，我们的区长就下定决心，不管三七二十一，要去看看仙人洞，要在自由的空中飞翔一下。"

白华文听出她话中有话，有点儿不好意思，看了一眼李静说："是这些人把我逼上了梁山的。"

"谁逼你了？贵人多健忘，是你看见梁山山清水秀，风景独好，心甘情愿自己奔去的。"

"不过话说回来，管它逼迫呀自愿呀，总而言之，我是看到了梁山的真面貌了。每每想起贫代会期间那个难忘的晚上，我嘴里就好像含着一块舍不得抿完的蜜糖。"

“真有那么甜吗？”

“你说呢？”

“我是问你呢，你怎么又反问起我来了？”李静看了看华文，脸上有点儿不自然，哼了一声又说，“你这害羞的汉子偏偏演出了一场不怕人笑话的喜剧来。”

白华文一听马上说：“看你说的，那是二人台，我一个人能演吗？”

两人你一言我一语，好像正处于蜜月期间。李静又问华文：“我问你一件事，你要如实回答。听说前一阶段，你爱人拿香瓜打你了，嘴里还点名道姓得骂着我，这是真的吗？”

白华文有点儿惊讶，忙问：“你是听谁说的？”

“我可以实话告诉你，那天，你从小车下去回到院中，小车司机正在擦挡风玻璃上的尘土，他从墙外听见的。因为这件事牵连到我，他有一次向我掐头去尾地说了个大概。他也是为我好，并一直安顿我，此话千万不要露出去，否则白区长会生气的。你爱人是不是醋劲儿和心眼儿正好成反比？”

“这种事，哪个女人碰上可能都是一样的心情，只不过表现出的不一定类同。二兰她肯定也听到了闲话，要不，对我到喇嘛湾工作总是很过敏。”

“她是不是怕我把你勾引住了？我不是那种夺人之爱的人吧？当然，我也希望你对我好，不能天天享受你这种情感时，我也会在等待或寂寞中寻找安慰。其实，我在喇嘛湾工作了这么多年，关于二兰的故事也听到不少。说到这里，我得声明一句，我可不是挑拨你们夫妻关系。二兰中学时代的事情，你不会一点儿都不知道吧？”李静说到这里，有点儿后悔，再往深讲下去，那样有可能刺激华文的自尊，这个话题到此该打住了。她眯着眼看了一眼白华文，说：“我中专毕业后，在沟门乡见到了你，和你工作了一段时间，不知不觉感到老想看见你。后来你调往喇嘛湾，我为了追寻你，找巴书记把我也调到了那里。那时，我有个错觉，总感到找对象这种事是男的追女的，女的一要主动，似乎没面子。这样我就等呀等，等来的结果是竹篮打水一场空。”

“那时，我一个心眼扑在工作上，找二兰还是巴书记给张罗的。当然，你那个海外关系，也确实吓了我一跳。”白华文慢慢地说。

李静用手把头发往后捩了一下说：“我也清楚，爱情不是一对一的函数题。我遇见了你，也喜欢过你，但对你来说，我并不是唯一的解。一旦出现了别的女人，男人有时也拦不住会有变心的翅膀。当然，人的命运密码从来没有解密的钥匙，只有走到门口前，才知道命运的钥匙自然不会打开你不应该进的门扇。”

白华文听得很感动，似乎有点儿内疚，他说：“这么多年的事了，你还如数家珍似的娓娓道来，这是不是成了你的一个心病了。”

“你说得不假，原想夏天给你熬碗绿豆汤，为你消消暑，冬天给你生火炉，让你取取暖，这都成了九霄云外的事了。这些话藏在我肚里也憋得慌，今天好容易有这么长时间在一块叨啦，彼此说说听听，也真开心，”李静一边说一边看着白华文，见他听得很认真，又说，“几次想问你，总是没有太方便的场合。当年，我以一个姑娘纯净的心，背着别人给你织了一件毛背心。如今，我一针一线织成的那件礼物不知流落何处。”

此时，两个人正走进一座假山，山间还有点儿光亮，前后也没有游人。华文听见她说起那件毛背心，一下子解开自己的上衣扣子，露出了那件毛背心，并说：“你看，这毛背心还是贴在我心窝上哩！”

李静一看，一下子扑在了他怀里。白华文也紧紧地抱着她，吻着她鲜亮若花的嘴唇，感受着她妩媚娇嗔的神态，全身升腾起一种说不清道不明的渴望。

出了假山，李静看着白华文充满爱意的目光说：“这世上，水在流，云在走，花开有度，聚散有时。也许，咱们都该庆幸，在生命中遇到了彼此，相互取着暖，相互照亮着，也许正因为这样，我们的生命才变得脉络分明。人生原本不必过分贪求，能够共走一程，已是不小的缘分。感谢征程中的这些，让我们能在这明媚的春光里去浮想联翩，去激动不已。”

他们在后海岸边绕了一大圈，夕阳西下了，李静说："晚上别回宾馆吃饭了，就在外边吃点儿小吃吧。"

两人找了一个小饭馆，要了两碗馄饨、三个芝麻烧饼。

吃过饭后，两人又坐在道旁的一个长石凳上。李静问华文："这次会后，你准备回去重点抓些什么工作？"

"我们这些人，好比是主人的厨师，不能讲自己会做什么菜，而要看主人愿意吃什么菜，究竟抓什么工作，这要看上边的部署了。"白华文对李静说。

李静又对白华文说："我给你提一点建议，你要重视一下宣传工作，重视舆论引导，进一步密切和电台、报社的关系。利用宣传阵地，通过强化视听刺激，能起到事半功倍的效果，不能就是苦干实干。"

白华文很同意她的观点，连连说："你说得对，有道理。"

夜色渐浓了，两人起身向宾馆走去。

省城的大街上，川流不息的车辆，血红的车尾灯，连成一幅飘动的红绸带，舞动在大街的夜幕中。可夜空并不湛蓝，朵朵乌云在滚动……

第三十六章 /小明走了/

在任何天堂中都有地狱的种子，在任何地狱中也存在天堂的萌芽。

还在后海宾馆会议进行期间，市卫生局一位副局长告诉小明："市委巴书记在会上被点名批判了，而且定性很严重，据说会议上火药味很浓。咱们局一把手给我来电话，让把局会议室挂着的巴书记题写的'为全民健康而奋斗'的条幅取下来，看来巴书记凶多吉少。"

小明回到自己办公室，急急忙忙取下了挂在墙上的那幅和巴书记的两人合影相框，又从卷柜里取出当年巴书记接见他们的合影照准备带回家。中午回到家里，他跟妻子谈了有关后海宾馆会议的一些情况。吃过饭后，他躺在床上想休息一下，可翻来覆去没有一点睡意，心想："人们都知道我是巴书记一手培养提拔起来的干部，如果巴书记真像说的那样垮了倒了，那么我也不会有好果子吃，前途很可能像高山上的深秋一样，凉飕飕地等待着暴风雪的来临。"

天有不测风云，人有旦夕祸福，小明做梦也没有想到，自己并没有被挂靠在巴书记那条线上，而是被一个投机倒把案件牵连了进去。事情的经过是这样的：他的一位高中时的老同学，是市草原工作站的一名干部。不知何时，他和外省四五个人一同倒卖起牛马，也发了点儿小财。每次都是由他从牧区买上牲口，然后转手卖给那伙人。那伙人接上货源，就昼伏夜行，东躲西藏，然后把牛马卖给买主，从中渔利。前一阶段，他的这位同学接到了一个大活儿，对方让他买二十几匹草马，他手头买马的钱不够，那几个人也不愿预付货款，他找到了小明说："我最近有一笔好生意，但缺一部分钱，你借给我一部分，有利时咱们二一添作五。"

小明听后笑着说："我借给你就行了，不用什么二一添作五，但我想知道，你做的是什么生意呀？"

"我对你也不保密，实话实说，就是从我们家乡买几十匹草马。运到外省卖出去，我中间能挣差价的一部分。"

小明又问："干这种事政策允许吗？"

"政策有时紧，有时也松。在咱们这个地界上，管得并不严，一出咱们这里，盘查得就紧了些。不过，我是在咱们这里的坝口交货，再往前走，就没有我的事了。这种买卖已做了多次了，我感到还是安全的。"

小明把钱借给他同学后还说："要小心点儿，政府不让办的还是不办为妥，否则，为几个小钱，万一出个什么事，那就得不偿失了。"

没过半个月，小明就得到他这位同学被捕的消息，他伙同几个外省人倒卖的这批马被一个检查站查住了。马全部被没收，参与倒卖的几个人都成了投机倒把集团成员，都进了看守所。小明的那位同学在预审中也交代了钱是从小明那里借的。

预审科的同志随即问了奇小明："买马的钱是不是你借给的？"

小明是个诚实的人，他没有说假话，直接回答："是我借给的。"

"那么，你知道不知道。他是用这笔钱倒卖马匹的？"

“这个我也知道。”这个回答导致了奇小明也成了这个犯罪集团的成员。问完后，预审科的同志让他在笔录上签了字，摁了手印。

当晚，小明把预审科问他的话跟华华说了，华华看见他没精打采的样子，像丢了魂似的，想减轻他一些压力，假装很轻松地说：“不就是借给他几个钱嘛，咱们也没参与倒卖，也没得一分钱的利，你怕什么？”

小明听完说：“事情恐怕没那么简单，这么多年，干部的好坏，事情的是非曲直，往往在于别人的一张嘴。同一个人，要找你十条优点不难，要找你十条缺点也不难。用你时有千条理由，整你时也会有千条，说你有罪也不是不可以的。”

华华接着说：“人家说什么或给定什么性，咱们管不了，可咱们做了什么，自己心里清楚。你精神上恍恍惚惚的，我看大无必要。我记得罗曼·罗兰曾经在他的随笔集里说：‘当你用神采奕奕的眼神看世界，世界也会用他宽容的怀抱接待你’。人生在世，始终一帆风顺可以说是天方夜谭，每个人都会和逆境而遇，如何才能摆脱逆境的负面影响，关键要看心态。人家还没说什么，自己就坐立不安、愁眉苦脸，耷拉着个脑袋，这是不成熟的表现。你应该吃好睡好，保持身体健康，也别把那个院长的头衔看得太重，还是做生活的骄子吧。我们未来的生活一定会充满阳光，因为人类最神圣的遗传就是有善于理想的力量，只要你相信美好的明天在等待着我们，那么今天的艰难险阻就算不了什么了。我给你写了一段普希金的诗，你烦恼时，就拿出高声朗读，也许能减轻点儿压力。”她边说边将写着那首诗的一张纸递给小明。

小明轻声吟道：“假如生活欺骗了你，不要悲伤，不要心急，阴郁的日子需要镇静，相信吧，那愉快的日子即将来临。”

小明边听边点着头，但心里承受的压力一点儿也没减轻。

市医院的职工们也知道了院长被预审科传唤了几次，绝大部分职工并不知道小明因什么原因摊上了事，个别对小明有意见或者有点儿野心的人开拓蠢蠢欲动。他们向有关单位揭发了小明曾说过的一些“错话”，预审科的同志感到，这奇小明搞投机倒把，不仅有经济问题，还有政治问题。

没过几天，奇小明因犯有投机倒把罪被拘留了。看守所的工作人员让他老老实实地写交代罪行的材料，不但写参与投机倒把的罪行，而且还要坦白交代自己的其他罪行。

小明感到自古以来，世界真相往往掩盖在平常琐事里，朦朦胧胧，沉于往昔，不到一定的时候或一定的程度，它永远都显露不出它的本来面目。眼前无真相，只有把时间拉远，把空间转移，经过时间的流逝，人物或事件的真相，才会水落石出，大白于天下。

他在交代材料中，写了借给他老同学钱搞投机倒把前前后后的情况。他也写了自己在贫农家里长大到大学毕业，写了从医生到院长的成长道路，这期间，他一直努力着，攀登着。在字里行间，他几次写道："没有党，就没有我的一切；没有社会主义新中国，也就不会有我的成功。所以，我对党是忠诚的，我是热爱社会主义的。当然，在工作中，我也有不谨慎的地方，也可能有这样那样的错误，但说我反党、反社会主义，我是坚决不能接受的。"

坦白材料交上去后，看守所的一位负责人以狰狞的眼光盯着小明说："你已经死到临头了，还大言不惭地为自己歌功颂德，你也不看看这里是什么地方。"

当晚，小明遭到几个犯人的毒打。他的脑海中喷涌着困惑和迷茫，嘴角仅剩下一丝苦涩，心里觉得无比沉重。一阵剧烈的咳嗽和喘息后，他想站起来，但全身被打得很厉害，有点儿把持不住自己。那密布着血丝的眼底，不时闪现着慌乱和愤怒。他想到了一句话：在任何天堂中都有地狱的种子，在任何地狱中也存在天堂的萌芽。自己没做亏心事，却每天都听见鬼叫门，偌大的一个人，像是被压在石头下面弯弯曲曲生长的小草，见不到阳光，受不到雨露，每天挣扎着，那生存的悲哀谁人能体味？

如今世上的狼虫虎豹少了，不少动物甚至绝迹了，去哪了？有人说这些动物转世成人来到了人间，所以人群中丑恶凶残的人多了，自然酿成的人间悲剧就会一个又一个。

所谓悲剧，应该是原本可以主宰自己恣意驰骋的人，却因为一些言不清道不明的原因而交出手中的马鞭，最终被抛进荒芜的角落。小明如今的处境正是这样。人的心，只能容得下一定程度的绝望，过多的心病没有了心药，何以能活？与其跪得生，还不如站着死。小明的思想深处隐隐约约地出现了一些变化，心里默默地念叨着一句话：“哪个庙里没有屈死鬼。”他想到了妻子，这么多年来，知他、谅他、助他的，就是她，无论春夏秋冬，无论风雪雨天，她都陪伴着自己，走了一程又一程，万一自己远走高飞，她面对着暗暗长夜，何时才能盼到黎明？

他想到了女儿，她还太小，太单纯，心中充满了对未来的憧憬。她多次讲，要在科学的道路上不畏艰险地攀登。假如没有了他的注视，女儿的心境一定会像掉进了深不见底的枯井中，看天天不灵，叫地地不应。

他想到了父亲，为培养自己读书，耗费了大半生的心血，省吃俭用，一切为了他的成长，假如让父亲老来丧子，那是怎样的一种不幸……

自己应该安慰他（她）们，可是能用什么来慰藉他们呢？他遍身都是伤痕，撕碎的心日夜不得安宁，再不能让孱弱的妻子和女儿来分担他沉重的愁苦和愤懑，让她们泪水淹心，每天生活在幽暗与悲伤中。

小明终于下定了决心，面对危局，内心是永远不会投降的。面对虚假的黎明，狼叫鬼哭的暗夜很难看到尽头。他利用写交待材料的时间写了两封信，一封给妻子，一封给院党委。

亲爱的华华：

当你们看到这封信时，也许我已经走得很远很远了。

希望你们理解我心灵的痛苦，我所有的力量、心计，都为应付那些丑恶的嘴脸而耗费尽了。我对未来的思考，也被阴险的冷枪击得粉碎。我背负的重物很可能只是一个十字架了。你们也许会责备我太自私了，我也知道，我要走的路并不是另一种飞翔，请原谅我吧。我实在不愿在黑暗中忍受那些煎熬，我也实在不愿意再看见那些仇恨的目光。

让女儿好好学习，注意安全。

把我的真实情况告诉我爸爸，多给老人一些体贴。

你们都不要太难过，要坚强地活下去。

要相信我光明磊落，两袖清风。

我对得起那件白大褂，尽快把我忘了吧。真相弄清后，千万要告诉我一声。

给院党委的那封信写着：

我是一个党员，是沐浴着党的雨露阳光成长起来的干部，当院长后仍拿着手术刀在一线工作的白衣战士。我打心眼里热爱党，热爱社会主义，不管别人怎么害我，历史一定会还我清白。

信写好后，他的心反倒平静了许多，有一种被禁锢多日而今能自由驰骋的惬意与舒畅，他多么想让这种感觉常驻在心田。

事情往往很巧，写好这两封信的那天晚上，还没到午夜，值班站岗的人就呼呼地睡着了。小明看到这个情况后，从一个侧门走了出来，直奔自己家的小院。他进入院中，本想和妻子、女儿好好唠唠，又想别给他们添累了。他想在月光下从玻璃上看看熟睡的妻子和女儿，但窗帘挂得严严实实，他也放弃了这个想法，只是把那封写好的信放在家门口，并用半块砖头压住。然后，向市北面的一座大山急忙走去。

趁着月夜，他三步并作两步，终于爬上了那座山的山顶。只见满天星斗悬在清冷的夜空，残月透着凄惨的微光浮在西边的地平线上。他在淡淡的雾气中望着寂寞静谧的四周，看不到一个人，听不到一点儿声响。他把写给院党委的那封信放在山顶上，又用一块石头压住后。他喊叫了一声，多么珍贵的暗夜啊！接着，他就闭着眼纵身一跳……就这样，那无瑕的灵魂，像一艘风雨飘摇孤独无助的小船，终于触礁而沉没于大海。

第二天一早，华华看见了那封信，先是怔了一下，很快知道这情况不妙。她也顾不上女儿上学吃早点了，骑上自行车直奔看守所。看守所的人也知道小明半夜逃跑了，早已派人跟着脚印寻找奇小明。上午十一点钟的时候，这些人在山脚下找到了小明的尸体。小明妻子哭着要求给个说法，看守所的一个负责人挥舞着拳头说："他是罪犯，现在又叛党自杀，这就是我们给你的说法。"

小明的妻子，一个弱女子，听到这些，又能有什么办法呢？她虽然哭得死去活来，但没有人敢同情她。一个生命没了，连一个喷嚏都算不了，岁月只注重政治的进程，对于非正常死亡的人，似乎不需要承担法律和道德的责任。医院、看守所连家属也没有通知，就把奇小明的遗体火化了。只把骨灰盒交给了他的妻子。

人生倏忽，好端端的一个家瞬间被毁，给小明妻留下了一道道伤痕。一天又一天，时间越经久，伤痕就越多，这生的悲苦，让没有死的人们更加惨痛。

小明父亲知道儿子出了事，悲痛欲绝。小明妻劝他说："您也别哭了，他既然这么狠心扔下我们不管了，我们也别老想他了。"

一天中午吃饭的时候，小明爸说："我是个苦命人，又遇上这倒霉的事情，但一个人不能这样不明不白走了，迟早我们得问个所以然。"

"爸，你说得对，目前不是时候，这个事不会完的。"

小明爸听儿媳妇说完后又说："人死了就活不了啦，活着的人还得好好活着。我看这骨灰，放在家里不太妥当，还是把它埋了吧，入土为安嘛！"

小明妻说："就按您的意思办"

小明的骨灰被埋在了他家乡那条小溪的南边。

小明妻尽管有很多焦虑和不安，但她力争从痛苦的思索中挣脱出来。她开始收集小明遇害前前后后的有关情况。她几次回答女儿的问题时，引用了雨果在《悲惨世界》里写下的一段话：“当一个人心中充满了黑暗，罪恶便从黑暗里滋长起来，有罪的并不是犯罪的人们，而是那制造黑暗的人。”如实地反映悲剧很难，而正确地认识悲剧发生的原因则更难。

第三十七章 /纠正错案/

一个革命者最明显的标志就是要有坚韧不拔的意志，不管环境如何恶劣，都要记着参加革命时的初心，都要记着为了崇高理想的实现而不懈地奋斗，并最终克服所有阻力，披荆斩棘，达到自己追求的目标。

后海宾馆会议开了没有多长时间，不知什么原因，就被叫停了。会议没什么结论，也没发任何书面文件，与会的同志们都各回各单位。离开省城的前一天晚上，白华文和李静相约去看望巴书记。白华文说："这次会议来势汹汹，矛头对准巴书记时，我思想上也做了最坏的准备。现在雨过天晴了。我还是第一次参加这虎头蛇尾的会议。"

李静听后说："你听听广播，看看社论，也许能感觉到有点儿不对劲。看来我们今后的日子不可能过得那么顺风顺水了，但不管遇到什么情况，我们心中都要有定力，坚信走过平湖烟雨和岁月山河，经过了磨炼，我们的人生会更加丰富多彩。"

见了巴书记后，谁也没有谈会议的情况。临别时，巴书记语重心长地说：

“一个革命者最明显的标志就是要有坚韧不拔的意志，不管环境如何恶劣，都要记着参加革命时的初心，都要记着为了崇高理想的实现而不懈地奋斗，并最终克服所有阻力，披荆斩棘，达到自己追求的目标。”

又到了一个清明节，华华领着女儿又来到了小明墓前。她点燃了三炷香，插在坟头前的砖缝中，又点燃了一捆烧纸，把带来的一些零食撒在了坟头四周，还打开了一瓶酒，把酒倒在了坟头上。她没有哭，也哭得无泪了，咬着牙站在坟头前，摸着坟前已吐出绿叶的那颗小柳树大声说：“小明，你太累了，好好休息吧！我一定要为你申冤，哪怕是上刀山火海，我也在所不惜。我一定要为你讨个公道。我生命不息，为你上访的步伐就不会停止。即使倾家荡产，我也心甘情愿。我坚信，豺狼是永远不会当道的。”

她回到家里，把几年来收集的材料又整理了一遍。以小明的家境、上学、参加工作和取得的成绩为线索，写了二十几页的申诉材料。材料中引用了党报当年报道小明业绩时的评价，还粗略地批驳了强加在他头上的罪名。材料要求为小明平反昭雪，恢复名誉，并追查逼出人命的凶手。她把写好的材料复写了十多份，给有关单位寄去。过了好长时间，也没有什么动静。她又一次给这些单位重寄去了申诉材料，等呀等，还是没有回音。但她丝毫没有气馁，如果再没有什么消息，她准备过一阶段到京城信访办上访。

没过多久，小明妻得到一个消息，巴书记到省城参加完会议后，已回到了市里，而且安然无恙。她知道巴书记对小明是了解的，心中燃起了希望的火焰，她给巴书记写了一封信，并附了一份申诉材料。

巴书记在小明妻写的申诉材料上做了批示：“此件转落实政策办公室，要组织专人核实市医院奇小明的死因，申诉材料中提到的情况要一个一个查证，结果告我。”

巴书记写完这个批示后，直接将这份申诉材料送到落实政策办公室，并跟有关同志讲：“这个奇小明，我认识，是一位不错的外科医生，后来当了医院的院长。这么一个人，不明不白地死了，实在是可惜。”

小明的案子好查，没有说不清楚的历史问题，他的社会关系也很清白，虽然也说过些错话，办过些错事，但都属于人民内部矛盾，是一个典型的冤假错案。

结论出来后，巴书记决定，要开一个规模比较大的平反大会，要给奇小明恢复名誉，更重要的是造一个大的舆论，引起社会强烈反响，以此为下一步开展的工作鸣锣开道。奇小明的平反昭雪大会定在下星期四上午九点钟。

市落实政策办公室的同志专门派人到了小明家进行了慰问，同时听听家属还有什么要求，并把《关于召开奇小明同志平反昭雪大会的通知》送给了小明妻。华华看了通知后，嘴唇有点儿颤抖地说："终于等到这一天了。"

送走了市里的同志，华华开始走老早就想好的下一步棋。她在整理小明的遗物中，发现了一个笔记本和一支钢笔。在笔记本中还有一封信，信中夹着小明中学阶段和一位女生的合影。笔记本中画着一株兰花和一颗心。从那封信中她知道写信人的名字叫二兰，在市农机管理站工作。

她早就想好了这个主意：如果小明有平反昭雪的那一天，一定要把这个消息告诉二兰。这个迟到的好消息终于等来了，她心里很不平静。她把那个笔记本和钢笔装在一个手提包中，提着这个包来到了市农机管理站。她向传达室的老人打听了一下，直接来到政工科门前。她轻轻敲了一下门，当时室内只有二兰一人，听见敲门声，二兰一开门，见是一位女同志，忙问："你找谁呀？"

"我找一下二兰同志。"

一听是找自己的，二兰看了一眼来人，却不认识，心里有点儿疑惑地说："那请你进来吧。我就是二兰。"随即拿了把椅子让小明妻坐下。

小明妻第一次见二兰，不由得多看了几眼，心中想：好漂亮的一位女人，虽已中年，风韵犹存，怪不得……她收回了自己的目光，开始说："我知道你不认识我，我也不知道你大还是我大，我就叫你二兰姐吧。我是小明的爱人，叫华华。"

一听这话，二兰的身子不由得紧张了一下，她以为这个女人来和她闹事来了，心里有点儿慌，但也没显露出来，随口问：“找我是有事吧？”她抬头看了一下小明妻，当两个人的目光相遇的那一刹那，二兰的心像似灼伤了似的，不经意地低下了头，斜瞅着面前的小明妻。

小明妻已感觉到了二兰有点儿紧张，轻轻地说：“也没有什么大事，只是近几年来我一直想一件事，就是小明平反昭雪的那一天，我想请你一定去参加一下，咱们一起再送送他。”

二兰用怀疑的眼光看着小明妻，心里嘀咕着她究竟要干什么。她看到华华神态自若，说话坦率，没有流露出丝毫的恶意和嫉妒，刚才的紧张少了许多，轻轻地问：“是不是要给小明平反了？”

“是的，下星期四上午九点开平反大会，在政府礼堂，估计人不会少。”

二兰仔细听着，用手拢了拢自己的头发，翻了一下桌上的台历，说：“那天单位要是没有什么事，我会考虑你的意见。”

“别考虑了，你就去吧。”华华边说边从包里拿出那个笔记本和那支钢笔说，“这是你当年送给小明的吧，那里边的那株兰花似乎依然芳香四溢，那颗红心好像还在跳动。”

从华华走进办公室门，说话的声调一直是温顺的、善良的，但二兰心里还是防范的，和她还是有距离的。此刻看到那个笔记本和钢笔，二兰的脸一下子红了。她没有接拿那本子和笔，也没有证实是自己送的，但也找不出一个合适的语言来缓和一下自己心中的不安。

华华看到二兰有点儿不自然，站起来走到二兰面前，翻开笔记本说：“你看，这里有小明写的两句话。”二兰一看，写着“只见红心情依旧，不知兰花落何处”。小明妻又翻开一页让二兰看，这一页小明又写了四句话：“生命诚可贵，爱情价更高。不管为什么，最好都不抛。”

“你看他多有意思，前两句是引用了一位外国诗人的诗，后两句是他编的顺口溜。”

二兰看到了小明写的这些话，心潮激荡，泪水盈满了眼眶，但她仍是默默无语。

小明妻和颜悦色地说："二兰姐，你看到了吧，他如此珍爱生命、守护爱情，我们有理由为他受到的陷害而抗争，为他讨个清白。"

二兰感到小明妻有很深厚的文化素养，说出的话有特别的情调，而且韵味悠长，像白云、细雨和微风。

小明妻又说："你我都是女人，按常理说，我知道了你们的情况后，应该有恨，但我实话对你说，从发现了这些遗物，知道了你的名字后，我一点儿恨一点儿怨都没有。女人的心是能引起共鸣的。我不记得什么时候看过一个电影，里面有一句台词，说女人最大的特点是希望别人爱。这话也许有些绝对，但我想，既然小明曾经爱过你，当然他也一直爱着我，那么，咱们都有责任和义务为他恢复名誉而高兴。"

话是开心的钥匙，二兰点了点头。

小明妻又说："我之所以不断上访，有些破釜沉舟的样子，不断地写材料，一个是回报小明对我们家的奉献，当然也包括对我的爱，再一点，也是为了他的两个孩子的将来。"

二兰一听，浑身抖了一下，惊讶地问："我听说你们身边只有一个女孩。"

"是这样的，我只给他生了一个女儿，但他还有一个儿子。"说到这里，小明妻停顿了一下，紧紧地盯着二兰又说，"眼下在这个办公室，就咱们两个女人，我看也没有埋得藏得必要了。你住过一次院吧？你出院后给小明写过一封信，信中还夹着一张男孩的照片，你在信中千叮万嘱，让他不要跟任何人讲。他生前确实照你说的办到了。看了这信，我才知道了事实的真相。"

二兰有点儿晕，也有点儿羞，她知道小明妻什么也知道了，又看见了小明妻如此斯文，如此有涵养，如此胸怀宽广，她的心也渐渐轻松了，声音很低地说："我们家那口子对这个孩子也特别好，他们父子俩至今也不知道这个秘密。我也不能说，生怕伤了他们的自尊。后来，我想了又想，还是应该告诉小明，我才那样写了。是不是我错了？”

“你没有错。这个事，我也不准备告诉我女儿，更不会跟其他任何人讲，你放心好了。为了让死者的灵魂和生者的情感永远自在，我把你写的那封信和你们两个年轻时的合影交给你，你斟酌一下，看怎么处理。那个笔记本和钢笔以及那个男孩的照片由我保存吧，我觉得这样处理合适些。”

送走小明妻，二兰再也忍不住了，她趴在桌上哭了起来。

开平反大会的前两天，市医院派了一辆客货车，把早已准备好的大理石墓碑安放在了小明坟前。墓碑的背面，以隶书字体雕刻着小明妻撰写的挽联：

名也有，声也有，往日名声书就时代华章

光还在，亮还在，今日光亮照遍塞外绿洲

市落实政策办公室的同志读着这联句，异口同声地夸赞小明妻有才气。

星期四上午八点多钟，二兰戴了个大口罩，早早地来到了政府礼堂。礼堂门外有很多人，她没有在签到簿上签名。她看见了小明妻已经到了休息室，她过去和她打了个招呼，也没有进礼堂里边，只站在礼堂外一棵大榆树下。她看见市委巴书记走进了礼堂，不大一会儿又看见了李静下了小车。

九点钟，低沉的哀乐声响起，为小明纠正错案的大会准时召开。市委组织部部长兼落实政策办公室主任致了悼词，悼词中说：“奇小明同志是在技术上精益求精的人民的好医生，是一个忠诚于共产主义事业的好党员，是一位以身作则、勤勤恳恳为人民服务的好院长。……希望大家化悲痛为力量，学习奇小明同志的优秀品质，将革命进行到底。”

二兰站在院中，听着广播中的悼词内容，想着小明善良的面容，早已泣不成声。

开完平反昭雪会后，市医院出动了两辆大轿车拉着落实政策办公室的同志和小明的生前亲友，到喇嘛湾村小明墓前进行了悼念。大家都对小明同志英年早逝感到惋惜。

给奇小明纠正错案后，巴书记又到了向阳区牧业公社，想在那里建一个牛奶加工厂。中午吃饭前，他跟陪同调研的白华文说：“后海宾馆会议草草收场，我听说主持会议的那个人已被隔离审查。会议一开始给我安了几顶大帽子，无非是我讲了一些真话，自古以来，中国有许多刻骨铭心的故事，记述了那些因讲真话。而遭诬陷的。如今敢说真话的人，你看还有多少？你们还很年轻，今后的路还很漫长，工作中一定要挺起胸、抬起头，要始终相信自己的存在具有不可取代的价值，敢于清除绊脚石，大胆抓工作。”

白华文听后说：“我们这些人像一块钢，虽然有时被风雨侵蚀一下，可能有了点儿锈斑，但磨砺一下，还会闪闪发亮的。”

白华文回到家里，看见二兰躺在床上。二兰说是感冒了，虽然吃了一点儿药好些了，但身体还软得很。他问二兰：“天气也没有大的变化，你怎么感冒成这个样子？要不，我陪你到医院看看吧？”

“不用了，过几天就好了。”二兰有气无力地回答。

白华文压根儿不知道二兰是参加完小明的平反会，因伤心过度，才卧床休息的。

第三十八章 / 二兰来到一座墓前 /

她此行不是去追踪那片行将消失的落霞，而是在寻觅那往昔破碎了的梦境。

二兰参加完小明的平反大会后，“病”了一场。后来无论是上班，还是在家里，都有一种难言的感觉。无论时间怎样流逝，也冲刷不掉那些埋在心底深处的情思。她几次在睡梦中碰见了小明，真切地听到他在呼喊：“昼夜轮替难道永远是永不聚首的太阳和月亮吗？难道永远是隔河相望厮守无期的牛郎和织女吗？二兰啊二兰，你怎么忍心让我孤零零地待在这里？我多么希望你再看看我心海的辽阔和燃烧的激情。”梦醒以后，二兰脸上总有泪痕，她愈来愈感到，对小明，心中有挥之不去的遥遥相思，又有无法释怀的浓浓忧伤，曾在一起经历的点点滴滴，早已沉淀在自己的心窝，时时刻刻紧扣着自己的琴弦。

人有千心，性有万种，有的高尚，有的卑劣。高尚也好，卑劣也好，这种欲望会纠缠某一些人的一生。二兰的心魄难得安宁，或许她认为她和小明这一段高尚美丽的相处，是她一生中难忘的一枝玫瑰。

有一天，二兰和华文说："我想回喇嘛湾看看亲人们，也走不了几天。孩子们快考试了，你要催促他们，让他们别迟到，好好学习。"

华文听后说："也该回去看看老人了，只是你回去后，不要住得时间太长了。我最近工作有些忙，有时怕顾不上家。"

二兰上街给亲人们买了一些点心，又悄悄地把买来的烧纸、香等放在一个提包里。她坐着班车回到了娘家。

第二天下午，二兰提着上坟用的物品，没有和任何人打招呼，一个人向村后走去。

一轮夕阳正缓缓西落，晚霞如火，映红半个天际，广阔的故乡田野静寂无声，留在那片柳林间的脚印依然记忆犹新。那条小溪日夜不停地向西流去，在夕阳的霞光里，有如灼人的金属溶液。这些富于朦胧与神秘的色彩，撩拨起二兰很多对过往岁月的回忆。

二兰慢慢地向前走着，隐藏着秘而不宣的情感，她东张西望，眼睛里闪动着某种不安。她不时地梳理着被风吹散的头发，她想对蓝天和大地表明，爱是坟墓阻挡不住的。她对装着爱和恨驾鹤西去的小明来说，不仅有难忘的初恋，还有今日刻骨的思念。她此行不是去追踪那片行将消失的落霞，而是在寻觅往昔破碎了的梦境。她站在小明墓前，目睹墓碑下面和背后刻写的红字，黑黑的眸子上冷凝着的那层泪水，许久都没有落下来，一肚子话，却一个字也吐不出来。小明的音容笑貌又在眼前掠过，可没有了往日的知冷知热。那不可再复的温情，仿佛从她身上揭走了一层皮，让她格外痛苦。她不知道压抑在内心深处的感伤该如何宣泄。她的睫毛扑闪了好几次，才把满眼的泪花硬生生地逼回眶内。她的嘴角流露着明显的哀怨，虽真真实实地来到了小明跟前，但一里一外，近在眼前，难得相见。在冥界地府的小明啊，别睡了，醒来听听我给你送来了美好的祈求。从她不时抽搐的脸部和那不停眨着的眼睛，可以看出她的心潮正如海浪般翻涌。她蹲在坟前，小心翼翼地点燃了烧纸，把点燃的香轻轻插在坟头前。她打开一瓶白酒，把酒洒在了墓碑和坟头上，又把带来的食品和水果放在火中。她用一根干树棍子拨拉着火中的那些供品，感到双手在抖动，头也昏昏沉沉的。她一下子坐在了坟前，嘴唇不停地在翕动着。强大的气流卷着多年的思恋，以无可阻挡的气势冲破了喉咙，爆发出了往日难言的真情，变成一段撕心裂肺的哭诉。

“小明，你在哪里？很久没有听到你的笑声了，我来看你来了。我使劲叫着你的名字，就像小时候捉迷藏一样，我找不见你，就大声喊你的名字，你会突然跑出来，从背后捂住我的双眼，大大地吓我一跳。此时，只有我在你跟前，这里没有其他人声，非常寂静，一切都在刹那间沉醉在落日的余晖中，我多么希望你再像当年一样突然跑过来，和我一起看柳枝随风摇动，听归村牛羊的叫声和牧童的笑语，还有那小溪岸边的蛙鸣。

“小明，你在哪里？你为什么不答应我的呼唤，让我苦苦地沉浸在无边的漫想中。你知道吗，我是多么想你，想我们曾经在一起的日子，想我们的分手，想我们的重逢。与你的关系构成了我人生的一段历史。对于这一段历史，我不知翻阅过多少次，思考过多少回了。我们是怎样的一代人呀，既愚蠢又聪明，既幸福又痛苦。我们曾高唱赞歌，曾豪情满怀，要‘解放全人类’，但我们的肩膀能不能担负起未来，实际上我们也心中无数。我常常回想起故乡的夜，我们曾并肩凝望着天上的星星，胸中涌动着剪不断的情思。此刻如果让我选择一个难忘的画面作为我们学生时代的里程碑，我很可能就会选择故乡的夜。夜尽管是黑黢黢的，但黎明的眼睛就要睁开了，就这样，我们慢慢地懂得了大地的孤独以及它的梦。

“终于，我们站在了苏醒的土地上，头上是自由的天空和红彤彤的太阳，这就足够了，够我们去拓荒和耕耘。”

二兰从裤兜中取出一块粉红色的手帕擦了擦脸上的泪水，略微喘了一口气，又从上衣斜兜中取出一封她保存了很久的信，这是小明写给她的最后一封信，是小明刚上大学寄到喇嘛村让二兰亲启的信，她一直珍藏着，心里也曾想过，此生和小明情缘难尽，虽然没有洞房花烛，但柳林间的脚印也书写下了爱情的永恒。她长长地舒了一口气，就在坟前念起了那封信，她不完全是为了减轻心灵的重负，只期望得到小明在天之灵的原谅。

二兰：

我们在故乡的小溪边分别后，转眼已几个星期了，你在村里还好吧，我真的很想念你。

我们现在学习不算太累，一到星期日，我就想起故乡那小路那小溪。我常常想起小学六年级过儿童节那一天，咱们曾唱过一段二人台，当你唱到‘九月里秋风凉，可怜五哥没衣裳’时，你慢慢地走到我面前，抚摸着我的双肩，泪水竟从你鹅蛋形脸上滚了下来。那天，我们回家路过小溪时，你望着蓝天白云，我望着溪水长流。那时我们还太小，压根儿也不知道爱情的含义，但你喜欢我，就像小溪那样清洁；我喜欢你，也像小路那样实在。

高考后，你说你考糊了，心情一直不太好。有一天，我去看你，你正看着不知问谁借来的一本《西厢记》，我问你有什么读书心得，你笑而无语。记得一天傍晚，我母亲点燃了一根艾草编的细绳，驱赶着门窗前的蚊虫，我正看着飘着缕缕清香的烟雾在房前缭绕，忽然看见你在大门口向我招手，你让我陪你到村后的柳林间散散心。走到小溪旁，你望着明月问我：‘这小溪弯弯曲曲，不知疲累地向前奔流，你说说最终她要流向哪里？’我立即回答：‘那肯定是大海。’我边说边看着你，你目不转睛地盯着我，脸上也泛起了红晕，然后望着天空，像是吟诗一样说：‘啊，那我就是小溪，你就是大海。’没等我品味出这句话的味道时，你就扑向了我的怀中。那是我们又一次拥抱吧，在我们爱的履历中写下了新的一页。我们走进柳林，不知道是什么力量牵引着，就那样铺着绿草盖着蓝天，我们共同唱出了一曲甜美的恋歌。不知道你是否记得，那天，当你站起来后，浑身抖个不停，我从背后抱着你，说了一些让你宽心的话。你扭过脸看着我，那脸上堆满了姑娘的羞涩。

分别的时候，你用拳头打了我一下说：‘从今往后，你就是我幸福的源泉，就是我安全的港湾。’

可惜，我不是作家，要不，我们之间的故事可以写成一部小说，那情那景，那时那刻，可下笔的地方太多太多了。

二兰，我之所以写了这么多，是想驱赶我心头的烦闷，因为前不久，我听说，一个大官给你介绍对象，还要给你安排工作。当听到这个消息后，就像锥子扎我的心一样，让我疼痛难忍。近日，又听说你们都准备办喜事了，真是人心难测，世事沧桑。我痛定思痛，心反而平静了许多，看来伤心也是可以锤炼的。我知道，比大海更宽阔更丰富的爱情，包含着宽容和尊重，虽然，我们的相处不能恒久如新，但我也真心地祝福你永远快乐幸福！

二兰就在那封信的背面，给小明写了封没有寄出去的回信。今天，小明终于知道了这封回信的内容了。

小明：

我早已收到了你的来信，请原谅我没有给你回信。

你离开故乡后，我天天在心里惦念着你。白天，想看见你的身影，夜晚，想听见你的笑声。对你的思念程度，我实在找不出恰当的词句来形容。我深知，你早已是我灵魂深处久唱不衰的歌，那温馨的乐曲不断地浸润我的心田，多少次陶醉了我梦幻般的爱恋。

小明，本想和你守望相助，陪你度过每一个春夏秋冬，但一个弱女子，怎能遮挡住迷眼的风沙和刺骨的寒流。我只能伫立在记忆的窗口前，让你体会我的无助，看看我未愈的伤口。

我很难和你说再见，忘了我吧。

二兰在坟前念完自己的回信，又把小明写的信看了一遍，还亲切地吻了吻，而后拿出火柴，把那封信点燃了。信纸灰随风飘了起来，她说："飞吧，飞得高高的，飞到天涯，飞到海角，告诉人间，在我们俩的灵魂中，我们割舍不断的情缘，已经得到了永生。生命的路太长了，不管是怎样的经历，只要在生命中留下一些痕迹，回忆时便有一种亲切的感觉。虽然柳林间的枝条还会摇曳，故乡草滩上还会有绚丽的野花，但再也得不到小明的爱和挽留了。在我寂寞的身旁，也不会再和他有新的故事装点。就在他坟前，让我挑选一个微笑的表情献给他，让我再重温被他的信裁乱的灯火阑珊。"

天色不早了，二兰从坟地站起，向村里走去。进村后，她又到小明住过的房子大门前转了一圈。回到家里，二嫂问她："一下午都没见到你，到哪去了？"

二兰勉强地笑着说："我到村外随便走了走。时间长了，没回老家，东西南北都想去看看。"

二嫂看见她明显哭过，也没有再问下去，但心里猜想她是不是去看小明的墓碑了。

吃过晚饭后，二兰的心情仍难以平静，她伏在写字台上，以"小明，我的恋人"为题，一气呵成了一篇文章，文中抒发了她的真情实感。

小明，我的恋人，你还会来到我身边吗？假如要来，你要走哪条路？是不是要穿过故乡的柳林，跨过清澈的小溪？当你来到我身旁，我干涸的心上，又会受到一次雨水的滋润。我要向你说，你离开我的日子，那无边无垠的赤裸，竟没有一片白云向我问候。

小明，我的恋人，花蕊曾为你开放，但没有始终伴你闻香。好像只有风曾从我们身旁叹息闪过，虽然好久没听到你的笑声，但耳边常想起你走近我时轻轻的足音，从我的房前，从我的心上走过。事实上你好久没有来了，把我的心折磨在空虚的停望之中。生命的笔端里有我的渴望，当天空收容不起太多的阴霾，我仍盼望你站立于空旷的大地。

小明，我的恋人，我知道，在尘土飞扬的路上，你遇到了险恶，遭受了残忍。那些阴暗的嘴脸，用卑鄙的手段，焚灼你的心，践踏你的灵魂，让你没有招架的余地，让你选择了远走高飞，成就了生命的不屈和壮美。下午，我在你的新居凝望天空，曾梦想你突然来临，送我你手中的玫瑰，诉说你不变的情怀，让我含羞带喜，又和你紧紧地抱着一起。听说你墓碑后面的挽联是你爱人书就的，那是你一生本质的证明和永恒的存在。我也应该赠你一联："青山多岁月，读书从医常争先；漠南几风云，事业壮志半梦中。"

小明， 我的恋人，想起你，仿佛是一道轻风，常给我带来凉意，是一股清泉，能沁入我心肺，驱散我心中无数的烦恼和忧伤。那种由甜蜜和憧憬交织而成的场面，将是我终生的崇拜和回忆。珍贵的东西总是不敢随意触碰，让我们永远记着生命中那些美好的年华、那些青春的迷惘和忘情，记着那些心中的笑颜和眼泪，记着那些无拘无束的梦幻，记着那些没有任何杂念的朝朝夕夕。

小明，我的恋人，死并非生的对立面，而是作为生的一部分永存。

写到这里，二兰放下笔，长长地舒了一口气，站起身来缓步走到了院中，在院子里踱来踱去。太多的旧时光，不知道今后将如何珍藏，留在心里，也许是此生道不尽的忧伤。

岁月，经得起多少人的等待，也寄托过无数人的希望，在故乡这片土地上，二兰曾有过的怦然心动，也曾有过的波澜起伏。如今都成了过去，过去了就变成了一场梦。

此时，二兰多么想将心中不灭的情感，抛向故乡高远的蓝天，让它成为生命中的永恒。